MINA HEPSEN

Im Zeichen des Schicksals

GOLDMANN
Lesen erleben

Buch

Das Schicksal hat Celine direkt in die Arme von Josh geführt, beziehungsweise erst einmal vor sein Auto. Denn als Celine von einer Vision getrieben aus dem Bahnhof von East Wendell stürzt, wird sie von ihm angefahren und wacht erst im Krankenhaus wieder auf. Da sie aus Vorsicht vorgibt, sich an nichts zu erinnern, diagnostiziert man bei ihr eine Amnesie. Bisher wusste sie immer ganz genau, warum ihre Visionen sie an einen Ort geführt hatten, aber jetzt ist sie sich nicht sicher. Josh nimmt sie zuerst einmal bei sich auf, damit sie sich vom Unfall erholen kann. Und dabei entdeckt sie ein düsteres Geheimnis hinter den Türen seines großen Anwesens. Eines, das mehr mit ihr zu tun hat, als sie je für möglich gehalten hätte …

Weitere Informationen zu Mina Hepsen
sowie zu lieferbaren Titeln der Autorin
finden Sie am Ende des Buches.

Mina Hepsen

Im Zeichen des Schicksals

Flammenblut
Band 1

Roman

Ins Deutsche übertragen
von Michaela Link

GOLDMANN

Dieses Buch ist auch als E-Book erhältlich.

MIX
Papier aus verantwortungsvollen Quellen
FSC® C014496

Verlagsgruppe Random House FSC® N001967
Das FSC®-zertifizierte Papier *München Super* für dieses Buch
liefert Arctic Paper Mochenwangen GmbH.

1. Auflage
Originalausgabe Februar 2014

Umschlaggestaltung: UNO Werbeagentur, München
Umschlagmotiv: FinePic®, München
Abdruck der Tarotkarten mit freundlicher Genehmigung
des Königsfurt-Urania Verlags, Krummwisch,
© US Games Systems, USA, und AG Müller,
Neuhausen / Schweiz, www.koenigsfurt-urania.com
Redaktion: Waltraud Horbas
NG · Herstellung: Str.
Satz: IBV Satz- und Datentechnik GmbH, Berlin
Druck und Bindung: GGP Media GmbH, Pößneck
Printed in Germany
ISBN: 978-3-442-47981-8
www.goldmann-verlag.de

Besuchen Sie den Goldmann Verlag im Netz

Sei auf der Hut vor dem Flammenblut
und sprich nicht seinen Namen.
Kommt es zu dir, will es auf ewig bleiben.

Prolog

»Bitte, töte mich! Ich flehe dich an. Töte mich einfach!«

Seine Gnadenfrist war vorüber. Binnen Sekunden schleuderte eine gewaltige Kraft ihn durch den Raum; mit rudernden Armen riss er Stühle und Lampen mit sich. Ein heißer Schmerz fuhr ihm durch den Rücken, als er nach einem dumpfen Aufprall auf dem Seidenteppich des Hotelzimmers liegen blieb. Vier tiefe Schnittwunden zogen sich quer über seine Brust, und sein zerrissenes Hemd färbte sich blutrot. Er unternahm keinen Versuch aufzustehen, und hinter seinen fest geschlossenen Augen sammelten sich Tränen.

»Sieh mich an!« Heißer Atem kitzelte sein Ohr, als das Zischen erneut ertönte: »Sieh mich an!«

Er konnte nicht hinsehen! Er wollte um Gnade flehen, aber die Angst lähmte ihn. Dann blieb ihm die Luft weg. Er griff über sich ins Leere, während sich Hände schwer auf seinen Schädel legten und Fingernägel sich in seine Kopfhaut gruben. Er versuchte zu schreien, doch er bekam keine Luft! Und dann hörte er es. Das entsetzliche Saugen, vor dem ihm gegraut hatte. Es zog ihm das Leben aus dem Leib.

»Sag mir, wo er ist!«

»Niemals!« Er schluchzte und weinte wie ein Säugling. Der Rotz lief ihm aus der Nase und vermischte sich mit seinen Tränen und dem Blut. »Du wirst ihn niemals finden, Dschinn. Niemals!«

Ein hohles Gelächter erfüllte den Raum, sodass ihm die Haare zu Berge standen.

»Ich werde ihn finden und dann töten«, zischte der Dschinn. »So mühelos, wie ich jetzt dich töten werde.«

Erneut erfüllte das Saugen den Raum, und einige Sekunden später fiel ein lebloser Körper zu Boden, dessen vertrocknete Augen tief in die Höhlen gesunken waren. Der Dschinn trat über den Toten hinweg an den immer noch qualmenden offenen Kamin, in dem ein Bündel verkohlter Briefe lag. Jedes Stückchen Papier war verbrannt, bis auf einen kleinen Fetzen, der dem hastig entzündeten Feuer entronnen und auf den Boden gefallen war. Mit einem zufriedenen Zischen hob der Dschinn das Papier auf und prägte sich die Worte darauf ein, bevor er den Zettel wieder zu Boden flattern ließ.

Er wusste jetzt, wo er ihn finden würde: East Wendell.

Der Narr

Manchmal habe ich das Gefühl, in einem Comic-Heft zu leben. Ich wache in einem dunklen Loch auf, schlüpfe in die Kleider einer anderen und lüge jeden an, damit niemand entdeckt, wer ich wirklich bin. Clark Kent und Peter Parker sind auch nicht gerade Musterbeispiele für Ehrlichkeit, aber sie gehören trotzdem zu den Guten. Ich mag die Vorstellung, dass ich ebenfalls eine von den Guten bin, aber wahrscheinlich mache ich mir nur selbst etwas vor. Schließlich sind es nur ihre Superheldentaten, die Superman und Spidey die Entschuldigungen für ihre ständigen Lügen liefern. Ich dagegen habe nichts auch nur ansatzweise Superheldenhaftes an mir. Ich bin nicht besonders stark, habe keinerlei Erfahrung im Kampfsport, und selbst wenn ich den Zauberstab von Harry Potter besäße, könnte ich die Ratten nicht wegzaubern, die sich in den Wänden meiner Wohnung tummeln.

Okay, vielleicht habe ich tatsächlich eine minimale Begabung. Aber sie ist ganz klein. Wirklich winzig. Und ich kann sie nicht einmal kontrollieren, daher zählt sie kaum. Nein, backen und lügen – das sind die beiden einzigen Sachen, die ich tatsächlich beherrsche. Die beiden Dinge, die ich mein Leben lang getan habe.

Doch das Lügen kam als Erstes.

Die erste Lüge war *Sarah*.

Ich wurde vor elf Jahren vor einem Waisenhaus in Somerville, Massachusetts, abgesetzt. »Abgesetzt« ist wohl nicht ganz das richtige Wort. Jemand hat mich mitten in der Nacht zum Tor des roten Backsteinbaus gebracht, hat geklingelt und mich dann dort stehen lassen.

Nein, man hat mich vor elf Jahren vorm Waisenhaus von Somerville ausgesetzt. Ich habe eine vage Erinnerung an Sturm und Gewitter, an über den Himmel zuckende Blitze und an eine Gestalt in einem dunklen Umhang, die mir sagte, ich solle mich an den Eisenstäben des Gitters festhalten. Ich war fünf Jahre alt. Eigentlich sollten meine Erinnerungen in die Zeit vor diesem Augenblick zurückreichen … Erinnerungen an meine Eltern, ein Haus, vielleicht sogar ein Haustier. Aber da ist alles schwarz und leer.

Meine früheste Erinnerung gilt den Worten dieser Frauengestalt im Umhang unter einem stürmischen Himmel: »Halt dich an den Gitterstäben fest. Halt dich fest.«

Also gab es auch nicht viel, was ich den Angestellten des Waisenhauses erzählen konnte, als sie mich in jener Nacht am Tor fanden. Die Polizei traf kurze Zeit später ein; vom Gewitter entwurzelte Bäume hatten sie aufgehalten. Der Arzt, der sie begleitete, meinte, es sei eines der schlimmsten Gewitter gewesen, die er je erlebt habe. Er lächelte viel, und sobald er verkündet hatte, dass mir nichts fehle, machte eine große rothaarige Polizistin ein Foto von mir – für die Suchplakate, die sie überall in der Stadt aufhängten. Berühmter als damals werde ich wohl nicht mehr werden.

Zwei Wochen vergingen, aber niemand erschien, um Anspruch auf mich zu erheben.

Am fünfzehnten Tag setzte mich Mr. Stevenson, der Leiter des Waisenhauses, in eine Ecke seines Büros, während er und eine Frau von der Fürsorge über mein Schicksal entschieden. Sie sagten: »Sarah, das Waisenhaus ist jetzt dein Zuhause.« »Zuhause« war nicht ganz zutreffend, da sie nicht vorhatten, mich auch dauerhaft dort wohnen zu lassen, aber das war nicht die erste Lüge. Die erste Lüge war *Sarah*.

Ich heiße nicht Sarah.

Jahre später, als ich an einer Bushaltestelle in der Nähe des Colleges von Boston ein von Kaffeeflecken verunziertes Exemplar von *Oliver Twist* fand, kam mir der traurige Gedanke, dass ausgerechnet eines der wenigen berühmten Bücher, in denen ein Waisenhaus eine wichtige Rolle spielt, diese Institution so düster und schrecklich erscheinen lässt. Das Waisenhaus von Somerville war da ganz anders. Tatsächlich wirkte das Gebäude von außen recht hübsch.

Es war ein geräumiges zweistöckiges Haus mit großen weißen Fenstern und wuchernden Weinreben, die auf beiden Seiten des hohen Bogentors wuchsen. Vor den Fenstern im ersten Stock waren schmale Eisensimse angebracht, die die Angestellten mit blauen Blumen in kleinen Töpfen schmückten. Im Sommer sonnten sich dort gern die Eidechsen. Selbst das rote Ziegelsteindach wirkte heiter mit seinen beschädigten Ziegeln und dem schiefen Schornstein, der nur als Nistplatz für Vögel diente.

Im Inneren war das Waisenhaus nicht ganz so hübsch. Die Teppiche waren abgelaufen, die einstmals fröhlich gemusterte Tapete mit den gelben Blumen war rissig und stand überall an den Ecken ab, und die eisengefederten Betten in den Schlafsälen waren in einem hässlichen, zerkratzten Grau gehalten. Mir machte das alles jedoch nichts aus. Jeden Tag, wenn wir zum Mittagessen gerufen wurden, strich ich mit den Fingern über die ausgeblichenen Blumen in den

Fluren und zählte: Drei Schritte lagen zwischen den beiden ersten Rissen, jede Blume hatte sechs Blätter, zehn abgeschälte Tapetenstückchen gab es zwischen Bad und Küche, achtundfünfzig Risse waren es insgesamt.

Meine Jahre im Waisenhaus waren die besten meines Lebens. Unsere Aufseher waren freundlich, es gab immer genug zu essen, und obwohl die Betten unbequem waren und die Decken zu dünn, um uns vor der eisigen Zugluft zu schützen, war das Leben alles andere als schlecht. Mrs. Rachel las uns Geschichten aus *Tausendundeiner Nacht* vor, Mrs. Gotts veranstaltete Filmabende im Hobbyraum, und Mr. Stevenson half uns persönlich bei unseren Hausaufgaben, wenn wir von der Schule zurückkamen.

Ich war seit Jahren nicht mehr in der Schule.

Ich habe die Schule immer geliebt.

Einmal, nach einem besonderen Weihnachtsessen mit Vanilleeis und Apfelkuchen, erklärte mir Mr. Stevenson, dass ich eine Begabung habe. »Du hast eine besondere Gabe, Sarah. All deine Lehrer haben mir das gesagt«, unterstrich er seine Worte. Er meinte mein Gedächtnis.

Obwohl ich mich an nichts aus der Zeit vor dem Waisenhaus erinnern konnte, hatte ich so ziemlich alles gut im Gedächtnis, was seither passiert war. Als ob mein Gehirn Schnappschüsse von allem machte, was meine Augen sahen, und sie dann in kleinen Schubladen lagerte, die ich bei Bedarf durchstöbern konnte. Ich weiß heute noch die Zahl der Betten im Mädchenschlafsaal. Ich erinnere mich an die einzelnen Farben im Kreuzmuster von Mrs. Rachels Lieblingsteetasse. Auch sechs Jahre später kann ich immer noch die kleinen grünen Äpfel auf der Kunststofftischdecke sehen, die Mrs. Gotts bei besonderen Anlässen über den langen Küchentisch breitete … wie etwa an jenem Weihnachtstag, an dem mir Mr. Stevenson eröffnete, dass ich eine besondere Gabe hätte.

Er sagte mir auch, dass ich zu Großem bestimmt sei. »Du wirst es auf dieser Welt weit bringen«, versicherte er mir. »Ich kann es förmlich vor mir sehen. Du wirst Ärztin! Oder Rechtsanwältin!«

Er log natürlich, aber ich mache ihm deswegen keinen Vorwurf. Ich kenne mich aus mit Lügen.

Meine nächste Lüge wurde eine Woche, nachdem die Leute von der Fürsorge mich bei meinen Pflegeeltern untergebracht hatten, fällig: bei Janet und Randy Billington aus der Sunnyville Street 2241 in Boston. Mrs. Billington hatte mir eingeschärft, diese Lüge zu erzählen.

»Jetzt hör mal zu, Sarah«, sagte sie, »du wirst denen von der Fürsorge sagen, dass es dir hier gefällt. Du sagst, dass du hierbleiben willst, oder es wird dir noch leidtun. Verstehst du mich?«

Natürlich verstand ich sie. Ich war inzwischen neun Jahre alt. Ich verstand, dass Janet Billington mit ihrem kurzen Stachelhaar, dem hässlichen Muttermal seitlich am Hals und ihrer großen Hakennase mich niemals lieben würde. In ihren stark geschminkten Augen war ich nichts als eine Dienerin und ein monatlicher Scheck vom großartigen Staat Massachusetts. Ich verstand auch, dass Randy Billington mit seinem nach Bier riechenden Schnurrbart, den schwieligen Händen und dem langen, fettigen Haar mir niemals ein Vater sein würde. Vor allem verstand ich die Drohung in den Gesichtern der Billingtons, wenn jemand von der Fürsorge ins Haus kam, um mich zu fragen, wie es mir bei meiner Pflegefamilie gefalle.

»Es gefällt mir hier«, sagte ich. Ich muss von Anfang an eine gute Lügnerin gewesen sein, denn die Sozialarbeiterin glaubte mir, und drei Monate lang kam niemand mehr, um nach mir zu sehen.

Früher habe ich nur mit Bitterkeit an meine Zeit bei den Billingtons zurückgedacht. Ich gab der Fürsorge die Schuld, weil niemand die blauen Flecken an meinen Armen bemerkte, wenn sie nach mir sahen. Eine Zeitlang gab ich auch dem Waisenhaus die Schuld, weil sie mich weggegeben hatten. Und manchmal, wenn die Billingtons sich betranken und ich mich in meinem Zimmer einschließen musste, um ihren wütenden Fäusten zu entgehen, machte ich jener Frau mit dem Umhang Vorwürfe, weil sie mich einfach am eisernen Tor des Waisenhauses von Somerville verlassen hatte. Aber diese Bitterkeit war nicht von Dauer. Selbstmitleid nutzte niemandem etwas.

Ich betrachte meine vier Jahre bei den Billingtons gerne als Lehrjahre.

Der normale Tag im Hause Billington begann bei Sonnenaufgang, wenn ich, von Randys und Janets Schnarchen untermalt, das Frühstück zubereitete. Ein Omelett aus drei Eiern mit Pilzen und Zwiebeln für seine Lordschaft und Buttermilchpfannkuchen mit Erdbeersoße für die Königin. Ich brauchte mehrere Wochen, um das Frühstücksmahl zu perfektionieren. Randy hatte seine Eier nicht gern wässrig, und er gab es mir mit dem Handrücken zu verstehen. Ich lernte, dass gegarte Pilze eine Menge Wasser abgeben und dass ich sie zuerst braten und die Flüssigkeit dann weggießen musste, bevor ich die Eier hinzufügte. Die Omeletts bekam ich relativ schnell richtig hin, doch die Pfannkuchen zu perfektionieren war schwieriger.

Janet war sehr eigen, was ihre Pfannkuchen betraf, und mit der dazugehörigen Erdbeersoße nahm sie es noch genauer. Als Zeichen, dass sie mit ihrem Mahl nicht zufrieden war, pflegte sie das Gesicht zu verziehen und ihren Teller wegzuschieben. Aber sie sagte mir nie, *was* genau sie daran auszusetzen hatte. Das Schlimmste war, dass sie mich, im Gegensatz zu Randy, nicht schlug. Nachdem sie mir diese säuerliche Miene präsentiert hatte, rief sie stattdessen für gewöhnlich in meiner Schule an und erzählte, ich sei krank.

Und wenn ich protestierte, pflegte sie zu erwidern: »Es hat wohl keinen Sinn, Mathe zu lernen, wenn du nicht mal Frühstück machen kannst, oder?« Das war so ihr Sinn für Humor.

Irgendwann bekam ich die Sache mit dem Frühstück in den Griff und machte alles genau so, wie die Billingtons es wollten. Dann war es Zeit fürs Putzen. Randy trank abends gern vorm Fernseher sein Bier. Er hatte außerdem die Angewohnheit, seine schmutzigen Schuhe anzubehalten, wenn er von seiner Arbeit auf der Baustelle nach Hause kam. Ich musste seinen Saustall wegmachen, bevor Janet es sah. Sie konnte den Anblick von verschüttetem Bier und Dreck nicht leiden. Sie spielte gern die gute Hausfrau. Und ihr Ehemann war natürlich ein Heiliger, also war es immer meine Schuld, wenn Randy für Unordnung sorgte.

Wenn ich Randys Hinterlassenschaften weggeräumt hatte, musste ich mich um die Wäsche kümmern. Die Billingtons waren zu knauserig, um eine Waschmaschine zu kaufen.

»Die Dinger fressen Strom wie verdammte Elektrizitätsmonster!«, sagte Randy immer.

Ich hatte keine Ahnung, was ein »Elektrizitätsmonster« sein sollte, aber ich habe auch nie nachgefragt. Randy konnte es nicht leiden, wenn man ihm Fragen stellte. Und so musste ich letztendlich alles von Hand waschen.

Während jener ersten Monate versicherte mir Janet, dass ich nur rechtzeitig das Frühstück machen, putzen und waschen müsse und dann dürfe ich auch in die Schule gehen. Aber wie früh ich auch immer anfing, ich wurde nur selten rechtzeitig fertig. Am Ende rief die Schule bei ihr an, weil man über mein häufiges Fehlen besorgt war. Janet erzählte ihnen, wir würden umziehen und ich würde dann die Schule wechseln. Sie war eine gute Lügnerin.

Ich konnte nie in die Schule gehen, aber ich konnte lesen, dank der Donnerstagstees.

Janet machte es sich zur Gewohnheit, donnerstags ihre Freundinnen vom Friseur mit nach Hause zu bringen. Sie entdeckte, dass ich ein Händchen fürs Backen hatte, daher ließ sie mich den Nachmittagstee für sie zubereiten. Ich kochte kannenweise Tee und deckte den Tisch wirklich hübsch, so wie es Mrs. Gotts im Waisenhaus bei besonderen Anlässen getan hatte. Die Billingtons hatten keine richtige Tischdecke, also fertigte ich aus einem ihrer alten Laken selbst eine an. Ich färbte sie in einem Eimer blau, dann nahm ich eine Tube mit glitzerndem Bastelkleber – eine Gratisprobe aus einem von Janets Modemagazinen –, um kleine Blumen auf die Ränder zu malen. Ich stellte Teller mit Kuchen und Gebäck auf meine Blumentischdecke. Janet gab mir den ganzen Donnerstagmorgen Zeit, um für ihre Gäste zu backen, daher versuchte ich mich an allem Möglichen, von kleinen Erdbeertörtchen bis hin zu Zitronen-Käsekuchen und dunklen Schokoladenbrownies.

Ich gab mir alle Mühe, um Janet und ihren Freundinnen zu Gefallen zu sein, denn wenn Janet mit mir zufrieden war, sagte sie: »Jetzt geh, mach, dass du von hier wegkommst, diese Party ist für Erwachsene.«

Ihre Worte waren wie eine wunderbare Erlösung; sie

bedeuteten, dass ich mindestens zwei Stunden für mich hatte, bis Janets Freundinnen gingen und ich wieder zum Saubermachen bereitstehen musste.

An diesen Donnerstagnachmittagen bin ich dann immer zu dem Secondhand-Sozialladen gelaufen, der neun Häuserblocks von der Wohnung der Billingtons entfernt war.

Lee, die Studentin an der Kasse, erlaubte mir, ein paar Bücher aus dem Regal mit den Spenden zu nehmen. »Sieh nur zu, dass du sie wieder zurückbringst, Espressokopf«, sagte sie dann.

Ich verstand nicht, warum sie mich so nannte, aber Lee meinte, der Spitzname passe zu mir, weil mein Haar schwarz und ich immer in Eile sei.

Ich las jeden Abend, sobald die Billingtons vor dem Fernseher weggedöst waren. Ich las, was immer ich in die Finger bekam. Alles Mögliche verirrte sich in den Secondhandshop, angefangen von Kochbüchern bis hin zu Krimis und Lexika. Ich las die Briefe von Robert Louis Stevenson und Johanna Lindseys Liebesromane. Ich lernte Computerprogrammierung für Dumme und las ein Buch über die chinesische Küche. Ich prägte mir Karten aus Atlanten und aus Reiseführern vielerlei Fakten über andere Länder ein. Ich behielt alles, was ich gelesen hatte. Es war keine Schule, aber meine Secondhandladen-Ausbildung war … nun ja, vielfältig. Das Leben bei den Billingtons war erträglich, zumindest eine Zeit lang. Doch alles änderte sich nach meinem dreizehnten Geburtstag.

Es gibt nicht allzu viele Waisen, die ihren Geburtstag nicht kennen. Die meisten Kinder, die im Wohlfahrtssystem enden, verlieren zwar irgendwann nach ihrer Geburt ihre Eltern. Doch sie haben Namen, und es gibt Unterlagen, die über sie Auskunft geben. Im Waisenhaus waren fünfzig

Kinder, und ich war die Einzige, über die überhaupt keine Unterlagen existierten. Die älteren Kinder nannten mich den *Geist*. Sie meinten es nicht böse. Die meisten von ihnen waren im Wohlfahrtssystem gelandet, weil sie in ihren Familien schlecht behandelt worden waren; und wenn sie nicht gerade von Adoption träumten, dachten sie sich für mich eine Vergangenheit mit netten, lächelnden Eltern aus, die nicht tranken.

Mr. Stevenson und die anderen Betreuer wählten einen Geburtstag für mich aus. Ich wünschte, ich wüsste, wie sie es gemacht haben. Bedeuteten Monat und Tag tatsächlich irgendetwas, oder war das Ganze genauso willkürlich wie der Name *Sarah*? Wie auch immer, mein erfundener Geburtstag war der fünfzehnte August, und es war an ebendiesem Tag vor drei Jahren, dass die Karten in mein Leben traten. Ich hatte vier neue Bücher vom Stapel mit den Buchspenden zum Lesen mitgenommen und hatte mich schon zum Gehen gewandt, als Lee sie mir in die Hand drückte.

»Alles Gute zum dreizehnten Geburtstag«, sagte sie.

Es war das erste Geschenk, das ich jemals bekommen habe. Im Waisenhaus hatte Mrs. Gotts zur Feier unserer Geburtstage kleine Kuchen gebacken, aber es war kein Geld da, um Geschenke zu kaufen, und die Billingtons waren nicht gerade der Typ für Geschenke.

Ich ließ das kleine, in Geschenkpapier eingepackte, viereckige Päckchen mit der rosa Schleife neun Tage unter meinem Kopfkissen liegen. Am zehnten Abend gewann meine Neugier die Oberhand über die Freude, die mich jedes Mal erfüllte, wenn ich das verpackte Geschenk betrachtete. Unten brüllte Randy gerade den Fernseher an, als ich das Geschenkpapier aufriss. Der Anblick der Karten verwirrte mich zuerst. *Tarotkarten*. Ich hatte in einem Roman über sie gelesen, hatte im Nachmittagsfernsehen jemanden gesehen, wie er sie legte, aber wozu sie wirklich da waren, wusste ich nicht so recht. Ich las die beigelegte Anleitung. Dort hieß es, dass ich mich mit meinen Karten vertraut machen und mich auf sie einstimmen solle, damit sie mir die passenden Informationen geben konnten. Ich hatte keine Ahnung, was das alles bedeuten sollte, aber ich liebte die Karten. Sie gehörten mir, ich hatte sie als Geschenk bekommen, und mehr brauchte ich nicht.

Ich mischte meine Karten unaufhörlich, prägte mir jeden der leuchtend bunten Aufdrucke ein und trug jeden Tag eine andere Karte in der Tasche mit mir herum. In der Anleitung las ich, es sei schwierig, die vielfältigen Bedeutungen jeder Karte im Gedächtnis zu behalten, und dass es seine Zeit brauche, um mit ihnen richtig umgehen zu können. Aber mir fiel es nie schwer, mir alle Details zu merken.

Die Karten wurden zu meinen Freunden. Ich sprach zu ihnen, während ich mit der Wäsche zugange war, legte sie um mich herum aus, wenn ich das Essen zubereitete, und schlief mit ihnen unter meinem Kissen. Es dauerte nicht lange, bis Janet die Karten entdeckte. Ich dachte, sie würde wütend werden, und sie war es zuerst auch, weil sie annahm, ich hätte ihr oder Randy Geld gestohlen, um das Kartenspiel zu kaufen. Da sie mir niemals auch nur einen Cent für mich selbst gaben, erschien ihre Annahme auch nicht ganz aus der Luft gegriffen. Mir gelang es, Janet davon zu überzeugen, dass ich sie nicht bestohlen hatte, indem ich ihr zu verstehen gab, dass sie doch viel zu schlau sei, um so etwas nicht gleich zu bemerken. Ich war mittlerweile eine ziemlich geschickte Lügnerin geworden. Und das musste ich auch sein, um die Billingtons immer wieder zu beschwichtigen. Unglücklicherweise war unsere Begegnung damit noch nicht zu Ende. Sobald Janet die Sache mit dem Geld abgehakt hatte, erkannte sie die Gelegenheit, ihre Freundinnen mit den Karten zu unterhalten. Sie wollte, dass ich ihnen zum Donnerstagstee die Karten legte, und es spielte keine Rolle, dass ich nicht die geringste Ahnung davon hatte. Wenn Janet etwas wollte, musste es auch geschehen.

Also improvisierte ich. Als in der nächsten Woche wieder die Frauen vom Friseur kamen, legte ich die Karten nach einem willkürlichen Muster aus, so wie ich es im Fernsehen gesehen hatte, und drehte sie eine nach der anderen um. Ich kann mich noch gut daran erinnern, wie mir plötzlich der Kopf schwirrte und wie die Bilder einfach nacheinander in meinem Kopf auftauchten. Ein Hund, ein Buch, ein Mann, dem ein Finger fehlte. Das Ganze machte mir ein wenig Angst. Die Bilder wirkten so lebendig. Ohne nachzudenken, sagte ich den Frauen einfach, was ich sah. Es gefiel ihnen nicht. Die Karten zeigten mir die Wahrheit über ihr Leben, und die meisten Menschen mögen die Wahrheit nicht.

Ich brauchte eine Weile, um mich daran zu gewöhnen, dass ich in den Karten das Leben anderer Leute las. Ich sah nur einen kleinen Ausschnitt, aber daraus formte sich ein Bild von der Person vor mir; ein wenig Vergangenheit, ein wenig Gegenwart und ein wenig Zukunft. Sobald mir die Sache vertraut war, versuchte ich, in mir selbst zu lesen, in der Hoffnung, etwas über meine Vergangenheit herauszufinden. Aber bei mir selbst funktionierte es nicht. Auf welche Weise auch immer ich die Karten legte, niemals war da dieses Schwirren in meinem Kopf, wenn ich Fragen nach mir stellte, und es kamen auch nie irgendwelche Bilder.

Ein Nachteil meines neu entdeckten Talents war, dass es mit meinen Nachmittagen im Secondhandladen nun vorbei war. Nachdem ich ihren Freundinnen mehrere Wochen lang die Karten gelegt hatte, begann Janet Fremde einzuladen und ihnen Geld dafür abzuknöpfen, dass ich einen Blick in ihre Karten warf. Zuerst waren es nur ein oder zwei Frauen am Tag; Leute, denen Janet beim Friseur begegnet war. Dann breitete sich die Neuigkeit aus, und sie brachte Interessierte aus dem Lebensmittelladen nach Hause, aus dem Nagelstudio und selbst aus dem Bingosaal. Allmählich begann ich, mir Sorgen zu machen. Es war nicht nur so, dass mir von all der vielen Kartenleserei der Kopf wehtat und dass Janet außerdem erwartete, dass ich neben den Sitzungen auch all meine sonstigen Pflichten wie gewohnt versah, was bedeutete, dass ich noch weniger Schlaf bekam als sonst. Nein, ich machte mir Sorgen wegen Randy. Ich wusste, dass Janet das Kartenlegen vor ihrem Mann geheim hielt, weil sie das Geld nicht mit ihm teilen wollte, aber früher oder später würde er doch etwas bemerken, und dann würden wir beide in Schwierigkeiten stecken.

»Du hältst dich wohl für besonders schlau, wie?«, zischte Janet, als ich meine Sorge zum Ausdruck brachte. »Du glaubst, ich würde dir etwas von diesem Geld abgeben, damit du den Mund hältst, nicht wahr?«

Es war das erste Mal, seit ich bei den Billingtons eingezogen war, dass ich mir ziemlich dumm vorkam. Ich hätte wirklich einen Anteil von dem Geld verlangen sollen, das Janet einsteckte. Mittlerweile belief es sich auf eine Summe von mehreren Hundert Dollar die Woche. Ich hätte davon vielleicht sogar eine Putzfrau bezahlen können, die mir im Haus half, sodass ich zur Schule gehen konnte. Aber jede Nacht nur drei Stunden zu schlafen sorgte nicht gerade für einen wachen Verstand.

Janet wertete mein Schweigen als eine Bestätigung ihres

Verdachts. Sie kam um die Wohnzimmercouch herum auf mich zu, und ihre Fistelstimme schwang sich zu ungeahnten Höhen auf. »Du bist nichts Besonderes, weißt du? Ohne diese Karten bist du nichts. Nur eine kleine Waise, die bei anständigen Christenmenschen schmarotzt.«

Ich war zu verängstigt, um wegzurennen, als sie plötzlich ihre Finger wie Schlangen ausfuhr, meine Arme packte und mich mit roher Gewalt schüttelte.

»Ich werde Randy heute Abend von deiner kleinen Begabung erzählen. Er wird sicher wissen, was sich sonst noch so alles mit dir anstellen lässt.«

Im Gegensatz zu den meisten von Janets Ankündigungen entpuppte sich diese allerdings als leere Drohung. Sie hat Randy nie vom Kartenlesen erzählt. Aber sie hat in der Tat eine weitere Methode gefunden, um noch mehr Geld aus mir herauszuschlagen.

Es war ein Dienstagabend: Randy war beim wöchentlichen Pokerabend mit seinen Kumpels, als Janet in mein Zimmer geplatzt kam und mir ein langärmeliges schwarzes Kleid vor die Füße warf.

»Zieh das an, und komm nach unten«, war ihre einzige Erläuterung.

Die Treppe war dunkel, als ich einige Minuten später hinunterging, und aus der Küche kam gedämpftes Flüstern.

»Ah, da ist sie. Komm herein, Sarah, die Olsons haben schon auf dich gewartet.«

Die brennenden Kerzen warfen scharf konturierte Schatten über Janets lächelnde Züge. Sie hatte zwei Ehepaare in mittleren Jahren ins Haus geholt und ihnen versprochen, dass ich einen Kontakt zum jüngst verblichenen Roger Olson würde herstellen können.

Zuerst sträubte ich mich bei dem Gedanken, diese trauernden Fremden zu belügen. Schließlich wusste ich nicht das Geringste darüber, wie man mit Toten Kontakt aufnahm!

Aber Janet hatte mein Widerstreben vorhergesehen und positionierte sich geschickt hinter mir, sodass sie mir die Hände auf die Schultern drücken konnte, bis ich den Platz an der Stirnseite des Tisches eingenommen hatte.

»Lassen Sie sich durch ihre Sprachlosigkeit nicht beunruhigen«, sagte Janet, »Sarahs bloße Gegenwart wird den Geist Ihres Vaters zu uns rufen. Jetzt fassen sich bitte alle an den Händen.«

Wenn mich die Sache nicht so angewidert hätte, hätte mich Janets Schauspielerei vielleicht beeindruckt.

Sie hatte offensichtlich Nachforschungen angestellt oder sich ein paar Filme mit spiritistischen Sitzungen angesehen, denn bald schon rief sie in übertrieben dramatischer Hollywoodmanier nach dem Geist von Roger Olson und forderte ihn auf zu erscheinen.

»Ah, ich spüre seine Gegenwart!«, verkündete Janet eine Weile später. »Stellen Sie jetzt Ihre Fragen.«

Erstaunt hörte ich zu, wie Bruder und Schwester Olson anfingen, über das Geld zu reden, das ihr Vater ihnen hätte hinterlassen sollen, während ihre stummen Ehepartner, einen nicht minder zornigen Ausdruck im Gesicht, auf die Kerzen in der Mitte des Tisches starrten.

Geld. Immer geht es um Geld.

Ich konnte sehen, wie Janet ihr Grinsen verbergen musste, als sie die Hände hob. »Oh Geist, gib uns ein Zeichen, dass du hier bist! Sag uns, wo du das Geld versteckt hast!«

In diesem Moment kroch mir eine plötzliche Kälte über die Haut, und die Flamme im Zentrum des Kreises flackerte wild. Ich sah Janet an und fragte mich, ob sie auf die Kerzen blies; es wäre jedenfalls typisch für sie gewesen. Doch ihr Gesicht war ausdruckslos, und sie schien den Windzug nicht bemerkt zu haben. Alle anderen blickten gebannt auf Janet, während sie mit dem Geist ins Gericht ging, und waren viel zu beschäftigt, um das Flackern zu bemerken.

Es war die Kaffeetasse neben der Spüle, die dem Abend ein abruptes Ende setzte. Ohne jede Vorwarnung kippte sie um, rollte ein Stück und zersprang auf dem Küchenboden in tausend Scherben, was die Olsons so erschreckte, dass sie in aller Eile das Haus verließen.

Scherben bringen Glück, heißt es, und die Sache mit der zerbrochenen Tasse entpuppte sich tatsächlich als Glücksfall. Das Ganze erschreckte Janet so sehr, dass sie nie wieder versuchte, eine Séance abzuhalten. Sie hörte sogar auf, Leute zum Kartenlegen herzubringen. Eine Woche nachdem die Olsons fluchtartig das Haus verlassen hatten, begann ich zu hoffen, dass alles wieder normal werden würde. Aber nichts sollte je wieder so werden, wie es war.

Der Abend, an dem Janet nicht zum Essen nach Hause kam, hat alles verändert.

Ich hatte das Bœuf Stroganoff und den Mandelreis bereits fertig auf dem Tisch stehen, als Randy aus dem strömenden Regen hereinkam und verkündete, dass Janet nicht zum Abendessen kommen würde. Ich beobachtete ihn aus den Augenwinkeln. Der Schlamm an seinen Stiefeln tropfte auf den alten Teppich, als er seinen Mantel auszog und sein fettiges, nasses Haar aus dem Gesicht strich. Bei Regen bekam Randy im Allgemeinen schlechte Laune, aber an diesem Abend waren seine Bewegungen langsam und gleichmäßig, ein Zeichen von Gelassenheit.

Wir wechselten kein Wort, als er in die Küche kam, um zu sehen, was es zum Essen gab. Das war nicht weiter ungewöhnlich. Aber dann nahm er direkt am Küchentisch Platz, etwas, was er in den drei Jahren, die ich mit ihm zusammen in diesem Haus gelebt hatte, noch nie getan hatte. Er aß sonst immer vorm Fernseher. Ich fühlte mich in der kleinen Küche sehr beengt, daher widmete ich mich dem Geschirr, während er sein Essen herunterschlang. Als er grunzend nach seinem Nachtisch verlangte, fiel mir auf, dass er sein Bier nicht angerührt hatte, eine weitere Premiere. Bis zum Nachtisch war er normalerweise schon bei der dritten Flasche angelangt.

Der Pfirsich-Brombeer-Kuchen dampfte noch, als ich ihn vor ihn hinstellte.

»Vorsicht, heiß«, warnte ich ihn. Er reagierte nicht.

Nachdem sich Randy am Kuchen gütlich getan hatte, wartete ich darauf, dass er ging, aber er saß einfach nur da und klopfte mit den Fingern auf den Tisch, während das Licht der Küche die Oberfläche seiner dreckverschmierten Hände beleuchtete. Er betrachtete mich eingehend, dann griff er in die Gesäßtasche und zog ein Päckchen Zigaretten heraus. Mein Herz begann zu rasen. Ich wandte mich wieder der Spüle zu und tauchte die Hände ins Spülwasser, um ganz langsam den letzten Teller zu schrubben. Sein gesamtes Verhalten stimmte nicht. Seine Laune, das Essen in der Küche und dass er sein Bier nicht anrührte. Und warum die Zigaretten? Ich hatte ihn noch nie zuvor rauchen sehen.

»Du bist ziemlich hübsch, weißt du.« Seine Augen glühten in einem unheimlichen Gelb. »Ich habe schon immer eine Schwäche für schwarzhaarige Menschen gehabt.«

Seine Worte ergaben keinen Sinn, aber der Blick, den er mir zuwarf, ließ mich blitzschnell nach dem Küchenmesser greifen. Ich versuchte, ihn abzuwehren, aber Randy lachte nur und setzte mir nach. Ich schrie ihn an, er solle aufhören und nicht näher kommen, aber es war umsonst. Er gab nicht das geringste Geräusch von sich, als die Klinge in sein Bein schnitt. Es war, als spüre er es gar nicht. Und dann knurrte er in einer Sprache, die ich noch nie zuvor gehört hatte, und versuchte, mir mit der Faust ins Gesicht zu schlagen.

Ich habe nie größere Angst gehabt als in diesem Moment.

Ich floh in mein Zimmer und verriegelte die Tür hinter mir. Randy verfiel wieder ins Englische und brüllte, dass er mich umbringen werde. Dass er die Tür eintreten und mich umbringen werde. Ich erstarrte vor Schreck. Ich hätte Möbelstücke vor die Tür schieben sollen, sie würde nicht lange standhalten, aber ich konnte mich einfach nicht rühren. In der einen Hand immer noch das blutige Küchenmesser haltend zog ich mit der anderen die Karte hervor, die ich mir irgendwann früher am Tag in die hintere Hosentasche gesteckt hatte. Es war *Der Narr*.

Der Narr bereist die Welt mit all seinen Habseligkeiten in einem kleinen Beutel. Er weiß nie, wo er hingeht; er weiß nur, dass er seinen Visionen und Träumen folgen muss, und von denen hat er jede Menge. Für ihn ist es das Wichtigste im Leben, in die weite Welt hinauszugehen und dabei jeden Moment zu genießen. *Der Narr* steht für die Reise, den Beginn eines Abenteuers … den Anfang eines neuen Lebens.

In diesem Moment – mit der Karte in der Hand und Randy an der Tür, der mir zubrüllte, endlich aufzumachen – wusste ich, dass meine einzige Überlebenschance in der Flucht lag. Aber ich konnte nirgendwohin! Die Tür erbebte unter Randys Gewicht. Die Angst jagte mir Schauer über den Rücken. Ich flehte den Narren an, mir zu sagen, wo ich hingehen solle.

Und er antwortete.

Der König der Münzen

Tatsächlich antwortete mir *Der Narr* nicht in Wirklichkeit. Aber damals kam es mir so vor, als sei mir die Vision, die vor mir erschien, von der Karte gesandt worden, auch wenn ich jetzt weiß, dass das nicht der Fall war. Meine Visionen haben nichts mit den Karten zu tun. Sie kommen, wann es ihnen beliebt und sooft es ihnen beliebt. Und die erste kam in ebenjener Nacht, in der Randy beschloss, mich zu töten.

Dort, mitten in meinem winzigen Zimmer, sah ich einen Bus, auf den oben die Nummer 16 geschrieben war. Ganz deutlich stand er mitten im Raum, ein blauer Bus mit weißen Streifen, sechs Passagieren und einem schläfrig wirkenden Fahrer. Der Bus schwebte für einige Sekunden über meinem Schlafzimmerteppich, bis er durch Straßenschilder, einen Park, rote Backsteinhäuser und *Tonys Bäckerei* ersetzt wurde. Ich sah eine alte Dame, die einen großen Sack Mehl von einer langen hölzernen Abstellfläche zu einer Tür im rückwärtigen Teil des Raums trug. Ihre Wangen waren gerötet, sie trug ein langärmeliges braunes Kleid voller weißer Staubflecken, und ihre Augen wirkten gequält.

Randy schrie mich an, ich solle die Tür öffnen, und das Bild der alten Frau verschwand. Ich erinnere mich, einfach nur dagestanden und geblinzelt zu haben, bis das Geräusch von splitterndem Holz mich aktiv werden ließ. Ich stopfte ein paar Kleider in meinen Rucksack, steckte mir die Karten in die Hosentasche, kletterte aus dem Fenster und verließ die Billingtons für immer.

Vermutlich hätte ich überraschter sein sollen, als ich den Bus, den ich in meiner Vision gesehen hatte, nur drei Straßenzüge weiter auch tatsächlich vorfand. Dieselbe Nummer, dieselben Insassen, derselbe schläfrige Fahrer … ich hätte schockiert, vielleicht sogar entsetzt sein sollen, aber ich war es nicht. Wahrscheinlich, so denke ich im Rückblick, fand ich wohl, dass es kein so großer Unterschied ist, ob man nun Visionen hat oder in den Karten das Leben anderer Menschen sieht. Oder vielleicht war es nicht so einfach, schockiert zu sein, nachdem ich gerade der Mordattacke meines Pflegevaters entkommen war. Aus welchem Grund auch immer, ich vertraute der Vision, stieg in den Bus und fuhr bis zur letzten Haltestelle mit. Von dort aus folgte ich den Straßenschildern und den Örtlichkeiten, die mir meine Vision gezeigt hatte. Im Süden von Boston angelangt hatte ich keine Anhaltspunkte mehr und wusste nicht, wohin ich mich wenden sollte. Nirgendwo eine Spur von der Bäckerei oder der alten Frau.

Es ist schon seltsam, was die Dunkelheit mit einer Stadt anstellen kann. Fröhliche Kopfsteinpflasterstraßen werden in Düsternis getaucht, Bäume verwandeln sich in bösartige Schatten, und jeder Fremde wird zu einer möglichen Gefahrenquelle. Als meine Beine schwach wurden und mir der Blick vor Müdigkeit verschwamm, versuchte ich, mich im Eingang eines dunklen Wohnblocks auszuruhen, wurde aber von einem Obdachlosen verscheucht, der eine zerbrochene Flasche schwang. Nach einigen weiteren Versuchen, einen Hauseingang zu finden, der nicht von Pförtnern oder Obdachlosen bewacht wurde, schlief ich zwischen zwei großen Müllcontainern hinter einem chinesischen Waschsalon ein.

Ich verbrachte zwei Nächte auf der Straße. Diese Zeit steht nicht auf der Liste meiner Lieblingstage, aber sie hätte auch schlimmer sein können. Viel schlimmer. Am dritten Tag fand ich *Tonys Bäckerei* und die alte Frau, die ich das Mehl hatte tragen sehen. Ich habe keine Ahnung, wie es dazu gekommen ist. Ich hatte Hunger, ganz schrecklichen Hunger, und der Geruch von frisch gebackenem Brot führte mich eine kleine Seitenstraße hinunter, und da war sie: *Tonys Bäckerei*, genau wie in meiner Vision. Die alte Frau hieß Francesca. Tony, ihrem Mann, gehörte die Bäckerei.

Als ich Tony mitteilte, dass ich einen Job bräuchte und dass ich achtzehn sei, wirkte er skeptisch, aber er stellte nicht allzu viele Fragen. Seine Frau wurde allmählich zu alt für die Arbeit, und er war zu geizig, um einen anständigen Lohn für eine Hilfskraft zu bezahlen. Er begriff, dass ich backen konnte und dass ich bereit war, für sehr wenig Lohn hart zu arbeiten, daher stimmte er einem Handel zu: Er würde mich in der schäbigen Wohnung über dem Laden wohnen lassen, würde Wasser- und Stromrechnung übernehmen und mich in der Bäckerei essen lassen – und als Gegenleistung musste ich zehn Stunden am Tag arbeiten. Ich stimmte seinen Bedingungen zu, nachdem er eingewilligt hatte, mir am Tag zehn Dollar für »Nebenausgaben« zu zahlen.

Es gab viel schlechtere Jobs. Die Arbeit bei Tony begann um drei Uhr morgens mit der Vorbereitung des Teigs. Darauf ging es mit den Broten weiter, dann kamen die Sandwiches, und um zwei Uhr nachmittags war ich fertig. Es war wirklich nicht fürchterlich viel Arbeit, vor allem da ich es gewohnt war, noch mehr zu arbeiten und überhaupt kein Geld dafür zu bekommen. Trotzdem waren die ersten Wochen schwierig. Ich fand es schrecklich, nach der Arbeit die Bäckerei zu verlassen, weil ich nicht allein sein wollte. Die Wohnung über meiner stand leer, bis auf die Ratten. Ich konnte sie umherhuschen hören, wenn ich nachts versuchte einzuschlafen, und daran musste ich mich erst einmal gewöhnen. Ich schlief nicht gut. Und es waren nicht nur die Ratten oder das Alleinsein, was mich nachts wach hielt, es war auch die Angst davor, dass die Billingtons mich finden könnten.

Einige Wochen, nachdem ich angefangen hatte, für Tony zu arbeiten, weckte mich eines Nachts das Klappern der Feuerleiter aus unruhigem Schlummer. Ich flehte um eine weitere Vision; eine, die mich an einen Ort führen würde, wo es mehr Wärme gab, oder zu jemandem, der sich um mich kümmern würde. Es war natürlich reines Wunschdenken. Keine Vision stellte sich ein, und ich sah nur Randys merkwürdig glühende Augen in jedem dunklen Winkel des Raums. In meiner Angst vor dem Alleinsein zog ich die Karten hervor, breitete sie auf dem Bett aus und bat sie um Hilfe. Nichts geschah, aber mein Blick wanderte immer wieder zum *Herrscher*.

Der Herrscher sitzt auf seinem Thron aus Gold und Widderköpfen, hoch über der Welt, die er regiert. Er ist die Vaterfigur der Tarotkarten, der Mann mit dem weißen Bart, der nah und fern mit Weisheit und Gelassenheit regiert. Einer Auslegung zufolge steht der *Herrscher* für die Überlegenheit von Intelligenz und Vernunft über Leidenschaft und Gefühl. Er ist das Symbol von Selbstvertrauen und Beständigkeit, der unbeugsame Geist.

Ich schob die Karte unter mein Kissen und ließ Gesicht und Blick des weisen Herrschers meinen Kopf erfüllen. Ich versicherte mir, dass auch mein Geist unbeugsam sei, und kämpfte meine Tränen nieder. Damals schwor ich mir, nie wieder zu weinen. Ich hatte mit der Angst abgeschlossen. Die meiste Zeit meines Lebens hatte ich in Angst verbracht. In Angst davor, vom Waisenhaus weggeschickt zu werden, in Angst vor Janets Drohungen, vor Randys Fäusten, vor den dunklen Straßen der Stadt und vor der Einsamkeit. Ich würde mir nie wieder erlauben, Angst zu haben.

Nach dieser Nacht wurde allmählich alles besser.

Wenn ich mein Geld für Essen und den wöchentlichen Zuschuss für »Nebenausgaben« zusammenhielt, hatte ich immer genug für Kleider und Bücher aus den umliegenden Secondhandshops. Da Francesca darauf bestand, erhöhte Tony meine zehn Dollar einige Monate später auf zwanzig. Mehr und mehr nutzte ich das zusätzliche Geld, um Mehl und andere Zutaten zu kaufen, sodass ich auch während meiner Freizeit backen konnte. Aus Zutaten für zehn Dollar konnte ich leicht dreißig machen, indem ich meine Backwaren auf dem Campus der nahen Universität verkaufte. Ich konnte echte Rücklagen bilden. Ohne das Geld, das ich für Bücher und hin und wieder das eine oder andere Kleidungsstück ausgab, verdiente ich bis zu hundertfünfzig Dollar pro Woche, und während der Examenswochen und an Wochenenden mit Feiertagen war es noch mehr.

Zu meinem vierzehnten Geburtstag kaufte ich mir einen gebrauchten Computer, ging in ein kostenloses Internetcafé und suchte im Netz nach allem, was mir gerade in den Sinn kam. Ich las frei zugängliche Auszüge aus Büchern, klickte mich durch Seiten über Geschichte, Kunst, Mythologie oder Astronomie und lernte neue Rezepte auswendig, bis meine Augen glasig waren und es wieder an der Zeit war zu arbeiten. Immer wieder googelte ich nach dem Wort »böse«, in der Erwartung, ein Bild der Billingtons vorzufinden. Auf sie stieß ich niemals – jedoch auf eine Menge anderer Dinge und Wesen. Geister, Dämonen, Teufel, Vampire, Werwölfe, Poltergeister … Die Überlieferung aus Sagen und Märchen faszinierte mich immer stärker, und ich informierte mich gründlich über alle möglichen Arten von Geschöpfen. Und einige Wochen nachdem ich meinen Computer gekauft hatte, landete ich auf einer Website über Dschinn.

Ich hatte schon zuvor Bücher gelesen, in denen Dschinn vorgekommen waren. *Tausendundeine Nacht*, das Buch, aus dem uns Mrs. Rachel im Waisenhaus vorgelesen hatte, enthielt jede Menge Geschichten mit Dschinn. Aladin, eine meiner Lieblingsmärchenfiguren, machte sich die Hilfe eines Dschinns zunutze, der an eine Lampe gebunden war. Aber diese Website war anders. Sie deutete Dschinn nicht als mythische Wesen, die all jenen, die ihre Lampen besaßen, besondere Wünsche erfüllten. Hier wurde über die Dschinn geschrieben, als seien sie *wirklich*.

Wenn man nur lange genug im Internet surft, findet man alle möglichen Spinner. Leute, die behaupten, von Außerirdischen entführt worden zu sein. Leute, die behaupten, zwischen den Welten zu reisen. Aber zu jenen Seiten gehörte diese Website nicht. Der Verfasser war ein Literaturhistoriker, der über dreißig Jahre lang Dokumente gesammelt hatte. Ob Islam, Judentum, Christentum, Hinduismus – die heiligen Schriften fast jeder Religion enthielten alle mindestens eine Geschichte über Dschinn. Manche bezeichneten sie als gefallene Engel, andere als Dämonen und wieder andere als Präadamiten, also als menschliche Wesen, die schon vor Adam existierten. Uralte Zivilisationen hatten sie als Götter angebetet, und es gab Anhänger von okkulten Praktiken, die ihnen heute noch huldigten! Auf die eine oder andere Weise glaubten Hunderte Millionen Menschen an diese Wesen.

Die vom Verfasser angeführten Quellen beschrieben die Dschinn als eine der ältesten Dämonenarten, die der Menschheit bekannt sind. Sie wurden zweitausend Jahre vor dem Menschen aus dem Feuer geboren und leben auf der Erde in einer anderen Dimension. Manche von ihnen können in unsere Dimension überwechseln, und wenn sie das tun, richten sie Chaos und Verwüstung unter jenen an, die sie am meisten hassen: die Menschen. Besessenheit herbeiführen, Verwandlungen initiieren, Menschen durch Illusionen in den Wahnsinn treiben, sich als Propheten ausgeben, um Menschen in die Irre zu führen – all das gehört zu den Talenten der Flammenblüter.

Das alles klang schon unheimlich genug. Doch war es der mit »Dschinn erkennen« überschriebene Abschnitt, der mir eine wahre Gänsehaut bescherte.

Es gibt mehrere Methoden, um festzustellen, ob jemand von einem Dschinn besessen ist. So sind etwa eine heiße Haut, völlige Gefühllosigkeit und übermenschliche Kraft typische Merkmale. Manche Quellen sagen, dass ein von einem Dschinn besessener Mensch in Zungen redet und seine Augen in einem hellen Gelb leuchten, wenn man ihn in Rage bringt.

Der Absatz klang zu wahr, um mir nicht meine Ruhe zu rauben. Das Sprechen in Zungen, die glühenden gelben Augen und die Gefühllosigkeit … ich war alledem schon begegnet.

Karten und Visionen sind das eine, aber sich einzugestehen, dass Dschinn wirklich real sind … dass Menschen von

Dämonen besessen sein können … Sagen wir einfach mal, es gibt Dinge, an die zu glauben leichterfällt. Ich wollte es nicht glauben, aber das Leben kümmert sich nicht sonderlich um das, was man will.

Fast zwei Jahre nachdem ich bei Tony angefangen hatte, erlebte ich eine weitere Vision.

Ich knetete gerade Teig in Tonys kleiner Küche, als es mir plötzlich vorkam, als würde mein Geist aus meinem Körper gerissen und durch den Raum geschleudert. Ich sah verschwommene Farben, dann konnte ich etwas ausmachen, was wie ein Straßenschild aussah: *Greenburg Lane*. Dann war da ein hellrosa verputztes Haus, und ich schwebte um es herum, in den Garten dahinter. Eine rot-gelbe Schaukel, ein kleiner Sandkasten, ein grüner Eimer mit der Aufschrift *Andy* und ein gelber Holzzaun. Im Garten spielte ein Junge. Er war ungefähr fünf. Kurzes braunes Haar, Spider-Man-T-Shirt und dicke Brillengläser, die seine Augen zu groß für seinen Kopf erscheinen ließen. Ich betrachtete die Szene und versuchte zu verstehen, was mir da gezeigt wurde. Ein Kopf erschien auf der anderen Seite des Zauns. Ein Mann mit gelb glühenden Augen. Mir wurde übel, als ich mitverfolgen musste, wie er sich in den friedlichen Garten schlich, den kleinen Jungen am Arm packte und ihn über den Rasen schleuderte.

Als die Bilder verschwanden, starrte ich auf meine Hände; auf die Teigklumpen, die ich zwischen meinen weißen Knöcheln zerquetscht hatte. Ich konnte es nicht länger leugnen. Dschinn gab es wirklich, und ich hatte keinerlei Zweifel, was ich tun musste. Ich musste den Jungen finden. Es hatte einer Vision bedurft, um mich zu retten, und jetzt wollte eine andere Vision, dass ich Andy vor seinem gelbäugigen Peiniger rettete. Natürlich hatte ich nicht den leisesten Schimmer, was genau ich tun sollte und womit ich es hier überhaupt zu tun hatte. Daher wandte ich mich wieder der Website zu und fand den Unterabschnitt darüber, wie man einen Dschinn aus einem besessenen Körper vertreibt:

Ein Dschinn kann sich eines Menschen nicht bemächtigen, ohne vom Opfer selbst eingelassen zu werden. Trotz dieser Tatsache ist Besessenheit nicht ungewöhnlich, und dafür gibt es einen Hauptgrund: Unwissenheit. Menschen, die keine Ahnung davon haben, dass sie von einem Dschinn ins Visier genommen werden, sind anfällig. Ein Dschinn braucht einem Menschen nur ins Ohr zu flüstern, um sein Opfer glauben zu machen, die vernommene Stimme sei in Wirklichkeit dessen eigene. Der Dschinn kann nun ganz auf die Schwächen seines Opfers setzen und es dazu bringen, schreckliche Dinge zu tun, wodurch es sich ihm weiter öffnet, sodass der Dschinn vollen Besitz von ihm ergreifen kann. Sobald dieser Zustand der Besessenheit dann erreicht ist, wird der Dschinn alles tun, um seine Macht über sein Opfer zu stärken. Man hat einige wenige Methoden zur Austreibung von Flammenblütern ausfindig machen können; darunter befinden sich eine Beschwörungsformel und das Siegel des Salomo.

Kundige berichten davon, dass der Dschinn den Körper seines Opfers verlässt, wenn diesem das Siegel des Salomo auf die Haut gedrückt wird. Daneben ist eine Beschwörungsformel bekannt, um das Ungeheuer zu vertreiben. Leider sind beide Methoden sehr riskant, da sie den direkten Kontakt erfordern. Der Rauch von Salbei, Salz und Silber kann ebenfalls eingesetzt werden, um dem Dschinn Verbrennungen zuzufügen, aber je nach der Stärke seiner Macht über sein Opfer wird diese Maßnahme ihn wo-

möglich nicht dazu bewegen können, den Körper seines Opfers zu verlassen.

An diesem Tag malte ich nach der Arbeit Salomos Symbol auf ein Stück Papier, schnappte mir eine Packung Salz und das einzige Silber, das ich finden konnte: eine kleine versilberte Muttergottesfigur, die Francesca in der Küche aufbewahrte. Salbei hatte ich so kurzfristig unmöglich auftreiben können; also steckte ich meine anderen Waffen in die Tasche, informierte mich, wo sich die Greenburg Lane befand, und wechselte zweimal den Bus, bis ich den entsprechenden Vorort erreicht hatte. Das rosa Haus lag zwischen zwei großen Kiefern versteckt, genauso wie ich es im Geiste vor mir gesehen hatte. Ich schlich mich in den Hof und war wenig überrascht, Andy im Sandkasten spielen zu sehen. Ich näherte mich ihm nicht, sondern wartete stattdessen auf das Erscheinen des Dämons.

Ich hatte keine Ahnung, worauf ich mich einließ, als ich an jenem Tag in die Greenburg Lane fuhr. Denn ich hatte es so eilig, Andy zu Hilfe zu kommen, dass ich nie wirklich darüber nachgedacht hatte, was geschehen würde, wenn sich die Informationen auf der Website als falsch herausstellten. Was wäre passiert, wenn das Salz und das Silber *nicht* gewirkt hätten?

Glücklicherweise taten sie es.

Als der Besessene schließlich auf der Bildfläche erschien, griff ich ihn mit dem Salz an. Was dem Dschinn nicht gefiel. Mit einem wütenden Knurren drehte er sich zu mir um, und für einen Moment war ich wie gelähmt. Bis zu diesem Moment war ich innerlich eiskalt, hatte alles unter Kontrolle gehabt, aber beim Anblick der gelben Augen in dem wutverzerrten Gesicht war es mir, als stürzte sich

Randy von neuem auf mich. Andys Angstschrei riss mich aus meiner Schockstarre, und ich ging auf den Dämon los.

Es war das Dümmste, was ich hätte tun können. Wäre der Dschinn nicht dadurch abgelenkt gewesen, dass Andy zum Haus hinüberrannte, hätte ich vermutlich keine Chance gehabt. So jedoch schaffte ich es, den Mistkerl rückwärts in den Sandkasten zu werfen. Danach ging alles sehr schnell. Die Finger, die sich plötzlich um meinen Hals legten, meine über dem Sand baumelnden Füße, die Muttergottes in meiner Hand und dann dieses schreckliche Zischgeräusch.

Von ein paar fingerabdruckgroßen blauen Flecken um meinen Hals einmal abgesehen, bin ich meiner ersten gefährlichen Begegnung mit einem Dschinn unversehrt entronnen. Ich hatte Glück. In dem Moment, da die Silberstatue den Dämon berührte, brannte sie einen Abdruck von Marias Umrissen auf seine Haut, und plötzlich wurden die gelben Augen blau. Thomas, der sich als Andys Nachbar herausstellte, konnte sich nicht daran erinnern, wie er in den Garten gelangt war oder weshalb er die Finger um meinen Hals hatte. Ich erklärte ihm, er sei von einem Dschinn besessen gewesen und dass er sich Literatur über Dschinn verschaffen müsse, um sich zu schützen. Er war so erschüttert, dass er nicht protestierte, als ich ihm nun das Papier mit dem Siegel des Salomo in die Hand drückte. Dann verließ ich die Greenburg Lane so schnell, wie ich nur konnte.

Einen Dschinn loszuwerden ist nicht immer so einfach. Im Laufe des nächsten Jahres hatte ich zwölf weitere Visionen, jede von einem anderen Kind, das von einem besessenen Erwachsenen misshandelt wurde. Bei meiner zweiten Begegnung hatte sich der Dschinn der Mutter eines sechs Jahre alten Mädchens bemächtigt, und er war viel stärker, als es der erste gewesen war. Stärker und schlauer. Als er mich herannahen hörte, wich er dem Salz aus. Es gelang ihm, mir ein paar ziemlich heftige blaue Flecken zu verpassen, bevor ich ihm die silberne Muttergottes auf die Haut drücken konnte. Das Schlimmste war, dass das Silber ihn zwar in die Knie zwang, doch wollte der Dschinn den Körper der Frau dennoch nicht verlassen. Ich versuchte es mit dem aufs Papier gemalten Siegel des Salomo, aber es funktionierte nicht. Glücklicherweise erfüllte die Beschwörungsformel dann ihren Zweck.

Im Laufe der Zeit bin ich in Sachen Dschinnaustreibung immer besser geworden, vor allem weil ich gelernt habe, das Ganze besonnen genug anzugehen, um tatsächlich einem *Plan* folgen zu können. Mein Plan besteht aus sechs Punkten: Finden, Siegel, Salz, Silber, Falle, Austreibung. Der erste Punkt erklärt sich wohl mehr oder weniger von selbst. Der zweite besteht darin, das Siegel des Salomo zu zeichnen, das, wie sich herausstellte, nur dann wirkt, wenn es mit Blut gemalt ist. Ich wähle eine Stelle in der Nähe des Dschinns, aber außerhalb seiner Sichtweite, und zeichne den sechszackigen Stern und die sechs ihn umgebenden Kreise auf den Boden. Im dritten Schritt geht es darum, sich dem Dschinn zu nähern und ihn mit Salz zu bewerfen. Wie ich schon sagte, Salz allein reicht nicht aus, aber es erregt immer seine Aufmerksamkeit. Wenn das Salz nichts ausrichtet, werfe ich dem Dschinn die Muttergottes zu, die dann die meisten Dschinn aus reinem Reflex auch auffangen. Wenn das noch immer nicht reicht, um den Dämon verschwinden zu lassen, laufe ich so schnell wie möglich über das Siegel des Salomo, das ich zuvor gezeichnet habe. Sobald der Dschinn auf das Siegel tritt, ist er gefangen und kann keinen Muskel mehr regen. Dann ist es Zeit für die Beschwörungsformel, und – voilà! – das Opfer ist dämonenfrei.

Zwei Jahre lang habe ich mich nun von diesen Visionen leiten lassen. Jedes Mal, wenn sich vor meinem inneren Auge ein Kind in Not zeigte, befreite ich es von seinem Dschinn und hatte das Gefühl, das Richtige zu tun. Mein Leben erschien mir ziemlich geregelt. Ein wenig Schlaf, ein Haufen Arbeit und dann und wann mal eine Dämonenaustreibung. *Seltsam* zwar, aber geregelt. Dann, um Punkt drei heute Morgen, als ich gerade in die Bäckerei hinuntergehen wollte, um italienisches Fladenbrot mit Rosmarin zu machen, stürzte eine Vision auf mich ein.

Sie begann mit einem langen blauen Zug und endete mit *ihm*.

Er sah aus, als sei er etwa in meinem Alter, vielleicht ein oder zwei Jahre älter. Halblanges blondes Haar, gebräunte Haut und schöne blaue Augen. Auch wenn er, anders als alle anderen zuvor, kein kleines Kind war, spürte ich doch, dass er das Opfer war; derjenige, der gerettet werden musste. Das war ja alles schön und gut, nur dass mir die Vision nicht zeigte, vor *wem* ich ihn retten sollte! Ich sah nur Zeichen, die mich zu einer Kleinstadt namens East Wendell schickten. Ich sagte mir, dass ein Mensch in Not, ungeachtet seines Alters, eben ein Mensch in Not sei, packte ein paar Sachen zusammen, schrieb einen Zettel für Francesca und Tony und machte mich auf den Weg zum Bahnhof.

Als ich in East Wendell ausstieg, stürzte erneut etwas auf mich ein.

Diesmal war es ein Auto. Ich wurde von einem Auto angefahren.

Das Rad des Schicksals

Manchmal komme ich mir so vor, als sei mein Leben ein verkorkstes Comic-Heftchen und ich die Antiheldin. Ich trage gebrauchte Sachen anstelle cooler Verbrecherjäger-Klamotten, setze eine silberne Statue der Muttergottes ein statt Hightech-Geräten und verfüge über eine Superfähigkeit, die überhaupt nicht super ist. Eigentlich ist es gar keine richtige Fähigkeit. Am ehesten könnte ich es noch Hellseherei nennen; doch bin ich eine wirklich *schlechte* Hellseherin. Ich meine, was taugt es, in den Karten die Vergangenheit der Menschen zu sehen, wenn ich meine eigene Vergangenheit nicht sehen kann? Und meine Visionen? Zeigen sie mir denn etwas Nützliches wie, nun ja, was weiß ich – zum Beispiel dieses Monstrum von Jeep, das mich gleich überfahren wird? Nein. Oh nein, keineswegs. Warnungen gehören nicht zum Repertoire meiner Fähigkeiten. Meine Visionen führen mich immer nur direkt zu den Dschinn, die mich dann am liebsten schön langsam und mit Genuss umbringen wollen.

Aber ganz im Ernst: Welche Hellseherin, die etwas auf sich hält, lässt sich schon *überfahren*, wenn sie noch dazu gerade unterwegs ist, um jemanden zu retten? Das muss ganz bestimmt gegen irgendeinen Kodex verstoßen. Regel Nummer eins im Buch mit dem Verhaltenskodex für Superhelden lautet ohne jeden Zweifel: *Wenn du gerade in ritterlicher Tapferkeit irgendjemandem zu Hilfe eilst, so lass dich dabei nicht überfahren!*

Als ich im Krankenhausbett aufwachte, bewies ich der Welt einmal mehr, dass ich *definitiv* keine Heldin bin.

»Seit fünf Minuten regt sie sich jetzt schon, Herr Doktor. Hat die Augen bisher noch nicht aufgeschlagen, aber ihr Puls ist gleichmäßig.«

Die Stimme klang wie aus der Ferne, als käme sie aus dem Nebenzimmer. Irgendetwas zog an der Innenseite meines rechten Arms.

»Die Röntgenbilder?« Eine Männerstimme. Sie war ein wenig deutlicher als die andere Stimme. Näher.

Ich begann Dinge wahrzunehmen. Das Laken unter meinen Fingern war kühl, und in der Luft lag ein schwacher Duft von Blumen.

»Alles in dieser Akte. Keine Brüche, eine Knochenfissur im linken Arm, Prellungen im Bauchraum sowie an Armen und Beinen.«

Ein sanfter Druck auf meine Lider zwang mich, die Augen zu öffnen. Für einen Moment waren da verschwommene Bewegungen, und dann blendete mich ein grelles Licht. Ich drehte mich etwas, und meine Beine streiften kühle Laken. War ich nackt!?

»Alles in Ordnung, Celine. Kein Grund zur Sorge.« Die Stimme des Arztes war jetzt ganz klar und deutlich zu vernehmen. Und sie klang freundlich. Seine Finger bewegten sich über meine Stirn, dann nahm er sie weg. Ich verstand nicht, warum er mich Celine nannte, aber es tat sowieso alles viel zu weh, um zu reden. Ich zog die Hand dichter an meinen Körper heran und war erleichtert, den dünnen Stoff eines Krankenhausnachthemds zu fühlen.

Das helle Licht verschwand, dann erschien das Gesicht des Arztes in meinem Blickfeld. Graumeliertes Haar, Brille mit Drahtgestell, ein komischer kleiner Schnurrbart und ein freundliches Lächeln. Auf seinem Namensschildchen las ich »Dr. Deluca«. Eine Krankenschwester stand rechts von ihm und rückte den Infusionsständer mit dem Beutel zurecht, der über einen Katheter Flüssigkeit in meinen Arm laufen ließ. Das erklärte das Ziehen, das ich zuvor verspürt hatte.

»Erinnerst du dich daran, was passiert ist?«, fragte der Arzt.

Was passiert war? Ich erinnerte mich tatsächlich. Vage. Ein silberner Range Rover, ein schreiendes Mädchen und Zement blitzten vor meinem inneren Auge auf.

»Ein Auto hat mich angefahren.« Meine Stimme war nur ein Krächzen.

»Ja.« Der Arzt nickte und warf einen Blick auf die Krankenschwester, die einen neuen durchsichtigen Beutel an den Infusionsständer hängte. »Du hattest großes Glück. Du hast keine ernsten Verletzungen, nur ein paar Beulen und Prellungen.«

Glück wäre es wohl eher gewesen, gar nicht erst angefahren worden zu sein. Dem Arzt zuliebe nickte ich, dann ließ mich der pochende Schmerz in meiner Schläfe zusammenzucken. Er bemerkte es.

»Ich kann dir ein stärkeres Schmerzmittel geben, wenn du willst.«

Wollte ich ein stärkeres Mittel? Ich hatte arges Kopfweh, da war ein dumpfes Pochen in meinen Beinen und ein heftig stechender Schmerz in meinem Bauch und meinem linken Arm. Aber *ganz* schlimm war es nicht, und ich musste klar denken können. »Ist schon okay so.«

»In Ordnung, aber falls du es dir anders überlegst, sag einfach Schwester Rachel hier Bescheid. Sie wird heute Nacht regelmäßig nach dir sehen.«

Heute Nacht? Es war kaum Mittag gewesen, als ich aus dem Zug gestiegen war. Ich sah mich im Raum um und entdeckte das große Fenster über meiner rechten Schulter. Die Bäume draußen waren dunkle Schemen, die sich im orangegelben Schein der Straßenlaternen wiegten.

»Celine?« Dr. Deluca sah mich mit gespannter Erwartung an. Hatte er mich etwas gefragt? Und warum zum Kuckuck nannte er mich immer bei diesem Namen?

»Entschuldigung?«

»Ich sagte, wir konnten keine Informationen in deinem Rucksack finden, um deine Eltern zu kontaktieren. Wenn du uns sagen kannst, wie sie heißen, rufen wir schnell an und lassen sie wissen, wo du bist.«

In diesem Moment dämmerte es mir. *Celine*. Der Name im Einband meiner antiquarischen Ausgabe von *Tausendundeiner Nacht*. Sie mussten das Buch in meinem Rucksack gefunden haben. Gut, warum auch nicht? Sie konnten mich gern Celine nennen. Der Name war genauso echt wie Sarah.

»Celine?«, hakte Dr. Deluca nach. Was hatte er gefragt? Ach so, ja. Der Name meiner Eltern.

»Ich … ich kann mich nicht erinnern«, sagte ich, ohne nachzudenken.

Normalerweise dachte ich über meine großen Lügen etwas genauer nach, aber ich war ziemlich groggy, nachdem mich dieses Ungetüm von Auto angefahren hatte. Angesichts der Tatsache, dass mir der Arzt wieder mit seiner dummen Taschenlampe direkt in die Augen leuchtete, konnte ich im Grunde froh sein, dass ich überhaupt zu einem vernünftigen Gedanken in der Lage war.

Nachdem ich nun also Amnesie vorgeschützt hatte, rief

Dr. Deluca sofort seine Kollegen zusammen. Ein Mann mit orangefarbenem Haar und eine Frau um die fünfzig erschienen auch prompt. Bald standen alle um mich herum und stellten mir Fragen, bis ich dachte, mir würde der Kopf abfallen. Schließlich, nach mehreren Stunden des endlosen Herumredens und einigen Minuten seligen Schweigens, hatten sie ihre Diagnose getroffen. Sie beschlossen, dass ich an einer »dissoziativen Fugue« litt.

Dissoziative Fugue. Das war kein Begriff, der mir in *Leiden und Krankheiten für Dumme* schon einmal untergekommen war. Anscheinend ist eine dissoziative Fugue eine Art von Gedächtnisschwund, bei dem der Betroffene seine Identität vergisst. Ein Patient im Stadium dieser Bewusstseinsstörung weiß also etwa die aktuelle Jahreszahl, den Namen des Präsidenten und derlei Dinge, aber bei allem, was mit seiner *Identität* zu tun hat, wird es zappenduster.

Ich hätte mir keine bessere Diagnose wünschen können. Die Ärzte hatten sich damit abgefunden, dass ich alles über mich selbst vergessen hatte, daher hörten sie auf, mir Fragen zu stellen. Es wäre alles perfekt gewesen, wenn nicht Dr. Deluca auf dem Weg hinaus an meinem Bett Halt gemacht hätte, um mir zu sagen, dass bald ein Fotograf kommen werde, um ein Foto von mir zu machen.

»Du kannst wirklich von Glück sagen, Celine. Ich weiß, du hast jetzt etwas Schmerzen, aber keine deiner Verletzungen verlangt eine professionelle Behandlung, was bedeutet, dass du sehr bald wieder fortgehen kannst. Das einzige Problem ist, dass wir dich nicht entlassen können, ohne zu wissen, wohin, und obwohl keiner der bisher bei Patienten dokumentierten Fugue-Zustände länger als ein paar Monate angedauert hat, können wir dich unmöglich so lange hierbehalten«, erklärte er.

Sie planten, mein Foto an alle polizeilichen Vermisstenabteilungen rund um East Wendell zu schicken, und hofften, auf diese Weise bald einen Treffer zu landen. Natürlich aber würde sich niemand Passendes finden, da niemand nach einer *Celine* suchte; und das letzte Foto, das von mir existierte, war entstanden, als ich zehn Jahre alt war. Ich fragte den Arzt, was geschehen würde, wenn sich niemand meldete, um Anspruch auf mich zu erheben. Seine Antwort war nicht unerwartet, klang aber in meinen Ohren verdammt ironisch: Dann würden sie eben die Fürsorge anrufen müssen, die mich dann vorübergehend in einer Pflegefamilie unterbringen würde.

Noch so ein Paar wie die Billingtons? Nicht, solange ich ein Wörtchen mitzureden hatte.

Es war schon fast zehn Uhr abends, als man mich zum Schlafen in Ruhe ließ. Nicht, dass ich für Schlaf und Ruhe Zeit gehabt hätte. Aus dem Krankenhaus wegzukommen war Priorität Nummer eins. Einige Minuten lang lauschte ich auf die Geräusche von jenseits der Tür. Irgendwer ging den Flur hinab; seine Schuhe machten dieses scheußliche Quietschgeräusch von Gummi. Ein wenig näher ratterte ein Drucker im Schwesternzimmer, auf das ich den einen oder anderen Blick hatte werfen können, als zuvor die Ärzte ständig in meinem Zimmer ein- und ausgegangen waren. Ansonsten war es ziemlich still, aber ich konnte es nicht riskieren, erwischt zu werden. Also war es wohl das Beste, aus dem Fenster zu klettern.

Nachdem ich eine weitere volle Minute abgewartet hatte, zog ich die Nadel aus dem Katheter und streifte das kleine Herzüberwachungsgerät von meinem Finger, stand auf und ging zu dem langen weißen Schrank in der Zimmerecke hinüber. Die hastigen Bewegungen ließen meine Rippen schmerzen, und der Puls hämmerte mir in den Ohren. Verdammt. Ich lehnte mich zum Verschnaufen an die Wand. In dem Moment wurde die Tür geöffnet.

Ich schätze, es hätte schlimmer kommen können. Ich hätte mich auch mit dem Rücken zur Tür statt zum Schrank an die Wand lehnen können. Dann hätte das Mädchen, das hereinkam, durch die große Öffnung im Krankenhausnachthemd einen ungehinderten Blick auf mein nacktes Hinterteil werfen können. Glücklicherweise war das nicht der Fall, aber das hielt sie nicht davon ab, darüber in Panik zu geraten, dass ich keuchend mitten im Raum stand.

»Mein Gott, warum bist du nicht im Bett!?« Ihr langer brauner Pferdeschwanz hüpfte auf und ab, als sie zu mir herübergeeilt kam und mich an den Schultern packte. Dem folgte eine wahre Sturzflut von Wörtern, die zu ordnen ich meine liebe Not hatte. Sie hieß Melissa Appleton und war wahrscheinlich das hyperaktivste Mädchen, das ich in meinem ganzen Leben kennengelernt hatte. Sie schob mich rasch zurück ins Bett, packte mich ein, befestigte das Herzüberwachungsgerät wieder an meinem Finger, schleppte eine Krankenschwester an, damit sie meinen Arm wieder an den Tropf legte, zog den einzigen Stuhl im Raum an mein Bett und setzte sich dann hin, um mir alles zu erzählen, was am vergangenen Tag passiert war.

»Ich meine, es spielt keine Rolle, dass nicht ich diesen Wagen gefahren habe. Wenn ich einfach aufgepasst hätte, wo ich hintrotte, statt auf diesen dummen Keks in meiner Hand zu schauen, dann hätte er nicht plötzlich ausweichen müssen …«

Melissa wirkte noch immer aufgelöst, als sie mir zum dritten Mal die Geschichte von der Ursache des Unfalls erzählte. Ich hatte ihr bereits zweimal versichert, dass das

Ganze nicht ihre Schuld sei, daher schwieg ich diesmal und überlegte mir, dass die Welt noch seltsamer war, als ich es mir vorgestellt hatte. Ich meine, ich war anscheinend von einem Range Rover überfahren worden, weil ein Mädchen versucht hatte, den Unterschied zwischen einer Rosine und einem Schokosplitter zu bestimmen!

Hier liegt Frau Namenlos. Am Ende wurde ihr ein Schokosplitter zum Verhängnis.

»Blöder Schokokeks! Und eigentlich mag ich Kekse nicht mal. Ich esse viel lieber Schokoriegel. Na ja, das ist genau genommen nicht ganz wahr, denn einmal, auf einem Frühlingsfest, gab es diese Zitronen-Ingwer-Kekse, und die waren wirklich die leckersten …«

Melissa redete pausenlos weiter, über Gebäck und Volksfeste und irgendeine Frau namens Deedee, die sich geweigert hatte, ihr das Rezept für ihre Zitronen-Ingwer-Kekse zu geben – um dann schließlich irgendwann wieder den Bogen zurück zum Unfall zu schlagen.

»Der Kerl am Steuer war Josh Beaumont. Ich fand ja immer, dass er ein bisschen zu sehr von sich selbst eingenommen ist, aber er hat die Sache wirklich super gemacht – nicht, dass ich ihm das jemals sagen würde, sonst steigt es ihm noch zu Kopf. Er hat total schnell reagiert, weißt du? Während ich noch geschrien hab wie ein Vollidiot, hat er dich auf die Autorückbank befördert und uns in Rekordzeit ins Krankenhaus gefahren. Ich bin mir ziemlich sicher, dass er das Krankenhaus die ganze Zeit nicht verlassen hat, seit wir dich hergebracht haben, obwohl sie uns bis jetzt nicht erlaubt haben, dich zu besuchen. Ich hab schon geglaubt, ich müsste mich mit ihm in die Haare kriegen, als sie gesagt haben, dass wir dich nur einer nach dem anderen besuchen dürften. Aber dann meinte er, ich dürfe zuerst reingehen, da er noch irgendwelchen Papierkram für dich zu erledigen habe. Ich weiß, eigentlich sollte ich das machen, aber ich habe keine Ahnung, ob ich genügend Geld auf dem Konto habe. Obwohl ich meine Eltern angerufen und ihnen erzählt habe, dass es meine Schuld war …«

»Bitte, es ist nicht deine Schuld! Es war nur ein Unfall, und außerdem geht es mir prima«, sagte ich – nicht nur, um sie zu beruhigen, sondern auch, damit sie mit dem ständigen Gequatsche aufhörte.

Ich hatte wieder Kopfschmerzen, und ihr unablässiges Trompeten machte sie nicht besser. Außerdem musste ich noch immer dringend einen Weg aus dem Krankenhaus finden, bevor sie die Fürsorge rufen konnten.

Die Krakellinie auf dem kleinen schwarzen Monitor, die meinen Herzschlag aufzeichnete, machte einen kleinen Hopser, was Melissa nicht entging. Mit großen braunen Rehaugen beugte sie sich vor und legte ihre Hand auf meine.

»Du brauchst nicht so zu tun, als sei alles in Ordnung bei dir. Ich weiß von der Sache mit deinem Gedächtnis, Celine. Und ich möchte dich einfach wissen lassen, dass ich alles tun werde, was in meiner Macht steht, um dir beim Wiedererinnern zu helfen, wenn du nichts dagegen hast.«

Ich weiß nicht, was stärkeres Unbehagen in mir weckte: all das mir erwiesene Mitgefühl oder die Tatsache, dass sie meine Hand berührte. Seit mich eine Sozialarbeiterin namens Lena zum Haus der Billingtons gebracht hatte, hatte niemand mehr meine Hand gehalten. Lenas Hände waren zart gewesen, bis auf die seitlichen Schwielen an Zeigefinger und Daumen, die vom allzu vielen Schreiben und Stifthalten herrührten. Auch Melissas Finger waren zart und weich.

Ich zog die Hand weg und war mir der schmalen Narben auf meinen Handinnenflächen bewusst – Folge der Schnittverletzungen beim Zeichnen des Salomo-Siegels. »Das ist wirklich nett von dir, aber ich bin mir sicher, dass bei mir bald wieder alles bestens sein wird.«

»Das ist die richtige Einstellung!« Melissa lächelte. Dann wurde es still, und ich konnte sehen, dass sie nach einem neuen Thema suchte.

»Ich hoffe, du verstehst das nicht falsch, aber ich bin ein bisschen müde.« Zwar hatte ich ein schlechtes Gefühl, weil ich mir nicht mehr Mühe gab, mit ihr zu sprechen, aber ich musste dafür sorgen, dass sie ging, damit ich mir einen Fluchtweg aus dem Krankenhaus überlegen konnte.

»Klar«, sagte Melissa schnell. »Du brauchst Ruhe. Aber nur damit du's weißt, ich bin direkt vor der Tür, wenn du etwas brauchst, okay?«

Ihr zuliebe versuchte ich, mir ein Lächeln abzuringen, aber, Teufel auch, direkt vor der Tür? Sie winkte noch, bevor sie das Zimmer verließ.

Meine Lage wurde von Minute zu Minute verfahrener. Ich musste hier raus, aber nicht ohne meinen Rucksack. Nicht ohne meine Karten. Wo waren sie?

Das schnelle Piepen des Herzüberwachungsgeräts schien mühelos mit meinen hektischen Gedanken Schritt zu halten. Keine Panik, keine Angst – so die Regel des *Herrschers*. Ich schloss die Augen und wurde innerlich ganz leer. Ich musste ruhig und gefasst sein, um klar denken zu können. Je mehr die Besorgnis in den Hintergrund trat, desto stärker wurde der Schmerz in meiner Brust. Ich holte tief Luft und versuchte, ihm keine Beachtung zu schenken. Das quietschende Geräusch von Gummisohlen auf Krankenhausboden hallte durch die Flure, und dann muss ich eingeschlafen sein, denn als ich das nächste Mal die Augen aufschlug, saß *er* auf dem Stuhl neben meinem Bett.

»Hey«, sagte er leise. Blinzelnd sah ich, wie er sich vorbeugte, nahm seine schräg stehenden Brauen wahr, das Meerblau seiner Augen und die fest zusammengepressten Lippen. Er war es ohne jeden Zweifel. Genauso hatte ich ihn in meiner Vision gesehen. Und obwohl ich nur wegen ihm nach East Wendell gekommen war, hatte ich keine Ahnung, was ich sagen sollte. Also starrte ich nur.

»Geht's dir besser?« Er wirkte besorgt. Ich konnte sehen, wie sich sein Kiefermuskel verspannte. Seine Haut wirkte golden, nur wenige Farbabstufungen dunkler als die sonnengebleichten Strähnen, die in kunstvoller Unordnung über seine rechte Augenbraue fielen.

Okay, das war immerhin schon mal gut. Ich meine, ich hatte ihn schließlich gefunden, nicht? Jetzt brauchte ich nur noch herauszufinden, wer versuchte, ihm etwas anzutun, und schon war meine ganze Arbeit in dieser Stadt erledigt. Schien ganz einfach. Einmal abgesehen von der Tatsache, dass ich in einem Krankenhausbett lag und – wenn ich nicht bald einen Weg hier herausfand – jemand von der Fürsorge auftauchen würde!

»Ich heiße Josh …«, versuchte er es noch einmal.

Ach, *das* war also Josh, der Fahrer des silbernen Range Rovers! Moment mal. Mich hatte also genau der Typ überfahren, zu dem meine Vision mich führen wollte? Aber sie hatte mich doch hoffentlich nicht zu dieser Straße draußen vorm Bahnhof geführt, *damit* ich überfahren würde? Nein, das ergab keinen Sinn. Warum bloß funktionierte mein Gehirn nicht richtig?

»Hör mal, vielleicht sollte ich den Arzt rufen …« Josh

lehnte sich zurück und machte Anstalten aufzustehen. Ich musste irgendetwas sagen …

»Du hast mich überfahren.« Toll! Ich gewann meine Sprachfähigkeit zurück, und *das* war alles, was mir einfiel!

Seine Lippen spannten sich zu einer verbissenen Linie, und er setzte sich wieder auf den Stuhl.

»Ja. Ich weiß, es kommt ein wenig zu spät, aber es tut mir wirklich leid.« Er fuhr sich mit der Hand durchs Haar und holte tief Luft. Dann rutschte er auf seinem Stuhl herum und zog etwas aus seiner Tasche. »Das hattest du in der Hand, als ich dich aufgelesen habe.«

Die *Neun der Schwerter*, die Karte, die ich in meiner Hosentasche gehabt hatte – die Karte, die Unfälle und Verletzungen voraussagt. Ha, ha! Heute musste Weltironietag sein.

»Danke.« Ich nahm die Karte in Empfang.

»Ich weiß nicht, wie ich dir begreiflich machen kann, wie mies ich mich wegen alledem fühle, aber ich möchte dich wissen lassen, dass ich es wiedergutmachen werde, Celine.«

Celine. Dieser Name schien wirklich an mir hängenzubleiben. Ein Anflug von schlechtem Gewissen durchfuhr mich. Sein Blick zeigte deutlich, dass ihm das Geschehene schwer zu schaffen machte, und dabei war die Sache in Wirklichkeit nicht mal halb so dramatisch, wie er dachte. Ich war ein wenig zerschrammt, mein Brustkorb und meine Beine schmerzten etwas, aber das war so ziemlich alles. Nach meinen Jahren bei den Billingtons war meine Schmerzschwelle ziemlich hoch, und die Prellungen waren nichts im Vergleich zu einem gebrochenen Arm.

»Mit mir ist alles bestens, ehrlich.«

Bedauerlicherweise waren meine »Alles bestens«-Versicherungen bei Josh ungefähr genauso erfolgreich wie zuvor bei Melissa. Er runzelte die Stirn, dann stand er auf und ging im Zimmer auf und ab. Mit ihm im Raum wirkte das Krankenhauszimmer kleiner. Er war sehr groß und schritt auf langen Beinen umher, während er sich mit der Hand durchs Haar fuhr. Ich ertappte mich bei dem Wunsch, es zu berühren, um festzustellen, ob es wirklich so weich war, wie es aussah. Was vermutlich einer der merkwürdigsten Gedanken war, die ich je gehabt hatte. Wie zum Teufel kam ich darauf? Ich hob die Hand an den Kopf und fragte mich, ob der Unfall vielleicht doch mehr Schaden angerichtet hatte als ursprünglich gedacht.

»Melissa hat mir erzählt, dass du versuchst, die ganze Sache runterzuspielen. Aber dir muss klar sein, dass wir für das, was passiert ist, verantwortlich sind. Und ich noch mehr als Melissa – nicht, dass sie in diesem Punkt meiner Meinung wäre.« Josh seufzte und verlangsamte seine Schritte, als er nun das Fußende meines Bettes erreichte. »Dr. Deluca sagt, du kannst morgen entlassen werden.«

»Morgen?« Die Überraschung war meiner Stimme deutlich anzumerken. Dann blieb mir nicht mehr viel Zeit, um zu verschwinden.

»Ja, und ich will nicht, dass du dir Sorgen machst. Ich weiß, dein Gedächtnis ist noch nicht zurückgekehrt. Trotzdem wird niemand die Fürsorge holen.«

»Nicht?« Wovon redete er da?

»Auf keinen Fall!«, antwortete Josh sehr entschieden. Dann wechselte sein Tonfall, und er erklärte mit weicherer Stimme: »Sie sollten dich einfach mit mir nach Hause gehen lassen, aber der Arzt besteht darauf, dass ein volljähriger Vormund eingesetzt werden muss, der sich um dich kümmert, bis du dein Gedächtnis wiedergefunden hast. Ich wohne bei Robert, doch der ist gerade nicht in der Stadt.«

»Robert?«, wiederholte ich. Es war ein wenig schwierig,

allem zu folgen, was er sagte. Wollte er tatsächlich vorschlagen, dass ich bei ihm *wohnen* sollte?

»Robert ist mein Onkel. Leider reist er sehr viel«, erklärte Josh mit einem Achselzucken. »Wie auch immer, das sollte kein Problem sein. Ich habe den guten Doktor zur Vernunft gebracht, und wenn bis morgen niemand kommt, um dich abzuholen, dann darf Marie deine Entlassung aus dem Krankenhaus beantragen. Danach werde ich mich um dich kümmern.«

Er würde sich um mich kümmern? Ein Knoten bildete sich in meinem Magen. »Warum?«

»Warum *was*?«

»Es passieren ständig Unfälle, und Leute laden normalerweise nicht einfach Fremde zu sich nach Hause ein. Warum tust du das?«

Erst als Josh stumm blieb und sich Stille über den Raum legte, bemerkte ich, mit wie viel nervöser Energie er das Zimmer erfüllt hatte.

»Weil es das Richtige ist«, antwortete er nach langem Zögern.

Nein, das war nicht der wahre Grund. Ich konnte es deutlich in seinem Gesicht geschrieben sehen, dass da zweifellos mehr dahintersteckte. Aber bevor ich ihm weitere Fragen stellen konnte, klingelte Joshs Handy.

»Moment«, sagte er entschuldigend und drückte das Handy an sein Ohr. »Hallo? *Oui Marie, bien sûr. Non, vraiment, ce n'est pas un problème. A demain.*« Er legte auf und schaute zu mir herüber. »Es tut mir leid, aber ich muss da was erledigen. Gleich als Erstes morgen Früh komme ich wieder, um dich hier rauszuholen, versprochen.«

»Warte!«, rief ich schnell. Mein Gehirn war immer noch von den Schmerzmitteln benebelt, und ich hatte Schwierigkeiten, bei alledem mitzukommen. War Marie Französin? Und Josh hatte wie ein Muttersprachler gesprochen, war er vielleicht ebenfalls Ausländer? Aber nein, das ergab keinen Sinn. Josh war nun wirklich kein französischer Name … Vielleicht stammten Mutter oder Vater aus dem Ausland? Und was hatte das alles mit meiner Anwesenheit hier zu tun?

An der Tür blieb Josh stehen und sah mich wartend an.

»Wer … ich meine, was geht hier vor?« Ich hätte nicht dümmlicher klingen können, selbst wenn ich mir alle Mühe gegeben hätte.

»Ich weiß, es ist eine Menge auf einmal, aber vertrau mir einfach. Ich hab alles unter Kontrolle.« Er lächelte mir noch rasch zu und verschwand.

Nun gut. Das war unerwartet. Ich saß da und starrte auf die Tür, durch die Josh verschwunden war, und fragte mich, was ich jetzt tun sollte. Ich hatte ihn gefunden. Den Kerl, den ich retten sollte. Und jetzt wollte plötzlich *er* alles unter Kontrolle haben? Ich war diejenige, die die Dinge unter Kontrolle haben sollte! Und er war es, der meine Hilfe brauchte, oder etwa nicht? *Teufel auch!* Wenn diese geheimnisvolle Marie mich wirklich hier rausholen konnte, dann wäre ich ihr zutiefst dankbar. Aber auf keinen Fall würde ich bei ihr wohnen oder bei Josh oder irgendjemandem sonst. Ich musste einfach meinen Job erledigen, und dann würde ich den nächsten Zug zurück nach Boston nehmen.

Natürlich musste ich dafür zuerst herausfinden, wer überhaupt der Besessene war.

Innerlich aufgewühlt schüttelte ich mir die Laken von den Beinen und stand auf. Diesmal bewegte ich mich langsamer und rollte den Infusionsständer neben mir her, als ich zur anderen Seite des Raums hinüberging. Alles sah gleich viel besser aus, sobald ich die Schranktür öffnete. Ein weißer Baumwollbademantel hing von einer verchromten Kleiderstange, und darunter lag mein Rucksack. Ich nahm ihn schnell an mich und öffnete den Reißverschluss der vorderen Tasche. Jetzt, wo ich meine Tarotkarten wieder in der Hand hielt, schien die Welt zumindest einigermaßen im Lot. Ich seufzte und legte die *Neun der Schwerter* auf den Kartenstapel zurück. Meine Ersparnisse, meine Bücher und meine Kleider, alles war noch da. Ich ließ die übrigen Sachen im Schrank und ging mit den Karten zurück zum Bett.

»Ich könnte hier wirklich etwas Hilfe gebrauchen«, murmelte ich leise und schaute zur Tür, während ich die Karten in meine Hand gleiten ließ. Sie fühlten sich warm an. Ich mischte sie rasch, dann breitete ich sie zu einem Fächer aus. Die achte Karte stand ein wenig höher als alle anderen, also zog ich sie heraus und drehte sie um. *Die Drei der Stäbe.*

Ich zermarterte mir das Gehirn, um mir alles vor Augen zu führen, was ich über die Karte wusste.

Die Drei der Stäbe, ein Abkömmling der *Herrscherin,* wird durch einen einsamen Mann verkörpert, der in den leuchtend gelben Himmel und zu den Schiffen schaut, die auf dem goldenen Ozean heransegeln. Sein bunter Umhang flattert im Wind, und er umfasst mit der Hand einen der drei Holzstäbe, die fest verankert senkrecht im Boden stehen. Die näher kommenden Schiffe auf der Karte sind Symbole des Erfolgs, und der Mann, der ihnen entgegensieht, wartet. Die Karte bedeutet eine bevorstehende schwierige Mission oder Reise, die es jedoch auf sich zu nehmen gilt. Eine Herausforderung muss bereitwillig angenommen werden, damit sie gemeistert werden kann und schließlich große Dinge geschehen.

Die Karten hatten recht. Ich musste die Augen offen

halten und abwarten. Die Visionen hatten mich zu einem weiteren Menschen in Not geführt, und, ja, vielleicht war er ein wenig älter als die Kinder, denen ich zuvor geholfen hatte, und vielleicht hatte ich noch keine klare Zielvorstellung, und im Krankenhaus zu landen war womöglich auch nicht der beste Ausgangspunkt, um diese Herausforderung in Angriff zu nehmen … Aber genau wie zuvor übernahm ich bereitwillig die Verantwortung für das, was mir gezeigt worden war. Es war für mich nie in Frage gekommen, einer Vision einfach keine Beachtung zu schenken. Niemals würde ich jemanden im Stich lassen, dem ein Leid zugefügt wurde, jemanden ignorieren, dem ich helfen konnte. Ich würde nie so werden wie die Billingtons. Also gab es nur eins, was ich tun konnte: in Joshs Nähe bleiben und Geduld haben.

Ich legte die Karten gerade wieder zusammen, als von der anderen Seite der Tür her Stimmen laut wurden.

»Nein, ich will allein mit ihr sprechen!« Das war Melissa.

Joshs gedämpfte Stimme blieb unverständlich, aber es war offensichtlich, dass sie über irgendetwas stritten. Ich legte die Karten zurück in ihre Schachtel und versteckte sie unter dem Kopfkissen. Einen Moment später wurde die Tür geöffnet, und Melissa kam hereingestapft.

Allein.

Vielleicht hatte Josh letztlich doch nicht *alles* unter Kontrolle.

»Der Typ hat vielleicht Nerven! Unglaublich! Für wen hält er sich eigentlich?«, schimpfte Melissa. Sie setzte sich bei mir auf die Bettkante und blies die Haarsträhne weg, die ihr ins Gesicht gefallen war. Meine Lippen verzogen sich zu einem Lächeln.

»Du redest von Josh, nicht?«

»Ja, dieser Idiot«, bekräftigte Melissa, aber ihre Stimme klang schon nicht mehr ganz so ärgerlich. Sie seufzte tief, dann sah sie mich mit ihren ernsten Augen an. »Ich will nur, dass du weißt, dass du bei mir zu Hause willkommen bist, wenn du aus irgendeinem Grund nicht bei Beaumont wohnen möchtest. Mein Haus ist nicht so groß, und du müsstest ein Zimmer mit mir teilen, aber ich glaube, du würdest es ganz behaglich haben.«

Bei Beaumont wohnen. Nicht, wenn ich es vermeiden konnte!

»Vielen Dank, Melissa, wirklich vielen Dank. Aber ich komm schon zurecht, keine Frage.« Auch wenn es Unsinn war – ich war gerührt. Trotz ihrer hyperaktiven Art, die etwas Erdrückendes hatte, war sie eigentlich richtig nett.

»Er ist wohl schon ein netter Kerl, obwohl er diese ganzen Machoallüren hat.« Melissa zuckte die Achseln. Sie warf einen raschen Blick zur Tür, als wolle sie sich davon überzeugen, dass Josh nicht lauschte, dann beugte sie sich wieder vor. »Ich meine, er versucht, das Richtige zu tun, das weiß ich. Und vielleicht ist er nur wegen der Sache, die mit seinen Eltern passiert ist, in dieser Angelegenheit so stur. Wenn ich an seiner Stelle wäre, würde ich wahrscheinlich auch alles selbst in die Hand nehmen wollen. Aber, ganz im Ernst, er hat mir meinen Geschenkkorb verboten. Ist das nicht unglaublich? Er wollte mir gerade eben nicht erlauben, dir einen Geschenkkorb zu bringen. Was denkt er sich eigentlich? Dass er der König des Krankenhauses ist? Ich habe den Arzt gefragt, ob es in Ordnung geht – meint er denn, er weiß es besser als der Arzt?«

»Was meinst du mit der ›Sache, die mit seinen Eltern passiert ist‹?«, warf ich schnell ein, solange Melissa mit Luftholen beschäftigt war.

»Oh, das ist eine traurige Geschichte. Und du kannst jetzt wirklich keine schlechten Nachrichten gebrauchen. Du musst positiv denken, um dich zu erholen, verstehst du? Ich habe irgendwo gelesen, dass positives Denken bewiesenermaßen zu einer schnelleren Genesung führt.«

»Ich bin auf dem Weg der Besserung …«, versuchte ich zu protestieren, aber Melissas Augen weiteten sich, und sie schlug sich an die Stirn.

»Mein Gott, natürlich musste er mir den Geschenkkorb verbieten! Er war voller *Kekse*. Im Ernst, ich kann so dumm sein. Ich meine, dir Kekse zu bringen, ausgerechnet dir, wo doch alles passiert ist, weil …« Melissa beendete den Satz nicht, sondern schüttelte stattdessen den Kopf und stand auf. »Es tut mir leid. Ich habe, seit die Sache passiert ist, ungefähr sechstausend Tassen Kaffee getrunken. Ich kann wirklich nicht mehr klar denken. Ich hab mir einfach nur Riesensorgen um dich gemacht, weißt du? Und dein Gedächtnis und deine arme Familie … sie muss ja wahnsinnig werden auf der Suche nach dir. Der Korb mit den Geschenken war eine total idiotische Idee. Und jetzt, nachdem ich ungefähr eine halbe Stunde über das dumme Ding geredet habe, hätte ich ihn dir auch geben können. Ganz im Ernst, ich werde wohl jetzt besser einfach gehen, bevor ich dich nur noch mehr verstimme.«

»Melissa, du hast mich nicht verstimmt«, beteuerte ich, in der Hoffnung, sie würde bleiben und mir verraten, was Joshs Eltern zugestoßen war. Aber sie war bereits an der Tür.

»So ungern ich es zugebe, Beaumont hat recht. Du brauchst Ruhe.« Sie versuchte zu lächeln, aber man sah ihr an, dass sie unglücklich war.

Sie glaubte, mich verstimmt zu haben, was einfach lächerlich war. Niemand hatte mir je zuvor einen Geschenkkorb gegeben, und ich fand es nett von ihr, dass sie so aufmerksam war. Natürlich konnte ich ihr das nicht direkt sagen, da ich mich ja angeblich an nichts aus meiner Vergangenheit erinnern konnte. Ich konnte sie auch nicht trösten, indem ich ihr erzählte, dass ich überhaupt keine Familie hatte, die sich um mich sorgte.

»Ich komme bald wieder, wenn ich das Gefühl habe, dass ich dadurch für dich nicht alles noch schlimmer mache! Versprochen!«

Mit einem schlechten Gewissen hob ich zur Antwort die Hand.

Der Bube der Stäbe

Ich hatte nicht gewollt, dass die Dinge sich so entwickelten. Ich hatte nie in einen Unfall geraten oder anderen Menschen ein schlechtes Gewissen machen wollen, weil sie mir ein Syndrom beschert hatten, unter dem ich gar nicht litt. Wenn ich die Wahl gehabt hätte, hätte ich diese Farce nicht aufrechterhalten, aber alles war aus dem Ruder gelaufen, seit ich am Vortag in East Wendell aus dem Zug gestiegen war, und jetzt zog ich bei einem Fremden ein!

Josh stand zu seinem Wort und hielt die Ärzte davon ab, bei der Fürsorge anzurufen. Er bekam es auch tatsächlich geregelt, dass man mich in seine oder vielmehr Maries Obhut entließ. Marie hatte ich überhaupt noch nicht kennengelernt, doch das war nicht die größte meiner Sorgen. In all der Zeit meines planlosen Herumlümmelns im Krankenhauszimmer hatte ich keine einzige Vision gehabt und war der Antwort auf die Frage, wer wohl Josh etwas antun wollte, noch keinen Schritt näher gekommen. Aus Erfahrung wusste ich, dass Familienmitglieder die wahrscheinlichsten Verdächtigen waren, daher drängte ich Melissa, meine einzige echte Informationsquelle, mir von Joshs Familie zu erzählen. Zuerst wollte sie das Thema nicht ansprechen und behauptete, ich sei traurigen Dingen noch nicht gewachsen, aber am Ende gab sie nach. Nachdem Melissa mir die Geschichte erzählt hatte, wünschte ich beinahe, ich hätte nicht gefragt.

Joshs Eltern waren auf einer menschenleeren Straße auf dem Heimweg gewesen, als ein betrunkener Autofahrer in ihren Wagen gerast war, sodass sie beim Versuch auszuweichen in einen Baum krachten. Keiner von beiden hatte überlebt.

Keine Eltern zu haben war hart, aber welche gehabt zu haben … zu wissen, wie es ist, eine Familie zu sein, und das dann zu verlieren … Ich konnte mir nicht einmal ansatzweise vorstellen, wie man sich da fühlen musste, aber ich wusste, dass es bestimmt schlimm war. Und dann selbst in einen Autounfall verwickelt zu sein, selbst derjenige zu sein, der jemanden überfahren hat … allmählich begann ich zu verstehen, warum er sich so unendlich viel Mühe gab, mir zu helfen.

Nach dem Tod seiner Eltern war Josh zu seinem einzigen verbliebenen Verwandten gezogen, seinem Onkel Robert. Nach dem, was ich von Melissa erfahren hatte, war Robert berühmt für sein Hotelimperium und seine Dates mit Supermodels. Und nach dem zu urteilen, was Josh mir bereits erzählt hatte – dass Robert selten zu Hause sei –, klang es so, als sei Robert kein besonders guter Vormund.

Josh war also eine Waise, wie ich. Nun wollte ich ihn nur umso mehr beschützen. Dem Dschinn, der es auf Josh Beaumont abgesehen hatte, stand die Überraschung seines Lebens bevor. Sobald ich ihn gefunden hatte.

In der Zwischenzeit konnte ich nicht viel mehr tun, als mich im Autositz zurückzulehnen und zuzusehen, wie draußen vorm Fenster die Bäume vorbeisausten.

»Das hier ist übrigens der lange Weg nach Hause. Ich hab

gedacht, du möchtest vielleicht ein bisschen was von der Stadt sehen«, sagte Josh neben mir.

Er nahm seine Sonnenbrille ab und legte sie in das Fach aus schwarzem Holz zwischen unseren Sitzen. Die gesamten Armaturen bestanden aus dem gleichen glänzenden Holz, von einem Segment in der Mitte einmal abgesehen, wo sich ein dunkler Bildschirm befand, der von Dutzenden von Knöpfen umringt war. Teuer. Alles an diesem Auto war reiner, prunkender Luxus, und Josh passte perfekt dazu.

»Sieht ganz hübsch aus hier«, erwiderte ich.

Er schaltete einen Gang höher, und auf dem Ziffernblatt seiner Armbanduhr mit Lederriemen spiegelte sich das Sonnenlicht. »Ja, es ist eigentlich eine ziemlich nette Gegend.«

»Aber?« Als er mich daraufhin neugierig ansah, zuckte ich die Achseln. »Es klang einfach nur so, als stünde am Ende deiner Bemerkung ein ›aber‹.«

Er lächelte schwach, dann gab er zu: »*Aber* manchmal kann einem hier ein wenig die Decke auf den Kopf fallen.«

Wir fuhren durch Reihen hübscher Häuser, und ich schaute aus dem Fenster. Wie konnte einem hier die Decke auf den Kopf fallen? Jedes Haus hatte einen geräumigen Garten, und überall an den Gehsteigen waren schöne blaue Blumen gepflanzt. Wir bogen um die Ecke in eine andere Straße ein, und auch hier gab es die gleichen Blumenrabatten.

»Sind alle Straßenränder in der Stadt mit diesen Blumen bepflanzt?«, fragte ich. Ich hatte Blumen nie zuvor besondere Aufmerksamkeit geschenkt, aber diese hier … ich kannte sie.

»Der Teufelsbiss? Ja, der Gartenverein von East Wendell pflanzt die Blumen jedes Jahr neu.«

Teufelsbiss, natürlich. Mrs. Gotts hatte diese Blumen

draußen vor den Fenstern im ersten Stock des Waisenhauses in Töpfen gezogen. Sie sollten eine starke Schutzwirkung haben und das Böse fernhalten. Ein Jammer, dass sie wohl kaum etwas gegen Dschinn ausrichten konnten.

»Derselbe Gartenverein, der für das Gras auf dem Marktplatz zuständig ist?«, fragte ich. Ich erinnerte mich an Melissas halbstündige Schimpfkanonade über die elitäre Runde der städtischen Gartenenthusiasten. Anscheinend zwangen sie jeden, der beim Ahornfest einen Stand hatte, dreißig Dollar für die Wiederherstellung des Rasens nach dem Fest zu bezahlen. Melissa ärgerte sich darüber, da sie dort einen Kuchenstand hatte, dessen Erlös an karitative Einrichtungen ging, und nicht einsah, warum das Geld dazu verwendet werden sollte, das Gras hübsch aussehen zu lassen. Ich fand, dass sie nicht ganz unrecht hatte, auch wenn es mir gefiel, dass der Gartenverein ausgerechnet Teufelsbiss an den Straßen pflanzte.

Josh zog ungläubig die Stirn hoch. »Woher weißt du vom Gartenverein?«

Ich sah ihn mit schief gelegtem Kopf an. »Ich bin mir sicher, dass ich so ziemlich über alle Vereine in East Wendell Bescheid weiß. Melissa hat viel dafür getan, dass ich mich hier nicht so orientierungslos fühle, indem sie mir alles erzählt hat, was sie über die Stadt weiß.«

»Und die Kenntnis des Gartenvereins ist ein anerkanntes Heilmittel gegen Orientierungslosigkeit?« Er verdrehte die Augen.

Ich überging seine Bemerkung. »Ich mag Melissa. Sie ist vielleicht ein wenig mitteilungsbedürftig, aber dafür wirklich lieb. Außerdem hat sie mir Brownies gebracht.« Ich hielt die kleine Dose hoch, die Melissa mir geschenkt hatte, als sie am Morgen vorbeigekommen war.

»Das war nett von ihr«, räumte Josh ein. »Also, was hat sie dir sonst noch so erzählt?«

Wir passierten einen Park mit Klettergerüsten und einer hölzernen Festung. Ich drückte auf den kleinen Knopf, der mein Fenster öffnete, und ließ das glückliche Kreischen von Kindern herein, die über die Hängebrücke zwischen zwei Türmen flitzten.

Es war September: mein Lieblingsmonat.

Ich steckte die Keksdose zurück, atmete tief durch und sog die von Lachen getränkte Luft in meine Lunge. »Melissa zufolge hat East Wendell ungefähr sechstausend Einwohner, ein Rathaus, ein Postamt, eine Bibliothek, eine Wertstoffsammelstelle, ein Restaurant namens *Fred's,* in dem sie arbeitet, einen kleinen Laden, der nur Waren von den umliegenden Bauernhöfen führt, eine Grundschule, eine Highschool, ein Motel und ein kleines Krankenhaus.«

»Typisch Melissa, dir eine Liste von Gebäuden aufzuzählen«, lachte Josh.

»Sie wollte wohl einfach, dass mir alles weniger fremd vorkommt.«

Er nickte. »Dort siehst du den Uhrenturm über dem Rathaus. Ich würde eine Runde um den Marktplatz drehen, aber sie haben ihn heute abgesperrt, um die Straßen für die Festdekorationen zu vermessen. Ich nehme mal an, Melissa wird dir vom Ahornfest erzählt haben?«

Das Ahornfest. Es war gleich eines der ersten Dinge, von denen sie mir erzählt hatte. »Ein alljährliches Ereignis, das von der Thornton Academy gesponsert wird, einem privaten Internat gleich hinter der Stadtgrenze am Rande des ›Wendell State Forest‹. Die Kuratoren der Schule organisieren nicht nur weitere Großereignisse der Stadt – wie den ›Trick or Treat‹-Ball zu Halloween, das Neujahrsfeuerwerk und den Sommerkarneval –, sondern sie haben auch den Bau des Krankenhauses von East Wendell finanziert.«

»Ist das schon alles? Bestimmt hat sie dir auch die Namen und Geburtstage der Kuratoren verraten?«, brummte Josh.

»Ganz so weit ist sie nicht gegangen, nein.« Ich lächelte. Gerade da bogen wir in eine Straße ein, die mir vertraut erschien. Ich spürte, wie sich Josh neben mir verkrampfte, und verstand, warum, als der Bahnhof in Sicht kam.

»Ich muss sagen, *diese* Straße macht keinen fremden Eindruck auf mich«, versuchte ich zu scherzen.

Es ging daneben.

»Es tut mir leid, Celine.«

»Wirklich, das macht doch nichts.« Die unbeschwerte Stimmung hatte sich in nichts aufgelöst. Ich bemühte mich, Josh zu beruhigen. »Es war ein Unfall. Es hätte jedem passieren können ...«

»Es ist nicht jedem passiert, es ist *dir* passiert. Und ich habe dir das angetan, aber ich schwöre, es wird alles gut werden. Bald wird es dir besser gehen, Celine. Du wirst dein Gedächtnis wiederfinden, das verspreche ich«, sagte Josh mit Nachdruck und sah mich an. Sein Gesichtsausdruck machte deutlich, wie wichtig es ihm war, dass ich ihm glaubte. Wenn es einen Preis dafür gab, Menschen ein schlechtes Gefühl zu vermitteln, war ich der definitive Anwärter!

»Ich mache mir deswegen wirklich keine Sorgen.« Ich versuchte, die Dinge wieder ins Lot zu bringen, aber er biss noch immer die Zähne zusammen, also suchte ich nach einem anderen Thema und redete schnell irgendetwas daher: »Weißt du, ich hätte schwören können, dass du einen Range Rover gefahren hast.« Oh ja, wieder mal großartig, lenke ihn von seiner ständigen Beschäftigung mit dem Unfall ab, indem du das Auto erwähnst, mit dem er dich überfahren hat! »Mist, das ist mir jetzt bloß so rausgerutscht. Ich meine, ich hatte nicht vor, den Range Rover zu erwähnen. Hör mal, ich weiß, dass du mich nicht mit Absicht überfahren hast, wirklich! Du hast mich nur erwischt, weil du Melissa nicht erwischen wolltest. Nicht, dass du direkt diese Entscheidung getroffen hättest ... oh verdammt!«

Josh schwieg für eine Sekunde, und dann brach er zu meiner maßlosen Erleichterung in Gelächter aus.

»Wenn das dein Versuch war, mich aufzumuntern, muss ich dir sagen, dass du deine Sache nicht sonderlich gut gemacht hast.«

»Immerhin lachst du, nicht wahr?«, bemerkte ich erleichtert.

Josh schüttelte nur den Kopf. Ich war mir ziemlich sicher, dass er die Augen verdrehte, aber genau konnte ich es nicht erkennen, weil ich ihn jetzt im Profil vor mir hatte. Eine gerade Nase, ein ausgeprägtes Kinn und breite Schultern, die in Kleidern steckten, die denkbar weich wirkten. Er war wirklich schön. Schön? Ich schüttelte den Kopf und versuchte, den lächerlichen Gedanken loszuwerden. Was spielte es für eine Rolle, wie Josh Beaumont aussah? Ich hatte hier eine Aufgabe, es galt, einen Dschinn auszutreiben, und wenn die Sache vorüber war, würde ich nach Boston zurückkehren, und all das hier würde hinter mir liegen.

Ich ließ mich tief in den Ledersitz rutschen und lehnte den Kopf zurück. Bäume schossen vorbei und verschwammen zu einem einzigen langen Band aus Grün-Blau-Gelb, als der schnittige BMW durch die Stadt sauste.

»Wir sind fast da«, sagte Josh nach einer Weile. Der Wagen wurde langsamer, und Josh bog in eine ruhige Nebenstraße ein.

»Ist das die Straße, in der du wohnst?«, fragte ich. Wir fuhren an einem Holzschild mit der Aufschrift *Rose Street* vorbei.

»Ja, das Haus liegt gleich am Ende dieser Straße.« Er winkte mit dem Kopf und umfasste das Lenkrad neu.

Ich sah mir seine Wohngegend voller Interesse an. Die Häuser, an denen wir vorbeikamen, waren alle viel größer als die näher am Stadtzentrum gelegenen. Die Barriere aus Teufelsbiss trennte immer noch die Straße von den Gärten, aber jetzt fanden sich hinter der blauen Blütenreihe statt Gartenzwergen exotische Blumenbeete und prunkvolle Parkbänke.

Wir erreichten das Ende der Häuserreihe, und es war nur noch ein Haus auf der rechten Seite übrig. Zumindest vermutete ich, dass dort ein Haus stehen musste – zu sehen war nämlich nichts weiter als eine große Ziffer auf einer niedrigen Steinmauer und ein riesiges Eisentor, das in eine Art Wald führte. Das konnte doch unmöglich unser Ziel sein, oder?

Josh bog in die Privatstraße ein, die durch das Tor führte.

Ich riss die Augen auf, als nun die Sonne hinter hohen, überhängenden Bäumen verschwand, die über uns einen grünen Tunnel bildeten. Der Geruch von Kiefern strömte durch mein offenes Fenster herein, und zwei Eichhörnchen huschten vor uns über den Weg. Ich versuchte, die Bäume zu zählen, abzuschätzen, wie viele auf dem Grundstück stehen mochten, aber wir fuhren zu schnell. Dann fuhr der Wagen aus dem Schatten heraus, und vor uns lag ein langer, gewellter Hügel aus perfekt gepflegtem Rasen, der zu einem herrlichen zweistöckigen Gebäude hinaufführte.

Das konnte einfach nicht wahr sein.

»Da wären wir.« Josh fuhr vor dem Haus vor. Er stellte

den Motor ab, hielt dann das Lenkrad noch einen Moment umfasst, um sich schließlich mir zuzuwenden. »Alles in Ordnung mit dir?«

Nein, eigentlich nicht. Jetzt, da wir hier waren, vor seinem Haus, das sich als eine Villa entpuppt hatte, wurde alles viel wirklicher. Und unwirklicher zugleich. Gestern Morgen hatte ich noch in Tonys Bäckerei gearbeitet, einfach mein Leben gelebt und mich um meine eigenen Angelegenheiten gekümmert. Jetzt war ich hier und gab vor, an irgendeiner obskuren Form von Amnesie zu leiden, damit ich im Palast eines Fremden wohnen und abwarten konnte, wann ein Dschinn angriff…

»Mir geht's gut, danke«, log ich.

Er wirkte ein wenig unsicher, aber er nickte. »Okay. Hör mal, ich mache das nur ungern, aber ich muss mich da noch um etwas kümmern, das nicht warten kann, also werde ich dich für ein Weilchen allein lassen müssen. Es wird nicht lange dauern, versprochen.«

»Du kommst nicht mit rein?« Ich war überrascht. Er wollte, dass ich in diesen Kasten ganz allein reinging?

»Ich würde dich nicht allein lassen, wenn es nicht so wichtig wäre. Aber keine Sorge, Marie ist im Haus. Sie wird dir dein Zimmer zeigen, und ich bin bald wieder da.« Seine Stimme hatte einen trostspendenden Klang, ganz als spräche er mit einem kleinen Mädchen.

Unvermittelt wallte heftiger Ärger in mir auf. Ich wollte nicht verhätschelt werden. »Alles klar, dann also bis später.« Ich zog meinen Rucksack unter meinen Füßen hervor und stieg aus dem Wagen.

»Bist du dir sicher, dass alles in Ordnung ist?« Er sah mich durchs Beifahrerfenster an.

»Natürlich bin ich mir sicher.« Diesmal war es keine Lüge.

Es war alles bestens. Was soll's, es war eben eine seltsame Situation. Und seltsam war für mich doch eigentlich das Natürlichste auf der Welt! Mein Gott, ich trieb Dschinn aus! Außerdem war Marie im Haus, und obwohl ich ihr noch nie begegnet war, war ich mir sicher, dass sie total nett sein würde. Es sei denn, natürlich, sie war diejenige, die besessen war. Verdammt.

»In Ordnung, bin bald wieder da!«, wiederholte Josh, und dann war er fort. Binnen Sekunden war der Wagen die Zufahrt hinunter verschwunden.

Ich wandte mich wieder dem Haus zu, stand für einen Moment einfach nur da und versuchte, alles in mich aufzunehmen. Es fiel mir schwer, mich vor den gewaltigen elfenbeinfarbenen Mauern der Kolonialzeitvilla nicht wie ein winziges Insekt zu fühlen. Zu beiden Seiten der Doppeltüren befanden sich drei hohe Fenster, jedes ungefähr doppelt so groß wie ich. Ich kniff die Augen zusammen, aber die Sonne spiegelte sich auf den großen Glasscheiben und machte es unmöglich, in die Räume hineinzuspähen. Rechts hinter dem Haus war ein rechteckiger Bau, vermutlich eine Garage. Um beide Gebäude herum waren bunte Blumen gepflanzt, und die weiße Statue einer tanzenden Frau in einem langen flatternden Rock stand in der Mitte der ringförmigen Auffahrt. Noch nie hatte ich ein so atemberaubendes Haus gesehen.

Ich zog die Schachtel mit dem Salz aus meinem Rucksack, steckte mir ein paar Handvoll in die Jackentasche und machte mich auf den Weg zur Vordertür. Natürlich zierte sie ein Messingklopfer statt einer ordinären Kunststoffklingel.

»Eigentlich könnte das alles ja richtig Spaß machen, wenn die Sache nur nicht so furchtbar verrückt wäre.«

Ich klopfte zweimal und zuckte bei dem lauten Knallen des Metallklopfers zusammen. Endlich würde ich Marie kennenlernen, und plötzlich konnte ich es kaum mehr erwarten, herauszufinden, wer sich hinter diesem Namen verbarg.

»Ich komme!«, ertönte eine Frauenstimme aus dem Innern des Hauses.

Ich rückte meinen Rucksack zurecht, nahm eine Prise Salz zwischen Daumen und Zeigefinger und versuchte, meinen nervösen Gesichtsausdruck abzulegen.

Die Tür öffnete sich einen Sekundenbruchteil später, und dahinter stand schwer atmend eine Dame in einem knielangen schwarzen Kleid und weißer Schürze.

»*Je suis désolé!* Es tut mir sehr leid, ich habe gerade oben alles fertig gemacht, daher habe ich eine Weile gebraucht, aber, oh, *non, non, non!* Sie dürfen nicht draußen stehen!« Sie sprach schnell und rhythmisch wie Tony und Francesca, nur dass ihr Akzent eindeutig französisch war.

»Marie?«, fragte ich und musterte sie eingehend. Ihr Nacken war oberhalb des weißen Kragens ihrer Arbeitskleidung ungeschützt. Diese Stelle bot mir wahrscheinlich die größte Aussicht auf Erfolg.

»*Oui!* Und Sie sind Mademoiselle Celine!« Sie lächelte strahlend, ihre rundlichen Wangen schoben sich nach oben und bildeten kleine Hügel unter ihren Augen. »Aber bitte, kommen Sie doch herein!«

Ich folgte ihr in den Flur und schnippte ihr das Salz in den Nacken, als sie den Blick abwandte. Marie ging einfach weiter, und als sie sich dann umdrehte, lag ein ernster Ausdruck in ihren dunkelbraunen Augen. »Monsieur Josh hat mir erzählt, was passiert ist. Sie müssen sehr mitgenommen sein, aber machen Sie sich bitte keine Sorgen.

Wir werden uns gut um Sie kümmern, bis Ihre Erinnerung zurückkehrt.«

»Danke«, murmelte ich und spürte wieder dieses nagende Schuldgefühl. Marie war nicht besessen. Sie war einfach nur noch so ein freundlicher Mensch, den ich dazu gebracht hatte, mich inständig zu bedauern. »Ich mache mir gar keine Sorgen. Die Ärzte sagen, dass ich im Handumdrehen wieder gesund sein werde.«

»Sie sind aber ein sehr tapferes Mädchen, hm?« Voller Mitgefühl in der Stimme legte sie mir eine Hand auf die Schulter. Sie zog sie gleich wieder weg, bevor ich reagieren konnte, und lächelte erneut. »Und sehr stark. Aber ich komme ins Plaudern, *je suis désolé*. Soll ich Ihnen jetzt das Haus zeigen, Mademoiselle Celine?«

Mademoiselle Celine. Ja, jemand mit diesem Namen hätte vielleicht in dieses Haus gehört. Ich aber gehörte bestimmt nicht hierher.

»Sehr gern würde ich mir das Haus ansehen. Aber bitte, nennen Sie mich doch einfach Celine.« Marie hatte etwas Tröstliches, die Luft um sie herum war ruhig und friedlich, und die Vorstellung, dass Josh sich von ihr so förmlich ansprechen ließ, ärgerte mich. Als sei er besser als sie. Natürlich konnte ich das nicht wirklich beurteilen. Die Gepflogenheiten der Reichen waren für mich eine völlig andere Welt.

Marie bedeutete mir, ihr zu folgen. »Monsieur Josh beklagt sich auch darüber. Er sagt immer: ›Nennen Sie mich bitte nicht mehr *Monsieur*, Marie‹, und ich sage ihm, dass ich ihn niemals *Monsieur Marie* nenne!« Sie blieb mitten im Gehen stehen und sah mich mit funkelnden Augen an. »Monsieur Mari bedeutet ›Ehemann‹!«

Sie ging weiter und lachte über ihren kleinen Scherz. Ich

folgte ihr. Das mit der förmlichen Anrede ging also nicht von Josh aus.

»Ich meine es ernst«, versuchte ich es noch einmal. »Ich bin nicht einmal wirklich ein Gast. Sie können mich nicht Mademoiselle Celine nennen, es ist so … förmlich.«

Marie schenkte meinem Protest keine Beachtung. »Monsieur Josh hat gesagt, dass Sie unser Gast sind, also sind Sie es. Wenn Sie mir nun bitte folgen wollen, Mademoiselle Celine.«

Ohne mir die Möglichkeit zu einer Antwort zu geben, führte sie mich den herrlichen Marmorflur entlang und zeigte mir auf der rechten Seite das Wohnzimmer und auf der linken das Esszimmer. Beide Räumlichkeiten konnte ich mir nicht näher ansehen, da wir weiter den Flur hinuntergingen, vorbei an vier Marmorsäulen und einer alten Standuhr. Dahinter angelangt deutete Marie auf eine verschlossene Doppeltür auf der rechten Seite.

»Drüben auf der anderen Seite des Flurs liegt die Küche, und das hier ist Monsieur Roberts Arbeitszimmer. Er erlaubt niemandem hineinzugehen, obwohl da eigentlich überhaupt nichts drin ist außer einem Schreibtisch und ein paar staubigen Büchern. Ich glaube, er hat den Zutritt nur verboten, um Monsieur Josh zu ärgern.«

Warum sollte irgendwer einen Schreibtisch und ein paar Bücher verstecken wollen?

»Josh und sein Onkel kommen wohl nicht sehr gut miteinander aus?«, erkundigte ich mich.

Marie machte ein Gesicht, als sei sie bei einer Untat ertappt worden. »Verzeihen Sie mir bitte, aber es ist nicht an mir, darüber zu urteilen. Bestimmt wird Ihnen Monsieur Josh alles über die Familie erzählen. Und nun lassen Sie uns ins Obergeschoss hinaufgehen, damit ich Ihnen Ihr Zimmer zeigen kann.«

Bevor ich weitere Fragen stellen oder einen richtigen Blick in die riesige Küche werfen konnte, war Marie zum Ende des Flurs weitergegangen und stieg die Treppe hinauf. Die Treppe bestand aus poliertem dunklem Holz. Ich legte die Hände zu beiden Seiten auf die Geländer, während ich hinter ihr hinaufstieg, und zählte jede Stufe bis zum ersten Stock: insgesamt sechsundzwanzig. Anders als unten, wo alle Räume von einem zentralen Flur abzweigten, der in der Mitte durch das Haus lief, war das Zentrum dieses Stockwerks offen und ohne Wände, sodass man von unten direkt bis zu dem schönen Fresko an der hohen Decke hinaufschauen konnte. Um dieses leere Quadrat herum verliefen Geländer mit kunstvollen Schnitzarbeiten aus dem gleichen dunklen Holz wie die Treppe, und weiche cremefarbene Teppiche führten ringsum zu sechs Türen. Ich schaute auf meine uralten Turnschuhe hinab und hoffte, dass ich keine Dreckspur hinter mir herzog.

»Die vorderen drei Zimmer des Hauses gehören Monsieur Robert.« Marie deutete quer über den leeren Raum hinüber.

»Und sie dürfen nicht betreten werden?«, riet ich.

Marie nickte und machte keine weitere Bemerkung dazu. Ich gewann den Eindruck, dass *Monsieur Robert* vielleicht ein wenig exzentrisch sein könnte. Was wollte eine Einzelperson mit drei Zimmern anfangen? Vor allem, wenn sie unten bereits ihr eigenes, ganz privates Arbeitszimmer hatte sowie ein Wohn- und ein Esszimmer?

»Das auf der linken Seite ist Monsieur Joshs Zimmer«, fuhr Marie fort. »In der Mitte ist das Musikzimmer; von dort geht es auf die Terrasse, mit Blick auf die hinteren Gärten, und dieses hier – das ist Ihr Zimmer.« Sie lächelte, als sie die Tür aufdrückte.

Ich trat hinter ihr ein und erstarrte. Der Raum war fast so groß wie meine gesamte Wohnung in Boston! An der Wand zu meiner Linken standen ein überdimensioniertes Bücherregal sowie ein gewaltiger lederüberzogener Schreibtisch. Zwei Riesenfenster gaben den Blick auf den hinteren Garten und den Wald frei. Genauso große Fenster füllten auch die nächste Wand, darunter befand sich eine lange Fensterbank, auf der sich Plüschkissen stapelten, während sich im Inneren Schubladen versteckten. Gegenüber vom größten Bett, das ich je gesehen hatte, befanden sich drei riesige Schränke und eine weiße Tür.

»Und hier ist natürlich das Bad.« Marie ging um das Bett herum und öffnete die weiße Tür. Von meinem Standort aus konnte ich Marmorfliesen und zwei Waschbecken erkennen.

»Natürlich«, wiederholte ich dümmlich. Das Ganze musste eine Art Scherz sein. Ich konnte unmöglich hier wohnen. Ich meine: *zwei* Waschbecken?

»Ich werde Sie jetzt allein lassen, damit Sie sich einrichten können, Mademoiselle Celine. Ich habe Ihre Kleider zusammengelegt und weggeräumt, Sie können sie in den Schubladen finden, falls Sie sich umziehen wollen.«

Kleider?

»Da muss ein Irrtum vorliegen, ich habe all meine Sachen hier drinnen«, sagte ich und deutete auf den Rucksack auf meiner Schulter. Tatsächlich hatte ich nur zwei T-Shirts und etwas Unterwäsche, da meine Jeans beim Unfall zerrissen worden waren und ich das einzige andere Paar trug, das ich mitgenommen hatte.

Marie wirkte verlegen. »Aber Monsieur Josh hat gestern mehrere Tüten Kleider mit nach Hause gebracht und mich gebeten, sie in Ihr Zimmer zu legen. Vielleicht wollte er Sie ja überraschen? Wenn Sie mich jetzt bitte entschuldigen, ich muss nach dem Mittagessen sehen.«

Die Tür schloss sich mit einem leisen Klicken, und ich stand da und lauschte mit einem Gefühl der Ungläubigkeit Maries sich entfernenden Schritten. Dieses Haus, dieses Zimmer und neue Kleider? Ich ging zu den Schränken und zog die Türen auf.

T-Shirts, Strickjacken, Röcke, Socken, Hosen, Kleider, Schuhe, Stiefel … da waren sogar BHs und Unterwäsche, und alles war von derselben Marke: French Connection. Es war, als sei Josh in einen ihrer Läden gegangen und hätte alles darin aufgekauft! Auch wenn ich niemals etwas besessen hatte, was nicht aus einem Secondhandladen gekommen war – selbst *ich* wusste, dass das alles ein Vermögen gekostet haben musste!

Nein. Auf keinen Fall! Das konnte ich nicht annehmen. Josh musste verrückt sein, oder das Ganze war einfach ein Fehler. Ja, ein Fehler – das musste es wohl sein, vermutete ich. Niemand kaufte einer Wildfremden einen ganzen Schrank voll Kleider. Und woher zum Teufel hatte er meine Größe wissen können?

Innerlich aufgewühlt zog ich meine Karten hervor und setzte mich auf die Bettkante. Ich mischte rasch und schloss fest die Augen.

»Warum bin ich hier?«, flüsterte ich in die Stille hinein.

Der Ritter der Kelche lag obenauf. Ein junger Mann, tough, mutig und intelligent. Von den vier Rittern im Tarotdeck war er der liebenswerteste … der, auf den man sich verlassen kann.

Die Karten hatten offensichtlich eine hohe Meinung von Josh Beaumont.

Der Ritter der Kelche

Nach dem Mittagessen hatte mir Marie zugesehen, wie ich eine große Tasse ihres Zaubertees trank, der anscheinend die schlimmsten Krankheiten heilen und außerdem geistige Klarheit bringen konnte. Anschließend verkündete sie, dass sie in den Keller gehen wolle, um sich um die Wäsche zu kümmern. Als ob ein Haus von dieser Größe auch noch einen Keller bräuchte!

»Rufen Sie einfach, wenn Sie mich brauchen, Mademoiselle Celine«, sagte sie, und dann war sie fort und ließ mich allein in der Küche zurück.

Und in was für einer Küche! Lange, saubere Arbeitsflächen, Dutzende von Schränken mit endlosem Stauraum, ein zweigeteilter großer Kühlschrank mit Doppeltür, eine eigene Tiefkühltruhe, ein Gasherd mit sechs Kochfeldern, ein Backofen, in den mühelos sechs Torten übereinander passen würden, und, das Beste von allem: eine Tür, die in einen wunderschönen Garten und an die herrlich frische Luft führte. Es fiel mir schwer, nicht daran zu denken, wie viel einfacher mein Leben wäre, wenn ich jeden Tag in dieser Küche arbeiten dürfte statt in dem engen, dunklen Raum in Tonys Bäckerei. Es wäre einfacher und sehr viel schöner.

»Komm schon, Celine. Bleib auf dem Teppich!« Zwei

Stunden im Hause Beaumont, und ich fing bereits an, mir Dinge zu wünschen, die ich niemals würde haben können. Ich musste vorsichtig sein und durfte nicht vergessen, dass all dies nur vorübergehend war. Sehr vorübergehend.

Ich widerstand dem Drang, die Küchenschränke zu durchstöbern, ging zur Hintertür und trat hinaus. Der Himmel war nach wie vor strahlend blau, die vereinzelten Wolken vom Morgen waren in der Ferne verschwunden. Der Kiesweg führte vom Haus weg und gabelte sich dann. Der eine Pfad führte zu der schönen Holzbank, die mir schon zuvor von meinem Schlafzimmerfenster aus aufgefallen war. Sie war dem leicht abfallenden Garten und dem dahinter liegenden Wald zugewandt und war von drei Ringen aus dicht gesetzten Gänseblümchen umgeben. Der zweite Pfad führte in Schlangenlinien zu den Bäumen hinab.

Alles war so atemberaubend! Ich konnte mich nicht daran erinnern, jemals von so viel Gras umgeben gewesen zu sein, von so vielen Bäumen, so viel Natur, und es kam mir vor … es kam mir vor, als käme ich nach Hause. Was lächerlich war. Das Waisenhaus, die Billingtons und meine kleine Wohnung über Tonys Bäckerei … nichts von alledem hatte auch nur die geringste Ähnlichkeit mit dem hier.

»Celine?«

Beim Klang von Joshs Stimme zuckte ich zusammen und fuhr herum.

»Entschuldige, ich wollte dich nicht erschrecken.« Er lehnte mit vor der Brust verschränkten Armen am Türpfosten. Ein Model – daran erinnerte er mich. Perfektes Haar, perfekte Haut, breite Schultern und dieses Lächeln … er grinste mich an!

»Wirklich nicht? Warum wirkst du dann so selbstzufrieden?« *Bleib leicht und locker. Behalte einen klaren Kopf, und lass dir um Himmels willen von seinem guten Aussehen nicht den Kopf verdrehen!*

»Ich habe so ein paar Sachen regeln können, daher habe ich gute Laune.« Er trat einen Schritt vor und hielt die Küchentür auf. »Außerdem ist es Zeit für unser erstes Experiment.«

»Experiment?« Neugierig ging ich an ihm vorbei in die Küche zurück und machte große Augen, als ich die gewaltige Ansammlung von Gefäßen auf dem Frühstückstisch sah. Sie waren vor ein paar Augenblicken definitiv noch nicht dort gewesen. »Was hat das alles zu bedeuten?«

»Das ist der erste Schritt, um herauszufinden, wer du bist.«

Ich sah ihm zu, als er nun um den Tisch herumging und sich setzte. Ich war mir immer noch nicht recht im Klaren, wovon er da sprach.

»Komm schon, setz dich!«, sagte er und hielt mir einen Löffel hin.

»Wir essen?«, fragte ich, nahm den Löffel und setzte mich ihm gegenüber. In diesem Moment fiel mir das rote Notizheft auf, das neben all den Gefäßen lag. Auf dem Umschlag stand das Wort »Celine«.

»Gut, hier hätten wir unsere erste Tatsache«, sagte Josh mit ernster Stimme. Dann öffnete er das Notizheft und begann zu schreiben. »Celine ist l-a-n-g-s-a-m.«

»Das hast du doch nicht wirklich geschrieben, oder?« Ich beugte mich vor, um zu sehen, was er schrieb, aber er zog das Papier weg. Das konnte nicht sein Ernst sein! Ich verschränkte die Arme vor der Brust. »Wenn du schon Notizen machst, könntest du geradeso gut *Josh ist kindisch* in dein Heft eintragen.«

Er zog die Augenbrauen hoch. Allmählich gewöhnte ich mich an diesen Gesichtsausdruck. Ich konnte mich nicht wirklich über ihn ärgern … nicht, wenn er mir dabei helfen wollte, mich daran zu erinnern, wer ich war. Natürlich tat er das nur, weil er dachte, dass ich irgendeine Art von *Fugue* hätte. Mein Gott, ich hoffte wirklich, diese Lüge nicht lange aufrechterhalten zu müssen!

»Okay, lass uns mit dem hier anfangen.« Josh öffnete den Deckel eines niedrigen Glases mit großem schwarzem Etikett und schob es auf meine Seite des Tisches hinüber.

Es war Erdbeermarmelade. Ich war verrückt nach Erdbeermarmelade. Ich tauchte meinen Löffel in die rote Masse und schaute zu ihm auf. »Was genau soll Erdbeermarmelade über mich aussagen?«

Er überging meine Bemerkung und deutete auf meinen sauber geleckten Löffel. »Gut oder nicht gut?«

»Extremst lecker.« Ein wenig zu viel Zucker, aber die Andeutung von etwas Saurem machte das wieder wett.

»Extremst lecker«, wiederholte Josh. Lächelnd kritzelte er irgendetwas. »Gut, was willst du als Nächstes probieren?«

Da ich gerade einen Teller Suppe gegessen hatte, war mir eigentlich nicht nach Probieren zumute. Außerdem hatte er meine Frage noch immer nicht beantwortet.

»Es ist unhöflich, die Fragen anderer Menschen zu ignorieren«, informierte ich ihn.

»Es ist unhöflich, die Experimente anderer Menschen zu unterbrechen«, konterte er.

Ich konnte mir ein Lächeln nicht verkneifen. »In Ordnung, aber ich kann wirklich nicht allzu viele von diesen Gläsern durchprobieren. Marie hat mir gerade das Mittagessen gemacht.«

Josh hörte auf, die Gläser zu inspizieren, und blickte entschuldigend auf. »Sie hat dir ihren magischen Tee gebraut, nicht wahr?«

»Ja. Es sei denn, *le thé magique* bedeutet etwas anderes.« Ein Hauch von verbranntem Brot und bitterem Tee hing noch immer in der Luft.

»Nein, ich fürchte nicht.« Josh verzog das Gesicht. »Marie ist für mich einer der liebsten Menschen auf der Welt, aber sie kann beim besten Willen nicht kochen, und ihr Tee ist noch schlimmer. Ich weiß gar nicht, wie oft sie mir diesen Tee schon aufgezwungen hat, also kannst du dich noch glücklich schätzen.« Er schob mir ein Glas Erdnussbutter hin.

Fast hätte ich mich vor Ekel geschüttelt. Ich verabscheute Erdnussbutter. »Na ja, der gegrillte Käse nach der Suppe war nicht schlecht.«

Eine glatte Lüge. Kaum zu glauben, aber Marie hatte alle Fehler gemacht, die man bei einem so einfachen Gericht nur machen konnte. Das Brot war am Rand schwarz gewesen, der Käse war nicht geschmolzen, und von den großen Pfefferbröseln hatte ich niesen müssen. Dennoch war selbst ein unzureichend geschmolzener Käse besser als Erdnussbutter. Ich schob meinen Löffel ins Glas, wobei ich achtgab, die braune Masse kaum zu berühren. Dann stopfte ich ihn mir in den Mund, bevor Josh etwas bemerken konnte.

»Also kennst du Marie schon lange?«

»Fast mein ganzes Leben lang. Sie hat in einem von Roberts Hotels auf Haiti gearbeitet. Dort hat er sie kennengelernt und überredet, unsere Haushälterin zu werden. Ich weiß wirklich nicht, wie er das hingekriegt hat. Marie verdient etwas weitaus Besseres.«

Joshs Tonfall ließ keinen Zweifel, dass er die Frau sehr gern hatte. Und ich hatte gedacht, er würde von oben auf sie herabblicken …

»Ich weiß nicht. Ich finde, sie wirkt glücklich. Und sie spricht in den höchsten Tönen von Ihnen, *Monsieur Josh*.«

»Hör bloß damit auf«, brummte er. Dann machte er eine Kopfbewegung hin zum Löffel in meiner Hand. »Gut?«

»Nein. Richtig ekelhaft.«

»Was? Das kann nicht dein Ernst sein, jeder mag Erdnussbutter!«

Josh zählte die Vorzüge von Erdnussbutter auf, dann gab er mir vier weitere Gläser zu kosten, bis ich passen musste.

»Ich platze gleich.«

Er kritzelte wieder etwas in sein Notizheft. »Im Namen der Wissenschaft zu platzen ist kein schlechter Abgang.«

Ich warf einen Blick auf die zahllosen Gläser, Dosen, Schachteln und Flaschen, die sich auf dem Küchentisch stapelten, und musste unwillkürlich bemerken: »Das sieht mir nicht nach Wissenschaft aus. Es sieht mehr nach einem Überfall aus.«

Er runzelte die Stirn. »Keine Ahnung, wovon du da redest. Außerdem musst du immer noch Ananas probieren und Pfirsiche in Zitronensaft, entkernte Datteln mit Mandeln, eingelegte Cocktailzwiebeln, Chilimus, Mangojoghurt – und auch das hier, was immer es ist.«

Ich würde *nichts* von alledem probieren. Auf gar keinen Fall. Es war an der Zeit, das Thema zu wechseln.

»Wohnt Melissa in der Nähe?«

»Oh Mist, Melissa!«

Bei seiner Reaktion fuhr ich zusammen. »Ist ihr etwas zugestoßen?«

»Nein, ich habe bloß vergessen, sie zurückzurufen. Sie hat sich nach dir erkundigt und drei Nachrichten hinterlassen.« Josh zog sein Handy aus der Tasche, drückte auf ein paar

Tasten und zögerte dann. »Wie wär's, wenn wir sie stattdessen besuchen gingen?«

Das war wunderbar, vor allem da es bedeutete, dass ich kein Essen mehr zu testen brauchte.

»Klingt gut.«

Er stand auf und klemmte sich das Heft unter den Arm. »Übrigens, was ich dir noch erzählen wollte: Ich hab einen Privatdetektiv angeheuert.«

»Einen *was?*« Ich starrte ihn entgeistert an.

»Einen Detektiv.« Josh hob eine Hand, um meinem Protest zuvorzukommen. »Ich bin mir sicher, die Polizei tut ihr Bestes, um deine Eltern zu finden, aber auf diese Weise stellen wir sicher, dass auch wirklich jeder Möglichkeit nachgegangen wird.«

Jetzt suchte also ein Privatdetektiv nach meiner erfundenen Familie? »Ich bin mir sicher, dass so etwas nicht notwendig ist.«

»Doch. Ist es«, beharrte Josh. »Es ist das Mindeste, was ich tun kann, nachdem ich dir das alles angetan habe.«

Verdammt, da waren sie wieder, die Schuldgefühle. Ich wandte den Blick ab und versuchte, mich nicht scheußlich zu fühlen, weil ich jetzt ihm das alles antat.

Die Königin der Schwerter

Der Rücksitz von Joshs BMW war bequemer als mein Bett daheim in Boston. Eine merkwürdige Tatsache, aber ich speicherte sie zusammen mit den anderen Details über Josh Beaumont und die Stadt East Wendell ab. Jetzt, da sich der anfängliche Schock über den Unfall und meine sonderbaren Wohnverhältnisse legte, hatte ich langsam das Gefühl, die Dinge unter Kontrolle zu bekommen. Und ein großer Teil dieser Kontrolle bestand im Sammeln von Informationen.

Ungefähr dreizehn Monate zuvor hatte ich eine Vision gehabt, die mich zu einem staatlichen Kindergarten in Newton geführt hatte, wo eine besessene Erzieherin ihre Zöglinge bestrafte, indem sie ihnen Reißnägel in den Nacken stach. Der sadistische Dschinn hatte die Erzieherin dazu gebracht, ihre spezielle Art der Erziehung immer während des Mittagsschlummers zu praktizieren, sodass kein anderes Kind sehen konnte, was vor sich ging. Und sie hatte die Stiche immer oberhalb des Haaransatzes platziert, weshalb sie der elterlichen Aufmerksamkeit entgingen. Die Erzieherin wohnte in einem Wohnblock mit einem Pförtner und Überwachungskameras, also wäre es sehr schwierig gewesen, sich in ihre Wohnung einzuschleichen, um ihr dort eine Falle zu stellen.

Ich hatte beschlossen, erst Informationen zu sammeln, bevor ich versuchte, diesen speziellen Dschinn auszutreiben. Nachdem ich zwei Tage lang beobachtet und protokolliert hatte, war ich zu dem Schluss gekommen, dass der beste Ort für die Austreibung der Parkplatz ihres Fitnessstudios war. Der Rest war Routine: Die Falle stellen, den Dschinn angreifen, ihn überwältigen und austreiben.

Das Sammeln von Informationen war der Schlüssel zur Lösung eines Problems – also beschloss ich, genau das zu tun. Ich musste so viel wie möglich über Josh, die Menschen in seinem Leben und den Ort, an dem er lebte, herausfinden, um die Gefahr, in der er schwebte, zu erkennen und Gegenmaßnahmen ergreifen zu können.

Seit Tagen hatte ich mich nicht so wohl gefühlt. Ich lehnte mich zurück, streckte die Beine aus und hörte zu, wie Marie über ihre Kinder erzählte. Sie hatte drei Kinder, und auch Josh kannte sie gut, das zeigten die Fragen, die er ihr stellte.

So richtig Reiche hatte ich bisher noch nicht kennengelernt, aber meine jahrelange Fernseherfahrung hatte mir den Eindruck vermittelt, dass es da zwei Typen von Reichen gab: den weinerlichen »Ich-will-alles-haben«-Typ aus Serien wie *My Super Sweet 16* und den kalten »Du-bist-keiner-Beachtung-wert«-Typ wie die Menschen in *Melrose Place* und *Gossip Girl*. Bisher entsprach Josh keinem der beiden Typen.

Er machte irgendeine Bemerkung über ein Theaterstück, die ich nicht ganz mitbekam, und dann lachten sie beide. Josh und Marie hatten offensichtlich eine herzliche, unbefangene Beziehung, die das Ergebnis einer jahrelangen Bekanntschaft war. Mit Francesca hatte mich eine in Ansätzen ähnliche Beziehung verbunden, aber selbst bei ihr war es meistens ums Geschäft gegangen. Tony und seine Frau wusssten meine Hilfe immer zu schätzen. Doch obwohl ich jahrelang für sie arbeitete, fragten sie niemals nach, wie sich mein Leben außerhalb der Backstube gestaltete. Nicht, dass ich da ein großes Leben gehabt hätte.

»Celine, alles in Ordnung?« Ich blickte schnell auf und sah im Rückspiegel Joshs besorgten Blick.

»Ja, alles bestens.«

»Okay, dort drüben ist *Fred's*.« Marie zeigte auf das rechteckige Gebäude zu unserer Linken. »Sie können mich hier absetzen, Monsieur Josh.«

»Das ist doch Quatsch, Marie, wir fahren Sie nach Hause.« Josh zog die Augenbrauen hoch.

Ganz gleich, was Marie sagte, sie konnte Josh nicht dazu bewegen, sie irgendwo anders abzusetzen als vor ihrer eigenen Haustür. Nicht, dass er sich auf irgendwelche Diskussionen mit ihr einließ, er weigerte sich einfach, eine andere Möglichkeit überhaupt nur in Erwägung zu ziehen. Eine wirklich schlaue Vorgehensweise. Wenn ich jemals eine Auseinandersetzung mit Josh gewinnen musste, würde ich einfach seine eigene Strategie anwenden, um ihn dazu zu bringen, seine Meinung zu ändern: mich schlichtweg weigern, klein beizugeben.

Wir fuhren zwei Häuserblocks weiter und bogen auf eine Schnellstraße ein, die aus der Stadt hinausführte und nach wenigen Minuten eine bescheidene Ansammlung kleiner Häuser durchquerte.

»Vielen Dank, Monsieur Josh und Mademoiselle Celine. Ich wünsche Ihnen noch einen schönen Nachmittag.« Marie lächelte und stieg aus. Ich hob zum Abschied die Hand, dann sah ich, wie ein kleines Mädchen mit Zöpfen auf sie zugeeilt kam.

»Das ist Lilly, Maries Jüngste«, erklärte Josh, als er meinen

Blick bemerkte. Wir fuhren los, und er winkte dem kleinen Mädchen zu.

»Scheint ein glückliches kleines Mädchen zu sein.« Einen verrückten Moment lang war ich eifersüchtig auf Lilly, wie sie da in dem kleinen Garten stand und ihr Gesicht in den Röcken der Mutter vergrub, während Sonnenstrahlen auf ihren glänzenden blauroten Schuhen funkelten. Geborgen. Geliebt.

»Das ist sie«, bestätigte Josh.

Ich starrte durch die Windschutzscheibe und verfolgte, wie die Gebäude immer größer und höher wurden, während wir in die Richtung zurückfuhren, aus der wir gekommen waren. Das *Fred's* lag in einer freundlichen Wohngegend am Stadtrand, doch war das Viertel nicht annähernd so vornehm wie die von blauen Blumen gesäumten Straßen im zentralen Teil von East Wendell.

Josh fuhr den Wagen am *Fred's* auf den Parkplatz und lenkte ihn in eine Lücke zwischen einem Pick-up und einem schwarzen Sportwagen.

»Hier treffen sich also die Bewohner der Stadt?«, fragte ich, schloss die Autotür und folgte ihm zum Restaurant. Von draußen machte es nicht viel her, man sah nur eine lange graue Mauer, die durch das Fehlen jeglicher Fenster auffiel.

»Die Gäste kommen größtenteils aus dem Ort, aber die Nähe zur Schnellstraße führt auch mal ein paar Durchreisende hierher«, antwortete Josh. Er hielt mir die Tür auf, also ging ich zuerst hinein und wartete dann.

Der riesige Raum vor uns war ganz im Countrystil eingerichtet. Das Lokal bestand aus zwei Ebenen: Sitzecken mit roten Ledersofas und braunen Tischen umstanden einen Holzboden, von dem es drei Stufen hinab zu der tiefer liegenden Tanzfläche und der kreisförmigen Bar ging. Cowboyhüte hingen von der hohen Decke über der Theke, und die Holzbeine der großen Barhocker waren in der Form von Stierhörnern geschnitzt.

Obwohl es Nachmittag war, saßen mindestens drei Dutzend Gäste im Lokal.

»Und? Wie gefällt dir *Fred's Cowboyrestaurant*?«

»Sehr gut.« Es war der seltsamste Ort, an dem ich je gewesen war, und ich fand es einfach fantastisch!

»Wollen wir?« Josh lächelte und streckte die Hand in Richtung einer der leeren Sitzecken am anderen Ende des Raums aus.

Während die vordere Wand des Restaurants keine Fenster hatte, befanden sich in der rückwärtigen drei große quadratische Fenster, die den Blick auf einen weitläufigen Garten freigaben. Ich musterte die Menschen an den Tischen, die wir passierten. Zwei Mütter im mittleren Alter, zwei müde wirkende Väter, drei Kinder mit Malbüchern, ein Baby in einem roten Buggy, ein Teenagerpärchen, das sich einen Schoko-Milchshake teilte, und eine Frau von Ende zwanzig, die ein juristisches Fachbuch wälzte: keine gelben Augen.

Während wir in der von Josh ausgewählten Sitznische Platz nahmen, schaute ich mich erneut um und fasste die Leute an der Theke ins Auge. Dort waren fünf Männer. Zwei untersetzte Typen, die sich unterhielten, beide mit komischen Schnurrbärten, zwei andere, die über ihren schmutzigen langärmligen Pullis leuchtend orangefarbene Bauarbeiterwesten trugen, und dann noch ein Typ in einer schwarzen Lederjacke am Ende der Theke. Der Winkel machte es mir unmöglich, sein Gesicht zu sehen, aber trotz all dem Schwarz war deutlich zu erkennen, dass er einen muskulösen Körperbau hatte.

»Celine?«

»Hm?«

»Was starrst du so?« Josh sah mich wieder mit gerunzelter Stirn an.

»Ach, nichts, ich halte nur Ausschau nach Melissa«, antwortete ich rasch. »Sie arbeitet doch hier, nicht?«

»Ja. Wahrscheinlich ist sie drüben am anderen Ende der Theke. Sie wird uns sicher gleich entdecken.« Er schob die beiden Speisekarten beiseite, die zwischen Salz- und Pfefferstreuer klemmten, dann waren seine Finger auf meinem Ärmel und hoben demonstrativ den Stoff an.

»Du weißt, dass du da einen Riss hast.«

Instinktiv wollte ich die Hand ganz schnell wegziehen. *Reiß dich zusammen, Celine! Er will dir schon nicht wehtun!* Ich zählte bis drei, dann nahm ich den Arm langsam weg.

»Es muss passiert sein, als ...« Ich brach ab, aber es war zu spät. Wir dachten beide an den Unfall, und die Schuldgefühle waren deutlich in seinen Augen zu sehen. »Tut nichts zur Sache, es ist nur ein Pullover.«

»In deinem Zimmer ist neue Kleidung. Willst du zurückfahren und dich umziehen?«

Die Anziehsachen, natürlich! Die hatte ich vollkommen vergessen. »Nein, es ist nur ein kleiner Riss. Außerdem wollte ich sowieso mit dir über die Kleidung reden: Ich kann sie wirklich nicht annehmen.«

Josh verschränkte die Arme vor der Brust. »Warum nicht?«

Was meinte er mit *warum*? Ich konnte ihn nicht einen ganzen Schrank voll Klamotten kaufen lassen, nur weil er vielleicht einen Pullover ruiniert hatte.

»Ich kann mir meine eigenen Sachen kaufen.«

Er wirkte überrascht. »Sie gefallen dir nicht, stimmt's? Verdammt, ich wusste, ich hätte dich zum Aussuchen mitnehmen sollen, aber ich wollte dir die Anstrengung ersparen.«

Sollte das ein Witz sein? Die Kleidung war weich und wunderbar, und es war alles neu! Ich hatte noch nie etwas besessen, das nicht zuvor jemand anderes getragen hatte! Wie hätte sie mir denn nicht gefallen können?

»Die Sachen sind wunderschön, ich kann sie nur einfach nicht annehmen. Sie sind viel zu teuer, also gib sie bitte zurück…«

»Geht nicht«, warf er mit einem selbstgefälligen Blick ein. Ein weiteres Wort, das ich auf meine Josh-Liste setzen konnte: selbstgefällig.

»Was meinst du damit – das geht nicht?«

»Kein Umtausch.« Er zuckte die Achseln und wandte den Blick ab. Das war so was von gelogen!

Ich verschränkte die Arme und ahmte seine Haltung nach. »Dann gib sie jemand anderem.«

»Nein«, sagte er schlicht.

Nervig. Das war noch ein gutes Wort. Er konnte so stur sein, wie er wollte, ich würde nicht zulassen, dass er mir einen Schrank voll Kleidung schenkte!

»Na schön, dann geb ich dir das Geld dafür.« Falls meine Ersparnisse dazu reichten, was ich bezweifelte. Welch ein Gedanke. Jahre um Jahre des Arbeitens und Sparens, und ich konnte mir diese Sachen nicht einmal selbst kaufen. Nicht, dass ich sie brauchte.

Josh beugte sich vor, und seine Miene wurde sanft. »Celine, ich nehme dein Geld nicht. Jetzt hör auf, so stur zu sein, und nimm ein kleines Geschenk von einem Kerl an, der dir viel, viel mehr schuldet.«

Na großartig! Wenn er auf die rechthaberische Tour weitergemacht hätte, wäre es leicht gewesen, ihm Kontra zu geben. Aber jetzt, mit diesem traurigen Ausdruck im Gesicht? Er versuchte damit ja nur, seine Schuldgefühle zu verringern. Und was sollte ich jetzt machen? Es war schließlich meine Schuld, dass er überhaupt Gewissensbisse hatte. Wenn er sich dadurch besser fühlte, dass er mir Sachen schenkte, musste ich sie annehmen. Zumindest jedenfalls musste ich so tun. Einige der Sachen tragen. Zumindest vorläufig. Sobald ich den Dschinn gefunden und ausgetrieben hatte, würde ich Josh das Geld für die paar getragenen Kleider zurückzahlen, und er konnte den Rest wieder in den Laden bringen. Ja, so würde es gehen. Solange er nicht versuchte, mir noch irgendetwas anderes zu schenken!

»Na schön, ich nehme dein viel zu großzügiges Geschenk an, aber unter einer Bedingung. Du musst mir versprechen, mir sonst nichts mehr zu kaufen.«

»Nein.«

Ich fing an, dieses Wort zu hassen. »Dann nehme ich nichts an.«

»Mein Gott, Celine, warum bist du nur so schwierig?«

Ich zog die Augenbrauen hoch. »Ich könnte dich das Gleiche fragen.«

»Also gut, ich werde dir von jetzt an nichts mehr kaufen.«

»Versprochen?«

Josh lachte. »Du weißt aber, dass die meisten Mädchen es mögen, wenn Jungs ihnen Geschenke machen?«

Er konnte schon recht haben. Ich hatte keine Ahnung, was die meisten Mädchen mochten oder nicht mochten. Was ich aber wusste, war: Keines der Mädchen, die er dabei vielleicht im Sinn hatte, kam aus meiner Welt.

»Dann gehöre ich wohl einer Minderheit an.« Ich zuckte die Achseln und hoffte, dass Josh nicht weiter nachhaken würde.

»Ah, hallo!« Melissas fröhliche Stimme unterbrach das Gespräch gerade im richtigen Moment. Sie trug ein rotes Flanellkleid mit einer schwarzen Schürze und schwarze Cowboystiefel im Cowgirl-als-Kellnerin-Look. »Du siehst richtig gut aus, Celine. Wie fühlst du dich, sind dir schon irgendwelche Erinnerungen gekommen? Ach, und wie haben dir die Brownies geschmeckt?«

Wie schaffte sie es, so viele Fragen gleichzeitig zu stellen? »Mir geht's gut, bisher keine Erinnerungen, und die Brownies waren wirklich ausgezeichnet«, antwortete ich.

»Mir geht es auch ganz gut«, warf Josh erheitert ein.

Melissa verdrehte die Augen. »Schön für dich, Beaumont.«

»Was, bekomme ich gar kein Lob dafür, dass ich Celine zu dir gebracht habe?«, beschwerte er sich.

»Wenn du nicht darauf bestanden hättest, sie in dein Haus zu schleppen, müsstest du sie nicht zu mir bringen«, schnappte Melissa zurück.

Sie redeten über mich, als sei ich nicht da. Das war ein eigenartiges Gefühl für mich. Ich wedelte mit der Hand und hoffte, ihre Aufmerksamkeit zu erregen. »Ich bin übrigens hier.«

Keiner der beiden schenkte mir die geringste Aufmerksamkeit.

»Du wirst sie noch häufig genug sehen, also reg dich deshalb nicht so auf.« Josh grinste sie breit an. Melissa wirkte unbeeindruckt. Sie zog einen Notizblock und einen Stift aus ihrer Schürzentasche, dann räusperte sie sich.

»Wie dem auch sei, was kann ich euch beiden zu trinken bringen?«

Ich warf einen raschen Blick zu Josh hinüber, um zu sehen, wie er den Themenwechsel aufnahm, aber seine

Aufmerksamkeit wurde plötzlich in Richtung Tür abgelenkt.

»Melissa, bleib für einen Moment bei Celine.«

Bevor sie oder ich ein Wort sagen konnte, war er schon weg und ging schnell auf eine Gruppe von Mädchen zu, die gerade ins Restaurant stolziert kamen.

»Ah, die Hexen sind eingetroffen.« Melissa rutschte auf den Sitz, den Josh frei gemacht hatte, und beugte sich vor.

Die Hexen?

»Wer sind sie?«, fragte ich und beobachtete Josh, wie er sich den drei Mädchen näherte.

»Die Hexen der Thornton Academy«, zischte Melissa durch zusammengebissene Lippen. »Die mit dem kurzen braunen Haar und der Louis-Vuitton-Tasche, die so groß ist wie ihr Kopf, ist Elizabeth Chadwick. Sie ist erst im letzten Halbjahr in die Stadt gekommen und die jüngste Neuerwerbung der Gruppe. Ihrem Daddy gehören alle möglichen Mikrochipfirmen in Ostasien, und zu ihren Hobbys gehört es, auf jeden herabzublicken, der keinen Treuhandfonds hat, und genau die gleichen Leute dann dazu zu bringen, für sie alle Hausaufgaben zu machen.«

Kurzes braunes Haar. Ich entdeckte Elizabeth *und* ihre Tasche. Die Tasche baumelte von ihrem Ellbogen herab und schien ungefähr die gleiche Größe zu haben wie der Minirock, der sich dahinter versteckte.

»Die Rothaarige neben ihr ist Missy«, fuhr Melissa fort. »Frag mich nicht, was ihre Eltern sich dabei gedacht haben, als sie ihre Tochter so nannten, denn ich hab wirklich nicht den blassesten Schimmer. *Ihrem* Daddy gehören eine Ranch in jedem Bundesstaat der USA und Pferde in jedem Wettrennen. Zu Missys Hobbys gehört es, ihre preisgekrönten Siegerpferde zu reiten, Missy eins, Missy zwei und Missy drei, und alle verfügbaren Details über die heiratswürdigen Mitglieder sämtlicher Königsfamilien in Europa auswendig zu lernen.«

Ich warf Melissa einen ungläubigen Blick zu. Missy nannte ihre Pferde nach sich selbst!? »Du erfindest das alles doch bloß, nicht wahr?«

»Ach, glaub mir, Celine, ich wünschte, es wäre so. Aber ich war viel zu lange mit diesen Mädchen in einem Jahrgang, um mir über sie etwas vorlügen zu können.«

Ihr Sarkasmus verbarg nur unzureichend die Kränkungen, die sie erlitten haben musste. Ich fragte mich, was sie Melissa angetan hatten und warum ich plötzlich das Bedürfnis verspürte, sie vor ihnen zu beschützen.

»Und wer ist das dritte Mädchen?« Ich konnte sie nicht richtig sehen, da Josh direkt vor ihr stand. Aber der kurze Blick, den ich auf ihre gebräunte Haut und ihr gebleichtes blondes Haar hatte werfen können, reichte, um zu erkennen, dass sie schön war.

Auf Melissas Gesicht legte sich ein spöttisches Lächeln. »Das ist Sandra Witherspoon, Königin der Hexen und der ganzen Thornton Academy. Schülersprecherin und Erste Cheerleaderin. Höchstwahrscheinlich wird sie dir bei lebendigem Leibe das Herz aus der Brust reißen, sobald du ihr in die Quere kommst. Sandras Daddy ist ein einflussreicher Politiker, und die einzige Familie hier in der Gegend, die wohlhabender ist als ihre, sind die Beaumonts. Was der Grund ist, warum sie und Josh so ein perfektes Paar abgeben.«

»Sie sind zusammen?«, fragte ich, überrascht, dass ich ein enttäuschtes Zwicken im Leib spürte. Es ging mich nichts an, mit wem Josh ausging, und natürlich würde er sich jemanden wie Sandra aussuchen. Wollten nicht alle Jungs mit einem schönen, beliebten, reichen Mädchen zusammen sein? *Es geht dich nichts an, mit wem Josh zusammen ist, Celine! Erledige einfach deinen Job und verschwinde.*

Melissa war zu sehr in ihre Beobachtung der Hexen vertieft, um meine Reaktion zu bemerken. »Allerdings, seit fast einem Jahr. Es ist schon ein wenig widerlich. Die Erste Cheerleaderin mit dem Kapitän des Rugbyteams. Als wären sie die Stars in einer Superreichen-Version des Films *High School Musical.*«

Kapitän des Rugbyteams. Warum überraschte mich das nicht? Ich wollte Melissa gerade bitten, mir noch mehr zu erzählen, da stand sie auf.

»Mist, mein Boss gibt mir ein Zeichen. Ich komme zurück, sobald ich einen Moment Pause machen kann!«, sagte sie, tätschelte kurz meine Hand und schlüpfte davon.

Ich schaute ihr nach, dann blickte ich wieder zur Tür hinüber und sah gerade noch, wie Josh mit Sandra aus dem Lokal ging. Elizabeth und Missy schienen verärgert darüber, nun sich selbst überlassen zu sein. Sie machten keinerlei Anstalten, sich einen Platz zu suchen. Stattdessen standen sie da und simsten mit ihren Smartphones.

Na toll. Was jetzt? Josh musste irgendwann zurückkommen, aber bis dahin konnte es nicht schaden, wenn ich mich noch ein wenig umschaute. Ich machte es mir auf meinem Stuhl bequem und schob meinen Rucksack unter den Tisch, als eine der Tarotkarten herausfiel und einige Zentimeter neben dem Tisch landete.

»Verdammt.« Ich bückte mich nach der *Sieben der Schwerter* und rief mir ins Gedächtnis, dass ich die vordere Tasche meines Rucksacks einmal gründlich nach Rissen absuchen musste, da rempelte mich unvermittelt jemand an.

Ich richtete mich schnell auf, um mich zu entschuldigen, und eine Vision überwältigte mich mit voller Wucht.

Fred's. Das Geräusch von zerbrechendem Glas kam aus dem hinteren Teil des Restaurants. Das Baby in dem roten Buggy begann zu weinen. Das Teenagerpärchen stand auf und ging, der Junge legte noch einen Fünfdollarschein in das Trinkgeldtellerchen. Die alten Männer an der Theke prosteten einander mit ihren Whiskeygläsern zu. Und dann sah ich ihn. Jeansjacke mit einem Aufnäher, der einen Weißkopfseeadler zeigte, brauner Bart, verschlagener Blick. Langsam ging er die Theke entlang. Ich folgte seinem Blick und sah, wie er auf Elizabeths Louis-Vuitton-Tasche fiel. Einen Moment später rannte er auf sie zu, seine Hand schoss vor…

Die Vision endete so abrupt, wie sie begonnen hatte. Blinzelnd versuchte ich, mich wieder zurechtzufinden.

»Pass doch auf«, brummte der Mann, mit dem ich zusammengestoßen war, im Weitergehen. Ich starrte eine Sekunde lang auf den Weißkopfseeadler auf dem Rücken seiner Jacke, bis ich begriff, dass er der Typ war, der gleich Elizabeths Tasche stehlen würde.

Oh, Mist! Warum sollte die Vision mir einen Diebstahl zeigen? Es musste etwas mit der Gefahr zu tun haben, in der sich Josh befand. Konnte der Dieb besessen sein? Ich musste irgendetwas unternehmen, musste Elizabeth warnen, aber was konnte ich sagen, damit sie mir glaubte?

Das Geräusch von zerbrechendem Glas trieb mich zur Eile. Ich hatte keine Zeit, lange nachzudenken. Ich griff nach dem Salzstreuer auf dem Tisch und steckte ihn mir in meine hintere Hosentasche. Das Baby fing an zu weinen. Ich ließ Karten und Rucksack an Ort und Stelle und steuerte die Theke an. Elizabeth sah mich kommen. Sie kniff die Augen zusammen. Ich musste mir etwas einfallen lassen, irgendetwas sagen!

Der Mann rannte mir über den Weg und riss Elizabeth die

Tasche vom Arm, bevor eine von uns schreien konnte. *Nein!* Ich war gewarnt worden, die Sache war irgendwie wichtig! Ich musste ihn aufhalten!

»Haltet den Dieb!«, rief Elizabeth hinter mir, aber ich war ihm schon nachgestürzt.

Mein Instinkt übernahm die Regie. Da gab es keinen Plan, nur die Notwendigkeit, den Diebstahl zu verhindern. Der Parkplatz draußen war menschenleer. Ich folgte dem Dieb zwischen zwei Autos hindurch und über die Straße. Er rannte eine der Nebenstraßen hinunter; die Tasche am Arm bremste ihn. Ich holte auf. Ich war eine gute Läuferin, *musste* es sein, um mich vor den Dschinn in Sicherheit bringen zu können. Bald würde ich ihn einholen, und in diesem Wissen legte ich mich nur noch stärker ins Zeug.

Meine Beine brannten, und meine Arme schmerzten. Wir bogen um die Ecke. Der Dieb schaute über seine Schulter zurück, und als er sah, dass ich ihm dicht auf den Fersen war, verschwand er schnell hinter der nächsten Biegung. Nur noch ein paar Sekunden, und ich hatte ihn. Mit diesem Gedanken im Kopf stürmte auch ich um die Ecke und rannte gegen eine Backsteinwand.

Mit einem schmerzhaften Keuchen wich mir die Luft aus der Brust. In meinen frisch verheilenden Rippen pochte der Schmerz.

»Wer zum Teufel bist du?«

Ich brauchte eine Sekunde, um zu begreifen, dass die Backsteinwand in Wirklichkeit der Dieb war. Er hielt mich auf Armeslänge von sich weg und legte seinen Kopf abwechselnd nach links und nach rechts, als sei er verwirrt.

»Du bist zu jung, um ein Bulle zu sein.«

»Lassen Sie mich los!« Meine Stimme zitterte, und ich rang noch immer keuchend nach Atem.

»Eigentlich bist du auch zu hübsch, um ein Bulle zu sein.« Er lachte. Sein Lachen hatte einen harten Klang. Einen vertrauten Klang. Randys Gesicht erschien vor meinen Augen, und eine plötzliche Welle der Übelkeit erfasste mich.

»Geben Sie mir die Tasche!« Ich biss die Zähne zusammen und unterdrückte das plötzliche Zittern in meinen Gliedern.

Er lachte abermals und hob mich am Kragen hoch. Sein Gesicht ragte über mir auf, und er leckte sich mit seiner verfärbten Zunge über die rissigen Lippen. Meine Finger krallten sich um den Salzstreuer, und ich löste den Deckel.

»Versuch doch, mich zu zwingen, sie herauszurücken!« Er grinste und schob sein Gesicht näher an mich heran.

Ich holte tief Luft und trat ihm gegen das Schienbein, so fest ich konnte, dann warf ich ihm das Salz an den Kopf. Kein Zischeln! Er war nicht besessen, aber sein Gesichtsausdruck verriet, dass er wütend war.

»Du Biest!«

Ich versuchte wegzurennen, aber er grub mir die Finger in die Arme und drehte mich wieder zu sich um. Im nächsten Moment tanzten Sterne vor meinen Augen, und der Aufprall seiner Faust auf meinem Gesicht schleuderte mich zurück. Ich wäre hingefallen, wenn er mich nicht festgehalten hätte. Durch die verschwommene dunkle Wolke, die sich vor meine Augen gelegt hatte, hörte ich ihn lachen. Ein brennender Schmerz jagte mir über die Wange, und ich schnappte nach Luft. In meinem Mund war der Geschmack von Blut.

Reiß dich zusammen. Du spürst das gar nicht. Lauf in dein Zimmer. Die drei Sätze, meine Verhaltensregeln, fielen mir wieder ein, als hätte ich die ganze Zeit bei den Billingtons gewohnt. Ich blinzelte, versuchte, den Dieb wieder scharf zu sehen. Doch ich sah sein hässliches Gesicht doppelt.

»Du willst Spielchen spielen?«, fauchte er mich an. Seine Stimme war wieder klar und sein Gesicht ein einziger runder Klecks.

Meine Zähne schlugen aufeinander, als er mich schüttelte. *Ich spüre es nicht. Ich spüre es nicht. Ich spüre es nicht.*

»Du kannst mich mal!« Die Wörter kamen nur langsam heraus und nicht halb so nachdrücklich, wie ich gewollt hatte, aber er musste wissen, dass ich keine Angst vor ihm hatte. Ich hatte es mit Dämonen aufgenommen. Mit Ungeheuern, die ihn aufgefressen und wieder ausgespuckt hätten.

»Was hast du da gesagt?« Wutentbrannt schüttelte er mich, sodass meine Zähne klapperten und mir der Kopf schmerzte, als wolle er bersten.

Nein, das tut er nicht. Reiß dich zusammen. Du spürst es nicht. Mach ihn wütend, und er wird einen Fehler machen.

»Ist das alles, was Sie auf Lager haben?!« Das Sprechen kostete mich so viel Anstrengung, dass mir der Schädel brummte. Aber das war es wert. Er lief purpurrot an vor Zorn.

»Ich zeig dir mal, was …« Seine Stimme brach ab, und plötzlich war ich frei, und der Dieb fiel zu Boden. Ein Schmerzensschrei ertönte. Benommen sah ich zu, wie sich eine Lederjacke über seinen Körper beugte und Arme rechts und links auf ihn einschlugen. Nach drei Schlägen wurde der Dieb still.

Als mein Retter sich schließlich umdrehte, konnte ich ihn nur anstarren. Er wirkte nicht viel älter als ich. Vielleicht achtzehn oder neunzehn. Und er war groß. Sein Haar war pechschwarz, seine Augen tief dunkelblau, und da war Blut auf der Hand, mit der er sich über den Mund fuhr. Mein Gott, er blutete!

»Du bist verletzt!« Ich streckte die Hand nach seinen Fingern aus, und heftige Schuldgefühle stiegen in mir auf. Es war meine Schuld. Er war meinetwegen verletzt!

Mein Retter zog seine Hände von meinen weg und drückte mein Kinn hoch, damit ich ihn ansah. Als er mein Gesicht musterte, wurden seine Augen noch dunkler, nahmen fast die gleiche Nachtschwärze an wie sein Haar.

»Deine Wange schwillt an, du musst da Eis drauflegen.«

Sein Akzent lenkte mich ab, und meine ängstliche Nervosität trat ein wenig in den Hintergrund. Es war ein britischer Akzent, wie von einem dieser vornehmen Typen im Vorabendprogramm.

»Mit mir ist alles in Ordnung«, brachte ich einen Moment später heraus. Mein Gesicht pochte, und ein Gefühl von Enge schnürte mir die Brust zusammen, aber der Schmerz hatte bereits nachgelassen. Ich wusste aus Erfahrung, dass es nicht lange dauern würde, bis auch das Brennen schwächer wurde. Um ihn machte ich mir viel mehr Sorgen. Er hatte mich gerettet. Er hatte mich vor Randy gerettet. Nein, nicht vor Randy, vor dem Dieb. Er hatte mich vor dem Dieb gerettet. Und dafür war ich ihm etwas schuldig.

»Was zum Teufel hast du dir dabei gedacht?« Sein plötzlicher Stimmungsumschwung ließ mich einen Schritt zurücktreten.

»Wie bitte? Tut mir leid, ich verstehe nicht, was du meinst.«

»Es sollte dir auch leidtun! Er hätte dich umbringen können!«

Sein Ärger war für mich wie ein Schlag ins Gesicht. Warum brüllte er mich so an? War er denn nicht der Gute?

»Okay, ich bin aber nicht umgebracht worden!«

Mister Retter drehte sich plötzlich um, dann hob er die

Tasche auf, die der Dieb auf den Boden geworfen haben musste, und hielt sie vor mich hin.

»Du kannst nicht wirklich ernsthaft glauben, dass deine Handtasche den Einsatz deines Leben wert ist.«

Ich nahm die Tasche und sah sie mir zum ersten Mal richtig an. Direkt über dem Verschluss waren in Gold die Buchstaben E. C. eingraviert. »Es ist nicht meine Tasche.«

Das schien ihm irgendwie den Wind aus den Segeln zu nehmen. Sein Kiefermuskel hörte auf zu zucken, und er wirkte nun eher verwirrt als ärgerlich.

»Willst du damit sagen, du hast dein Leben für die Handtasche einer anderen riskiert?«

Warum musste er es bloß so idiotisch klingen lassen? Schließlich war es die Vision gewesen! Sie hatte mich vor dem Raub gewarnt. Ich hatte ihn eben einfach verhindern müssen. War doch so, oder? Bisher waren meine Visionen für gewöhnlich sehr viel klarer gewesen und hatten niemals einen Zweifel daran gelassen, was ich tun sollte. Aber diesmal war ich mir da nicht so sicher. Was, wenn sie mir den Diebstahl nur zur Warnung gezeigt hatte? So nach dem Motto: »Übrigens, gleich wird es hier zu einem Diebstahl kommen.« Und was zum Teufel hatte die ganze Geschichte mit Josh zu tun?

»Antworte mir!« Er wurde ungeduldig.

»Es ging nicht um die Tasche. Ich kann einfach Diebe nicht ausstehen.« Nach Lügenmaßstäben musste das eine der kläglichsten sein, die mir je eingefallen ist. Allmählich fühlte ich mich wie eine Idiotin. Verwirrt rieb ich mir die Arme. »Was passiert, wenn er wieder aufwacht?«

»Dann bin ich hier, um dafür zu sorgen, dass er gleich wieder wegschlummert.« Mein Retter warf dem Dieb einen angewiderten Blick zu, dann seufzte er. »Du solltest dir einen Eisbeutel auf die Wange legen. Ich warte hier, bis die Polizei aufkreuzt.«

Polizei? Wie hatte ich nur so dumm sein können? Wenn die Polizei mich verhörte, würden sie meinen Namen wissen wollen, woher ich kam … Da spielte es keine Rolle, dass ich jetzt Josh, Melissa und die Ärzte im Krankenhaus von East Wendell hatte, die meine Geschichte von wegen »Da weiß ich keine Antwort« bestätigen konnten. Nein, das Letzte, was ich momentan brauchte, war das Interesse der Bullen.

»Du hast recht, ich sollte verschwinden.« Ich versuchte zu lächeln, aber es tat zu weh. »Danke. Dass du mich gerettet hast.«

Das Stirnrunzeln war wieder da. »Bring dich nicht in Schwierigkeiten. Ich will so etwas nicht noch mal machen müssen.«

Die Polizei fuhr vorbei, als ich auf dem Rückweg zu *Fred's* war. Glücklicherweise waren die Polizisten zu weit weg, um die Tasche zu bemerken, die ich mir unter den Arm geklemmt hatte, oder mein geschwollenes Gesicht, über das ich mein Haar fallen ließ.

Vor dem Lokal hatte sich eine Traube von Menschen versammelt. Ich blieb am Rand des Parkplatzes stehen, weil ich nicht unter all diese Leute treten wollte. Wie um alles in der Welt sollte ich mich hineinschleichen, ohne gesehen zu werden?

»Oh, Gott sei Dank, meine Tasche!« Elizabeth hatte mich entdeckt. Nun, eigentlich hatte sie mehr ihre *Tasche* entdeckt. Blöde Kuh. Ich konnte es gar nicht erwarten, die Tasche endlich loszuwerden, aber ich wollte sie ihr wirklich nicht zurückgeben müssen, wenn ein Dutzend Menschen dabei zusah. Vielleicht würde sie ja zu mir kommen, wenn ich einfach blieb, wo ich war.

Ehe ich entscheiden konnte, ob und in welche Richtung ich mich bewegen sollte, lösten sich Melissa und Josh aus der Gruppe und kamen auf mich zugeeilt.

»Celine, alles in Ordnung mit dir? Mein Gott, ich habe mir solche Sorgen um dich gemacht! Als ich gesehen habe, wie du hinter diesem Mann hergelaufen bist … oh, ich bin einfach so froh, dass dir nichts Schlimmes passiert ist.«

Melissas Geplapper hätte mich beinahe zu einem Lächeln verleitet, aber ich hütete mich lieber davor, das mit dem Lächeln noch mal zu versuchen. Sie hatte sich Sorgen gemacht, es stand ihr ins Gesicht geschrieben. Ich hätte Gewissensbisse haben sollen, weil sie sich meinetwegen so beunruhigt hatte. Und tatsächlich hatte ich auch Gewissensbisse … und zwar, seit ich einen Fuß nach East Wendell gesetzt hatte, anscheinend einer ganzen Menge Dinge wegen. Aber in gewisser Weise war es auch schön: Dass jemand Anteil nahm … *Dumme Gedanken. Konzentrier dich ganz auf deine momentane Aufgabe, Celine! Sieh zu, dass du die Tasche loskriegst, und versuch dann endlich herauszufinden, was da mit Josh im Busch ist.*

»Es ist wirklich alles in Ordnung. Kein Grund zur Sorge.«

»Entschuldigung! Kann ich jetzt vielleicht endlich mal meine Tasche zurückhaben?«, rief Elizabeth quer über den Parkplatz.

Meine Strategie, einfach stehen zu bleiben und darauf zu warten, dass sie herüberkam, war offensichtlich gescheitert. Ich warf einen raschen Blick auf Josh und sah, wie seine Nasenflügel vor Ärger bebten, auch wenn er die ganze Zeit noch nichts gesagt hatte.

Melissa streckte die Hand aus. »Geben wir der Prinzessin, was sie will, damit sie dich jetzt endlich mal in Ruhe lassen kann.«

Eine gute Möglichkeit, der Menge aus dem Weg zu gehen! Ich gab ihr die Tasche mit Freuden. Sobald Melissa fort war, trat Josh näher. Mit finster zusammengezogenen Augenbrauen fixierte er mein Gesicht.

»Was zum Teufel hast du dir dabei gedacht, Celine?« Seine Stimme war leise, damit niemand es hörte, aber sein Unmut war unverkennbar.

»Ich bin jetzt wirklich nicht in Stimmung auf noch so eine Standpauke«, erklärte ich frustriert. Ich wusste bereits, dass ich etwas Dummes getan hatte, warum bloß hatten alle das Bedürfnis, es mir immer wieder unter die Nase zu reiben?

»Was meinst du mit *noch so eine Standpauke*?«

Mist! Ich hatte nicht vorgehabt, Mister Retter ins Spiel zu bringen. Nicht, dass ich seinen Beitrag unter den Tisch fallen lassen wollte, aber einzugestehen, dass ich hatte gerettet werden müssen, würde allem nur einen noch dramatischeren Anstrich geben. Josh war bereits sauer genug.

»Ich meine den Jungen, der mir geholfen hat, die Tasche von dem Dieb zurückzubekommen. Er hat mir bereits eine Standpauke gehalten.« Ich holte schnell Luft, dann sprach ich hastig weiter. »Und ich habe schon zugegeben, dass ich mich wie eine Idiotin benommen habe. Also, können wir jetzt gehen? Ich könnte ein wenig Ruhe gebrauchen.«

Joshs Finger waren an meinem Haar, ehe ich reagieren konnte. Er schnappte nach Luft, als er mein Gesicht sah. Oh Mann, es sah wahrscheinlich viel schlimmer aus, als es sich anfühlte, und es fühlte sich bereits ziemlich beschissen an. Ich machte hastig einen Schritt zurück.

»Was zum Teufel ist passiert, und erzähl mir keinen Quatsch, Celine!« Josh hielt mich an den Armen fest, um mich daran zu hindern, mich noch weiter zurückzuziehen, und der Schmerz schoss mir dabei die Schultern hinauf.

»Lass mich los, bitte!«, stieß ich hervor. Das Pochen in meinem Gesicht und meinen Rippen hatte mich bis zu diesem Moment von meinen lädierten Armen abgelenkt.

»Oh, tut mir leid!« Josh ließ mich sofort los und ballte die Fäuste. »Verflucht noch mal, ich bring den Kerl um.«

»Darum hat sich schon Mister Retter gekümmert«, sagte ich und versuchte, die Stimmung etwas aufzuhellen, indem ich nun doch ein Lächeln wagte. Das Blut tropfte mir von der Schnittwunde in meiner brennenden Lippe auf die Zunge. Josh wirkte noch genauso sauer wie zuvor. Na gut. Dann eben all die unappetitlichen Details. »Es wird dich freuen, dass er den Dieb wie eine Stoffpuppe zu Boden geworfen und ihn dann bewusstlos geschlagen hat.«

»Gut.« Josh ließ seinen Blick die Straße hinunter schweifen. »Dafür verdient er wohl ein Dankeschön.« Wenn Josh Danke sagen wollte, würde er warten müssen, bis Mister Retter herkam, und dann war die Wahrscheinlichkeit groß, dass die Bullen bei ihm waren.

»Hör mal, ich hab mich schon bei ihm bedankt, und ich muss jetzt wirklich meine Wange mit Eis kühlen.« Ich sah, dass Melissa zurückkam, und zog mir hastig wieder das Haar vors Gesicht. »Josh, ich möchte wirklich nicht, dass sich Melissa noch mehr aufregt. Können wir nicht einfach meine Sachen holen und verschwinden?«

»Na schön«, gab Josh klein bei. »Deine Sachen sind schon im Wagen, Melissa wollte sie nicht so herumliegen lassen. Gehen wir.«

»Brecht ihr etwa schon auf?«, fragte Melissa hinter uns. Die Menge vor dem *Fred's* zerstreute sich allmählich.

»Ja, ich bin nach meinem Wettlauf ein klein wenig erschöpft«, versuchte ich zu scherzen.

»Natürlich.« Sie lächelte. Dann nahm ihre Stimme einen

ironischen Unterton an. »Du wirst dich sicher freuen, dass Elizabeth ungefähr so dankbar war wie ein Holzklotz.«

»Das ist schon in Ordnung, ich habe ja auch eigentlich gar nichts getan.«

Joshs Miene wurde düsterer denn je, aber ich schenkte dem keine Beachtung. Je schneller wir von hier wegkamen, umso besser. Nach einem kurzen Abschied stiegen wir in Joshs Auto. Glücklicherweise hatte Melissa meine Karten wieder in den Rucksack gesteckt. Ich stieß einen Seufzer der Erleichterung aus und schob den Rucksack unter den Vordersitz zurück.

Die Hohepriesterin

Während der drei Tage, die ich im Krankenhaus von East Wendell verbracht hatte, war ich nie in Dr. Delucas Sprechzimmer gewesen. An einer Wand stapelten sich medizinische Fachbücher, auf denen in bunten Töpfen vier seltsam krumme Kakteen standen. An der gegenüberliegenden Wand hingen mehrere gerahmte Urkunden. Ein sehr aufgeräumter Tisch stand in der Mitte des Raums, und neben der Tür war ein Garderobenständer, der auf merkwürdige Weise an ein Skelett erinnerte. Alles in allem war das Zimmer nicht ungemütlich, und der Stuhl, auf dem ich saß, war ebenfalls ziemlich bequem.

Nein, ich hatte nicht das geringste Problem mit Dr. Deluca, seinem Sprechzimmer oder der Wahl seiner Garderobenständer.

Der Mensch, mit dem ich allerdings in der Tat ein Problem hatte, ging neben mir auf und ab. Seine Augen waren vor Ärger zusammengekniffen, als hätte er irgendein Recht, sauer zu sein.

»Ich verstehe nicht, warum wir hier auf einen Arzt warten. Es ist nur eine Prellung, Josh, das geht von allein weg.«

»Hmpf.« Ein Grunzen. Das war seine ganze Antwort. Das war alles, was er von sich gegeben hatte, seit wir vor dreißig Minuten von *Fred's* Parkplatz losgefahren waren.

Ich wusste, dass ich mich eigentlich nicht über ihn ärgern sollte. Ich meine, es war ja wirklich nett von ihm, dass er sich um mich sorgte. Hatte ich nicht eben erst gedacht, wie schön es doch sei, jemanden zu haben, der Anteil an einem nimmt? Aber das hier war lächerlich. Josh befürchtete, dass ich mir etwas gebrochen oder angebrochen haben könnte. Ich *wusste*, dass dem nicht so war, denn ich erinnerte mich daran, wie sich ein Knochenbruch anfühlte. Zwei gebrochene Finger und ein gebrochener Arm – Randy Billington sei's gedankt – hatten mich das gelehrt. Dieser Schmerz war nichts im Vergleich dazu.

»Bitte, Josh, Dr. Deluca hat offensichtlich viel zu tun, und ich würde mich jetzt wirklich gern ein wenig ausruhen.«

Das *Bitte* schien ihn ein wenig zu bremsen. Er stellte doch tatsächlich sein Auf und Ab ein und drehte sich zu mir um.

»Es wird nicht lange dauern, Celine, der Doktor sollte jeden Moment hier sein. Ich muss mich nur überzeugen, dass dir nichts fehlt.«

Ich hatte ihm bereits gesagt, dass mir nichts fehlte, aber es war offensichtlich, dass Josh mir nicht glauben wollte. Er wollte einfach nicht klein beigeben. Na schön, wir würden also warten.

Josh nahm sein Auf und Ab wieder auf.

»Also, *Fred's* hat mir richtig gut gefallen«, versuchte ich, das Thema zu wechseln.

Er blieb stehen und sah mich an, als könne er nicht glauben, was ich gesagt hatte. Und dann seufzte er.

»Ich hätte dich nicht allein lassen dürfen.«

»Wovon redest du da?« Wollte er sich schon wieder entschuldigen?

»Wenn ich nicht nach draußen gegangen wäre, wäre das alles nicht passiert.«

Ich beugte mich vor und versuchte, ihn mit meinem heilen Auge selbstbewusst anzufunkeln. »Ich wäre diesem Dieb trotzdem nachgerannt.«

»Ja, aber ich wäre hinter dir hergelaufen. Er hätte dir kein Haar gekrümmt. Ich hätte mich nicht ablenken lassen dürfen.« Er streckte die Hand aus, und mit einem gequälten Gesichtsausdruck strich er mir das Haar zur Seite, um sich die Prellung anzusehen.

Ich schob seine Hand weg. »Und wie geht es Sandra so?«, versuchte ich erneut, das Thema zu wechseln.

Josh wirkte überrascht.

»Ich meine, ist alles in Ordnung? Ihr habt etwas angespannt gewirkt, als ihr hinausgegangen seid.« Für jemanden, der es gewohnt war, überzeugend zu lügen, klang ich wie eine Anfängerin.

»Sandra war im Urlaub. Sie sollte erst morgen aus Monte Carlo zurückkommen, daher war sie überrascht …«

Es war leicht, den Rest zu ergänzen. Sandra war von ihrem schönen Urlaub nach Hause gekommen, um ihren Freund mit jemandem wie mir am Tisch sitzen zu sehen. Das musste natürlich ein Schock gewesen sein.

»Wie dem auch sei, es ist alles in Ordnung. Sie versteht die Situation.« Josh zuckte die Achseln.

Ich wünschte, auch *ich* würde die Situation verstehen. Als mich die Vision vom Diebstahl überkam, hatte ich gedacht, dass die Sache vielleicht etwas mit der Gefahr zu tun habe, in der sich Josh befand. Aber es gab offenbar keinen Zusammenhang, und ich fing allmählich an zu glauben, dass es meine Aufgabe gewesen wäre, mich von alledem fernzuhalten, statt mich mitten hineinzustürzen!

Ich schnappte mir meinen Rucksack und stand auf. »Ich muss mal kurz, bin gleich wieder da.«

Zu meiner Erleichterung nickte Josh nur. So, wie er sich benahm, hätte es mich nicht überrascht, wenn er darauf bestanden hätte, mich zu den Toiletten zu eskortieren – ungeachtet der Tatsache, dass sie sich nur ein paar Meter weiter im gleichen Flur befanden.

In der Damentoilette gab es nur zwei Toilettenkabinen und ein Waschbecken, an dem eine Krankenschwester stand und ihren Lipgloss auffrischte. Sie sah mich an und lächelte zur Begrüßung, worauf ich mit einem knappen Nicken reagierte. Kein Lächeln mehr, sagte ich mir – jedenfalls nicht, solange ich aussah wie Two-Face aus den Batman-Comics.

Ich ging in die linke Kabine, zog die Tür zu und legte den Riegel vor. Das Geräusch von laufendem Wasser hallte von den Toilettenwänden wider. Ich zog die Karten aus meinem Rucksack.

»Helft mir. Gebt mir einfach ein Zeichen. Warum bin ich hier?« Schnell mischte ich und zog eine Karte aus der Mitte des Kartenspiels. *Der Ritter der Kelche:* Josh. Okay, das wusste ich bereits.

»Warum bin ich hier?«, flüsterte ich abermals. Als ich nun die oberste Karte umdrehte, war das Ergebnis dasselbe: *Der Ritter der Kelche*.

Frustriert lehnte ich den Kopf an die Kabinentür. *Bleib in Joshs Nähe*, die Nachricht war klar, aber warum hatte die Vision mir den Handtaschenraub gezeigt?

Eine Karte fiel mir aus der Hand, gerade als draußen die Krankenschwester das Wasser abstellte. Ich bückte mich, um sie aufzuheben, und war überrascht, *Die Hohepriesterin* zu sehen. Die Karte des Wissens.

»Na schön, dann helft mir eben nicht!« Ärgerlich auf die Karten schob ich sie in ihre Schachtel zurück. Dann war ich also ganz auf mich gestellt, das war keine große Sache. Ich würde es schon herausbekommen, aber jetzt musste ich erst einmal zurück ins Sprechzimmer.

Ich zog den Reißverschluss am Rucksack zu und machte die Tür auf. Ein Mädchen im Minirock hatte den Platz der Krankenschwester vor dem Spiegel eingenommen. Sie beugte sich gerade vor und trug Wimperntusche auf, als sie mich sah.

»He, du hast was fallen lassen.«

Ich drehte mich um und schaute auf die Stelle, auf die das Mädchen deutete. *Die Hohepriesterin* starrte mir von den blauen Bodenkacheln her entgegen. Wie um alles in der Welt konnte sie herausgefallen sein? Wir beide, das Mädchen und ich, bückten uns im gleichen Moment, um die Karte aufzuheben. Unsere Hände berührten sich kurz.

Die Toilette. Das Mädchen zieht einen roten Lippenstift aus der Handtasche. Die Tür wird geöffnet, und eine blonde Ärztin kommt herein. Das Handy des Mädchens klingelt. »Hallo? Hi, Dad. Nein, es geht ihr so weit gut. Nur eine Erkältung, wir werden bald zu Hause sein.«

Ich wich zurück, mit einem Gefühl, als hätte ich mich verbrannt. Zwei Visionen an einem einzigen Tag? Das Mädchen hielt mir die Karte hin.

»Alles in Ordnung mit dir?«

»Ja, Entschuldigung. Ich meine, danke.« Ich nahm die Karte und stand auf, dann sah ich, wie sie sich wieder dem Spiegel zuwandte.

Sie schob die Hand in ihre Tasche und zog den roten Lippenstift heraus. Das Knarren der Tür machte mich auf die Ankunft der blonden Ärztin aufmerksam.

Ich sah zu, wie das Geschehen seinen Lauf nahm, und verließ das Badezimmer in dem Moment, da das Handy des

Mädchens klingelte. Die Tür schloss sich hinter mir, als sie begann, mit ihrem Vater zu sprechen.

Was zum Teufel ging hier vor?

Dr. Deluca saß hinter seinem Schreibtisch, als ich in das Sprechzimmer trat. Der gleiche weiße Kittel, das gleiche Stethoskop um den Hals und der gleiche müde Ausdruck in den hellblauen Augen.

»Da bist du ja!«, sagte Josh und trat neben mich. »Herr Doktor, wenn Sie sich das mal ansehen würden?«

Josh versuchte, mir das Haar aus dem Gesicht zu streichen, doch ich trat beiseite. Sosehr er sich auch um mich sorgen mochte, er hatte kein Recht, mich wie ein kleines Kind zu behandeln!

»Dr. Deluca, das alles tut mir sehr leid. Es geht mir wirklich gut, ich möchte Ihre Zeit nicht beanspruchen.«

Josh warf mir einen frustrierten Blick zu, während der Arzt hinter seinem Schreibtisch hervorkam.

»Bestimmt ist alles in Ordnung mit dir, Celine, aber lass mich trotzdem einen Blick darauf werfen.« Mit einem Lächeln trat er vor mich hin. »Darf ich?«

Ich nickte und ließ den Arzt mein Kinn in die Hand nehmen. Für einen Moment dachte ich, ich würde vielleicht wieder etwas sehen, aber diesmal kam keine Vision. Da war nur die Stille in dem Sprechzimmer, als der Arzt mir das Haar aus der Stirn strich. Und dann lächelte er nicht mehr.

Zum Teufel mit Josh und seinem idiotischen Wunsch, mich hierherzubringen! Das Ganze war für alle Beteiligten reine Zeitverschwendung, und ich hatte das unangenehme Gefühl, dass mir nun eine weitere Standpauke bevorstand.

»Ich erinnere mich, dir geraten zu haben, dich auszuruhen, bis dein Gedächtnis zurückgekehrt ist, Celine. Ist es zurückgekehrt?«, fragte der Arzt und befühlte meine Wange.

Ich zuckte zusammen. »Nein.«

»Aha.« Er zog mein Shirt bis kurz überm Nabel hoch und tastete behutsam die rechte Seite meines Brustkorbs ab. »Ist der Schmerz jetzt schlimmer als zuvor?«

»Nein«, log ich und schaffte es diesmal, meinen Gesichtsausdruck unter Kontrolle zu behalten. Der Schmerz war schlimmer, aber nicht so schlimm, dass ein Schmerzmittel nicht helfen würde. Außerdem wusste ich, dass Josh darauf bestehen würde, dass ich im Krankenhaus blieb, wenn ich jetzt eingestand, Schmerzen zu haben.

Dr. Deluca warf einen erneuten Blick auf mein Gesicht, dann trat er mit einem Seufzer zurück. »Nun ja, es ist nicht gerade hübsch, aber es wird recht schnell abheilen. Ich schreib dir eine Salbe auf, die gegen die Prellung hilft.«

Das war alles? Kein typisch zorniger Männervortrag wie die Standpauken, die Mr. Retter und Josh mir gehalten hatten? Ich begann mich gerade etwas zu entspannen, als die Stimme meines Verderbens ertönte.

»Celine, zeig ihm deine Arme.«

»Es ist wirklich alles bestens!«, protestierte ich, aber der Arzt sah mich jetzt erwartungsvoll an. So ein Mist!

»Na schön!« Ich ärgerte mich darüber, dass ich wie ein bockiges Kind klang, aber es ließ sich einfach nicht ändern. Das Verhalten der beiden war völlig übertrieben. Zumindest was Josh betraf. Der Ignorant! Ja, das war ein passendes Wort für ihn! Mit ruckartig schnellen Bewegungen begann ich meinen Pullover auszuziehen, drosselte aber das Tempo, sobald stechender Schmerz meine Schultern hinaufschoss. Verdammt.

Ich stand jetzt im Unterhemd da, streckte Dr. Deluca die Arme hin und schaute auf sie herab, in der Erwartung, auf ihrer Oberseite den einen oder anderen blauen Fleck vorzufinden. Was ich nicht erwartet hatte, waren die beiden sehr deutlichen Handabdrücke in einem dunklen Blaulila, wo der Dieb mich gepackt hatte.

»Es ist wirklich nicht so schlimm, wie es aussieht«, sagte ich hastig. Dr. Deluca griff nach meiner Hand. Ohne nachzudenken, trat ich einen Schritt zurück. Es folgte eine bedrückende Stille. Der Impuls, einfach wegzulaufen, war stark. *Fahr zur Hölle, Randy! Lauf. Lauf. Lauf.*

»Kannst du für mich bitte mal die Arme beugen?« Die Stimme des Arztes war sanft und stand in schroffem Kontrast zu Joshs aufgebrachtem Gesichtsausdruck. Warum war er überhaupt so wütend?

Ich ärgerte mich von neuem und war ganz froh über dieses Gefühl. Es war besser, als Angst zu haben. Ärger war immer besser als Angst.

»Es tut nicht halb so weh wie mein Gesicht«, betonte ich, während ich tat, worum mich der Arzt gebeten hatte. »Ich glaube, ich kriege eben einfach leicht blaue Flecken.« Was nicht ganz stimmte. Mein Körper war immer sehr hart im Nehmen gewesen. Mein gebrochener Arm war in Rekordzeit geheilt, und Blutergüsse, selbst üble, hielten sich nie länger als ein oder zwei Tage.

»Celine, wenn du das nächste Mal hierherkommst, möchte ich, dass du es tust, weil du dein Gedächtnis wiedergefunden hast, in Ordnung?«

»Sicher«, sagte ich, obwohl ich wusste, dass ich nichts dergleichen tun würde. Es wurde allmählich schwierig, den Überblick über die unzähligen Lügen zu behalten, die ich erzählt hatte, seit ich in dieses Sprechzimmer gekommen war.

Nachdem er meinen Arm noch in alle möglichen Richtungen gedreht hatte, schrieb Dr. Deluca mir die Salbe auf, die ich auftragen sollte, erinnerte mich daran, meine Rippen mit Eis zu kühlen, und schickte uns in die nächste Apotheke. Als wir in die Privatstraße einbogen, die zum Haus der Beaumonts führte, dämmerte bereits der Abend.

»Es tut mir leid, dass ich so zornig geworden bin.«

Ich sah Josh überrascht an. Es waren seine ersten Worte, seit wir das Krankenhaus verlassen hatten, und ich war es nicht gewohnt, dass sich jemand bei mir entschuldigte. Aus der Zeit vor dem Autounfall erinnerte ich mich nur an ein einziges Mal, dass jemand zu mir »Es tut mir leid« gesagt hatte, und das war an dem Tag gewesen, an dem ich das Waisenhaus verlassen hatte. Ich hatte nicht fortgehen wollen und Mr. Stevenson angebettelt, bleiben zu dürfen. Da hatte sich Mr. Stevenson bei mir entschuldigt. *Tut mir leid, Sarah, ich wünschte, es ginge anders.*

Entschuldigungen waren unnütz. Sie änderten gar nichts.

»Es braucht dir wirklich nicht leidzutun«, sagte ich zu Josh.

Der Wagen kam vor dem Haus zum Stehen. Josh schaltete den Motor aus, dann drehte er sich zu mir um.

»Doch, das muss es sogar. Das Ganze hat mich ziemlich fertiggemacht, und ich verstehe es immer noch nicht. Warum musstest du hinter einem Dieb herlaufen, der die Tasche einer anderen gestohlen hat?«

»Vielleicht bin ich einfach nicht besonders helle.« Allmählich glaubte ich selbst, dass das die Wahrheit war. Warum hatte ich angenommen, meine Aufgabe bestünde darin, den Dieb aufzuhalten? Je länger ich darüber nachdachte, umso unsinniger erschien es mir. Allerdings gab es im Moment nur wenige Dinge, die wirklich einen Sinn ergaben.

»Das bezweifle ich.« Josh musterte mich noch ein Weilchen, als versuche er, etwas herauszufinden. Wie seine hellblauen Augen so in meine blickten, spürte ich, wie mir die Hitze in die Wangen schoss. Was er wohl gerade dachte? Schaute er sich den hässlichen Bluterguss unter meinem Auge an? Und dann wandte er den Blick von mir ab und sah mir über die Schulter.

»Ah, perfekt!«, brach er das Schweigen. »Komm, das wird dir gefallen.«

Ich folgte ihm und stieg aus dem Wagen. Die Sonne verfärbte sich orange und schickte sich gerade an, hinter dem Dach unterzugehen, und dort, auf der obersten Treppenstufe, lehnte ein großer brauner Karton an der Haustür. Josh hob ihn mit einem Lächeln hoch und griff in die Tasche seiner Jeans, um die Hausschlüssel herauszuholen.

»Ich bin mir allerdings nicht hundertprozentig sicher, ob es dir auch wirklich gefallen wird«, räumte er ein, als er die Tür öffnete.

»Jetzt sag schon, wovon redest du?« Ich hatte immer noch keinen blassen Schimmer, was er meinte, doch das breite Lächeln auf seinem Gesicht hatte die Stimmung aufgehellt. Josh schaltete das Licht an und ging ins Wohnzimmer voran. Dort stellte er den Karton auf den Couchtisch gegenüber vom Kamin und deutete auf das Sofa.

»Setz dich.«

Setz dich. Der Kerl mochte es einfach, mich herumzukommandieren.

»Okay, ich sitze. Was ist los?«

Er runzelte auf seine aufreizend nervige, überhebliche Weise die Stirn. »Ich ergänze die Begriffe *impulsiv* und *neugierig* auf deiner Liste.«

»Und ich ergänze den Begriff *echt nervig* auf deiner Liste«, brummte ich.

Josh lachte. Ich hätte wohl ebenfalls gelächelt, wenn

es nicht wehgetan hätte. Dieser etwas neckische verbale Schlagabtausch … Ich hatte das alle möglichen Leute in Fernsehsendungen praktizieren sehen, aber nie gedacht, dass ich einmal selbst bei etwas so … Zwanglosem mitmachen würde. Mit Josh zu reden war überraschend einfach. Und es war seltsam, wie schön es war, ihn lachen zu hören. Tony und Francesca lachten nur selten.

»Okay, legen wir los«, sagte Josh, brach ein blau-braunes, wappenähnliches Siegel auf und öffnete den Karton.

Ich weiß nicht, was ich erwartet hatte, aber mit Sicherheit keine Bücher. Während Josh die Bände auf dem Couchtisch stapelte, beugte ich mich vor und las die Buchrücken: *Die Geschichte der beiden Weltkriege*. *Mikrobiologie für Fortgeschrittene*. *Einführung in die Teilchenphysik*. *Analysis II*. *Die Theorie des Wissens*.

»He, das da kenne ich!« Ich griff nach dem vertrauten grau-weißen Einband der *Theorie des Wissens* und zog das Buch zwischen den anderen Lehrbüchern hervor. Ich hatte mir für einen Dollar ein Exemplar dieses Buches in einem der Secondhandläden in der Nähe des Boston College gekauft; dort fand man immer Lehrbücher dieser Art. »Ah ja, hier ist es. Das Kapitel über Skeptizismus ist großartig, vor allem, wo es um die *Meditationen* von Descartes geht.«

Ich blätterte durch die Seiten, über die Maßen froh darüber, hier in East Wendell etwas Vertrautes gefunden zu haben. Da fiel mir die Stille auf. Ein schneller Blick auf Josh ließ mich meinen Fehler erkennen. Autsch! An solche Sachen sollte ich mich eigentlich nicht erinnern können, oder? Aber, Moment, das zählte ja wohl nicht als etwas *Persönliches*, also würde es doch bestimmt ins Krankheitsbild einer Fugue passen, oder etwa nicht?

In dem Versuch, mir nichts anmerken zu lassen, legte ich das Buch beiseite. »Stimmt irgendetwas nicht?«

»Nicht stimmen? Nein, ganz im Gegenteil.« Josh stieß ein kurzes Lachen aus, dann setzte er sich auf die Kante des Couchtischs und griff nach dem Buch, das ich weggelegt hatte. »Es ist sogar ganz großartig. Ich meine, dieses Buch ist für McKenzies Philosophiekurs. Er ist dafür berüchtigt, unmögliche Texte auszuwählen. Ehrlich gesagt, ist er ein ziemlicher Idiot. Aber wenn du das Buch bereits gelesen hast, wirst du schon keine Probleme haben!«

»Warte mal! Womit soll ich keine Probleme haben?«

»Ich rede von der Schule! Ich habe dich in die Thornton Academy eingeschrieben. Es war nicht einfach, aber der Vorsitzende des Schulausschusses steht in der Schuld meines Onkels. Das einzige Problem war die Auswahl der Kurse. Da die Schule schon sehr bald wieder anfängt, gab es keine Auswahl mehr, und sie mussten dich in den Kursen unterbringen, wo noch Platz war.«

Schule? Ich sollte auf die Thornton Academy gehen? Mein Magen krampfte sich zusammen. Ich konnte nicht in die Schule gehen! Es war lächerlich, daran auch nur zu denken!

»Unmöglich.«

»Was soll das heißen, unmöglich? Hör mal, ich weiß, du wirst dein Gedächtnis wiederfinden, und das schon bald, aber du darfst in der Zwischenzeit nicht die Schule verpassen!« Josh beugte sich vor und drückte mir mit einem süßsauren Lächeln im Gesicht das Lehrbuch wieder in die Hand. »Ich habe so schon genug Gewissensbisse. Ich will auf die Liste meiner Sünden nicht noch die setzen, dass du in der Schule den Anschluss verpasst.«

Sünden? Mein Gott, *er* hatte keine Sünden begangen!

Alle Sünden hier gehörten mir! Er hatte es nicht verdient, sich schuldig zu fühlen. Ich meine, wie viele Leute hätten mich bei sich zu Hause aufgenommen? Der Autounfall war nicht einmal seine Schuld gewesen! Es war einfach ein Unfall gewesen. Und jetzt schrieb er mich in seiner teuren Nobelschule ein, nur damit ich nicht hinter meinen Altersgenossen zurückblieb. Hätte ich nicht wegen der ganzen Angelegenheit so ein beschissenes Gefühl gehabt, hätte ich gelacht. Das Einzige, worin ich mittlerweile zurückblieb, war das Backen von Erdbeertörtchen und die Zubereitung von Espressotiramisu!

»Bitte, Celine.« Er wirkte aufgewühlt. Verdammt! Welchen Grund konnte ich für ein Nein anführen? Hoffentlich war ich, lange bevor die Schule begann, fertig mit meiner hiesigen Aufgabe – worin immer sie bestehen mochte –, und die ganze Sache wäre kein Thema mehr.

»Na gut, ich könnte es vielleicht probieren.«

»Großartig!« Verdächtig schnell verwandelte er sich wieder in den grinsenden Josh. »Also, das sind deine Bücher. Uns bleiben zwei Tage, um dich auf den neuesten Stand zu bringen, aber jetzt erst einmal was anderes: Was willst du zum Abendessen?«

Jetzt, da ich zugestimmt hatte, packte mich unwillkürlich eine Welle der Aufregung. Natürlich würde das Ganze nicht lange dauern. Aber Schule! Ich war immer schrecklich gerne hingegangen. Und die Bücher waren alle brandneu!

»Ich zahle dir das Geld zurück. Für die Schule und für diese Bücher.«

Josh machte ein Gesicht, als wolle er protestieren, und ich machte mich bereit, nach Kräften dagegenzuhalten.

»Klar doch.«

»Nein, hör mal, du hast versprochen … Moment. Klar doch?« Er wollte keine Einwände erheben?

Josh zuckte die Achseln. »Ja. Klar. Also, was willst du jetzt zum Abendessen? Ach nein, vergiss es. Wir lassen uns einfach Pizza bringen. Abgesehen davon, dass es das Einzige ist, was man in East Wendell ordern kann, mag jeder Pizza, also ist es ziemlich unwahrscheinlich, dass du Pizza nicht ausstehen kannst.«

»Du meinst, jeder mag Pizza, so wie jeder Erdnussbutter mag?« Ich konnte mir den Seitenhieb nicht verkneifen. Tatsächlich mochte ich Pizza durchaus, obwohl ich es mittlerweile satthatte, selbst welche zu backen. In Tonys Bäckerei gab es an den Werktagen Pizzastücke, was bedeutete, dass ich von Montag bis Freitag jeden Morgen Pizzateig vorbereiten musste.

»Klar mag jeder Erdnussbutter, du bist einfach nur durcheinander.« Josh durchquerte den Raum und nahm das Telefon von der Ladestation. »Wir fangen mit Analysis an, nur eine Sekunde noch.«

Analysis? Algebra kannte ich. Über Geometrie hatte ich zwei Bücher gelesen. Aber über Analysis wusste ich nichts. Was hatte ich mir nur dabei gedacht? Wie hatte ich nur glauben können, dass mir die Schule Spaß machen würde? Wenn ich nicht bald aus East Wendell wegkam, würden sie mich aus dieser Schule hinauslachen!

Die Sonne

Als ich am nächsten Morgen die Augen öffnete, war es draußen noch dunkel, aber ich wusste, dass alles anders war. An meinen Beinen spürte ich das seidige, weiche Bettlaken, und das Kissen roch nach teurem Weichspüler. Ringsum war alles still. Keine huschenden Ratten über mir. Keine brummenden Ventilatoren. Keine lärmenden Autohupen und keine Müllwagen, die rückwärts durch die Gasse fuhren. Die einzigen Geräusche waren hie und da das Zwitschern eines erwachenden Vogels und das ferne Ticktack der Standuhr unten im Flur.

Ich stand auf, bemüht, nicht viel Lärm zu machen, damit ich Josh im Nebenzimmer nicht weckte. Er war bis spät in die Nacht aufgeblieben und hatte mich in Analysis unterrichtet: Exponenten, Variablen, quadratische Gleichungen, Polynomfunktionen … Dabei hatte er Geduld bewiesen und mir zwischen Pizzastücken und lobenden Bemerkungen das Lösen der Aufgaben beigebracht. *»Perfekt, Celine. – Gut gemacht, du hast es raus.«*

Niemand hatte mir je zuvor auf eine ähnliche Weise geholfen. Niemand. Ich schaltete das Licht in dem riesigen Badezimmer ein, band mir das Haar hoch und drehte den Wasserhahn auf. Kristallklar strömte mir das Wasser in die Hände. Keine rostigen Rohre, kein braunes Wasser, nicht in diesem Haus. Im Bad standen hübsche Körbe voller handgemachter Seife und kleiner Fläschchen mit teurem Shampoo, Körperlotion und Pflegespülung. In diesem Bad gab es getrennte Marmorbehälter für die Zahnbürste und die Zahnpasta, und das Toilettenpapier roch nach Rosen.

In welchem Paralleluniversum war ich gelandet? Gestern Abend hatte es mir ein wenig Angst gemacht, von so vielen Dingen umgeben zu sein. Diese Dinge jemals zu besitzen – davon konnte ich nicht einmal träumen. Aber heute Morgen wusste ich, dass nichts von alledem mich verändern würde. Ich wusste, dass ich nichts von alledem brauchte, daher war es in Ordnung, es auszukosten, bis es Zeit war zu gehen.

Ich putzte mir die Zähne und schaute nach meiner Wange. Die Schwellung war schon fast ganz zurückgegangen, und die Ränder des Blutergusses färbten sich gelb. Ein gutes Zeichen.

Der Föhn war in dem Schrank unter dem Waschbecken, aber ich entschied mich gegen das Föhnen, da es zu viel Lärm machen würde, und flocht mir stattdessen das Haar. Die Sonne ging auf. Orangefarbenes Licht erfüllte das Schlafzimmer, während ich Socken, Unterwäsche, einen BH, Jeans und einen hellgrünen Pullover aus dem Schrank aussuchte.

Es war, soweit ich mich erinnern konnte, das erste Mal, dass ich Kleidung trug, die nicht zuvor von jemand anderem getragen worden war. Ein neues Haus. Neue Kleidung. Neue Bücher. Und so wunderbar das alles war, mir war das alles wegen einer Lüge zugeflogen. Einer dicken, fetten Lüge, die keinen Bestand haben konnte.

Die Uhr neben dem Bett zeigte fünf Uhr fünfzehn. Ich steckte mir den *Ritter der Kelche* hinten in die Hosentasche und nahm das Analysisbuch vom Tisch, dann ging ich nach unten. Ich hatte den größten Teil meines Lebens in der einen oder anderen Küche zugebracht, und so war es auch hier die Küche, die mich besonders anzog. Und die Küche der Beaumonts war wunderschön. Geräumig, sauber, hell. Es juckte mich in den Fingern, irgendetwas zuzubereiten, aber es erschien mir falsch, die Schränke von anderen Leuten zu durchstöbern.

Ja, das war offenbar der Punkt, wo ich die Grenze zog. Ich log und trichterte den Leuten Schuldgefühle ein, bis sie das Gefühl hatten, mich in ihrem Haus aufnehmen zu müssen. Aber ihre Küchenschränke wollte ich nicht anrühren. *Du bist ja so ein toller Mensch, Celine.*

Ich setzte mich an den Küchentisch und machte mit den Analysisaufgaben an der Stelle weiter, wo wir am Abend zuvor aufgehört hatten. Ich schaffte sechs, bevor ich es aufgab. Auf keinen Fall würde Josh etwas dagegen einzuwenden haben, wenn ich einen kleinen Blick in seinen Kühlschrank warf. Er hatte sicher Hunger, wenn er aufwachte, also konnte ich ihm vielleicht etwas Kleines zubereiten. Er würde das wahrscheinlich sogar mögen. Es wäre eine Art Dankeschön für seine Hilfe in Mathe.

»Ich bin ein schlechter Mensch«, flüsterte ich in die leere Küche hinein.

Ehe ich es mir ausreden konnte, hatte ich alle Schubladen im Raum durchsucht und Mehl, Zucker, Backpulver, Kakao, Erdnussbutter, Schüsseln und ein Dutzend anderer Zutaten und Gerätschaften auf den großen marmornen Arbeitsflächen aufgereiht. In den Regalen stapelten sich Gläser und sonstige Gefäße, gefüllt mit allem, was man sich wünschen konnte, und im Kühlschrank fand ich eine Packung wunderbarer Erdbeeren.

Schließlich zog ich den *Ritter der Kelche* aus der Hosentasche, legte ihn auf die Arbeitsfläche und machte mich an die Arbeit. Ich zerließ Butter, schlug Eiweiß, rührte unter und tunkte ein. Zwei Tafeln Schokolade kamen in einen Topf, der in einem größeren Topf mit kochendem Wasser schwamm.

»Man muss aufpassen, dass kein Wasser in die Schokolade kommt«, erklärte ich der Karte. Der Ritter antwortete nicht. Die Karten antworteten nie. Aber das ging in Ordnung. Ich hatte sie immer gerne um mich, um die Einsamkeit etwas in Schach zu halten.

Als ich Kokosmilch in den Teig gab, strömte die Sonne durch die Küchenfenster. Es war so viel Raum hier. So viel Licht. Ich hatte das Gefühl zu schweben. Alles sah so hübsch aus. Ich legte die in Schokolade getauchten Erdbeeren auf Wachspapier, damit die Schokolade hart wurde, und löffelte Kaffee in einen Filter. Alle Sorgen lösten sich in Luft auf, als sich die Kokospfannkuchen in der Pfanne goldbraun färbten und der Duft von Costa-Rica-Kaffee den Raum erfüllte.

Mit dem *Ritter der Kelche* wieder sicher in der Hosentasche spülte ich gerade die letzten Töpfe, als die Küchentür aufging.

»Mademoiselle Celine?« Maries Augen weiteten sich, als sie den Stapel Pfannkuchen sah, die Schale mit den in Schokolade getunkten Erdbeeren und das Erdnussbutterglas auf dem Tisch.

»Guten Morgen, Marie. Ich hoffe, Sie haben nichts dagegen … ich war ein wenig unruhig und zappelig.«

»Zappelig?«, wiederholte Marie. Dann brach sie zu meiner maßlosen Erleichterung in lautes Lachen aus. »Das sieht ja wunderbar aus, Mademoiselle Celine. Wo haben Sie das bloß gelernt?«

Aus Kochbüchern vom Secondhandshop und von einer alten Italienerin lautete die Wahrheit, aber ich durfte ja nicht wissen, woher ich etwas wusste. »Weiß nicht so genau«, antwortete ich vage, dann schob ich Marie einen Stuhl hin, damit sie sich setzen konnte. »Bitte, probieren Sie.«

»Oh, *non, non!*« Marie schüttelte den Kopf, aber ich ließ nicht locker. Ich zwang sie, auf dem Stuhl Platz zu nehmen, dann legte ich zwei Pfannkuchen und drei schokoladenüberzogene Erdbeeren auf einen Teller und stellte ihn ihr hin.

»Sie müssen davon probieren, Marie. Mir zuliebe.«

Die ältere Frau wirkte verwundert, aber dann lachte sie wieder und biss in eine Erdbeere.

»Hätten Sie gern eine Tasse Kaffee?«, fragte ich und schüttete etwas von der schwarzen Flüssigkeit in eine der großen blauen Tassen aus dem Schrank über der Spüle.

»Nein, danke«, sagte Marie zwischen zwei Pfannkuchenbissen. »Oh, meine Kleinen wären ganz verrückt nach diesen Pfannkuchen! Sie müssen mir erzählen, wie Sie sie machen, Mademoiselle Celine.«

Ich lächelte und war überrascht, dass mir das Gesicht dabei nicht wehtat.

»Natürlich, ich kann Ihnen das Rezept aufschreiben.«

Die Digitaluhr auf dem Ofen zeigte sieben Uhr dreißig, und die Helligkeit draußen lockte mich. Ich nahm das Mathebuch und meinen Kaffee, bat Marie, mich zu entschuldigen, und schritt durch die Tür in den Garten hinaus.

Draußen fielen die Sonnenstrahlen wie goldene Finger durch die Äste der Bäume und warfen gesprenkelte Schatten über den grünen Rasen. Ich ging zum Kreis der Gänseblümchen hinüber, setzte mich auf die Bank und atmete tief die frische Luft ein. Das Buch auf meinem Schoß, die große

Kaffeetasse vergessen auf der Bank neben mir hielt ich das Gesicht in die Sonne und schloss die Augen.

Irgendwie war alles so, wie es sein sollte. Die Sonne, die Blumen, die Bäume … so anders als die hohen Gebäude und schmalen Nebenstraßen der Stadt. Zum ersten Mal in meinem Leben fragte ich mich, ob ich wohl mein ganzes Leben lang in Tonys Bäckerei arbeiten würde. Würde ich in meiner Wohnung in dem kleinen Haus, wo es vor Ratten wimmelte, leben, bis ich alt und grau war? Sobald ich einmal achtzehn war, könnte ich vielleicht auch in eine Kleinstadt wie diese hier ziehen. In einer Bäckerei arbeiten. Und sparen, bis ich irgendwann womöglich mein eigenes kleines Geschäft aufmachen konnte.

Ich weiß nicht, wie lange ich auf dieser warmen Bank gesessen, die Sonne in mich aufgenommen und an nichts Bestimmtes gedacht habe, aber das Nächste, woran ich mich erinnere, war ein Schatten, der über mich fiel.

»Versuchst du, mich in Schwierigkeiten zu bringen?«

Ich öffnete die Augen. Josh stand vor mir und schaute auf mich herab. Er trug ein weißes T-Shirt und eine graue Trainingshose mit dem Schriftzug *Thornton Academy Rugby* oben am Bund.

»Ähm, was meinst du damit?«, fragte ich.

Er ließ seine Muskeln spielen, als er nun die Arme vor der Brust verschränkte. Ich tat so, als bemerke ich es nicht.

»Ich habe gerade fünf von deinen umwerfenden Pfannkuchen und sechs Schoko-Erdbeeren gegessen. Mein Magen ist so voll, dass ich beim Training sicher umkippen werde wie ein Backstein.« Sein verdrießlicher Gesichtsausdruck war zum Schreien komisch.

Ich lachte und war wieder überrascht, dass mir dabei die Wange nicht wehtat.

»Das bezweifle ich sehr, aber ich bin froh, dass dir das Frühstück geschmeckt hat. Es war eine Art Dankeschön, weil du bei alledem so nett bist.« Ich zeigte auf das Analysisbuch.

Josh nahm es zur Hand, dann setzte er sich neben mich auf die Bank. Seine Miene wurde ernst.

»Ist dir schon irgendwas wieder eingefallen?«

Ich zuckte die Achseln und versuchte, mich nicht schuldig zu fühlen. »Ich habe mich daran erinnert, dass ich gerne koche.« Es war zumindest keine *dicke* Lüge.

»Gut, das ist schon mal ein Anfang und eine *sehr* gute Neuigkeit. Ich weiß, Marie ist mit mir einer Meinung, wenn ich sage: Fühl dich frei zu kochen, wann immer du magst.«

Ein Freifahrschein für die Küche. Der Tag wurde von Minute zu Minute besser.

»Aber jetzt muss ich los. Das Training beginnt um Viertel nach acht.«

»Rugbytraining?« Ich hatte darüber bisher nicht nachgedacht, aber der Besessene konnte ja einer seiner Teamkollegen sein. »Darf man dabei zusehen?«

»Ja, obwohl ich dir das niemals zumuten würde. Der Trainer lässt uns die meiste Zeit Runden drehen, und in der Zeit, die dann noch bleibt, üben wir Gedränge und Einwürfe.«

Gedränge und Einwürfe? »Versteh schon.«

Er stand auf, dann zögerte er. »Wenn du Lust hast, ein wenig aus dem Haus zu gehen: Melissa hat heute die Vormittagsschicht, und sie hat mir heute Morgen schon drei Nachrichten geschickt, in denen sie sich nach deinem Befinden erkundigt. Da du ohnehin schon wach bist, könnte ich dich am *Fred's* absetzen, wenn du Lust hast.«

»Das wäre schön«, sagte ich und nickte. Wenn ich schon nicht das Rugbyteam auf Dschinn absuchen konnte, dann konnte ich zumindest von Melissa weitere Informationen über East Wendell und seine Bewohner erhalten.

»Wunderbar. Ich hol dich nach dem Training wieder ab. Gehen wir!«

Ich brauchte einen Moment, um mir meine Tasche und etwas Geld zu schnappen und das Buch über Analysis gegen das Geschichtsbuch zu tauschen. Dann brachen wir auf, und Josh hatte mich in null Komma nichts vor *Fred's* abgesetzt.

Melissa machte buchstäblich Freudensprünge, als sie mich an der Tür bemerkte, was ziemlich lustig aussah. Ich hatte noch nie jemanden kennengelernt, der sich auch nur annähernd so … körperlich ausdrückte.

»Ich bin so froh, dass du gekommen bist! Und dein Gesicht ist gar nicht *so* schlimm, wie ich erwartet hatte! Josh hat mit dem ganzen Krankenhausbesuch definitiv übertrieben. Ein bisschen Schminke, und man sieht überhaupt nichts mehr!«, sagte sie anstelle einer Begrüßung.

»Danke. Ich will dich nicht von deiner Arbeit abhalten oder so, ich dachte nur, ich könnte vielleicht an einem der Tische ein bisschen was lesen.«

»Mach dich nicht lächerlich! Chris übernimmt diesen Teil des Restaurants; ich bin nur für die Sitzecken dort drüben zuständig, da hab ich schon mal ein paar Minuten für dich übrig.« Sie lachte.

Ich sah mich im Lokal um und verstand, was sie meinte. Es waren insgesamt nur fünf oder sechs Gäste da, und keiner von ihnen saß in Melissas Zuständigkeitsbereich.

»Ist hier morgens immer so wenig los?«, fragte ich, während Melissa mich in die sonnigste Sitzecke führte.

»Eigentlich nicht. Wir haben für gewöhnlich um diese Zeit mindestens ein Dutzend Stammgäste und etwas Laufkundschaft, aber heute ist der erste Trainingstag, daher sind wohl viele drüben beim Sportgelände, um zuzusehen, wie die Jungs einander vermöbeln.«

»Die Leute sehen beim Rugbytraining zu?« Offensichtlich waren nicht alle mit Josh darin einer Meinung, dass das Training langweilig war. Verdammt. Ich hätte darauf bestehen sollen mitzugehen.

Melissa nahm auf dem Sitz mir gegenüber Platz. »Oh ja. Es ist die einzige Trainingseinheit, bei der der Trainer Zuschauer erlaubt, daher wird wahrscheinlich die halbe Stadt dort sein.«

»Klingt ganz danach, als würden die Leute hier Rugby ziemlich mögen.«

»Na ja, die Leute *mögen* Rugby nicht, sie sind geradezu *verrückt* danach.« Sie lehnte sich auf ihrem Sitz zurück und winkte dem Barkeeper, der gerade eingetroffen war, grüßend zu. Er trug einen schwarzen Kapuzenpullover, auf dem vorne ein blauer Ritter abgebildet war. »Es gibt im Grunde nur drei Dinge, die die Leute dieser Stadt verrückt machen können: Die Thornton Academy, Rugby und das Ahornfest.«

Natürlich, das Fest hatte ich ganz vergessen. »Hast du dir eigentlich den Gartenverein mit seiner Forderung, für die Rasenerneuerung zu bezahlen, vom Hals schaffen können?«

»Nein, und das macht mich verrückt! Ich muss fünfzig Dollar für den Stand bezahlen und noch mal dreißig für den blöden Rasen. Zusätzlich zu den fünfzig, die ich für die Sachen ausgebe, die ich zum Backen der Schokoplätzchen und der Brownies brauche. Ich kann von Glück sagen, wenn ich das ganze Geld überhaupt wieder reinbekomme!« Melissa lehnte sich frustriert zurück.

Ich ging im Geist die genannten Zahlen durch. »Für wie lange hast du den Stand?«

Melissa ließ ein paarmal ihren Kugelschreiber klicken und hielt an der Tür nach neuer Kundschaft Ausschau. »Vier Stunden. Warum?«

Mit vier Stunden Verkaufszeit und Waren im Wert von fünfzig Dollar konnte sie locker mehrere Hundert verdienen.

»Darf ich mir ganz kurz deinen Block und den Stift borgen?«

Melissa reichte mir beides und musterte mich neugierig. »Was überlegst du?«

Ich überging die Frage. »Kommen überwiegend junge Leute zum Fest?«

»Eigentlich alles querbeet. Kleine Kinder, Familien und so ziemlich alle Schüler der Thornton Academy. Es kommen auch haufenweise Leute aus den umliegenden Städten. Wie gesagt, es ist hier ein großes Ereignis.«

Das hörte sich gut an. Die Arbeit in Tonys Bäckerei hatte mich gelehrt, dass junge Menschen immer hungrig waren und Mütter von ihren Kindern zum Kaufen animiert wurden.

»Du brauchst Schokoplätzchen und Brownies für die Kinder, Liebesknochen und kleine Obsttörtchen für ihre Mütter. Schüler mögen beides, aber Cupcake-Törtchen wären eine gute Idee, weil sie sich quer durch die Altersgruppen verkaufen lassen und man sie gut dekorieren kann, daher werden sie deinen Stand schön bunt machen.« Ich notierte die Zutaten, die für jedes Gebäck notwendig sein würden, und fügte jeweils die geschätzten Kosten hinzu. Dann schob ich den Block über den Tisch zurück und rechnete alles durch. »Mit fünfzig Dollar für Zutaten kannst du je vier Dutzend Cupcakes, Schokoplätzchen und Brownies backen. Zehn Liebesknochen und zehn Obsttörtchen.

Verkauf die Cupcakes, Kekse und Schokoplätzchen für zwei Dollar das Stück, die Liebesknochen und Törtchen für fünf, und du hast deine hundertdreißig für Unkosten wieder drin, und noch einmal die doppelte Summe als Gewinn.«

Melissa starrte erst auf die Liste, dann auf mich. »Celine, woher weißt du das alles?«

»Keine Ahnung.« Ich brachte diesen Satz viel zu häufig an. Das kam davon, dass ich eine Lügnerin war. »Aber ich habe heute Morgen entdeckt, dass ich gern koche und backe.«

»Das musst du wirklich! Mensch, vielleicht gehört deinen Eltern ja ein Restaurant! Oder vielleicht eine Bäckerei, oder, oh, sie könnten Chefköche sein!«

Ich hatte keine Ahnung, was meine Eltern beruflich machten, nicht einmal ob sie überhaupt noch lebten. Und wenn … nun ja, sie wollten mich offensichtlich nicht haben, was in Ordnung war. Ich brauchte sie nicht. Nicht mehr.

»Wahrscheinlich irgend so was, ja«, sagte ich vage.

Melissa schien meinen Stimmungswechsel nicht zu bemerken. Sie schaute wieder auf die Liste. »Das ist wirklich toll. Aber ich habe keinen blassen Schimmer, wie man Liebesknochen macht, und ich habe in meinem ganzen Leben noch keinen Cupcake dekoriert.«

»Ich kann dir helfen, wenn du willst.« Sobald mir der Satz herausgerutscht war, bedauerte ich, was ich gesagt hatte. Nicht, dass ich nicht helfen wollte, aber das Ahornfest war erst in zwei Wochen, und bis dahin würde ich nicht mehr hier sein.

»Würdest du das wirklich tun?« Melissa beugte sich vor, und ihre rosa Perlenohrringe baumelten hin und her, als sie für einen Sekundenbruchteil nach meinen Händen griff. »Das wäre so großartig, Celine! Ich meine, wir könnten gutes Geld für die Kinder verdienen, und sie werden ganz aus dem Häuschen sein!«

»Kinder?« Komisch. Mir war noch gar nicht in den Sinn gekommen zu fragen, für welchen wohltätigen Zweck Melissa das alles machte.

»Hab ich dir das nicht erzählt? Zwei Städte weiter gibt es ein kleines Waisenhaus. Das Geld wird dafür verwendet, Geburtstagsgeschenke für die Kinder zu kaufen. Ich habe mit der dortigen Leitung gesprochen, und die waren einfach total nett. Ich durfte sie während der Essenszeit besuchen, und da habe ich alle ihre Namen notiert und ein paar Sachen, die sie so mögen … Celine, alles in Ordnung mit dir?«

»Ja. Natürlich.« Ich nickte hastig und kämpfte gegen den Kloß in meiner Kehle an. »Ich habe einfach nur noch nie von jemandem gehört, der so was macht.«

Im Waisenhaus Geburtstagsgeschenke zu bekommen! Das hätte mir so viel bedeutet.

»Das will ich auch hoffen!«, lachte sie.

Wenn es je eine herzensgute Seele gegeben hatte, dann war es Melissa Appleton. Sie hatte ein Stipendium für die Thornton Academy bekommen und arbeitete als Kellnerin, um fürs College zu sparen, und doch war sie entschlossen, ihre spärliche Freizeit aufzuwenden, um Geld für Waisenkinder zu sammeln.

Ich lächelte; ich wusste jetzt, dass ich mein Hilfsversprechen halten würde, selbst wenn es bedeutete, dass ich die süßen Stückchen aus Boston schicken musste.

»Oh Mann! Bin gleich wieder da.« Melissa stöhnte, dann stand sie auf. Sie strich mir flüchtig über die Hand, als sie vom Tisch wegging.

Hinter der Theke. Ein kleiner Mann in schwarzer Kellnerkleidung, dem das Haar über die Augen fällt. Er hat ein Na-

mensschildchen: Steve. Melissa versetzt ihm einen freundschaftlichen Knuff, dann nimmt sie zwei Gläser aus einem Schrank und stellt sie auf einen schwarzen Untersetzer neben der Spüle. Sie füllt die beiden Gläser mit Cola light.

Ich zog die Hand vom Tisch und beobachtete, wie Melissa zu dem neu eingetroffenen Paar hinüberging, das vier Tische weiter saß. Sie lächelte kurz, nickte, und dann war sie auch schon wieder in Richtung Theke verschwunden. Dort war Steve, sie knuffte ihn und beugte sich hinter die Theke, sodass ich sie nicht mehr sehen konnte. Aber ich wusste, was sie tat. Sie füllte zwei Colagläser.

Was ging hier vor sich? Das war nun das dritte Mal seit meiner Ankunft in East Wendell, dass ich eine solche Vision hatte. Kurz und plötzlich, die erste von dem Dieb, dann das Mädchen in der Toilette und jetzt Melissa. Als ich die Vision von dem Diebstahl erlebte, hatte ich geglaubt, dass ich ihn verhindern sollte, dass die Bilder eine Warnung waren. Aber inzwischen dachte ich immer mehr, dass es sich um etwas völlig anderes handeln musste. Es war fast so, als würde ich die nächsten paar Minuten im Leben der Menschen sehen, die ich soeben berührt hatte.

Bleib ruhig, es wird sicher eine Erklärung dafür geben. Du wirst schon nicht jedes Mal in die Zukunft sehen, wenn du jemanden berührst, das kann einfach nicht sein!

»He du!«

Fast hätte ich einen Satz gemacht, als Josh mir gegenüber Platz nahm. Er strahlte.

»Josh? Was machst du hier? Ist das Training abgesagt worden?«, fragte ich hastig und nervös.

»Nein, nicht abgesagt. Aber ich musste dir die gute Nachricht persönlich überbringen.« Er klang wirklich aufgeregt. Dann beugte er sich zu mir vor und senkte die Stimme:

»Erinnerst du dich an den Privatdetektiv, von dem ich dir erzählt habe? Er hat gerade angerufen. Er hat eine Spur!«

»Eine Spur?« Meine Kiefermuskeln verkrampften sich, und ich setzte mich sofort kerzengerade hin. Wie konnte er eine Spur gefunden haben? Ich hatte keinen Ausweis, da gab es nichts zu finden!

»Ja. Wie er mir gerade berichtete, hat er unweit der Stelle, wo du nach dem Unfall gelegen hast, deine zerrissene Fahrkarte im Rinnstein gefunden. Er hat es geschafft, sie wieder zusammenzusetzen, Celine. Du bist vom Bostoner Südbahnhof nach East Wendell gefahren!«

Josh sah mich erwartungsvoll an, als wolle er, dass ich genauso aufgeregt war wie er. Aber mein Herz pochte zu heftig, als dass ich ein Lächeln hätte zustande bringen können. Mehr konnte der Detektiv wohl nicht herausfinden, oder? Boston war eine riesige Stadt. Bestimmt führten von dort keine Spuren mehr weiter.

»Celine? He, ist alles in Ordnung mit dir?«

»Ja, ja, natürlich.« Ich räusperte mich. »Ich meine, was bedeutet das für mich? Was wird der Detektiv jetzt unternehmen?«

»Er will heute Abend vorbeikommen, um ein Foto von dir zu machen und sich noch ein paar persönliche Daten geben zu lassen. Größe, Alter, solche Sachen. Er meinte, er wolle mit den Polizeirevieren in Boston anfangen, um festzustellen, ob dein Foto zu irgendeiner ihrer Vermisstenakten passt.« Josh lächelte mich aufmunternd an. »Jetzt schau nicht so angespannt, Celine. Das ist eine gute Neuigkeit. Wir werden bald herausfinden, wer du bist, genau, wie ich es versprochen habe.«

Ich holte tief Luft und unterdrückte die Angst, die an die Oberfläche durchzubrechen und mich als Lügnerin zu entlarven drohte. Zuerst diese unheimliche neue Fähigkeit, und jetzt die Sache mit dem Detektiv? Die Polizei würde eine Akte über eine vor drei Jahren verschwundene Sarah Billington haben, aber selbst wenn sie über ein Foto verfügten, wäre es alt. Die Billingtons hatten nie einen Fotoapparat besessen, und selbst wenn sie einen gehabt hätten, hätten sie nicht im Traum daran gedacht, mich zu fotografieren. Das jüngste Foto, das die Polizei haben konnte, musste aus den Akten der Fürsorge stammen, aufgenommen, als ich zehn Jahre alt war.

Ganz gleich, wie verschwindend klein die Möglichkeit auch war, dass sie mich ausfindig machten – das Ganze rief mir nur erneut ins Gedächtnis, dass ich die Sache erledigen musste, wegen der ich hergekommen war, und zwar schnell.

Ich zwang mich zu einem Lächeln. »Vielen Dank, Josh.«

Der Ritter der Schwerter

Die Thornton Academy hätte auch aus der Welt Harry Potters stammen können. Breite Flure, hohe Decken, dunkle Holzgeländer und teure Teppiche; silberne, bronzene und goldene Pokale glitzerten, von kleinen Strahlern beleuchtet, in gläsernen Vitrinen vor den Türen der Klassenzimmer. Die Schüler jedoch hatten nicht viel von Zauberschülern. Statt langer Umhänge und Zauberstäbe trugen sie dunkelblaue und braune Schuluniformen und hatten immer die neusten Smartphones bei sich. Platinuhren unter mit Monogrammen bestickten Uniformjacken und Schuhe von Prada unter gesäumten Schottenröcken.

Wenn der pompöse Eingang zum Schulgebäude noch irgendeinen Zweifel gelassen hätte, so hätte ein einziger Blick auf die Schüler genügt, um meinen Verdacht zu bestätigen: Die Thornton Academy war nicht vergleichbar mit meiner letzten Schule. Hier waren die Kinder der Reichen und Mächtigen untereinander.

»Du siehst aus, als wärst du zu einer Beerdigung unterwegs«, bemerkte Josh, während wir uns einen Weg durch das Gedränge auf den Fluren bahnten.

Damit lag er gar nicht so weit daneben. Ich war seit Jahren in keiner Schule mehr gewesen, und diese hier war voller versnobter reicher Kids. Obwohl ich eine funkelnagelneue Schuluniform trug, war ich mir sicher, dass jedermann hier schon bald wissen würde, dass ich nicht hierhergehörte. Wie um alles in der Welt hatte ich mir einreden können, dass das Ganze eine gute Idee war?

Zumindest hatten die seltsamen Visionen aufgehört. Das ganze Wochenende über hatte ich Angst gehabt, dass sie sich zu einem Dauerzustand entwickeln könnten, sodass ich nie wieder jemanden berühren konnte, ohne in die nächsten Minuten seines Lebens hineingezogen zu werden. Aber mehrere flüchtige Berührungen mit Josh und Marie im Laufe des Wochenendes hatten keinerlei derartige Zeitverschiebungen zur Folge gehabt, daher hatte ich mich etwas entspannter gefühlt … bis jetzt.

»Weißt du, vielleicht sollte ich zum Haus zurückgehen.«

Josh blieb stehen, dann lächelte er einem Vorübergehenden zu, um sich dann zu mir umzudrehen. »Du trägst die Uniform, du hast die Bücher, und was die Kurse betrifft, bist du völlig im Rahmen der Anforderungen, also mach dir keine Sorgen, okay? Jede Menge Leute hier sind in Erdkunde regelrechte Nieten.«

Ich musste über seine Bemerkung lächeln. Als wir am Abend zuvor weiteren Schulstoff durchgegangen waren, hatte Josh meine Geografiekenntnisse getestet. Ich hätte nie gedacht, dass ich aus den Reisebüchern, die ich damals aus dem Secondhandladen geborgt hatte, derart viel über Höhenzüge und Seen gelernt hatte. Er hatte recht, es würde nicht leicht werden, aber ich hatte durchaus einiges zu bieten, selbst in der illustren Thornton Academy.

»Hör mal, ich würde ja wirklich gern mit dir kommen, aber ich habe jetzt Latein für Fortgeschrittene.« Er wirkte nicht erfreut über diese Aussicht, und ich war es auch nicht. Ich hätte mich erheblich wohler gefühlt, wenn er mich hätte begleiten können. »Wir treffen uns dann beim Mittagessen, in Ordnung?«

Zwei Mädchen, die mit deutlich britischem Akzent miteinander sprachen, kamen vorbei. Als sie Josh bemerkten, blieben sie unvermittelt stehen.

»Guten Morgen, Josh!«, sagten sie wie aus einem Munde. Dann waren sie auch schon wieder fort, warfen ihr perfekt geglättetes Haar zurück und kicherten hinter manikürten Fingernägeln.

Ich sah den Mädchen noch einen Moment nach, dann murmelte ich: »Kann sein, dass ich zum Mittagessen nicht da bin.«

»Oh, komm schon, jetzt werd mal ein bisschen locker, du schaffst das schon!«

Wir gingen weiter, blieben jedoch ab und zu kurz stehen, damit Josh mit dem einen oder anderen ein paar Grußworte wechseln konnte. Jedes Mal war es das Gleiche: Ein Hallo für Josh und ein neugieriger Blick für mich. Er zog viel zu viel Aufmerksamkeit auf sich. Vielleicht war es doch besser, ohne Josh zum Unterricht zu gehen.

»Ich finde, du hättest ruhig mal erwähnen können, dass du hier Mr. Allseits-Beliebt bist«, bemerkte ich. Nicht, dass es mich wirklich überrascht hätte. Er sah gut aus, war nett und in einer lächerlich beliebten Rugbymannschaft der ›Verbindungshalb‹, eine wichtige Position, die Melissa zufolge der des Quarterbacks in einem Footballteam entsprach.

»Entschuldigung, ja, das hätte ich wohl machen sollen«, meinte Josh achselzuckend.

»Wow, das ist aber wirklich bescheiden.«

»Bescheidenheit ist etwas für Langweiler«, ertönte eine Stimme hinter uns. Wir wandten uns beide um und sahen

Sandra, Elizabeth und Missy auf uns zukommen. Ihre Röcke waren kürzer als die aller anderen, ihre Taschen größer und ihre Absätze höher. Wie konnte man auf solchen Absätzen gehen?

»Und mein Süßer ist kein Langweiler«, sagte Sandra mit einem gezierten Lächeln, während sie sich bei Josh unterhakte.

Ich trat beiseite, genau wie die beiden anderen Mädchen. Missy schaute nicht einmal in meine Richtung. Elizabeth bedachte mich mit einem flüchtigen Blick, dann sah sie weg. Es war wie eine Szene aus einem schlechten Teeniefilm. Erstaunlich, dass Leute sich wirklich so benahmen, aber auch irgendwie erheiternd. Ich stellte mir die drei Hexen eine Nacht lang draußen auf der Straße vor, und es schauderte mich fast. Sie würden es keine fünf Minuten machen. Nicht mit ihren Diamantsteckern in den Ohren oder diesen Diamant-Schlüsselhalsketten. Sie trugen doch tatsächlich mehr oder weniger den gleichen Schmuck. Ich riss den Blick von den beiden Mädchen los und wandte mich wieder dem Paar zu.

»Sie muss sich zuerst noch ihren Stundenplan besorgen«, sagte Josh gerade.

»Nun, das Sekretariat ist gleich den Flur hinunter. Am besten wir begleiten Cèline noch bis zur Tür und gehen dann direkt in den Unterricht. Du weißt, wie Johnson sich aufführt, wenn wir zu spät kommen.« Sandra lächelte mich an. Es sah aus wie ein durchaus aufrichtiges Lächeln, aber irgendetwas stimmte mit dem Ausdruck ihrer Augen nicht.

Mir drängte sich das deutliche Gefühl auf, dass Joshs Freundin mich nicht mochte. Bevor ich ihnen sagen konnte, dass ich das Sekretariat auch alleine finden könne, war Sandra schon vorangegangen und zerrte Josh hinter sich her. Missy und Elizabeth folgten ihnen zu beiden Seiten wie junge Hunde.

Während ich langsam hinter den vieren herging, beobachtete ich, wie die Leute Sandra aus dem Weg gingen. Das Mädchen zog genauso viel Aufmerksamkeit auf sich wie Josh, aber auf andere Weise. Da war Ehrfurcht in den Augen, die zu der Ersten Cheerleaderin aufschauten, und die Grüße in ihre Richtung waren definitiv weniger freundlich als die an Josh adressierten.

Jetzt, wo ich hinter der schulbekannten Gruppe herging, wurde ich weit weniger häufig angestarrt, was sehr viel besser war, als im Rampenlicht zu stehen. Nach einem schnellen ›Bis später‹ von Josh und Sandra ließ mich das Quartett an der Tür zum Sekretariat stehen. Der Raum war klein, aber geschmackvoll eingerichtet. Am Schreibtisch saß eine Frau. Sonst war niemand zu sehen.

»Hi.« Ich schob meinen Rucksack von einer Schulter auf die andere und trat vor.

»Ja, hallo, wie kann ich Ihnen helfen?« Die Dame blickte auf. Ihr rotes Haar war im Nacken sorgfältig zu einem Knoten aufgesteckt, und die weiße Bluse, die sie unter ihrer grauen Kostümjacke trug, hatte kleine Rüschen am Hals. Waren hier denn alle wie für einen Fototermin gekleidet?

»Wären Sie so freundlich, mir meinen Stundenplan zu geben? Mein Name ist Celine.«

Die Dame zog die Augenbrauen hoch. »Und Ihr Nachname?«

Nachname? Natürlich. Ich wusste immer noch nicht, wie Josh das hingekriegt hatte, aber er hatte einen Nachnamen für mich erfunden, als er mich an der Schule angemeldet hatte. Er war alles andere als originell. »Smith. Celine Smith.«

»Einen Moment, Miss Smith, ich will mir nur schnell Ihre Akte holen.«

»Und meine, wenn Sie so freundlich wären«, ertönte eine vertraute tiefe Stimme hinter mir. »Ian McAlpine.«

»Natürlich.« Die Sekretärin nickte höflich, dann ging sie davon, um in den Schränken im hinteren Teil des Raumes zu stöbern.

Ich drehte mich langsam um und blickte *ihm* direkt ins Gesicht. Schwarzes Haar, dunkelblaue Augen und ein schiefes Lächeln. Mr. Retter stand seine Schuluniform beinahe so gut wie Lederjacke und Jeans.

»Was machst du denn hier?« Die Frage war heraus, bevor ich darüber nachdenken konnte.

Ian warf mir einen merkwürdigen Blick zu. »Ich freue mich auch, dich zu sehen.«

»Tut mir leid, Entschuldigung. Ich meine, ich habe einfach gedacht, dass du … weißt du, dort in der Seitenstraße …« Ich hatte ihn für älter gehalten. Oder einfach für erfahrener. Ich meine, er war so souverän und, *ach verdammt*. »Ich weiß nicht, was mit mir los ist. Ich bin normalerweise nicht so unhöflich.«

Er zuckte die Achseln und schaute durch die Glastür auf die Schüler hinaus, die in ihren Unterricht eilten. »Der erste Tag in einer neuen Schule kann schon ziemlich nervenaufreibend sein.«

Er hatte recht, allerdings wirkten *seine* Nerven alles andere als aufgerieben.

»Du willst mich nur entschuldigen.«

»Ich bin nur höflich.«

Will sagen, dass ich es *nicht* war. Es spielte keine Rolle, ob er recht hatte, der deutlich überlegene Blick, den er mir schenkte, war einfach unangenehm.

»Schön für dich.«

Ian lachte. Es war nur ein kurzer Laut, aber er überraschte mich. Vielleicht lag es an dem, was dabei mitschwang; er wirkte einfach so ernsthaft und echt, so anders als all die anderen jungen Leute dort draußen auf dem Flur mit ihrem ständigen »Hi, Josh« und ihrem Gekicher. Aber vielleicht bildete ich mir das alles auch nur ein, und ich empfand es nur so, weil er bei unserer ersten Begegnung einen sehr bösartigen Kerl förmlich zu Brei gehauen hatte.

»Celine Smith heißt du also. Ich habe mich schon gefragt, was du so anstellst, wenn du nicht gerade Dieben hinterherjagst.« Er musterte mich eingehend, den Kopf schräg gelegt. »Mein ursprünglicher Gedanke war: bestimmt eine Seiltänzerin.«

Ich lächelte und versuchte mir vorzustellen, wie ich auf einem Seil stand. Er hatte so ziemlich das Allerletzte ausgesucht, was ich je gemacht hätte. »Ich habe Höhenangst, also bevorzuge ich bodenständigere Freizeitbeschäftigungen.«

Ian schenkte mir ein schiefes Grinsen, dann schob er mir das Haar hinters Ohr. Ich erstarrte bei der Berührung und gab mir alle Mühe, nicht gleich auf ihn loszugehen. Menschen berührten einander nicht einfach so, nicht in meiner Welt.

»Deine Wange sieht schon viel besser aus«, bemerkte er nach einem Moment des Schweigens.

»Sie tut nicht mehr weh.« Mein Herz schlug rasend, und mir schnürte es die Luft zu. *Verdammt, was sollte das?*

Er verzog die Lippen zu einem wissenden Lächeln.

»Hier, bitte schön, Miss Smith.« Die Sekretärin kehrte an den Schreibtisch zurück und reichte mir ein Blatt Papier. »Ihren ersten Kurs haben Sie bei Mr. Peterson, im Nietzsche-Zimmer, erster Stock. Und Ihre Schließfachnummer ist die 164. Die Öffnungskombination finden Sie unten auf dem Blatt.«

»Vielen Dank.« Ich nahm den Stundenplan an mich, nickte Ian noch schnell zu und ging, um mich auf die Suche nach meinem Schließfach zu machen. Er übte eine höchst seltsame Wirkung auf mich aus; es war ein unbehagliches und kompliziertes Gefühl, und meine innere Stimme schrie mir zu, dass ich mich von ihm fernhalten sollte.

Es dauerte nicht lange, Schließfach Nummer 164 zu finden. Ein wenig komplizierter war es allerdings herauszubekommen, wie der Touchscreen des Schließsystems funktionierte. Die Kombination auf dem Blatt stellte sich als nur einmal verwendbar heraus. Nachdem ich die Zahlen eingetippt hatte, speicherte der kleine Touchscreen meinen Fingerabdruck und riet mir, das Blatt mit meiner Kombination zum Altpapier zu geben.

Das war alles völlig surreal. In eine normale Schule zu gehen wäre schon seltsam genug gewesen – aber das hier? Ich gehörte nicht hierher, kein bisschen, und ich war froh, dass die ganze Geschichte nicht lange dauern würde. Es konnte wohl nicht so fürchterlich schwierig sein, den Dschinn zu finden. Ich brauchte lediglich Josh im Auge zu behalten, mir einen Überblick darüber zu verschaffen, mit wem er seine Zeit verbrachte, und die Betreffenden dann einen nach dem anderen zu überprüfen, bis ich den Missetäter gefunden hatte.

Ich warf einen Blick auf meinen Stundenplan, nahm die Bücher für die nächsten drei Stunden heraus, stopfte meinen Rucksack ins Schließfach und zögerte, als ich an die Karten dachte. Ich wollte sie nicht zurücklassen. Sie waren der Anker, der mich mit meinem wahren Leben verband. Ich mischte schnell, wählte willkürlich eine Karte aus und steckte sie in mein Geschichtsbuch. Zumindest einen Freund wollte ich bei mir haben.

Auch das Nietzsche-Zimmer war nicht schwer zu finden, und ich kam gerade rechtzeitig dort an. Die Schüler plauderten noch miteinander, und es war kein Lehrer in Sicht. Ich entdeckte einen freien Platz in einer der hinteren Reihen und ging mit gesenktem Kopf schnell darauf zu.

Ich legte die Bücher auf den schmalen Tisch und versuchte, es mir auf dem dazugehörigen Stuhl bequem zu machen. So viel Geld, und trotzdem besaß die Schule die unbequemsten Sitzmöbel der Welt! Ich bückte mich und legte die Bücher für meine beiden nächsten Stunden unter den Sitz, als jemand sich räusperte.

»Du hast gelogen.«

Ich erstarrte. Es war Ians Stimme. Sein Vorwurf hatte den Nagel auf den Kopf getroffen, aber das konnte er unmöglich wissen. Außer dass ich diesen Kampf gegen einen ziemlichen Koloss von Dieb verloren hatte, wusste er nicht das Geringste von mir. Ich zwang meine Gesichtszüge, einen Ausdruck beiläufiger Neugier anzunehmen, und richtete mich wieder auf. Er hatte auf dem Sitz neben mir Platz genommen und musterte mich eingehend. Niemand sonst im Kurs achtete im Geringsten auf uns.

»Wovon redest du?«, fragte ich, dankbar, dass die seltsame Anspannung, die ich vorhin im Sekretariat verspürt hatte, verschwunden war.

»Du hast gesagt, dass du normalerweise nicht unhöflich bist, und doch hast du mich einfach stehen lassen, ohne auch nur Tschüss zu sagen.«

Das also meinte er? »Ich hab dir zugenickt, oder etwa nicht? Ein Nicken ist praktisch dasselbe wie ein Tschüss.«

Alle im Raum wurden plötzlich still. Wir schauten beide

auf und sahen, wie ein Mann in einem braunen Anzug den Raum betrat. Das musste Mr. Peterson sein.

»Trotzdem unhöflich. Du schuldest mir eine Entschuldigung«, flüsterte Ian zurück. Er hatte wieder dieses schiefe Grinsen im Gesicht, und allmählich fing ich an, mich wirklich über ihn zu ärgern. Ich *hatte* genickt, und das war nicht unhöflich, also würde ich auch nicht sagen, dass es mir leidtat!

»Nein«, zischte ich. Mr. Peterson legte seine lederne Aktentasche auf das Pult und schritt an die weiße Tafel.

»Doch«, beharrte Ian. »Und mach es schön hübsch, vielleicht mit Blumen.«

Das musste ja wohl ein Scherz sein! Ich bedachte ihn mit einem »Du bist verrückt«-Blick, doch er zuckte nur die Achseln und lehnte sich auf seinem Sitz zurück.

»Also, ich sehe, wir haben zwei neue Schüler, Mr. McAlpine und Miss Smith. Willkommen in meinem Kurs. Ich hoffe, Sie können mithalten.«

Während Mr. Peterson direkt in einen Vortrag über die Geschichte der Literaturwissenschaft einstieg, beugte sich Ian zu mir herüber. »Er ist einer von der freundlichen Sorte.«

Er sagte das in einem derart trockenen Tonfall, dass ich schmunzeln musste. Peterson mit seinem Glatzkopf und den kleinen Knopfaugen wirkte alles andere als freundlich.

»Miss Smith, gibt es irgendetwas, was Sie erheitert?«

Der Englischlehrer fixierte mich, seinen Tafelstift starr in der Hand erhoben. Oh Mann! Erster Schultag und schon in Schwierigkeiten. Ich versuchte, irgendeine Antwort aus dem Ärmel zu schütteln, aber ich konnte einfach nicht denken, solange sich alle erwartungsvoll zu mir umdrehten!

»Entschuldigen Sie, Mr. Peterson, ich habe Miss Smith abgelenkt«, sagte Ian in die Stille hinein.

Ich warf ihm einen dankbaren Blick zu, doch Peterson war noch nicht fertig.

»Vielen Dank, Mr. McAlpine. Doch sollten Sie wissen, dass wir ein solches Benehmen in der Thornton Academy nicht dulden. *Was* wir dulden, sind Schüler, die Anweisungen befolgen. Sie beide kommen jetzt bitte nach vorn.«

So viel zum Thema *keine Aufmerksamkeit erregen!* Ian stand zuerst auf und zwinkerte mir verschmitzt zu, ehe er nach vorn vor die Klasse ging. Wie konnte er in einem solchen Moment grinsen? Unendlich verlegen folgte ich ihm. Peterson bedeutete uns, mit dem Blick zur Klasse vor die weiße Tafel zu treten.

Sieben fremde Augenpaare, die alle darauf warteten, dass irgendetwas passierte. So hatte ich die Schule nicht in Erinnerung! Zumindest die Mädchen schienen allerdings alle damit beschäftigt, Ian anzustarren. Und er sah nicht danach aus, als störe ihn diese Aufmerksamkeit. Was für ein Idiot.

»Da Sie beide von anderen Schulen kommen, bietet es sich an, uns einen Moment Zeit zu nehmen, um uns ein Bild von Ihrem Wissensstand zu verschaffen«, sagte Peterson und lehnte sich an seinem Pult zurück. »Also, warum nennen Sie mir nicht ein paar, oh, ich weiß nicht, sagen wir, Marquez-Romane, die Sie gelesen haben?«

War das ein Test, oder wollte er uns einfach nur bloßstellen? Ich spähte zu Ian hinüber. Er sah mich mit einem Lächeln an. Gab es denn gar nichts, was den Typen aus der Fassung brachte!?

»*Hundert Jahre Einsamkeit*«, sagte Ian, dann bedeutete er mir fortzufahren. In Ordnung, dieses Spiel konnte ich spielen. Marquez war einer meiner kolumbianischen Lieblingsautoren.

»*Die Liebe in den Zeiten der Cholera.*« Ich sah, dass der

Junge mit dem roten Haar in der ersten Reihe auf meine linke Hand starrte, und bemerkte mit Schrecken, dass ich meinen Rock zwischen den Fingern zerknüllt hatte. Beschämt ließ ich los.

»*Unter dem Stern des Bösen*«, fuhr Ian fort.

»*Der Herbst des Patriarchen.*« Ich wandte meinen Blick ihm zu und versuchte so zu tun, als sei die Klasse gar nicht da.

»*Der General in seinem Labyrinth.*« Ian redete nun schneller und verwandelte, was eine peinliche Vorführung hatte werden sollen, in ein Spiel. Und er war schnell! In seinen Augen blitzte es schalkhaft.

Ich entspannte mich ein wenig. Das schaffte ich! »*Chronik eines angekündigten Todes.*«

Ian zog die Stirn kraus. »*Erinnerung an meine traurigen Huren.*«

»*Laubsturm*«, gab ich zurück. Jetzt grinste ich.

»In Ordnung, genug, genug!« Peterson warf einen stirnrunzelnden Blick über seine Schüler, die begonnen hatten, über seinen misslungenen Versuch, uns zu demütigen, zu kichern. »Sie kennen Ihren Marquez also. Kaum beeindruckend, wenn man bedenkt, dass der Mann den Nobelpreis bekommen hat. Aber wie steht's mit den russischen Autoren, hm? Wie wäre es mit Tolstois …«

»*Krieg und Frieden, Anna Karenina …*«, schoss es aus Ian schon heraus, bevor Peterson auch nur seinen Satz beendet hatte.

Ich unterdrückte ein Lachen und stimmte ein: »*Die Kosaken, Auferstehung …*«

Wir zählten sämtliche Romane Tolstois auf, ehe Peterson seine Niederlage einräumen musste. Inzwischen lachte die ganze Klasse, und plötzlich schien der Tag eine Wendung zum Besseren genommen zu haben. Ich konnte nicht glauben, dass wir tatsächlich richtig Spaß hatten!

»In Ordnung, genug, Sie beide setzen sich wieder hin. Wir haben Lernstoff durchzunehmen.«

Ich nahm frohgemut meinen Platz wieder ein, bereit, mich für den Rest der Stunde sehr still zu verhalten. Sobald nun Mr. Peterson seinen eigentlichen Unterricht begann, erinnerte ich mich an die Karte, die ich ins Geschichtsbuch gesteckt hatte. Während Peterson über die Bewegung der Modernisten in der englischen Literatur dozierte, zog ich sie zwischen den ersten Seiten heraus und schaute sie mir an.

Dunkel und stolz starrte *Der Ritter der Schwerter* zu mir herauf. Er war ungehobelt, arrogant, rechthaberisch ... ganz wie der Typ, der an dem Pult neben mir saß.

Der Magier

Die Mensa befand sich im neuesten Teil des Schulgebäudes; ein Anbau, der an einer langen Seite vom Boden bis zur Decke aus Fenstern bestand. Der riesige Raum umfasste etwa fünfzig Holztische, teils für zehn, teils für fünf Personen, und jeder Platz war fein säuberlich gedeckt. Die Schüler ließen sich an einer langen Theke ihre Tabletts füllen, brauchten sich aber um das Abräumen nicht zu kümmern. Dafür gab es Personal. Luxuriöser konnte eine Schulkantine nicht werden, ohne ein richtiges Restaurant zu sein.

»Du liest also sehr viel«, sagte Josh, als wir an der Salattheke anstanden. Ich zuckte die Achseln und rückte einen Schritt vor, sobald die Schüler vor uns Platz machten. Es war mir peinlich, dass er bereits wusste, was in Petersons Kurs passiert war. Es schien, als hätten *alle* schon davon gehört.

»Anzunehmen, ja«, antwortete ich und blieb zögernd vor dem Kopfsalat stehen. Die Jungen auf der anderen Seite der Salattheke lächelten mich an. Josh fing ihren Blick auf und zog die Augenbrauen hoch. Sie gingen schnell weiter. Was war nur los mit allen?

»Warum starren die Leute mich an?«

Josh lachte. »Sie werden gehört haben, dass du Peterson

gedemütigt hast. Den hassen alle, also macht dich das zur Miss Allseits-Beliebt des Tages.«

Miss Allseits-Beliebt!? Die Vorstellung war absolut entsetzlich.

»Mir fällt ein, wir haben bei unseren Experimenten noch gar keine Salate und so weiter getestet«, sagte Josh und warf einen Blick auf meinen leeren Teller.

»Ja, wir waren wohl viel zu sehr mit allem beschäftigt, was schlecht für mich ist«, versetzte ich.

»Erdnussbutter ist *nicht* schlecht für dich. Wie dem auch sei, ich wähle mal den da.« Er griff nach einem der Salatschälchen, untersuchte die Salatgarnituren, die in mittelgroßen Schüsseln neben allerlei Flaschen mit verschiedenen Dressings bereitstanden, und versuchte zu erraten, was davon ich vielleicht mögen könnte: Mais, Kapern, Kidneybohnen, Gurkenscheiben, Tofu, hartgekochte Eier, Paprika, Peperoni, geriebenen Käse, geröstete Brotwürfel, getrocknete Tomaten, Cocktailtomaten, Thunfisch, gebratenes Hühnerfleisch. Es war die größte Salatbar, die ich je gesehen hatte, und selbst wenn ich nicht so getan hätte, als wüsste ich nicht, was mir schmeckt, hätte ich Probleme mit der Auswahl gehabt.

»Das dürfte schwieriger werden, als ich gedacht hätte«, bemerkte Josh nach einem Moment des Nachdenkens. »Wir fangen wohl am besten mit dem Mädchenkram an.«

»Mädchenkram?«, fragte ich und sah zu, wie er den Löffel der Schüssel mit den Gurkenscheiben hochhob.

»Ja, du weißt schon, Salatgurken, Cocktailtomaten, Tofu … alles typischer Mädchenkram«, erklärte Josh und fuhr fort, meinen Salat anzurichten.

Es war eine absolut lächerliche Behauptung, aber ich würde mir alle Einwände verkneifen. Nun ja, vielleicht nicht alle. Josh griff doch tatsächlich nach einer Essiggurke. Ich konnte Essiggurken nicht ausstehen.

»*Das* ist kein Mädchenkram!«

»Was? Aber sicher.« Josh hielt die kleine grüne Gurke des Anstoßes hoch. »Es ist sogar der absolute Inbegriff von Mädchenkram. Sieht total unschuldig aus, wie eine ganz gewöhnliche, wohltuend schmackhafte Salatgurke, und dann, peng, ist sie supersauer!«

»Sehr witzig«, grummelte ich. »So oder so, ich werde sie nicht essen.«

»Na schön, stell dich ruhig an. Aber ich werde jetzt *mangelnde Abenteuerlust* auf deine Liste setzen«, ermahnte er mich. Dann entschied er sich für ein italienisches Dressing, um seine Zusammenstellung abzurunden.

Ich hätte mein Leben nicht einmal ansatzweise in Begriffe fassen können, aber »mangelnde Abenteuerlust« passte nun wirklich nicht. In dem Punkt war ich mir ziemlich sicher.

Nachdem Josh sich seinen eigenen Salat gemischt hatte, einschließlich Hähnchen und gerösteten Brotwürfeln – Dinge, die er offensichtlich aus irgendeinem Grund als unweiblich erachtete –, verließen wir mit unseren Tabletts die Theke und steuerten einen Tisch an den Fenstern an. Dort saßen bereits Missy, Elizabeth und zwei Jungen, die ich nicht kannte. Die Mädchen hielten es nicht für nötig, überhaupt nur aufzublicken.

Josh übernahm die Vorstellung. »Celine, das sind Nick und Matt. Sie sind nicht gerade die Hellsten hier in der Schule, aber sie sind zwei der besten Rugbyspieler im ganzen Land.«

»Hör nicht auf Beaumont.« Nick lachte und warf sein kunstvoll zerzaustes blondes Haar zurück. »Er ist bloß sauer, weil wir besser aussehen als er und wir ihn *außerdem* auf dem Spielfeld plattmachen.«

Ich lächelte, obwohl zumindest der erste Teil der Aussage kaum zutreffend war. Gewiss sahen Matt und Nick gut aus, so auf die Art von kalifornischen Surfern, aber sie ließen sich mit Josh einfach nicht vergleichen. Er war größer, seine Augen waren blauer, sein Lachen freundlicher … nein, der einzige Junge, der wirklich mit ihm mithalten konnte, war Ian. Natürlich gab es für Ian ein paar Punkte Abzug dafür, dass er der nervigste Mensch war, der mir je begegnet war. Aber es war auch lustig mit ihm … und er hatte mich gerettet. *Hör auf, an ihn zu denken!*

Matt sagte einfach nur Hallo. Er hatte ein warmes und freundliches Lächeln. Was Missy und Elizabeth anging, so ignorierten sie mich immer noch, was großartig war. Ich hatte jetzt fünf Namen auf meiner Liste von Kandidaten für eine mögliche Dämonenbesessenheit: die Hexen, Matt und Nick. Obwohl die Jungen nett wirkten, wusste ich, dass Besessenheit ein langsamer Prozess war. Der Dschinn konnte in ebendiesem Moment in jedem von ihnen stecken und verzweifelt versuchen, ihn in seine Gewalt zu bringen, ihn oder sie zu seiner Marionette zu machen und zum Chaos anzustiften. Nein, ausnahmslos alle waren verdächtig. Es ging nur noch darum herauszufinden, wie ich sie auch einer Überprüfung unterziehen konnte.

Ich schaffte es, meinen Salat zu essen, ohne auch nur ein Wort sagen zu müssen. Die Gruppe um mich herum unterhielt sich währenddessen, größtenteils über Schüler und Lehrer, die ich noch nicht kennengelernt hatte. In der Mensa wurde es immer lauter, da immer neue Klassen zum Mittagessen hereinströmten. Noch immer konnte ich Melissa nirgendwo entdecken.

»Alles in Ordnung mit dir? Du bist so still«, flüsterte Josh und beugte sich zu mir hinüber.

»Ich finde, dass ich für einen Tag genug Aufmerksamkeit erregt habe.« Ich zuckte die Achseln und musterte den Salzstreuer auf dem Tisch. Ein versehentliches Umschütten des Salzstreuers, und ich hätte einen Verdächtigen weniger. Aber ich konnte diese Nummer nur einmal durchziehen, ohne den Verdacht eines anwesenden Dschinns zu erregen.

»Weißt du, allmählich gewöhne ich mich an deinen trockenen Tonfall«, bemerkte Josh, und es war nur halb als Beschwerde gemeint. »Du hast als Nächstes Analysis, nicht wahr?«

»Ja.« Als Nächstes kam der Mathekurs, und obwohl es mein schwächstes Fach war, freute ich mich darauf. Peterson mochte nicht der netteste Mensch auf Erden sein, aber er verstand sich auf sein Fach, ebenso wie die beiden anderen Lehrer, die ich bisher kennengelernt hatte. Sicher, ich war wegen Josh hier, aber es war toll, wieder zur Schule zu gehen: Mit anderen in einem Raum versammelt zu sein, und das mit nur einem einzigen gemeinsamen Ziel – um etwas Neues zu lernen. Es war eine großartige Abwechslung gegenüber dem, woran ich gewöhnt war: Jeden Tag morgens aufzuwachen, nur um wieder dasselbe zu machen wie am Tag zuvor.

»Ich muss sagen, Celine«, erhob von der anderen Seite des Tisches aus plötzlich Nick seine Stimme, »ein beeindruckender Schachzug: Peterson einen Strich durch die Rechnung zu machen … Alle hassen diesen Idioten, was eine Menge Bonuspunkte für dich bedeutet!«

»Es gibt hier ein Punktesystem?«, fragte ich überrascht. Josh und Matt kicherten, während die Mädchen mich anstarrten, als sei mir plötzlich ein zweiter Kopf gewachsen. Sie mochten mich *wirklich* nicht.

»Das gibt es in der Tat. Ich kann dir alles darüber erzählen, wenn du magst.« Nick zwinkerte mir heftig zu, während er nun nach dem Salzstreuer griff und eine ordentliche Ladung auf seine Pommes schüttete.

»Ich habe bereits einen Mathenachhilfelehrer, danke auch.« Ich lächelte, erfreut darüber, ohne jede Anstrengung einen der Verdächtigen gleich wieder von der Liste streichen zu können.

»Gut gekontert, Celine!« Matt gestikulierte mit einem Stück Pizza herum. »Mir gefällt jedes Mädchen, das Nicks stümperhafte Annäherungsversuche zurückweist.«

»Dir gefallen Mädchen nur wegen ihrer Körbchengröße«, korrigierte Sandra und trat auf unseren Tisch zu. Dann machte sie einen Schritt zur Seite. »Leute, das ist Ian.«

Ich war überrascht und froh, Ian zu sehen. Endlich jemand, der die Aufmerksamkeit von mir ablenken konnte. Nick rutschte zur Seite, damit sich Sandra neben Josh setzen konnte. Ian lächelte mich an, als er zwischen Matt und Elizabeth Platz nahm.

»Ian, das sind Nick, Matt, Elizabeth, Missy und mein Freund Josh.« Sandra übernahm die Vorstellung und zögerte einen Moment, ehe sie in meine Richtung lächelte. »Ach, und das ist Celine, aber ihr zwei kennt einander ja schon, nicht wahr?«

»Ich warte immer noch auf deine Entschuldigung«, sagte Ian zur Bestätigung.

Nicht zu glauben, dass er das noch immer nicht vergessen hatte.

»Darauf kannst du lange warten«, gab ich zurück. Sandra sah uns beide mit hochgezogenen Brauen an und wartete offensichtlich auf eine Erklärung, doch von mir würde sie jedenfalls keine bekommen.

»Also, Ian, was führt dich nach East Wendell?«, fragte Josh neben mir.

»Eltern«, sagte Ian knapp. »Ich schätze mal, sie haben in Europa ihren Spaß gehabt. Jetzt macht meine Mutter einen auf Hausmütterchen in Texas.«

»Ölgeschäft?«, fragte Nick.

»Unter anderem.« Ian zuckte die Achseln. Er nippte an seiner Kaffeetasse und rührte das Essen auf seinem Teller nicht an. Ich hätte mir eigentlich denken können, dass er reich war, wie so ziemlich alle anderen in der Academy. Aber aus irgendeinem Grund hatte ich es mir nicht so vorgestellt, wahrscheinlich weil er, nun ja … irgendwie anders wirkte als alle anderen. Als gehöre er nicht wirklich hierher. So wie ich.

»Wenn deine Eltern nicht in der Stadt leben, bedeutet das dann, dass du im Internat wohnst?«, fragte Sandra, und es war offensichtlich, dass sie wenig von Internatsschülern hielt.

»Nein, wir haben ein Haus an der Oak Road«, antwortete Ian.

»*Ihr* habt die Oak Road Nummer achtzehn gekauft?«, staunte Nick. »Ein absolut fantastisches Haus!«

Ian sagte nichts weiter dazu, sondern drehte sich stattdessen zu mir um. »Und was ist mit dir?«

»Celine wohnt bei mir«, antwortete Josh für mich. Da war wieder dieser kalte Unterton in seiner Stimme, und ich runzelte unwillkürlich die Stirn. Mochte er Ian etwa nicht?

»Ja, das stimmt.« Sandras Lächeln wirkte falsch, als sie nun die Hand auf Joshs Schenkel legte. »Und wie lange wolltest du noch mal bleiben, Celine? Oh, Moment, du erinnerst dich nicht?« Sie wandte sich zu Ian und senkte die Stimme. »Unsere arme Celine leidet an Amnesie.«

Plötzlich verstummten alle am Tisch. Ich schaute mich um, sah Erstaunen in allen Augen und wünschte, es gäbe ein Loch, in dem ich mich hätte verkriechen können. Um die Dinge nicht zu verkomplizieren, so hatte Josh mir versichert, würde er allen erzählen, dass ich eine Freundin der Familie sei; Sandra jedoch musste er die Wahrheit gesagt haben. Ich hätte vermutlich auch nicht erwarten können, dass er seine Freundin belog, aber es musste ihr doch wohl klar sein, dass sie sowohl mich als auch Josh in Schwierigkeiten brachte, wenn sie hier die Neuigkeit groß ausposaunte!

»Tatsächlich hat Celine keine Amnesie«, sagte Josh und sah Sandra verstimmt an. »Sie leidet an einer dissoziativen Fugue, die im Handumdrehen vergehen wird.«

»Was zum Teufel ist das?«, fragten Nick und Matt wie aus einem Mund.

»Es bedeutet, dass unsere Celine vergessen hat, wer sie ist«, erklärte Sandra mit gespielter Traurigkeit. Missy und Elizabeth kicherten.

Großartig, ein Bündel schöner neuer Informationen für die Gerüchteküche der Thornton Academy. Ich ließ meinen Blick von Sandras unechtem Lächeln zu Ians undeutbarer Miene schweifen. Was er jetzt wohl von mir dachte?

»Das Ganze ist wirklich nichts Besonderes«, sagte ich im Bemühen, die Sache herunterzuspielen.

»Also, noch mal langsam: Du bist gar keine Verwandte von Josh?« Nick schaute erst zu mir, dann zu Josh.

»Nein, nein«, mischte sich Sandra ein. »Das ist nur die Geschichte, die er denen von der Schulbehörde erzählt hat. Josh hat sie bei sich aufgenommen. Er hatte schon immer ein Herz für Streuner.«

»Das reicht!« Josh sprang unvermittelt auf. »Celine, willst du einen Nachtisch?« Ohne auf Sandras entrüstetes Schnauben zu achten, streckte er mir die Hand hin. Ich hätte erleichtert sein sollen, dass mir eine Fluchtmöglichkeit geboten wurde, doch ich war es nicht. Die ganze Schule würde erfahren, dass ich eine wandelnde Anomalie war. Auch wenn es nicht stimmte; jedenfalls nicht ganz. Ians Augen trafen sich mit meinen, als ich nun hinter Josh vom Tisch wegging. Sein Blick war eindringlich, vielleicht auch ein wenig verärgert. Würde er die Gerüchte über mich weiterverbreiten?

Knapp auf halber Strecke zum Dessertbuffet blieb Josh stehen. »Das mit Sandra tut mir leid, ich weiß nicht, was in sie gefahren ist. Sie ist normalerweise nicht so…«, er schaute zum Tisch zurück, und die Falte zwischen seinen Brauen vertiefte sich, »… hässlich.«

»Ich bin mir sicher, dass sie es nicht so gemeint hat.« Tatsächlich war ich mir absolut sicher, dass sie es ganz genau so gemeint hatte, aber ich wollte nicht für noch mehr Unmut sorgen, und so zwang ich ein Lächeln auf meine Lippen. »Die Leute hätten es früher oder später sowieso rausgefunden.«

»Quatsch, hätten sie nie«, knurrte Josh. »Ich weiß wirklich nicht, was in sie gefahren ist, aber niemand an diesem Tisch wird das weitererzählen. Nicht, solange ich ein Wörtchen mitzureden habe. Und selbst wenn die Schulleitung davon Wind bekommt, ist es nur ein Gerücht. Sie werden es nicht wagen, womöglich meinen Onkel zu verärgern, indem sie der Angelegenheit Glauben schenken.«

Ich wusste nicht, wie ich auf den Zorn in seiner Stimme reagieren sollte, daher schwieg ich. Genau in dem Moment sah ich, wie uns eine Hand winkte.

»Da ist Melissa«, seufzte ich erleichtert. »Ich würde mich

gern für ein Weilchen zu ihr setzen, wenn du nichts dagegen hast.«

»Klar doch. Ich sollte jetzt besser an den Tisch zurückgehen.« Josh lächelte, doch seine Augen blieben davon unberührt. Ich nahm an, dass ihm jetzt ein unangenehmes Gespräch mit Sandra bevorstand. Was unweigerlich zur Folge haben würde, dass sie mich noch weniger mochte. Verdammter Mist.

Melissa wirkte ganz aufgeregt, als ich an ihren Tisch trat. Sie hatte die Jacke ihrer Schuluniform ausgezogen und sich die Ärmel ihrer weißen Bluse aufgekrempelt. Aus ihrem unordentlichen Haarknoten ragten zwei Bleistifte.

»Also, Peterson, hm?« Sie zwinkerte mir zu. Ich setzte mich zu ihr.

»Nicht du auch noch!« War denn gar nichts anderes an der Thornton Academy passiert?

Sie lachte über meine Frustriertheit. »Willkommen in der größten Gerüchteküche der Welt.«

»Das kapiere ich jetzt auch langsam«, erwiderte ich und schaute zu den Fenstern hinüber. Josh war wieder am Tisch, und es sah aus, als hörten alle ihm zu. Alle bis auf Ian, der nirgends zu sehen war. Wie lange würde es dauern, bis sich die Nachricht über meine Erinnerungsstörung überall verbreitet hatte?

»Wie dem auch sei – das wird dir sicher gefallen!«, begann Melissa und wühlte in ihrem Rucksack. Während ich ihr dabei zusah, fiel mir auf, dass sie sich mit blauem Stift etwas direkt über dem rot-gelben Flechtarmband an ihrem linken Handgelenk auf die Haut geschrieben hatte. Es sah aus wie eine Gleichung.

»Hast du vor, in einem Mathetest zu mogeln?«, witzelte ich und deutete auf den blauen Klecks.

»Das? Das ist nur etwas für einen mathematischen Beweis, an dem ich gerade arbeite«, sagte sie, zog ein gelbes Taschenbuch aus dem Rucksack und schob das verstaubt wirkende Ding über den Tisch.

»Ein Beweis?« Ich griff nach dem Buch. »Du hast mir noch gar nicht erzählt, dass du ein Mathegenie bist!«

Melissa zuckte die Achseln. »Ich weiß nicht, ob ich ein Genie bin, aber es ist jedenfalls der Grund, warum sie mir das Stipendium für diese Schule gegeben haben. Egal, vergiss das jetzt mal, das hier wird dir gefallen! Ich hab mir gedacht, da du immer diese Karten mit dir herumschleppst, würdest du vielleicht etwas mehr über sie wissen wollen.«

Karten? Woher wusste sie ... ach, natürlich! Sie hatte die Karten in meinen Rucksack gesteckt, als ich hinter Elizabeths Tasche her war. Ich blickte auf den Buchtitel: *Zigeunermagie*.

»Mach kein so skeptisches Gesicht! Es enthält ein ganzes Kapitel darüber, wie man Tarotkarten deutet«, fuhr Melissa fort.

Kartendeutung? Als ich das letzte Mal die Karten gedeutet hatte, hatten mich Janets Bekannte schreiend aus dem Raum gejagt.

»Danke«, sagte ich ein wenig verlegen. »Findest du es nicht ein bisschen seltsam; ich meine, die ganze Sache mit den Tarotkarten?«

»Seltsam? Nein, es macht Spaß! Also, lern schnell, ich will wissen, was mir die Zukunft zu bieten hat«, wies sie mich an. »Außerdem habe ich mir auch die anderen Kapitel angesehen, und da waren ein paar tolle Zauber dabei. Etwa, wie man Böses abwehrt, und ich brenne darauf, das auszuprobieren! Stell dir mal vor – wenn es wirklich eine

Möglichkeit gäbe, Sandra Witherspoon und ihre Kumpaninnen abzuwehren!«

Ich hätte mich schon damit begnügt, sie davon abhalten zu können, Gerüchte über mich zu verbreiten.

Gericht

Das Mittagessen war recht schnell vorüber, und der Rest des Tages verging ohne weitere Zwischenfälle. Ich hatte Analysis, Erdkunde und Molekularbiologie. Josh war ebenfalls in meinem Analysiskurs, genauso aber auch Sandra und Konsorten, daher war ich erleichtert, dass ich erst nach ihnen ins Klassenzimmer kam und der einzige freie Platz ein gutes Stück von den drei Hexen entfernt war. Melissa war mit in meinem Erdkundekurs, der, wie sich bald herausstellte, jede Menge Spaß machte – trotz Mrs. Brown, der säuerlich dreinblickenden Lehrerin. Und Molekularbiologie war interessanter, als ich es mir jemals hätte vorstellen können.

Bevor ich wusste, wie mir geschah, war mein erster Schultag auch schon vorüber, und ich saß mit Josh bei *Fred's*, wo wir uns ein frühes Abendessen genehmigten.

»Ich werde Hamburger in meiner Liste unter ›Ja‹ notieren«, lachte Josh, als ich gerade den letzten Bissen meines Burgers verputzte.

»Ich hatte Hunger.« Ich zuckte die Achseln und griff nach der Cola light. Ich hatte selten Gelegenheit, Burger zu essen; sie gehörten nicht zum regulären Angebot bei Tony, sondern es gab sie nur ein paarmal im Jahr während der Baseballsaison. Ein lautes Kichern lenkte meinen Blick in die Richtung, wo Nick stand. Er hatte nun fast eine Stunde lang die blonde Kellnerin vollgequatscht, und Melissa, die währenddessen zwischen Tischen und Theke hin und her eilte, wirkte nicht gerade glücklich darüber. »Ist das Mädchen neben der Jukebox Nicks Freundin?«, fragte ich.

Josh drehte sich auf seinem Stuhl um, um zu sehen, wen ich meinte, dann sah er wieder mich an und verdrehte die Augen. »Nein, kann man nicht sagen. Ich fürchte eher, dass er es auf sie abgesehen hat. Er hält sich gern für einen großen Verführer.«

»Hübsch, hübsch.« Wenn das Mädchen keine feste Freundin war, würde ich sie erst mal noch nicht auf die Liste der möglicherweise Besessenen setzen.

»Ich weiß, dass er ein bisschen wie ein Checker rüberkommt. Glaub mir: Er ist wirklich einer«, grinste Josh und beugte sich vor. »Aber eigentlich ist er ein super Typ.«

»Wirklich?« Ich wollte nicht skeptisch klingen, aber Nick und auch Matt machten mich neugierig. Ich merkte, dass Josh Elizabeth und Missy eher nur ertrug, wahrscheinlich Sandra zuliebe, aber zu den Jungen hatte er eine richtig enge Beziehung.

»Ich habe Nick gleich kennengelernt, als ich hierhergezogen bin«, fuhr Josh fort und ließ den Blick auf seinem Freund ruhen. »Wir sind nach East Wendell gezogen, als ich zwölf war, nachdem meine Eltern bei einem Autounfall ums Leben gekommen waren.« Er sagte das mit langsamer Stimme, als spreche er über jemand anderen. Mir vorzustellen, wie es wohl war, geliebte Menschen zu verlieren, fiel mir schwer. Auch ich hatte keine Eltern, aber das war nicht das Gleiche. Er hatte seine Eltern geliebt; ich konnte es ihm ansehen. Er hatte sie geliebt und sie verloren.

Unsicher, wie ich ihn trösten sollte, legte ich meine Hand auf seine. »Das tut mir sehr leid.«

Josh sah für einen überraschten Moment auf meine Hand, dann schloss er seine Finger um meine und hielt sie fest. Die Berührung war überraschend angenehm.

»Es ist lange her.« Er lächelte schwach, dann zuckte er die Achseln. »Nick erschien am Tag unseres Einzugs an der Tür. Er wollte, dass ich zum Spielen rauskam. Ich hab ihm gesagt, ich hätte kein Interesse, aber Nick war … nun ja, er war Nick. Absolut stur. Er war nicht zum Weggehen zu bewegen, bis ich mich bereiterklärt hatte rauszukommen. Noch am gleichen Tag hat er mich Matt vorgestellt, und am nächsten Morgen waren sie beide wieder da und hämmerten so lange an die Tür, bis ich eingewilligt habe mitzuspielen.«

»Sie waren für dich da.« Ich nickte und glaubte, jetzt besser zu verstehen, warum sie sich so nahestanden. Nick und Matt waren da gewesen, als Josh jemanden gebraucht hatte.

»Ich hab dir ja gesagt, sie sind echt in Ordnung.« Er nickte.

»Was ist denn hier los?« Sandras aufgesetzt fröhliche Stimme schrillte in meinen Ohren, und ich merkte plötzlich, dass Josh immer noch meine Hand hielt. Ich zog sie hastig zurück und versteckte die Hände unter dem Tisch.

»Wir haben gerade unser Abendessen beendet.« Josh schob seinen Teller zur Seite. Schwer zu sagen, was er dachte, aber die Anspannung am Tisch war förmlich mit Händen zu greifen.

»Gut, dann rutsch rüber«, sagte Sandra trocken. Josh machte ihr Platz, wirkte aber nicht übermäßig erfreut. »Also, warum hältst du mit Celine Händchen? Ist dir endlich eingefallen, wer deine Eltern sind, Celine? Sind sie Bauern, ist das der Grund, warum du jemanden brauchst, der dir Trost spendet?«

Das war wahrscheinlich kränkend gemeint, aber Sandras Worte weckten in mir nur den Wunsch zu lachen. Glaubte sie denn wirklich, es sei beleidigend, jemanden einen Bauern zu nennen?

»Sandra!« Ein warnender Unterton schwang in Joshs Stimme, aber seine Freundin schien das nicht zu bemerken. Sie holte nur einen kleinen Spiegel und einen Lippenstift aus ihrer Gucci-Tasche und frischte das leuchtende Rot auf ihren Lippen auf. Der Blick, den sie auf mich richtete, als sie fertig war, sprach Bände. Sie wollte, dass ich verschwand. Und auch wenn ich noch nicht nach Boston zurückkehren konnte, würde ich ihr doch erst mal aus dem Weg gehen. Ich wollte Josh nicht noch mehr Ärger bereiten, als ich es bereits getan hatte.

»Wenn ihr mich für einen Moment entschuldigt, ich muss mal.« Ich schob mich aus der Sitzecke und lächelte, Josh zuliebe.

»Ja, dann aber schnell.« Sandra verabschiedete mich mit diesem kleinen Wedeln der Fingerspitzen, das ich zunehmend verabscheute. Ich atmete tief durch, um meinen Ärger rauszulassen, und wandte mich von dem Paar ab. Ich hatte kein Recht, wütend zu sein. Das Ganze war meine Schuld. Ich war mit meinen Lügen und meinem Betrug in das Leben dieser Menschen eingedrungen. Ich beanspruchte Joshs ganze Zeit… Wahrscheinlich war es völlig normal, dass Sandra mich hasste. Sie wusste nicht, dass ich nur zu helfen versuchte. Und verdammt noch mal, ich versuchte *wirklich* zu helfen, obwohl ich bisher noch nicht viel erreicht hatte.

Als ich die dicht besetzte Tanzfläche sah, beschloss ich, den längeren Weg – außen an der Theke herum – zur Toilette zu nehmen. Der Kummer darüber, dass ich die Vision falsch interpretiert hatte, nagte wieder einmal an mir. Was, wenn ich das, was ich in Boston gesehen hatte, genauso falsch gedeutet hatte wie die Vision mit dem Dieb? Ich hatte in meiner Vision nicht wirklich gesehen, dass ein Dschinn Josh angriff. Ich hatte, als mir die Vision kam, einfach nur angenommen, dass es darum ging … was, wenn sie etwas vollkommen anderes bedeutete? Natürlich würde ich gar nicht wissen, wo ich überhaupt anfangen sollte, wenn ich mich in irgendeiner Weise auf diesen Gedanken einließ. Ich hatte keine Möglichkeit herauszufinden, in welcher Art von Gefahr Josh vielleicht schwebte. Und der Gedanke, ihn nicht davor retten zu können … war entsetzlich.

Warum war mir die Sache so wichtig? Klar, er war ein wirklich netter Kerl, witzig und lieb. Und er behandelte mich besser, als irgendwer sonst zuvor … War es etwa das? War das der Grund, warum mir die Sache diesmal so anders erschien? Es ging nicht mehr nur darum, den Vorgaben der Vision zu folgen. In nur einer Woche war für mich der Schutz von Josh irgendwie zu einer persönlichen Angelegenheit geworden, und ich wusste, dass ich es mir niemals verzeihen würde, wenn ihm etwas zustieß.

Derart in Gedanken verloren bemerkte ich nicht, dass jemand vor mir stand, bis ich gegen eine harte Brust lief.

»Immer langsam«, lachte Ian und legte mir die Hände an die Ellbogen, damit ich nicht stürzte.

»Oh Gott, Entschuldigung, tut mir sehr leid.« Ich schämte mich und konnte spüren, wie ich errötete. *Schon wieder.* Was zum Teufel stimmte nicht mit mir? Ich konnte ja nicht einmal zur Toilette gehen, ohne beinahe hinzufallen, wie zum Kuckuck sollte ich da irgendjemanden vor etwas retten?

Ian trug die gleichen Sachen wie am Tag, als ich ihm das erste Mal begegnet war: schwarze Jeans und T-Shirt, alles außer der Lederjacke. Mein Blick richtete sich unwillkürlich dorthin, wo seine Arme aus dem T-Shirt ragten. Seine Muskeln spielten, als er nun die Hände in die Taschen seiner Jeans schob. Ich schaute schnell weg. *Hör auf zu starren!*

»Du zwingst mich immer wieder in diese Rolle, weißt du?«, bemerkte er.

»In welche Rolle?«

»Dass ich dich retten muss.« Ian lächelte leise. »Du musst besser auf dich aufpassen.«

Er hatte recht. Ich musste in der Tat besser auf mich aufpassen. Und nicht mehr in andere Leute hineinzurennen wäre ein guter Anfang.

»Danke, Ian.«

»Wofür?« Sein Tonfall war unbeschwert, aber es trat ein eindringlicher Ausdruck in seine Augen. Eigentlich schaute er immer so eindringlich. Verschmitzt und bisweilen scheinbar unbeschwert, aber trotzdem eindringlich.

»Dafür, dass du mich vor diesem Mistkerl gerettet hast und für Mr. Peterson heute Morgen und für jetzt …« Ich lachte, als mir aufging, dass er meinem ursprünglichen Spitznamen für ihn immer mehr gerecht wurde. »Du bist wirklich Mr. Retter.«

»Das ist eine interessante Überlegung, Miss Smith.« Er bedachte mich wieder mit seinem schiefen Grinsen. »Mir war gar nicht bewusst, dass du eine Romantikerin bist.«

»Bin ich auch nicht!« Zumindest dachte ich das.

»Das ist gut, denn heute scheint mir ein schlechter Tag für Romantik zu sein«, bemerkte er und schaute mir über die Schulter. Ich folgte seinem Blick zur Nische ganz hinten, wo Sandra und Josh saßen. Selbst aus dieser Entfernung waren Sandras lange Beine in Netzstrümpfen, ihr tiefer Ausschnitt und ihre zornfunkelnde Miene deutlich zu sehen.

»Ian, darf ich dir eine Frage stellen?«

Er nickte und trat zur Seite, um ein Paar vorbeizulassen. »Frag nur.«

»Wenn du jemandem dein Leben verdanken würdest, würdest du alles tun, was der Betreffende verlangt, selbst wenn es wirklich schwierig wäre?« Ich sah Überraschung über sein Gesicht zucken, und dann war sie sofort wieder verschwunden; weggewischt, als sei sie nie da gewesen. Und ich begriff, dass ich gerade etwas über Ian McAlpine erfahren hatte: Ganz wie ich war auch er gut darin, Dinge zu verbergen.

»Ja«, sagte er nach einem weiteren Moment des Schweigens.

Ich weiß nicht, ob ich über seine Antwort erleichtert oder enttäuscht war. Er bestärkte mich darin, dass ich das Richtige tat, wenn ich den Visionen folgte, die mir das Leben gerettet hatten… also sollte ich auch kein so schlechtes Gefühl haben, weil ich hier war… und alle belog. Aber ich fühlte mich trotzdem nicht besser.

»Selbst wenn es bedeutete, dass du lügen müsstest?«

»Ja.« Diesmal kam seine Antwort sofort. »Warum?«

»Ach, weißt du: rein hypothetische Frage.« Ich lächelte. »Ich gehe jetzt besser.«

Ian machte eine spöttische Verbeugung, als ich mich in Richtung Toiletten an ihm vorbeidrückte.

Als ich an den Tisch zurückkam, war Sandra verschwunden, und Josh wirkte alles andere als glücklich.

»Alles in Ordnung?«, fragte ich und rutschte wieder in meinen Sitz.

»Ja, natürlich.« Er nickte. »Was wollte McAlpine?«

Er hatte uns reden sehen? Ich sah mich nach Ian um und fand ihn auf seinem gewohnten Platz an der Theke. Die hübsche Barkeeperin mit den großen Kreolen in den Ohren beugte sich anzüglich vor und stellte Ian ein kleines Glas mit einer bernsteinfarbenen Flüssigkeit hin. *Konnte sie ihn noch offensichtlicher anmachen?*

»Eigentlich gar nichts.« Ich drehte mich wieder zu Josh um. »Warum?«

»Nur so.« Josh sammelte seine Sachen zusammen und stand auf. »Komm, gehen wir heim. Ich muss für meinen neuen Lateinlehrer noch eine ganze Ahnentafel zusammenstellen.«

Gehen wir heim. So ein simpler Satz, aber ich fühlte mich danach ganz seltsam. Ich schnappte mir meinen Rucksack und warf einen Blick auf die leeren Teller auf dem Tisch. »Wir haben gar keine Rechnung bekommen.«

»Dann nichts wie weg hier«, sagte Josh über seine Schulter und trabte davon. Schnell folgte ich ihm. Das konnte wohl nicht sein Ernst sein!

»Josh, du machst wohl Witze, oder?«, hakte ich nach, als wir draußen waren. Er ging zum Jeep und öffnete mir die Beifahrertür.

Um nichts in der Welt würde ich bei *Fred's* einfach so verschwinden. Melissa arbeitete hier, verdammt noch mal! »Ich geh wieder rein und zahle.«

»Celine!«, rief Josh mit einem Lachen. »Kein Grund, dich aufzuregen. Ich kann hier anschreiben. Die setzen es auf die Rechnung.«

»Warum hast du das nicht gleich gesagt?«, fragte ich und kam mir wie eine Idiotin vor. In welcher Welt würde Josh Beaumont abhauen, ohne zu zahlen?

»Entschuldigung, aber es ist irgendwie goldig, wenn du dich aufregst.«

»Und ich hab gedacht, du wärst ein netter Kerl!« Grummelnd nahm ich auf dem Beifahrersitz Platz. Josh ging einmal außen herum und stieg zur anderen Seite ein. In dem Moment, da er die Tür schloss, erfüllte sein Duft den Wagen.

»Ich *bin* ein netter Kerl.» Er startete den Wagen und fuhr auf die dunkle Straße hinaus. »Du wirst schon sehen, wie nett ich bin, wenn ich dir heute Abend bei deinen Mathehausaufgaben helfe.«

»*Das* wäre wirklich nett von dir«, gab ich zu. Analysis war in der Tat nicht meine Stärke.

Die Rückfahrt zum Haus der Beaumonts dauerte keine zehn Minuten. Dort angelangt sagte Josh, er sei in zehn Minuten wieder unten, um mit mir die Mathehausaufgaben zu machen, und stieg die Treppe hinauf. Ich sah ihm nach, wie er immer drei Stufen auf einmal nahm, dann ging ich in die Küche, um uns einen Kaffee zu kochen. Gerade hallte das Ticken der Standuhr durch den Flur, als ich vor Roberts Arbeitszimmer etwas Eigenartiges bemerkte. Es war der Türknauf, der meine Aufmerksamkeit erregte. Er war mir bisher noch nicht aufgefallen, aber jetzt, da das Licht von oben genau im richtigen Winkel auf die Tür fiel, konnte ich schwach erkennen, dass etwas in das dunkle Holz eingeritzt war.

Ich beugte mich nieder, um das Muster besser zu erkennen. Es sah aus wie eine Sonne, die von zwei Halbmonden umringt war. Ich strich mit den Fingern über die fein geschnitzte Oberfläche und versuchte, mich daran zu erinnern, wo ich dieses Symbol schon einmal gesehen hatte. Und dann fiel es mir ein.

Melissas Buch. *Zigeunermagie*. Es handelte sich um einen archaischen Schutztalisman alter Kulturen zur Abwehr des Bösen.

Aber was hatte er auf der Tür des Arbeitszimmers zu suchen?

Der Gehängte

Als Aula diente ein Steinbau ein paar Meter abseits vom Hauptgebäude der Schule. Eigentlich eine ehemalige Kirche, inklusive Glockenturm, hohen Decken und dunklen Holzbänken. Am Torbogen des Eingangs befand sich sogar ein Becken mit Wasser, das, wie ich vermutete, früher einmal Weihwasser enthalten hatte. Als ich vorbeikam, fühlte ich mich versucht, einen schnellen Schluck zu nehmen, um den Geschmack des »Zaubertees« loszuwerden, den mir Marie am Morgen aufgezwungen hatte, aber es waren zu viele Schüler hinter mir, die ebenfalls hineindrängten.

»Immer mit der Ruhe, Leute!«, murmelte Melissa hinter mir. Ich musste über ihren Tonfall lächeln. Auf der Suche nach einem freien Platz schritt ich den Gang hinunter. Die Reihen vorn und ganz hinten waren praktisch voll, was seltsam war. Was stimmte nicht mit der Mitte? Ich entschied mich für die Reihe, die seitlich mit der Nummer fünfunddreißig versehen war, und wollte gerade Platz nehmen, als Melissa mir den Weg versperrte.

»Die Zwölftklässler sitzen in den Reihen sechs bis elf«, sagte sie und deutete auf die vorderen Reihen. Ich folgte ihrer Handbewegung und merkte, dass die weiter hinten sitzenden Schüler alle jünger aussahen. Die ersten Reihen mussten für die obersten Jahrgangsstufen und die Lehrer reserviert sein.

»Wäre schön, wenn wir weiter hinten sitzen könnten«, meinte ich zu Melissa, während wir irgendwo in der Mitte von Reihe zehn auf der rechten Seite Platz nahmen.

»Keine Sorge. Hier zwängen sich achthundert Schüler rein, da werden wir keinem sonderlich auffallen.«

Achthundert. Ich war noch nie in einer so großen Menschenmenge gewesen. Der Saal hatte sich schon bald mit einem Meer aus blauen und braunen Jacken gefüllt. Ich sah Josh vier Reihen weiter vorn auf der linken Seite sitzen. Dort waren auch Sandra, Elizabeth, Missy, Nick und Matt, nur Ian fehlte.

»Und jetzt«, Melissa beugte sich zu mir herüber, den Blick auf einen kahlköpfigen kleinen Mann in einer langen blauen Robe gerichtet, der auf das Podium zusteuerte, »auf die Plätze, fertig, gähn!«

Ich verbiss mir ein Lachen. Alles im Raum wurde plötzlich totenstill.

»Als Direktor dieser wunderbaren Lehranstalt ist es mir eine Freude, euch alle zu einem neuen Schuljahr willkommen zu heißen, zu einer neuen Gelegenheit, Wissen in euch aufzunehmen und euch selbst zu beweisen.«

Die Rede nahm ihren Lauf, und nach etwa zehn Minuten begann ich, meinen Blick umherschweifen zu lassen. Links von mir konnte ich erkennen, dass Melissa an ihrem Beweis arbeitete. Irgendwann in den nächsten Tagen wollte ich sie einmal fragen, was sie da zu beweisen versuchte – auch wenn ich es nicht verstand, selbst wenn sie es erklärte. Die acht rechteckigen Bleiglasfenster in den Wänden des großen Saals zogen meine Aufmerksamkeit auf sich. Sie waren in leuchtendem Orange, Gelb und Grün gehalten und schienen jedes ein anderes Schulfach zu repräsentieren: eine Schreibfeder für Literatur, ein Winkelmesser für Mathematik, eine Doppelhelix für die Naturwissenschaften, eine Landkarte für Erdkunde, eine Harfe für Musik und ein Rugbyball, der vielleicht für den Sportunterricht im Allgemeinen oder einfach nur für das Rugbyteam stand. Die beiden letzten Fensterbilder waren etwas schwerer zu deuten. Das eine zeigte eine Nachahmung von Rodins Skulptur *Der Denker*, was für Philosophie stehen musste, da das andere zwei gekreuzte Farbpinsel zeigte, die wohl das Fach Kunst repräsentierten.

Während ich die Symbole betrachtete, musste ich an das Schutzsymbol denken, das ich am Abend zuvor auf der Tür von Roberts Arbeitszimmer gesehen hatte. Nach diesem ersten Fund hatte ich das Symbol auch auf den anderen Türen im Haus entdeckt. Die Symbole waren klein, deshalb waren sie mir bisher nicht aufgefallen, aber sobald ich gezielt nach ihnen suchte, waren sie sehr leicht zu entdecken gewesen. Manchmal auf den Türknäufen, manchmal in andere Teile der Türen geritzt. Das Ganze war mehr als nur seltsam. Wer konnte diese Symbole ins Holz geschnitzt haben? Und warum?

»Und jetzt möchte ich unsere Schülersprecherin Miss Sandra Witherspoon auf der Bühne willkommen heißen.«

Reihe sechs stand auf, um Sandra durchzulassen. Applaus erfüllte den Saal.

»Versuch mal zu zählen, wie oft sie ›ich als eure Schülersprecherin‹ sagt. Ich habe sie nie eine Rede halten hören, ohne dass sie den ganzen Saal mindestens fünfmal an ihre Stellung erinnert hätte«, brummte Melissa neben mir. Dann konzentrierte sie sich wieder auf die Arbeit an ihrem Beweis.

Ich hörte bis zum vierten ›ich als eure Schülersprecherin‹ zu, dann zog ich die Karten aus der Tasche meiner Schuluniformjacke. Sandras Rede war noch langweiliger als die des Direktors, was eine beträchtliche Leistung darstellte. Ich lehnte mich in meinem Sitz zurück und mischte. Das Buch, das Melissa mir geschenkt hatte, enthielt einige tolle Legemuster für Kartendeutungen, die ich zuvor noch nicht gekannt hatte: *den Stern, den Fächer, das Keltische Kreuz* und *den Zauberspruch der Zigeuner*. Es war ein Jammer, dass ich mir selbst die Karten nicht legen konnte. Das hätte vielleicht erklärt, was um alles in der Welt ich hier sollte.

Ich dachte an den Talisman auf Roberts Tür und teilte die Karten. Obenauf *Der Ritter der Kelche*. Na toll. Die Karten blieben sich treu und waren wie immer wenig hilfreich. Erneut brauste stürmischer Applaus auf, und Sandra verließ das Podium, um wieder ihren Platz einzunehmen. Ich mischte abermals und teilte die Karten per Zufallsprinzip: *Der Ritter der Kelche.* Wieder nichts. Sie gaben nichts Neues preis. Nicht, dass ich es erwartet hätte. Jetzt war der Direktor zurück am Mikrofon.

»Damit beschließen wir die heutige Zusammenkunft. Begebt euch bitte schnell und leise in eure Klassenzimmer. Ich wünsche euch einen Tag, der euch erleuchtet.«

Ich hätte wirklich eine Erleuchtung gebrauchen können. Erleichtert, dass die Versammlung endlich vorbei war, steckte ich die Karten zurück in meine Tasche und wollte mich gerade an der Rückenlehne der Bank vor mir hochziehen.

Ein Flur. Vertraut wirkende Treppen, ein Klassenzimmer mit langen Tischen, Flaschen, beschrifteten Reagenzgläsern, Bunsenbrennern … der Chemiesaal? Wer steht da im Zentrum meiner Aufmerksamkeit? Ein Junge mit kurzem dunklem Haar, der mit einem roten Gummiband spielt. Bilder blitzen auf, ver-

ändern sich, konzentrieren sich auf … War das Nick? Ja, Nick und Josh, sie beugen sich über einen Brenner mit einem Reagenzglas, am Tisch neben dem dunkelhaarigen Jungen. Und dann … Mein Gott! Schaudernd schrecke ich vor dem Feuer zurück. Der Junge steht in Flammen. Überall, seine Brust, sein Gesicht, seine versengten Augenbrauen; er verwandelt sich in Asche. Das Feuer verbrennt seine Haut, sodass sie erst roh und rot wird und dann schwarz. Alles löst sich auf! Mein Gott!

»Entschuldige bitte.«

Ich blinzelte verwirrt und musterte den dunkelhaarigen Jungen in der Reihe vor mir. Mit einem Lächeln im Gesicht zog er seine Hand unter der meinen weg. Kein Rauch. Er war nicht verbrannt. Außerstande, mich zu bewegen, sah ich zu, wie er sich wieder seinen Freunden zuwandte.

»Celine, alles in Ordnung?« Melissa war aufgestanden. Alle standen! Ich hatte jedes Zeitgefühl verloren. War die Versammlung vorüber? Natürlich war sie vorüber! Ich stand ebenfalls auf. Hunderte von Stimmen hallten von der hohen Decke wider. Die Schüler plauderten miteinander und warteten darauf, ihre Bänke verlassen zu können. Die letzten Reihen wurden als Erste hinausgelassen. Ich sah mich hektisch um und entdeckte Josh im Gang direkt vor dem Podium. Ich musste das Feuer verhindern, aber wie!?

»Ich muss fort!«, sagte ich, und dann rannte ich auch schon. Es spielte keine Rolle, dass die Leute mich wütend anstarrten, nichts spielte eine Rolle, außer dass ich verhindern musste, was sonst gleich geschehen würde. Wahrscheinlich war es ein Gasleck. Nichts anderes hätte sich einfach so an der Luft entzünden können, oder? Das Herz hämmerte mir in der Brust, als ich den Nebeneingang zum

Hauptgebäude erreichte und die hintere Treppe ins erste Stockwerk hinaufrannte. Der Flur war leer, aber welche Tür führte in den Chemiesaal?

Hastig las ich die Namen an den Türen. Friedrich Nietzsche, David Hume, Adam Smith. Ich öffnete die Tür mit dem ersten Namen, den ich *nicht* kannte: *Antoine Lavoisier*. Es war wie ein Déjà-vu. Die langen Tische, die Bunsenbrenner, die Reagenzgläser … aber wie sollte ich wissen, welcher Brenner? Ich konnte kein Gas riechen!

Komm schon, beweg dich, du hast keine Zeit zu verlieren! Ich nahm mir den ersten Tisch vor und folgte der blauen Gasleitung, die unter dem Tisch vom Brenner wegführte. Sie wirkte unbeschädigt. »Mist!« Ich war beim dritten Tisch, als die Tür aufging.

»Celine?« Es war Ian.

Mir lief die Zeit davon! *Nein, nein, nein, es durfte auf keinen Fall passieren!*

»Schließ die Tür ab!«, flehte ich und eilte zum nächsten Tisch.

»Was ist los?«

Erneut Fehlanzeige. Ich stand rasch auf und sah, dass Ian einen Stuhl unter den Türgriff geschoben hatte.

»Ein Gasleck. Ich kann das Gas riechen, aber ich kann es nicht finden!« Verzweiflung machte sich in meiner Stimme breit. Ich durfte sie nicht verbrennen lassen!

Ian packte mich am Arm und zwang mich, in seine versteinerten Züge zu blicken.

»Nein, lass mich los! Ich muss das Leck finden!«

Ian schüttelte mich energisch. »Beruhig dich. Ich werde es finden. Du öffnest das Fenster. Geh schon.« Er versetzte mir einen Schubs, und ich gehorchte. Meine Hände zitterten, als ich das vierte der Fenster nach oben schob.

»Wer ist da drin? Öffnen Sie sofort diese Tür!« Eine wütende Stimme drang von der anderen Seite der Tür herüber. Jemand versuchte hereinzukommen.

»Ian!«, flüsterte ich verzweifelt und öffnete das letzte der Fenster. Ich durfte sie nicht hereinkommen lassen. Notfalls würde ich ihnen eben von dem Leck erzählen müssen. Dann würden sie wissen wollen, woher ich davon wusste, und es würde so aussehen, als sei ich selbst daran schuld. Aber das war unwichtig. Ich würde auf keinen Fall zulassen, dass irgendjemandem etwas zustieß! Dieser Junge … sein Gesicht … er durfte nicht verbrennen! Sein Gesicht … *Oh Gott!*

»Hab's gefunden!« Ian kam hinter dem Tisch in der gegenüberliegenden Ecke des Raumes hervor und ging rasch durch den Raum. »Ich habe das Gas abgedreht. Und jetzt lass mich nur machen, ich regel das schon.« Dann war er auch schon an der Tür und rief dem Chemielehrer zu: »Mr. Horvath, ich glaube, die Tür klemmt. Könnten Sie bitte einen Schritt zurücktreten?«

»Mr. McAlpine, sind Sie das?«

Ian gab mir ein Zeichen, mich gegen die Tür zu drücken. Ich tat wie geheißen, während er den Stuhl unter dem runden Türgriff wegzog und ihn dorthin zurückstellte, wo er hingehörte.

»Ich glaube, jetzt geht es«, rief Ian wieder und bedeutete mir zur Seite zu treten. Ich machte einen Schritt zurück, und er öffnete die Tür.

Mr. Horvath wirkte alles andere als erfreut. »Mr. McAlpine, würden Sie mir bitte erklären, was hier los ist? Und wer sind *Sie*, wenn ich fragen darf?«

Ich öffnete den Mund zu einer Erklärung, aber der Anblick des dunkelhaarigen Jungen hinter dem Lehrer verbannte alle Gedanken aus meinem Kopf, bis auf den einen: *Er wäre verbrannt.*

Ian gab mir von hinten einen kleinen Schubs. »Neue Schülerin, hat sich verirrt. Philosophie ist ein Stockwerk tiefer, im Plato-Zimmer.«

»Danke«, sagte ich und kam mir vor wie im Traum. Alles bewegte sich in Zeitlupe. Ich griff nach meiner Schultasche, die ich in der Eile neben der Tür hatte fallen lassen. Die Schüler vom Chemiekurs traten zur Seite, um mich vorbeizulassen. Ich konnte ihre Blicke spüren und sah einige von ihnen kichern. Es war mir egal. Josh stand zusammen mit Matt und Nick am Ende der Reihe. Als er mir entgegentrat, ging ich unvermindert einfach weiter. Mit gerunzelter Stirn schaute er mir nach.

Mein nächster Kurs war tatsächlich Philosophie. Hatte Ian das gewusst, oder hatte er einfach geraten? Nicht, dass es eine Rolle gespielt hätte. Ich trat durch die Schwingtüren am Ende des Flures in das leere Treppenhaus hinaus und ließ mich auf die Stufen sinken. Jetzt würde alles gut werden. Ian hätte die Klasse nicht hereingelassen, wenn noch immer Brandgefahr bestanden hätte. Er war dort, er wusste von dem Leck. Er würde nicht zulassen, dass irgendjemand verletzt wurde.

Ian. Er hatte mein Tun nicht hinterfragt, nicht für eine Sekunde. Stattdessen hatte er mir vertraut und schnell gehandelt. Während ich wie ein kleines Kind zitterte, hatte er die Situation in die Hand genommen und mich gerettet. Wieder einmal.

Ich schloss die Augen, lehnte mich seitlich an die Wand und spürte, wie die Anspannung aus meinen Beinen wich. Es war vorüber. Der Junge war in Sicherheit. Josh war in Sicherheit, allen ging es gut. Nur mir nicht.

Es war wieder passiert. Als ich diesen Jungen in der Aula berührte, hatte ich die ihm drohende Zukunft gesehen. Aber warum, wo ich doch das ganze Wochenende über keine Visionen gehabt hatte? Und nichts war geschehen, als mich Ian gerade eben am Arm gepackt hatte. Passierte es nach dem Zufallsprinzip? Nichts ergab mehr einen Sinn!

Reiß dich zusammen, Celine! Finde dich damit ab. Was wäre der schlimmste Fall? Dass es wirklich völlig willkürlich passiert und du niemals wissen wirst, ob die Berührung eines anderen Menschen Bilder aus ihrer unmittelbaren Zukunft in dir aufsteigen lässt. Na und? Damit kommst du schon klar. Du wirst dich daran gewöhnen. Genau wie du dich auch an alles andere gewöhnt hast, mit dem dich das Leben je konfrontiert hat.

Ich öffnete die Augen und griff nach den Karten. »Wisst ihr irgendeinen Rat?«, fragte ich und blickte auf das Kartendeck. Nicht, dass ich eine Antwort erwartet hätte – aber wer weiß? So vieles hatte sich verändert, seit ich nach East Wendell gekommen war, vielleicht würden sich da ja auch die Karten plötzlich entgegenkommender zeigen. »Was soll ich als Nächstes tun?« Ich mischte die Karten und hoffte auf ein leicht verständliches Zeichen.

Was erschien, war *Der Ritter der Kelche*. Josh. Immer Josh.

Ich blieb auf der Treppe sitzen, und die Karten gaben mir wieder und wieder dieselbe Antwort, bis das Läuten mir das Ende der Stunde anzeigte. Ich stand auf, als die erste Gruppe von Schülern durch die Schwingtüren ins Treppenhaus geströmt kam.

Verwirrt trottete ich zu den Schließfächern, um meine Bücher für den nächsten Kurs zu holen. Geschichte, aber ich konnte mich nicht konzentrieren. Der Lehrer erging sich in einem endlosen Vortrag über die Schlacht an der

Somme im Ersten Weltkrieg, während ich nur an das Feuer denken konnte. Dann war Essenszeit, und ich war dankbar für die Pause. Jedenfalls bis ich meinen ersten Schritt in die Mensa tat.

Alle starrten mich an. Schüler, die ich nicht kannte, alle blickten sie zu mir und tuschelten hinter vorgehaltener Hand.

Na wunderbar. Die Nummer im Chemiesaal musste bereits die Runde gemacht haben. Darauf bedacht, niemandem in die Augen zu schauen, schnappte ich mir ein Käsesandwich und wandte mich nach links, erleichtert, Melissa an ihrem gewohnten Platz zu entdecken. Als ich auf sie zuging, war sie gerade damit beschäftigt, Zahlen in ihr Heft zu kritzeln.

»Du bist vorhin also schnell fortgelaufen, um im Chemiesaal mit Ian McAlpine herumzuturteln?«, fragte sie und legte ihren Stift beiseite.

»Das also erzählt man sich?« Ich stöhnte und schlug mir die Hand über die Augen.

Melissa tätschelte mir die Schulter. »He, so schlimm ist es doch nicht! Vielleicht katapultiert dich die Sache ja nur auf eine neue Stufe der Beliebtheitsskala. Schließlich ist die Hälfte der Mädchen der ganzen Schule in den Typen verknallt.«

Ach ja? Natürlich waren sie in ihn verknallt. Ian war cool, ausgesprochen klug, und er hatte die Neigung, anderen das Leben zu retten … auch wenn Letzteres niemand sonst hier wusste.

»Ich wäre einfach nur froh, wenn die Leute aufhören würden, über mich zu reden.«

»Dann schließ dich nicht mit *Mister Dunkel und Gefährlich* in ein Zimmer ein«, lachte Melissa.

Ich warf ihr einen verärgerten Blick zu. »Ich habe mich nicht mit ihm eingeschlossen. Ich bin lediglich in den falschen Raum gegangen, und die blöde Tür hat geklemmt.« Ich hatte ein schlechtes Gefühl dabei, Melissa zu belügen, aber ich konnte ihr wohl kaum die Wahrheit sagen.

Sie zuckte die Achseln. »Von mir aus, aber du musst zugeben, die Version, dass ihr zwei euch für ein kleines Rendezvous absichtlich eingeschlossen habt, macht wesentlich mehr her!«

»Melissa!«, beschwerte ich mich, aber sie blickte mich nur belustigt an.

»Warum denn auch nicht? Ich meine, er ist ja *wirklich* ein scharfer Typ. Außerdem ist er sehr höflich, hat diesen tollen britischen Akzent und gibt jedes Mal eine ganze Stange Trinkgeld, wenn er bei *Fred's* isst, und ich muss sagen, das weiß ich ungeheuer zu schätzen. Außerdem habt ihr zwei euch schon von der ersten Stunde an prächtig verstanden, wenn ich mich recht erinnere.«

Es klang, als wäre Melissa selbst ganz gerne mit Ian zusammen. Ich schluckte den in mir aufsteigenden Ärger hinunter. Das war alles so lächerlich. »Ian ist ein guter Kumpel, mehr nicht. Außerdem ist er sowieso nicht an mir interessiert.«

»Entschuldige, aber da bin ich anderer Ansicht. Gerade im Moment sieht er sogar *sehr* interessiert aus!« Melissa schaute über meine Schulter, und ihre Augen wurden immer größer. Ich drehte mich schnell um und sah Ian direkt auf uns zukommen.

»Mist«, murmelte ich. Ich erkannte den Ausdruck auf seinem Gesicht. Es war der gleiche wie an jenem Tag in der Seitenstraße. »Melissa, du musst mir helfen.« Ich wandte mich wieder zum Tisch um, aber Melissa hatte ihre Bücher bereits zusammengepackt.

»Oh nein, ich lass mich da nicht mit reinziehen.«

»Melissa!«, jammerte ich, aber sie achtete nicht auf mich. Mit einem schnellen *Tschüss* war sie auch schon verschwunden und ließ mich mit Ians Zorn allein.

»Na, lässt du's dir schmecken?«, fragte er. Ians Stimme war trügerisch gelassen, als er sich nun auf den Platz setzte, den Melissa eben frei gemacht hatte. Ich schob mir eine Haarsträhne hinters Ohr und wich seinem Blick aus.

»Es ist nicht übel.« Ich hatte mein Sandwich noch gar nicht angerührt. Er sagte weiter nichts – was die Anspannung nur vergrößerte. Ich bemerkte die Blicke der Mädchen am Nachbartisch und beugte mich vor. »Du wirkst verärgert.«

»Sehr scharfsichtig.«

Ich mochte seinen Sarkasmus gar nicht, aber die zahllosen Blicke, die sich förmlich in meinen Kopf bohrten, machten mir noch größere Sorgen. »Gut. Okay, sei sauer, wenn es sein muss, aber können wir woanders reden?«

Er lehnte sich zurück und verschränkte die Arme vor der Brust. »Warum?«

Warum? Konnte er nicht sehen, dass die anderen uns beobachteten? Die Schüler am Tisch direkt neben unserem hatten sogar alle Gespräche eingestellt! Sie versuchten nicht einmal, so zu tun, als hörten sie nicht zu.

»Bitte, Ian, alle starren uns an.«

»Dir ist nicht wohl dabei?« Er zog die Stirn kraus. War das denn nicht offensichtlich? Ich nickte. »Gut. Du solltest dich auch unwohl fühlen! Unter allen idiotischen und schwachsinnigen Dingen, die ich je erlebt habe … Zum Teufel, wieso muss ich dich ständig aus irgendwelchen Schwierigkeiten rausholen!?«

Alles, was ich an Dankbarkeit für ihn verspürt hatte, verpuffte wie heiße Luft. »Ich habe dich nie darum gebeten, mich aus Schwierigkeiten rauszuholen! Du hättest auch einfach weggehen können!«

Er beugte sich vor und packte meinen Arm. »Ich brauch dir ja nur den Rücken zuzudrehen, und schon steckst du wieder in Schwierigkeiten! Ich hab ja gar keine andere Wahl: Ich *muss* dir einfach helfen!«

Sein Griff war nicht schmerzhaft, aber er ließ mich zurückzucken, da nun Bilder von anderen Händen aufblitzten und durch meinen Kopf tobten. Randy. Der Dieb. Ein Moment der Panik folgte, dann blieb nur sengender Zorn.

»Nimm die Hände von mir.« Meine Stimme war leise, aber Ian hörte mich. Er wirkte für einen Sekundenbruchteil überrascht, dann zog er die Hände weg, eine Entschuldigung auf den Lippen. »Sei still!«, kam ich ihm zuvor und stand auf. Es tat nichts zur Sache, dass er mir gar nicht hatte wehtun wollen. Ich wollte einfach nicht, dass mich irgendwer aus Ärger und Wut anfasste. Nie wieder sollte das geschehen. Ich holte tief Luft und sah an all den neugierigen Blicken vorbei, nur um direkt in die Augen von Josh zu blicken. *Oh verdammt.*

»Was ist los?«, fragte Josh mit trügerisch sanfter Stimme.

Ian stand auf, und seine Verärgerung war ihm deutlich anzumerken. »Das geht dich nichts an, Beaumont.«

Josh würdigte ihn keines Blickes und starrte mich an. »Celine?«

In der ganzen Mensa war kein Laut zu hören. Mein Gesicht brannte vor Scham. Mir blieb wirklich nur noch eins: weglaufen. »Ich muss hier raus.«

Weder Ian noch Josh versuchten, mich aufzuhalten. Und ich war ungefähr zehn Sekunden lang froh darüber, bis sich die Schuldgefühle meldeten.

Der Eremit

Den Rest des Schultages verbrachte ich damit, von Kurs zu Kurs zu gehen und mich unauffällig im Hintergrund zu halten. Das war nicht leicht, da, wo immer ich hinging, ständig Leute auf mich zeigten und tratschten, aber zumindest verursachte ich keine weiteren Szenen mehr. In Erdkunde fragte mich Melissa, wie mein »Gespräch« mit Ian gewesen sei. Sie war nicht lange genug geblieben, um mich fortgehen zu sehen, also sagte ich ihr, es sei ganz gut verlaufen. Ich wollte nicht über Ian sprechen. Und der einzige Mensch, *den* ich sprechen wollte, war Ian. Ich musste mich entschuldigen. Musste Danke sagen.

Aber als es zum Schulschluss läutete, war Ian nirgendwo zu entdecken. Da Josh noch Rugbytraining hatte, musste ich allein zum Haus der Beaumonts zurückkehren. Was auch gut war. Josh würde wahrscheinlich darüber reden wollen, was im Chemiesaal und in der Mensa passiert war, und ich hatte nicht die Energie, seine Fragen zu beantworten. Ich musste zuerst meine Gedanken ordnen.

Ich machte einen Bogen um die Busse und entschied mich, stattdessen den Weg durch die Stadt zu Fuß zu gehen. Es war ein schöner Tag. Es war nicht mehr so drückend heiß wie im August, und die Kälte des Winters war noch weit weg. Ich brauchte keine Jacke, daher trug ich sie in der Hand, als ich durch den Park von East Wendell ging.

Hohe Bäume säumten den Weg durch den Park, streckten ihre Äste aus wie Finger, die nach dem Himmel griffen. Eichhörnchen huschten durchs Gras und kletterten hastig die Baumstämme hinauf, während drüben bei den Klettergerüsten drei kleine Mädchen kichernd versuchten, ihre Hula-Hoop-Reifen zu schwingen. Als ich an ihnen vorbeiging, dachte ich, dass sie wohl nicht viel älter als fünf oder sechs sein könnten. Lachend und rufend forderten sie ihre Mütter auf, zu ihnen herzuschauen. Sie wirkten so sorglos, so glücklich.

Komisch. Glück hatte nie auf der Liste meiner vordringlichsten Ziele gestanden. Meine Wunschliste hatte im Wesentlichen immer nur zwei Posten umfasst: Überleben und Sicherheit. Nicht, dass mein Leben fürchterlich unglücklich gewesen wäre, aber *glücklich* zu sein war nichts, was mich je groß beschäftigt hätte.

Jetzt wollte ich glücklich sein.

An den Weg durch den Park schloss sich wieder die Straße an, ich folgte den Reihen blauer Blumen zur Rose Street, ging dann durch das Tor und lief unter dem Tunnel grüner Äste zum Haus der Beaumonts hinauf. Wie schnell man sich doch an alles gewöhnt – ich hatte mich bereits an den Anblick der Villa gewöhnt.

»Mademoiselle Celine!« Marie winkte mir aus einem der Vorderfenster zu. Sie öffnete es, und lateinamerikanische Musik drang aus dem Inneren des Hauses.

»Hallo, Marie!«, rief ich und trat von außen ans Fenster heran. Marie machte mit dem blauen Putzlumpen in ihrer Hand eine kleine Salsabewegung, was mich zum Lachen brachte. »Tolle Musik!«

»Es ist Juanes.« Sie lächelte, und ihre Augen funkelten. »Meine älteste Tochter hat mir die CD geschenkt.«

»Das war nett von ihr«, erwiderte ich.

»Wenn man das hört, will man sich dazu bewegen, *n'est-ce pas?*«

Das stimmte, aber das würde ich nicht sagen. Sonst würde mich Marie als Nächstes noch zum Tanzen auffordern. »Schöne Musik. Ich glaube, ich werde mal einen Kaffee kochen, möchten Sie auch eine Tasse?«

»Die Tür ist offen, Mademoiselle Celine. Aber ich sollte jetzt wohl besser keinen Kaffee trinken. Mein Sohn Alain hat heute Geburtstag. Er hat seine Freunde eingeladen, was bedeutet, dass wir Mamas später Unmengen von Kaffee trinken werden, während wir die Kleinen beaufsichtigen.« Marie lächelte.

Eine Geburtstagsfeier. »Wie alt ist Alain denn?«

»Acht.« Marie strahlte.

»Ein gestandener Mann!«, sagte ich ernsthaft.

Marie lachte, dann schüttelte sie den Kopf und machte sich wieder daran, das Fenster zu putzen. Es war so leicht, sie zum Lachen zu bringen, und es war die geringe Mühe allemal wert. Ich fühlte mich wohler als den ganzen bisherigen Tag, als ich nun ins Haus ging und direkt die Küche ansteuerte. Statt an Kaffee dachte ich an Alain und an die Feier zu seinem achten Geburtstag. Ich hatte den heutigen Tag gehörig verpfuscht, aber aufs Kuchenbacken verstand ich mich. In freudiger Stimmung warf ich meine Schultasche auf einen der Stühle am Küchentisch und stöberte in den Schränken. Gott sei Dank hatte Marie die Kochschokolade ersetzt, die ich neulich morgens verbraucht hatte.

»Marie ist die Beste!«, sagte ich in die leere Küche hinein

und holte aus den Schränken, was ich brauchte. Mehl, Zucker, Eier, Vanille, Natron, Backpulver, Butter, Salz, Schokolade, Sahne und Kakaopulver. Ich heizte den Ofen vor und machte mich an den Teig für die Geburtstagstorte. Während meine Füße im Takt von Juanes auf den Boden klopften, goss ich den Teig in zwei Kuchenformen und schob sie in den Ofen. Als Nächstes war es Zeit für die Schokoladenglasur. Ich verrührte die geschmolzene Schokolade mit Milch und Zucker zu einer cremigen Mischung. Die Musik aus dem Wohnzimmer nahm an Fahrt auf, ich drehte mich mit der Schüssel in der Hand im Kreis und lachte über meine eigene Albernheit. Es war, als sei die Welt auf einmal wieder im Lot.

Die Kuchenböden für die Geburtstagstorte gelangen mir perfekt. Mit einem langen, scharfen Messer schnitt ich beide noch einmal waagrecht in der Mitte durch und stellte sie zum Abkühlen beiseite. Eine vierschichtige Schokoladen-Erdbeer-Sahnetorte schien mir genau das Richtige für einen Geburtstag zu sein. Die Uhr am Ofen zeigte, dass es halb sechs war. Marie würde bald nach Hause gehen.

Ich legte einen Zahn zu, fand das Glas mit Erdbeermarmelade, das Josh für sein Experiment gekauft hatte, verteilte die Marmelade auf zwei Schichten der Torte und strich Schlagsahne darüber. Auf die nächsten beiden Schichten trug ich die Schokoladencreme auf, und dann kam das Schwierigste von allem: das Aufschichten. Ich erinnerte mich an das erste Mal, als ich versucht hatte, Tortenschichten aufeinanderzustapeln; eine Schicht war in der Mitte durchgebrochen, und es hatte eine ziemliche Sauerei gegeben. Francesca war an diesem Tag sehr unzufrieden mit mir gewesen, und wir hatten unseren Kunden eine dreischichtige statt einer vierschichtigen Torte verkauft.

Aber das war lange her, und das Aufschichten stellte längst kein Problem mehr für mich dar. Ich erledigte es schnell und summte dabei das Lied mit, das gerade spielte, dann verteilte ich die übrig gebliebene Schokoladencreme auf der Torte.

»*A Dios le pido …*« Meine Schultern wippten im Takt der eingängigen Melodie.

Sobald die Schokoladencreme verteilt war, dekorierte ich den Schokoladenüberzug mit Schlagsahne und Puderzucker. Ich schrieb mit der Sahne »Alles Gute zum Geburtstag, Alain« und verzierte die Seiten der Torte mit Blumen und Luftballons. Sobald ich fertig war, ließ ich mich ganz von der Musik mitreißen. Mit dem schokoladenverschmierten Löffel in der Hand tanzte ich durch die Küche. Wieder und wieder begann der Refrain von neuem. Ich schnappte die fremden Worte auf und wirbelte im Kreis: »*Que si me muero sea de amor. Y si me enamoro sea de vos.*«

Ich fühlte mich so frei, all der Kummer des vergangenen Tages war wie weggeblasen. Ich tanzte um den Küchentisch herum und lachte vor Glück. Es war genau das, was ich bei den Kindern im Park gesehen hatte. Ich hatte gedacht, dass es das für mich nicht geben konnte, aber dem war nicht so. Jetzt gab es das auch für mich! »*A Dios le pido …*«, sang ich und wirbelte wieder herum und kicherte närrisch. Dann erstarrte ich.

Ein irritiert wirkender Josh und eine breit lächelnde Marie standen in der offenen Tür und sahen mir zu. Das Blut schoss mir ins Gesicht, und all die Glücksgefühle lösten sich in nichts auf. Ich ließ den Schokoladenlöffel sinken. Als sei das Ganze choreografiert, endete im gleichen Moment das Lied und hinterließ betretenes Schweigen.

Ich wusste nicht, was ich sagen sollte, daher sagte ich das

Erste, was mir in den Sinn kam. »Ich habe eine Geburtstagstorte gebacken.«

Es klang dumm, aber zumindest sorgte es dafür, dass die beiden ihre Blicke von mir abwandten. Marie entdeckte die Torte zuerst und machte große Augen. »*Oh, mais c'est un beau gâteau!* Sie ist wunderschön, Mademoiselle Celine!«

Ich lächelte und wurde nur noch verlegener. »Sie ist wirklich nichts Besonderes. Ich habe nicht gefragt, aber ich habe einfach mal angenommen, dass Alain Schokolade mag.«

Bevor ich wusste, wie mir geschah, hatte Marie die Arme um mich geschlungen. »So eine schöne Torte! Er wird sie ganz toll finden. *Merci*.«

Ich kniff schnell die Augen zusammen und versuchte, das unvertraute Engegefühl in meiner Brust zu vertreiben. Marie löste sich wieder von mir.

»Gute Arbeit«, sagte Josh neben mir. Er trug sein dunkelblaues Rugbyshirt und sah verschwitzt aus. »Marie, ich bin in zehn Minuten so weit und bringe Sie nach Hause. Ich springe nur schnell unter die Dusche.«

Dann war er weg und ließ mich mit einer strahlenden Marie allein. Ich half ihr, die Torte auf eine größere Kuchenplatte zu schieben, und zusammen trugen wir sie zum Jeep. Dabei hörte sie nicht auf zu betonen, wie sehr sich die Kinder über all die viele Schokolade freuen würden. Es war ein herrlicher Abend, die Sonne schickte sich gerade erst an unterzugehen, und eine leichte Brise wehte. Marie nahm auf dem Beifahrersitz Platz, und ich reichte ihr die Torte, damit sie sie auf dem Schoß transportieren konnte.

»Oh, ich habe die CD drinnen vergessen!«, stöhnte sie.

»Ich hol sie Ihnen.« Bevor sie protestieren konnte, hatte ich mich schon umgedreht und war ins Haus gelaufen. Die Dämmerung legte sich bereits über das Wohnzimmer, aber der CD-Spieler war leicht zu finden. Er hatte die Form eines superdünnen gläsernen Rechtecks, das neben dem Fernseher an der Wand hing. Ich nahm die CD heraus und fand die Hülle auf dem Fernsehtisch. *Juanes.* Den Namen musste ich mir merken. Vielleicht konnte ich mir sogar selbst einen kleinen CD-Spieler kaufen, wenn ich nach Boston zurückkam. Wenn Tony nichts dagegen hatte, wäre es bestimmt schön, in der Küche ein wenig Musik zu haben.

»Celine? Was machst du hier drin?« Josh stand an der Wohnzimmertür. Er hatte Jeans und ein schwarzes Hemd angezogen, und seine Haarspitzen waren immer noch feucht von der Dusche.

»Marie hat ihre CD vergessen. Ist das für Alain?« Im Näherkommen hatte ich das verpackte Geschenk unter seinem Arm bemerkt. Sein Aftershave roch einfach himmlisch. Ich sog tief die Luft ein und bemühte mich zugleich, es nicht allzu offensichtlich wirken zu lassen. Es duftete süßer als das von Ian. *Hör auf, an Ian zu denken!*

Josh nahm mir die CD aus der Hand. »Ja. Und danke fürs Tortenbacken. Alain ist ganz versessen auf Schokolade, er wird völlig aus dem Häuschen sein, wenn er sie sieht.«

»Die Zutaten haben dir gehört, also ist sie in Wirklichkeit von dir«, sagte ich und fand, dass es nett von ihm war, dass er dem Jungen ein Geschenk gekauft hatte.

Josh lachte. »Wie auch immer. Ich muss jetzt gehen. Was das Abendessen betrifft…«

»Ich kann hier etwas kochen«, unterbrach ich ihn schnell, weil ich nicht ins *Fred's* gehen wollte. Die Leute würden mich immer noch anstarren und über mich tratschen, was das Letzte war, was ich im Moment wollte. »In der Küche sind genug Vorräte, um mindestens zehn Abendessen zu machen.«

»Eigentlich wollte ich nur sagen, dass ich zum Abendessen nicht da bin«, meinte Josh entschuldigend. »Ich führe Sandra aus.«

»Natürlich!« *Gott, was war ich für eine Idiotin.* »Es war dumm von mir anzunehmen, dass du … Das geht schon in Ordnung. Ich meine, du solltest mit ihr essen gehen, weil sie deine Freundin ist. Ich meine …« Ich biss fest die Zähne zusammen, um nicht noch mehr sinnloses Zeug zu faseln.

Josh wirkte skeptisch. »Kommst du für eine Weile allein zurecht? Ich kann auch Melissa anrufen.«

»Nein!« Na, großartig, jetzt dachte er schon, dass ich nicht allein sein konnte. »Das ist schon gut so, kein Problem. Ich muss sowieso noch Hausaufgaben machen. Viel Spaß!«

Josh wirkte immer noch nicht überzeugt, aber nach einem Blick auf seine Armbanduhr tat er einen Schritt Richtung Tür. »Eigentlich wollte ich mit dir über das vorhin in der Schule reden.«

»Da gibt es im Grunde nichts zu bereden. Es war alles ein großes Missverständnis«, sagte ich hastig. »Geh jetzt besser, sonst kommst du noch zu spät.«

Stirnrunzelnd nickte Josh. »Bring dich nur bitte nicht in Schwierigkeiten, während ich fort bin, ja? Ich werde nicht lange weg sein.«

Ich winkte nur kurz und verzichtete auf eine Antwort. Normalerweise wäre seine Bemerkung einfach nur lächerlich gewesen – in welche Schwierigkeiten konnte ich mich hier im Haus schon bringen? Aber angesichts meiner jüngsten Leistungsbilanz konnte ich es ihm nicht verübeln. Das Haus versank in Stille, sobald der Wagen davongefahren war.

»Dann mache ich mich am besten erst mal an die Hausaufgaben.«

Ich ging in die Küche zurück, öffnete meine Schultasche

und nahm mein Philosophiebuch heraus. Nach nur wenigen Tagen in der Schule wollte der Lehrer bereits einen Aufsatz von zweitausendfünfhundert Wörtern zum Thema »Wie entscheidet man, was moralisch richtig und was falsch ist?«. Mr. Delaware suchte vermutlich nach absolut gültigen Kriterien. So etwas wie: Es ist falsch zu *stehlen*. Es ist falsch zu *lügen*. Aber dem würde ich nicht zustimmen können. Ist es falsch, Brot zu stehlen, wenn man hungert? Ist es falsch zu lügen, wenn jemand das eigene Leben bedroht? So vieles hing einfach von der jeweiligen Situation ab. Es war nicht so, dass ich Josh gerne belog, aber wie sonst sollte ich dafür sorgen, dass ihm nichts passierte?

Ich schob das Philosophiebuch beiseite, ging wieder in den Flur und steuerte auf die Treppe zu, als ich einen schwachen Lichtschimmer bemerkte, der aus Roberts Arbeitszimmer drang. Ich trat näher an die Tür heran und sah, dass sie einen schmalen Spaltbreit offen stand. Marie musste vergessen haben abzuschließen, nachdem sie geputzt hatte.

Mir juckte es in den Fingern, die Tür aufzustoßen.

»Es ist dann nicht falsch, wenn sich dort drin irgendein Hinweis finden ließe, der beim Schutz von Josh hilfreich sein könnte«, sagte ich zu niemand Bestimmtem. Die Arbeitszimmertür schien von meiner Logik unbeeindruckt. Sie ragte einfach nur in ihrer gewohnten Dunkelheit und mit dem geschnitzten Symbol im Griff vor mir auf. »Eines Tages werde ich wohl aufhören müssen, Selbstgespräche zu führen.« Aber nicht heute. »Okay, Robert Beaumont. Was versteckst du da drin?«

Mit einem langsamen, ohrenbetäubenden Knarren schwang die hölzerne Tür auf.

Mäßigkeit

Meine Augen brannten, als ich meine Tasche ins Schließfach stopfte. Ich hatte kein Auge zutun können, bis ich Josh gegen zwei Uhr morgens nach Hause zurückkommen hörte. Und selbst danach war ich jede Stunde aufgewacht, bis ich gegen halb fünf den Versuch zu schlafen endgültig aufgegeben hatte.

Aber nicht das Alleinsein hatte mich wach gehalten. Sondern das, was ich in Roberts Arbeitszimmer gefunden hatte.

Zuerst hatte alles sehr normal gewirkt. Ein klotziger Schreibtisch, ein Briefbeschwerer aus Kristall, eine Lampe und Regale voller Bücher von einer Wand zur anderen. Es war überhaupt nichts Ungewöhnliches an dem Raum, genau wie Marie am Tag meiner Ankunft gesagt hatte. Doch dann hatte ich einige Bücher aus Roberts Sammlung herausgenommen und dabei sogleich festgestellt, dass die Schutzumschläge mehrerer Bände vertauscht worden waren. Ich hatte über eine Stunde stöbern müssen, aber in dieser Zeit fand ich genau achtzehn Bücher mit vertauschten Umschlägen, und alle behandelten sie das gleiche Thema: das Übernatürliche. Hexen. Werwölfe. Vampire. *Dschinn*.

»Hey.« Melissa hatte sich gegen die Schließfächer gelehnt und sah mich an. »Bereit für einen herrlichen neuen Schultag?«

»Eigentlich nicht«, gestand ich, schloss die Schließfachtür und legte den Finger zum Verriegeln auf den Touchscreen. Ich konnte einfach das Gefühl von Nervosität nicht abschütteln, das mir im Magen lag, seit ich in der vergangenen Nacht in Robert Beaumonts Arbeitszimmer gestanden und in einem Buch über Dschinn gelesen hatte. Es war offensichtlich, dass er geradezu besessen von der Beschäftigung mit dem Übernatürlichen war. Das allein wäre noch nicht so ungewöhnlich gewesen, wenn er nicht versucht hätte, die Bücher unter anderen Schutzumschlägen zu verstecken. Und natürlich waren da auch die Schnitzereien an den Türen … wenn das ebenfalls Roberts Werk war, dann musste er wirklich an alledem *sehr* interessiert sein. Hatte er womöglich versucht, einen Dschinn zu beschwören? Wenn ja, dann war es nicht unwahrscheinlich, dass er tatsächlich der Besessene war. Aber soviel ich erfahren hatte, verbrachte Robert nicht viel Zeit in East Wendell, was bedeuten würde, dass ich bis zu seiner Ankunft warten musste. Nein, es war besser, an meinem bisherigen Plan festzuhalten. *Betrachte jeden als gleichermaßen verdächtig, bis seine Harmlosigkeit erwiesen ist.*

»Immer noch aufgewühlt von der Sache mit Ian?«, fragte Melissa mitfühlend.

Natürlich, das Debakel in der Mensa. Seit dem vergangenen Abend hatte ich nicht mehr daran gedacht. Ich schob alle Gedanken an Robert Beaumont beiseite und konzentrierte mich auf Melissa.

»Nein, wirklich nicht. Ich bin einfach müde. Aber du siehst heute Morgen sehr glücklich aus.«

»Das bin ich auch.« Sie grinste und folgte mir den Flur entlang. »Ich meine, irgendwie schon, aber dann auch wieder nicht.«

Das verstand ich *sehr* gut. Ich fragte nicht weiter und umrundete eine Gruppe von Jungen, die irgendeine technische Spielerei begafften. Ich kannte Melissa inzwischen gut genug, um zu wissen, dass sie gleich erklären würde, was sie meinte, und das vermutlich ausgesprochen detailliert. Ich musste ihr nur einen Moment Zeit geben.

»Ich meine, ich bin glücklich, weil ich bei meinem Beweis einen regelrechten Durchbruch hatte. Was wirklich total aufregend ist! Aber meine nervige kleine Schwester hat alldem einen Dämpfer aufgesetzt, indem sie heute Morgen die idiotische Ankündigung gemacht hat, dass sie Kosmetikerin werden will. *Kosmetikerin?* Hätte ich gewusst, dass *das* dabei herauskommen würde, als sie diesen Teilzeitjob beim Friseur im Einkaufszentrum draußen an der Massachusetts Route 66 angenommen hat, hätte ich rechtzeitig protestiert.«

Und schon war alles heraus. »Was ist denn falsch daran, Kosmetikerin zu sein?«, fragte ich.

»Nichts!«, antwortete Melissa ausweichend. »Ich meine, sie kann schon irgendwas im Schönheitsbereich machen, wenn sie will. Sie könnte die Kunstakademie besuchen und Modedesign oder so was studieren. Oder, wenn sie Schönheitsartikel herstellen will, könnte sie Chemie studieren. Ich will nur, dass sie mit der Schule weitermacht.«

»Ja, sagt sie denn, dass sie die Schule abbrechen will?«, fragte ich weiter und versuchte, die verstohlenen Blicke zu übersehen, die mir die Schüler auf der Treppe zuwarfen.

Melissa schnaubte, als wir am Treppenende oben angelangt waren. »Nein, eigentlich nicht. Und kann mir bitte jemand erklären, warum ich dir ins falsche Stockwerk hinauf gefolgt bin?«

Ich lachte. »Keine Ahnung.«

»Mist! Na dann, bis später«, seufzte Melissa, drehte sich um und eilte wieder die Treppe hinunter. Ich ging weiter und hatte den Nietzsche-Raum schon fast erreicht, als mir Sandra den Weg versperrte.

»Da bist du ja!« Ihre vergnügte Stimme tat mir im Kopf weh. Und dann hakte sie mich unter und zog mich weiter.

»Wohin gehen wir?«, fragte ich, nachdem ich in Sandras Schlepptau den Flur entlanggetrottet war. Und wo waren ihre beiden ständigen Begleiterinnen, Missy und Elizabeth?

»Wir machen nur einen kleinen Spaziergang.« Sandra warf mir ein breites Lächeln zu. »Na, wie findest du unsere Schule?«

Sie wollte Small Talk machen? Mit einem innerlichen Seufzer beschloss ich mitzuspielen. Immerhin war sie Joshs Freundin. Es spielte keine Rolle, dass sie kein besonders netter Mensch war, *ich* musste jedenfalls nett sein.

»Es ist eine tolle Schule.«

»Gut, gut, und wie steht es mit unsrer Stadt?«

»Es ist sehr schön hier.« Worauf wollte sie hinaus? Plötzlich waren kaum noch Schüler auf dem Gang.

»Sandra, der Unterricht fängt gleich an …«

»Schon gut, entschuldige.« Sie blieb stehen. »Ich wollte nur ein wenig wettmachen, dass ich bisher ein bisschen gemein zu dir war. Mein Interesse zeigen, verstehst du?«

»Dein Interesse zeigen?« Ihre Schauspielerei konnte mich keine Sekunde überzeugen.

»Ja wirklich.« Sandra lächelte weiter. »Ich habe übrigens auch mit den Jungs gesprochen, und mach dir keine Sorgen: Sie werden niemandem von deiner Amnesie erzählen. Hat sich da eigentlich schon was getan?«

»Alles immer noch unverändert«, erwiderte ich, ohne eine Miene zu verziehen.

»Ach, das ist auch wirklich ein Jammer.« Sie starrte auf ihre Fingernägel. »Wie auch immer: Ich habe beschlossen, morgen Abend eine Party zu schmeißen, nichts Spektakuläres. Und ich würde mich wirklich *sehr* freuen, wenn du auch kommen würdest.«

Was um alles in der Welt führte sie im Schilde? »Ähm, danke, ich überleg's mir.«

»Super!« Mit übertrieben zur Schau gestellter Freude klatschte sie in die Hände, dann eilte sie auf ihren teuren, hochhackigen Schuhen an mir vorbei. *Was war da faul?* Ich atmete tief durch und riet mir zur Geduld, dann wandte ich mich um und stieß direkt mit jemandem zusammen.

»Entschuldigung! Ich habe nicht hingesehen.« Die Worte sprudelten aus mir heraus, während ich mich bückte, um meine hinuntergefallenen Bücher aufzuheben. Was zum Teufel stimmte nicht mit mir? Es war, als würde ich schlafwandeln! Hastig sammelte ich die Bücher auf und entschuldigte mich erneut, als ich nun den dunklen Anzug und die Krawatte sah, wie sie die Kleiderordnung der Thornton Academy für Lehrer vorschrieb. Na toll.

»Macht nichts – alles noch mal gutgegangen.« Seine kleinen Augen blieben von seinem Lächeln unberührt, als er nun die Laptoptasche zurechtrückte, die ihm von der Schulter gerutscht war. »Viele Schüler sind zur ersten Stunde noch nicht ganz wach.«

»Für gewöhnlich bin ich ein Morgenmensch«, versicherte ich, auch wenn seine hochgezogenen Brauen zu erkennen gaben, dass er wenig gewillt war, mir zu glauben. Ich war heute wirklich nicht in Bestform!

»In welchen Kurs wollen Sie denn, Miss ...?«

»Celine«, sagte ich, erleichtert, dass er über meinen Mangel an guten Manieren eher erheitert als entsetzt schien.

»Celine Smith. Ich war auf dem Weg zu meinem Englischkurs.«

»Nun gut, Miss Smith, außer für den Fall, dass Sie nicht nur ein Morgenmensch, sondern auch telepathisch begabt sind, werden Sie hier draußen in Englisch keine Fortschritte machen. Und jetzt beeilen Sie sich bitte, Unpünktlichkeit ist keine Eigenschaft, die wir an unseren Schülern schätzen.«

»Natürlich, vielen Dank, Herr …«

»Jenkins, Professor Jenkins.« Er sagte es in einem Tonfall, als hätte ich den Namen bereits kennen sollen, dann ging er an mir vorbei und den Flur hinunter. Sobald er um die Ecke war, war ich in dem stillen Gang ganz allein. Oh, verdammt! Ein paar Schritte auf den Englischraum zu bestätigten meinen Verdacht: Die Tür war geschlossen.

Peterson hatte da eine strikte Regel: Sobald die Tür geschlossen war, durfte niemand mehr eintreten. Er hatte mich bereits als abwesend eingetragen! Verdammt sei Sandra mit ihrem geheuchelten Interesse!

Ich beschloss, das Beste aus der Sache zu machen, ging die Treppe hinunter und verließ das Schulgebäude durch die Hintertür. Die Luft war frisch vom Duft der Herbstblätter, die sich nun langsam verfärbten. Ich atmete tief ein und ließ mir die immer noch warme Sonne ins Gesicht strahlen, während ich an der Aula vorbei und um das Gewächshaus herum zum Leichtathletikgelände ging. Erst als ich die Tribünen erreicht hatte, blieb ich stehen. Es war kein Mensch zu sehen, die Schule war immer noch in Sichtweite, aber keine Fenster gingen in meine Richtung. Ein abgeschiedener Platz; der perfekte Ort, um nachzudenken.

Ich setzte mich auf eine der blauen Bänke, schlug mein Englischheft auf der letzten Seite auf und las meine Liste durch.

Menschen, die problemlos Zugang zu Josh haben
~~Marie~~ (getestet mit Salz)
Sandra
Missy
Elizabeth
~~Nick~~ (hat beim Mittagessen Salz über seine Pommes geschüttet)
Matt
Die Jungs aus seiner Rugbymannschaft
Alle Schüler in jedem seiner Kurse
Onkel Robert?

Einer aus dem Rugbyteam hätte es wahrscheinlich am leichtesten, ihn allein anzutreffen, und alle verbrachten sie viel Zeit miteinander… aber dann war da Robert mit seiner Dschinn-Obsession, was mehr und mehr verdächtig erschien. Anderseits natürlich verbrachte Robert nicht viel Zeit in East Wendell, was es wiederum eher unwahrscheinlich machte, dass er der Übeltäter war. Verdammt. Ich musste sie mir einfach einen nach dem anderen vorknöpfen. Angefangen mit Matt.

»Vor wem versteckst du dich denn?«

Ian. Ich erkannte seine Stimme, schon bevor ich den Kopf hob und ihn über den Rasen schlendern sah.

»Ich verstecke mich nicht.«

Er stellte sich vor mich hin, dann schob er die Hände in die Hosentaschen. »Okay. Also versuche ich mir vorzustellen, was ausgerechnet dich veranlasst haben könnte davonzulaufen.«

»Ich laufe nicht davon!«, betonte ich, aber er schenkte mir keine Beachtung.

»Ich meine, du hast offensichtlich keine Angst vor roher

Gewalt. Ich habe dich einen ziemlich großen Gewalttäter jagen sehen, wenn du dich erinnerst.«

Ich runzelte die Stirn und sah zu, wie er seine Jacke auszog und sie zur Seite warf, während er mit seinen Überlegungen fortfuhr.

»Wenn ich so darüber nachdenke, scheint dein Selbsterhaltungsdrang ohnehin nicht sonderlich ausgeprägt. Zuerst war da dieser Dieb, und erst gestern musste ich erleben, wie du in einen Raum mit einem Gasleck hineingestürmt bist.«

Schuldgefühle stiegen in mir auf, als ich mich an mein Benehmen hinterher in der Mensa erinnerte. »Das mit gestern tut mir wirklich leid, die Sache in der Mensa. Ich habe total überreagiert, und ich …«

»Hör auf«, unterbrach Ian. »Du brauchst dich nicht zu entschuldigen, Celine. Ich weiß es.«

»Du weißt was?« Ich verstand gar nichts mehr. Wovon redete er?

»Frag mich das nicht – es sei denn, du willst es wirklich hören.« Er wurde reglos und sah mich an, als wolle er, dass ich etwas verstehe … irgendetwas.

»Was soll ich hören wollen?«

»Dass du eine Lügnerin bist.«

Ich erstarrte. Er sagte das einfach so, ohne Veränderung des Tonfalls, als führe er lediglich eine Tatsache an. Wenn er mich beschuldigt hätte, hätte ich mich vielleicht wehren, mich verteidigen können, hätte *ihn* einen Lügner nennen können … Oder vielleicht auch, wenn er einen anderen Moment gewählt hätte, um das zu sagen. Einen Moment, in dem ich mich nicht vergeblich damit abmühte, mit willkürlich auftauchenden Visionen klarzukommen oder mit Onkeln, die sich obsessiv mit Dschinn befassten … dann hätte ich mich vielleicht verteidigen können. Aber er sagte es jetzt, und da lag keine Frage in seiner Feststellung. Er wusste es. *Er wusste es.* Aber wie viel wusste er?

»W…was meinst du damit?«

Ian fuhr sich mit der Hand durchs Haar und wirkte frustriert. »Hör mal, ich wusste schon am Tag, als ich dich kennengelernt habe, dass du etwas verbirgst. Ich wusste nur nicht, was – bis gestern in der Mensa.«

Er bückte sich und zog mich hoch, und wir waren plötzlich allzu nah beieinander. Ich wartete und versuchte vorauszusehen, was er als Nächstes tun würde, worauf er hinauswollte. Aber er stand einfach nur da, sah mich an und schwieg. Sekunden verstrichen mit unendlicher Langsamkeit, der leichte Wind wehte mir den Duft von frisch gemähtem Gras in die Nase – und den von Ian. Die Sonne schien auf sein pechschwarzes Haar, seine Augenbrauen und die Wimpern, die über seine dunkelblauen Augen wachten. Die Gefahr war Millionen Meilen weit weg. Alles schien ruhig, angenehm … einfach.

Und dann hob Ian die Hand, und ich zuckte zusammen und trat unwillkürlich einen Schritt zurück. Behutsam zog er mich wieder heran. Seine Stimme war sanft, als er weitersprach.

»Du kannst dich an dein früheres Leben erinnern.« Da war keine Verurteilung, kein Zorn, nichts als die Wahrheit in seiner Stimme. »Und in diesem früheren Leben hat dir jemand wehgetan. Deshalb hast du Angst vor Berührung, deshalb wirst du wütend, wenn du dich fürchtest, und deshalb weinst du nie, nicht einmal, wenn dich ein Dieb vermöbelt… weil du Schlimmeres erlebt hast.«

Er hatte eins und eins richtig zusammengezählt. Die dunkle Seitenstraße, die Mensa… und er hatte recht. Ich hatte Schlimmeres erlebt. Sehr viel Schlimmeres. Mein Rücken war starr und steif. Mein ganzer Körper fühlte sich an, als sei er am Boden festgeklebt, und ich konnte nur noch eines denken: *Ian weiß es*. Der erste Mensch auf der Welt, der weiß, was ich durchgemacht habe … der die Wahrheit weiß. Ich hätte völlig geschockt sein sollen, aber ich war es nicht. Warum nicht?

»Was ist mit dir passiert?«, fragte Ian nach einem weiteren Moment des Schweigens. Wortlos hielt er den Blick auf mich gerichtet, aber ich konnte ihn nicht ansehen. Ich schaute stattdessen über seine Schulter, über die Tribünen hin zur Schule und hinauf in den wolkenlosen Himmel. Ich verspürte Erleichterung. Eine gewaltige Erleichterung, als sei mir ein Gewicht von den Schultern genommen worden. Ein einsamer Vogel kreiste langsam über uns. Ich war es leid, allein zu sein. Zu versuchen, alles selbst hinzukriegen. Ich war es leid, mich vor der Welt zu verstecken. »Ich habe noch nie jemandem vertraut.«

Er trat einen Schritt zurück, und ich bemerkte mit einer gewissen Überraschung, dass er mich die ganze Zeit über weiter festgehalten hatte. »Mir kannst du vertrauen.«

Es gab keinen Grund, daran zu zweifeln. Er hatte mir immer geholfen, und das, obwohl er von Anfang an den Verdacht gehabt hatte, dass ich ihm sehr viel verheimlichte. Der Drang war stark, ihm alles zu erzählen. Aber er wusste bereits jetzt mehr als alle anderen. Er wusste, dass ich eine Lügnerin war.

»Erzähl es mir, Celine. Was versteckst du vor uns? Und woher hast du von diesem Leck gewusst?«

Mist. Ich kann nicht. Ich kann es ihm nicht erzählen.

»Natürlich hab ich das Gas gerochen. Wie sonst sollte ich davon wissen? Egal, wir sollten jetzt lieber zurückgehen«, sagte ich hastig, auf der Suche nach einem Schlupfloch.

»Wohin willst du zurückgehen? Wir haben bereits die Hälfte von Englisch verpasst«, machte Ian mir klar.

Natürlich, Englisch. Peterson würde nicht gerade erfreut sein. Ich zuckte die Achseln. »Mir ist gerade eingefallen, dass ich in der Bibliothek noch etwas nachschlagen muss.«

Ian musterte mich stumm und mit gerunzelter Stirn. »Weißt du, eigentlich bin ich überrascht, dass alle dir glauben. Du bist eine sehr schlechte Lügnerin.«

Das war absolut unwahr! Ich hatte mein ganzes Leben damit zugebracht, Leute zu belügen, und der einzige Mensch, der mich je dabei ertappt hatte, war Ian. Ich hob meine Bücher auf und weigerte mich, seine Bemerkung überhaupt nur zur Kenntnis zu nehmen.

Ian wirkte erheitert. »Nein, das ist nicht ganz richtig. Du bist offensichtlich eine wirklich gute Lügnerin, wie sonst solltest du diese Schmierenkomödie aufrechterhalten können?«

Verdammt! Warum fühlte ich mich von dieser Bemerkung ganz genauso beleidigt? Und warum lächelte er so seltsam? »Du wirkst sehr zufrieden mit dir.«

»Das bin ich auch.« Seine Miene war gleichgültig, als wüsste er nicht ganz genau, dass er mich damit neugierig machte und zum Bleiben zwang. Verdammt noch mal, ich wollte die naheliegende Frage nicht stellen, aber ich konnte es mir nicht verkneifen.

»Und warum?«

Ian zuckte die Achseln. »Eben weil du eine gute Lügnerin bist, kannst du mich einfach nicht anlügen. Und ich weiß, warum.«

Er war so unglaublich nervtötend! Ich würde nicht fragen, warum er das wusste. Auf keinen Fall.

»Du bist unverbesserlich, McAlpine!« Ich krampfte die Finger um meine Bücher, bedachte ihn mit einem frustrierten Blick und ging Richtung Schulgebäude zurück.

Ians Gelächter hallte mir den ganzen Weg über hinterher.

Der Mond

Am späten Nachmittag hatte ich Matt von meiner Liste gestrichen, nachdem ich während des Mittagessens »versehentlich« Salz über ihn geschüttet hatte und keine Reaktion gekommen war. Mir war es außerdem gelungen, mir wegen der Begegnung mit Ian keine Sorgen mehr zu machen. Er wusste Dinge über mich, die sonst niemand wusste, aber bisher waren es reine Vermutungen. Ich musste ihn einfach auf Abstand halten, bis ich den Dschinn, der es auf Josh abgesehen hatte, gefunden und ausgetrieben hatte. Und sobald ich das einmal erledigt hatte, wäre ich auf dem Rückweg nach Boston, und es würde keine Rolle mehr spielen, was Ian McAlpine wusste.

»Oh, mach schon!«, brüllte jemand. Ich sah zu den anderen Gästen auf, die in Gruppen verteilt überall im *Fred's* standen und deren Anfeuerungsrufe den Rugbyspielern auf dem Flatscreen hinter der Theke galten. Gespannte Aufregung erfüllte das gesamte Lokal. Heute begann die neue Spielzeit, und zwei südafrikanische Teams rannten geschäftig über den Bildschirm und versuchten jeweils, den Ball über die Mallinie der gegnerischen Mannschaft zu befördern.

»Sie sind wirklich voll und ganz dabei«, bemerkte ich, immer noch überrascht darüber, welch leidenschaftliche

Rugbyfans die Bewohner von East Wendell waren. Wir waren nur ein paar Autostunden von Boston entfernt, wo sich kein Mensch Rugbyspiele ansah. Ich hatte zumindest noch nichts davon gehört. In der Stadt mit dem Spitznamen »Beantown« zählten Football, Baseball und Basketball mit den entsprechenden Teams der New England Patriots, der Boston Red Socks und der Boston Celtics.

»Celine, konzentrier dich! Ich möchte unbedingt wissen, wann ich den Abel bekommen werde«, klagte Melissa und schob mir die Tarotkarten über den Tisch zu. Sie hatte mich gefragt, ob ich nicht nach der Schule ins *Fred's* kommen wolle, da Josh wieder beim Training war, und jetzt bestand sie darauf, dass ich ihr die Zukunft aus den Karten las.

»Entschuldige!« Ich warf einen raschen Blick auf das offene Buch neben mir, dann schlug ich es zu und steckte es weg. Das Keltische Kreuz war eines der zwanzig Legemuster aus *Zigeunermagie* und viel komplizierter als jedes der mir bekannten Muster. Was auch genau der Grund dafür war, warum ich es an Melissa ausprobierte. Wenn mir diese Deutung mehr Details verriet als meine bisherigen einfachen Interpretationen, wäre es das ideale Verfahren, um es an Josh zu testen. Vielleicht würde es mir helfen herauszufinden, wie ich ihn beschützen konnte. Ich mischte schnell, legte die *Königin der Stäbe* mit der Oberseite nach unten auf den Tisch und schob Melissa das Deck zu. »Du musst zehn Karten ziehen – und was ist denn überhaupt der *Abel?*«

»Der Abel ist sozusagen der Nobelpreis für Mathematik. Was hast du da für eine Karte hingelegt?« Melissa deutete auf den Tisch.

»Das ist der Signifikator. Man wählt eine Karte, die den

Menschen, dem man die Karten legt, am besten verkörpert, und die kommt ganz unten hin, so wie diese.«

»Aha, und welche Karte verkörpert mich am besten?«, fragte Melissa mit einem Grinsen und reichte mir ihre zehn Karten sowie das übrige Deck.

Ich sah sie mit hochgezogenen Augenbrauen an. »Wolltest du nicht, dass ich mich konzentriere?«

»Okay, okay, entschuldige! Und jetzt leg los!«

»Alles klar. Du musst an eine Frage denken, die du beantwortet haben willst, während ich dir die Karten lege. Sag mir nicht, was das für eine Frage ist. Irgendwann im Laufe meiner Deutung solltest du die Antwort auf deine Frage bekommen. Wenn nicht, na ja, dann mache ich meine Sache eben nicht besonders gut.« Ich lächelte, als sich Melissa nun gespannt zu mir herüberneigte; sie war offensichtlich sehr aufgeregt.

Ich begann, die Karten zu legen. Mit der Oberseite nach unten verteilte ich sie in der Form eines Kreuzes mit einer senkrechten Linie daneben auf dem Tisch. Dann drehte ich die erste Karte um. Es war *Der Gehängte*.

»Das ist schlecht«, stöhnte Melissa, aber ich schüttelte den Kopf.

»Es sieht nicht schön aus, aber *Der Gehängte* lässt sich aufhängen, um Wissen über die Welt zu sammeln.« Ich betrachtete die Karte und verspürte wieder das seltsame Schwirren in den Ohren, das ich empfunden hatte, wenn ich Janet und ihren Freunden die Karten gelegt hatte. Nur dass es jetzt etwas anders war … es folgten keine Bilder, stattdessen *fühlte* ich. Gefühle durchwogten meinen Kopf, und dann war da ein verzweifeltes Verlangen zu sprechen. »Du hast für das, was du erreichen willst, Opfer gebracht, und jetzt bist du unzufrieden, hast das Gefühl, in der Luft zu hängen. Jetzt fragst du dich, ob es das wert war. Aber da musst du dich durchkämpfen. Du befindest dich an einem privilegierten Ort. Du betrachtest die Welt auf ganz andere Art und Weise als wir Übrigen, du lernst, und wenn du wieder aus der Schlinge herauskommst, dann hat sich die ganze Qual gelohnt.«

Ich drehte die zweite Karte um. *Der Bube der Kelche*, und alles begann, klarer zu werden. Während es mir immer noch im Kopf brummte und kribbelte, drehte ich schnell auch die dritte, die vierte, die fünfte und die sechste Karte um: *Gerechtigkeit, Vier der Stäbe, Zehn der Kelche* und dann die *Fünf der Kelche*. Liebe. Es ging alles um Liebe und Opfer. Ich konnte es spüren. Alles war so klar, sehr viel klarer, als wenn ich es selbst miterlebt hätte.

»Da gab es einen Jungen. Einen Tagträumer. Jemanden mit einem warmen Herzen, der aber keine klaren Ziele vor Augen hat«, sagte ich und deutete auf den Buben der Kelche. »Du hast ihn geliebt. Liebst ihn. Aber irgendetwas ist passiert. Da waren Zorn und Traurigkeit, und du hast ihn aufgegeben.« Ich schob die *Vier der Stäbe* und *Gerechtigkeit* aneinander. »Du hast eine überlegte Wahl getroffen. Es hatte etwas mit deiner Arbeit zu tun. Vielleicht mit deinem Beweis? Hier gibt es eine Feier, als hättest du einen Teil deiner Arbeit zu Ende gebracht.«

Ich sah Melissa an, um ein Zeichen der Bestätigung zu erhalten, und bemerkte erst jetzt, dass sie blass geworden war.

»Melissa?«

»Mach weiter«, flüsterte sie und deutete auf die vier Karten, die ich noch nicht umgedreht hatte.

Ich zögerte. Es tat mir leid, sie so aufgewühlt zu sehen. Aber Melissa wartete darauf, dass ich fortfuhr, und die Gefühle, die mich durchwogten, hatten etwas Berauschendes.

Sie waren von einer solchen Stärke. Melissas Liebe war stärker als alles, was ich je zuvor gespürt hatte. Ich wollte nicht, dass diese Liebe mich verließ.

Ich drehte drei weitere Karten um: Die *Acht der Münzen*, den *Stern*, den *König der Schwerter. Der König der Schwerter* lenkte meine Aufmerksamkeit auf sich. Ich hatte die Sache falsch interpretiert. Der Schmerz war schneidend. »*Er* hat dich verlassen. Er wollte dich nicht mit deiner Arbeit teilen müssen. Es hat dir das Herz gebrochen.«

Melissa zuckte leicht die Achseln. »Es spielt keine Rolle mehr.«

»Es tut mir so leid, Melissa.« Ich legte meine Hand auf ihre, spürte ihren Schmerz und wünschte, ich könnte ihn wegnehmen.

Sie lächelte nur; tat alles mit einem Lachen ab. »Du hast immer noch eine Karte nicht umgedreht.«

Eine letzte Karte, aber ich wollte sie nicht sehen. Es machte keinen Spaß mehr. Definitiv nicht. Ich wollte das nicht fühlen müssen. Wie konnten Menschen mit einer solchen Qual leben? »Die ist nicht wichtig. Das Ganze ist überhaupt albern.« Ich fing an, die Karten einzusammeln. Die Gefühle verschwanden, aber ein Nachhall blieb. Ich brauchte frische Luft.

»Machst du Witze?« Melissa sah mich an, als hätte ich den Verstand verloren. »Das war Wahnsinn! Ich meine, so unglaublich wahr und auch ein wenig unheimlich und nicht sonderlich behaglich. Aber wie groß ist die mathematische Wahrscheinlichkeit, dass du all das erraten kannst? Nun gut, wenn man mein Alter und mein Geschlecht nimmt, ist einiges davon wahrscheinlich typisch. Warte mal, es muss irgendeine Formel geben, die wir zugrunde legen können …«

»Hör auf, Melissa! Es war nur ein kleiner Spaß«, protestierte ich. Sie wirkte nicht überzeugt, und wenn nicht genau in diesem Moment Josh erschienen wäre, hätte sie wohl ziemlich sicher ihren Notizblock hervorgezogen und angefangen, eine Formel für Tarotdeutungen zu entwickeln.

»Ah, und da kehrt ja der Prinz des Rugby zurück.«

»Sollte ich an diesem Titel etwa Anstoß nehmen?« Josh ließ seine Sporttasche fallen und bedeutete mir, zur Seite zu rutschen. Er hatte seine Sportkleidung gegen einen blauen Pullover mit V-Ausschnitt sowie Jeans eingetauscht und roch, als käme er frisch aus der Dusche: eine Mischung aus Minzshampoo und einem nach Moschus duftenden Duschgel.

»Eigentlich nicht.« Melissa zuckte die Achseln und rutschte aus ihrer Sitznische heraus. »Hier, setz dich auf meinen Platz. Meine Pause ist sowieso gleich vorbei, und diese dumme neue Aushilfe scheint nicht richtig nachzukommen. Wieder einmal.«

Josh setzte sich auf ihren Platz und verstaute seine Tasche neben sich. »Sei nett, Appleton. Gehässigkeit passt nicht zu dir.«

Schnaubend suchte Melissa in ihrer Schürzentasche nach einem Stift. »Sagt der Typ, der mit dem Mädchen zusammen ist, das die Gehässigkeit erfunden hat.«

»Nicht mehr«, antwortete Josh.

Nicht mehr? Ich starrte Josh ungläubig an, und ich war nicht die Einzige.

»Nun denn, Josh Beaumont. Ich glaube, du bist gerade ein gutes Stück in meiner Achtung gestiegen!« Melissa tätschelte ihm die Schulter, dann war sie weg und ließ uns allein.

Ich war unsicher, was ich jetzt sagen sollte. Ich hatte gerade gespürt, zu welchem Ergebnis Melissas Trennung geführt hatte. Josh musste am Boden zerstört sein.

»Ist alles in Ordnung mit dir?«

»Ja, alles wunderbar.« Josh lächelte, dann deutete er mit dem Kopf auf die Karten, die ich noch in der Hand hielt. »Weißt du, wie man sie legt?«

»Oh, ich glaube schon.« Da war sie: die günstige Gelegenheit, auf die ich gehofft hatte. Josh die Karten zu legen konnte helfen, mehr Licht auf die Frage zu werfen, warum ich hier in East Wendell war. So unangenehm mir die Vorstellung war, die Niedergeschlagenheit über seine Trennung spüren zu müssen – es war eine Chance, die ich mir auf keinen Fall entgehen lassen durfte. »Willst du es mal versuchen?«

»Mir die Karten lesen zu lassen? Nein danke.« Josh schüttelte den Kopf.

»Ach komm schon, es ist nur ein kleiner Spaß.« Ich hielt ihm die Karten hin und versuchte, nicht aufdringlich zu wirken. »Misch einfach, und wähle zehn Karten.«

Es sah mich entschuldigend an. »Tut mir leid, ich will dir ja wirklich nicht den Spaß verderben oder so, es ist einfach nur so … na ja, ich kann eben nicht.«

Er *konnte* nicht?

Josh lachte über sich selbst. »Ich weiß, es klingt wahrscheinlich idiotisch, aber meine Mutter hat mir vor langer Zeit das Versprechen abgenommen, niemals jemanden in meine Zukunft schauen zu lassen. Ich weiß, es ist etwas seltsam, aber es scheint mir einfach nicht richtig … Verstehst du?«

»Natürlich verstehe ich.« Ich lächelte, aber so ganz verstand ich es nicht. Warum sollte irgendjemand sein Kind bitten, so etwas zu versprechen? »Ich meine, es ist ein ziemlich seltsames Versprechen.«

»Ja, ist es wohl.« Josh zuckte die Achseln. »Ich weiß nicht, was dahintersteckt, wirklich nicht. Ich meine, sie war immer etwas unkonventionell. Das ist jedenfalls das Wort, das mein Dad benutzt hat, wenn sie etwas tat, was ein wenig seltsam war.«

Ich beugte mich vor. »Seltsam in welcher Hinsicht?«

Josh lachte. »Eigentlich war es eher schrullig als seltsam. Sie wandelte gern mit brennenden Salbeiblättern durchs Haus, verhüllte abends die Spiegel mit weißen Tüchern, und ich fand immer Steinsalz wahllos in den Ecken meines Zimmers verteilt.«

»Zum Schutz«, flüsterte ich.

»Wie bitte?«, fragte Josh.

Ich räusperte mich und zwang ein Lächeln auf meine Lippen. »Ich sagte, das ist wirklich schrullig.«

Aber es war keine Schrulle. Joshs Mutter hatte ihn beschützt. Salbeiblätter zu verbrennen, Spiegel zu verhüllen und das mit dem Salz … Das waren alles Methoden, um das eigene Heim vor Dschinn zu schützen.

»Sie hat mir auch das hier gegeben«, sagte Josh und nahm einen kleinen flachen Stein aus seinem Geldbeutel. »Und ich musste ihr versprechen, ihn immer bei mir zu tragen.«

Neugierig darauf, was auf dem Stein zu sehen war, streckte ich die Hand aus. Als der dunkelviolette Stein meine Handfläche berührte, zuckte es heiß durch meinen Arm. Instinktiv legte ich die Finger um den Stein, und das Gefühl war verflogen. Innerlich aufgewühlt blickte ich auf meine Hand hinab.

»Es ist ein Amethyst«, sagte Josh. »Meine Mutter hat Amethyste geliebt.«

»Den alten Ägyptern dienten sie zum Schutz vor Hexerei.« Ich redete, ohne nachzudenken, und betrachtete mit einem seltsamen Gefühl die vertrauten Symbole, die in die

Oberfläche des Steins geritzt waren. Das Hitzegefühl war verschwunden, aber der Stein übte immer noch eine Art Anziehungskraft auf mich aus. Als zöge er mich in sich hinein. Ich konnte es nicht ganz verstehen.

»Ach ja?« Josh runzelte die Stirn. Er beugte sich zu mir vor und zeigte auf den in den Stein eingravierten Stern. »Ich hab immer irgendwie gedacht, dass es ein jüdischer Glücksbringer oder etwas in der Art ist. Nicht unbedingt sinnvoll, da meine Mom Christin war.«

Ich fuhr mit den Fingern über die Zacken des Sterns. »Das Hexagramm ist nicht auf das Judentum beschränkt. Man kann es auch in Moscheen finden, im *Tibetischen Totenbuch*, selbst in alten Tempeln der Jaina und der Hindus. Es ist ein Symbol der Macht, aber mit diesen Kreisen zwischen den Zacken stellt es vor allem das Siegel des Salomo dar.«

Josh nahm mir den Stein wieder ab, und im gleichen Moment hatte ich das Gefühl, die Situation wieder unter Kontrolle zu haben. Warum hatte ich meine Zunge derart mit mir durchgehen lassen?

»Salomo. Also König Salomo, der Sohn Davids?«

»Ja.« Ich nickte. Robert hatte in seinem Arbeitszimmer unter einem falschen Schutzumschlag ein Buch über Salomo. Offensichtlich hatte er mit seinem Neffen nie darüber geredet.

»Und was genau hat Salomo gemacht?«, fragte Josh und starrte unvermindert auf den Talisman seiner Mutter.

Salomo hatte mit seinem Siegel Hunderte von Dschinn gebunden, sie versklavt und sie seinen Palast bauen und seine Befehle ausführen lassen. Aber das brauchte Josh alles nicht zu wissen.

»Das weiß ich nicht so genau, aber er war ein mächtiger Mann.« Ich versuchte zu lächeln. Das obsessive Interesse am Übernatürlichen war offenbar nicht allein auf Robert beschränkt.

»Na toll«, sagte Josh, plötzlich von irgendetwas auf der anderen Seite des Raums abgelenkt.

Ich folgte seinem Blick zur Tür und zu der Gestalt auf hohen Absätzen, die an ihr lehnte: Sandra. Sie blickte für einen Moment in unsere Richtung, dann wandte sie sich wieder der Theke zu.

»Es tut mir leid«, sagte ich und konnte den unbehaglichen Ausdruck auf seinem Gesicht kaum ertragen. Warum nur hatten sie sich getrennt?

Er zuckte die Achseln und steckte den Stein weg. »Es hat sich schon lange angebahnt. Ich weiß, dass sie sich … nun ja, wie ein echtes Biest aufführen kann. Und manchmal kann ich auch verstehen, warum. Ihr Leben war nicht immer gerade leicht.« Er seufzte und lehnte sich an den roten Lederbezug unserer Sitznische zurück. »Aber irgendwann kommt der Punkt, wo das nicht mehr als Entschuldigung zählt. Verstehst du, was ich meine?«

Ich glaubte, ihn zu verstehen, trotzdem konnte ich nicht umhin, mich zu fragen, wieso Sandra Witherspoons Leben schwierig gewesen sein sollte. Und ob ich vielleicht in meiner Beurteilung unfair gewesen war.

»Wie dem auch sei, wir haben gestern Nacht lange geredet, und sie stimmte mit mir überein, dass es zwischen uns aus ist.«

»Das ist doch ganz gut so, oder? Ich meine, ihr seid immer noch Freunde.« Allmählich drängte sich mir der Eindruck auf, dass Joshs Trennung mit derjenigen Melissas überhaupt nicht zu vergleichen war. Er war nicht glücklich, aber es schien ihm auch nicht vor Kummer das Herz zu brechen.

»Ja, schon.« Josh nickte. »Und was ist mit dir?«

»Wie bitte?«

Er sah mich an und runzelte die Stirn. »Wie läuft es mit McAlpine?«

»Ian?« Widersprüchliche Gefühle jagten durch meine Brust, wie immer, wenn ich an Ian dachte. Er war witzig, freundlich und stark. Und außerdem war er der arroganteste, anmaßendste und hellsichtigste Mensch, der mir je begegnet war, und ich musste mich von ihm fernhalten. »Ian und ich sind einfach Bekannte.«

»Bekannte?«

Ich quittierte seine Skepsis mit einem Stirnrunzeln. »Ja. Bekannte.«

Josh lachte und hob zum Zeichen seiner Kapitulation die Hände. »Okay, okay. Es ist nur, nun ja, es gibt Gerüchte, weißt du?«

»Was für Gerüchte?« Sandras Stimme unterbrach unser Gespräch, und beide blickten wir auf. In einem kleinen roten Kleid, das betont lässig wirken sollte, aber so kurz geschnitten war, dass man darunter eigentlich eine Hose tragen sollte, kam sie auf uns zu. Direkt hinter ihr kam Ian in seiner üblichen Kombination aus Lederjacke und schwarzer Jeans.

Was zum Teufel hatte er mit ihr zu schaffen?

»Hi, Leute.« Josh begrüßte sie in einem durchaus herzlichen Tonfall, aber seine leicht angehobenen Schultern verrieten ihn. Er war auf der Hut. »Was geht ab?«

»Nicht viel«, schnurrte Sandra.

Ich sah, wie sie mit ihren langen roten Fingernägeln über Ians Arm strich, und verspürte den jähen Drang, etwas nach ihr zu werfen. Was lächerlich war. Was kümmerte es mich, ob Sandra mit Ian flirtete? Er fand es wahrscheinlich wunderbar! Was für ein Idiot. Ich sah ihn an und begriff, dass er mich dabei ertappt hatte, wie ich Sandra und ihn anstarrte. Der Drang, ihm mit einem kräftigen Tritt das Grinsen vom Gesicht zu wischen, war stark.

Sandra hakte sich bei Ian unter. »Ich habe Ian gerade erzählt, wie wir damals immer diese kleinen improvisierten Treffen bei dir abgehalten haben.«

»Ah ja?«, fragte Josh freundlich.

»Ja, das sollten wir dringend mal wieder tun!«

Und so lernte ich, dass Sandra Witherspoon, wenn sie sich erst einmal eine Idee in den Kopf gesetzt hatte, diese auch in die Tat umzusetzen wusste. Binnen dreißig Minuten hatten wir uns alle im Haus der Beaumonts für eines dieser »improvisierten« Treffen versammelt, nach denen sie sich so gesehnt hatte.

»Erklär mir doch noch mal, wie das passieren konnte«, stöhnte Josh, als er in die Küche kam.

Ich warf ihm einen Blick über die Schulter zu, während ich in vier große Tassen Kaffee einschenkte. »Ich glaube, es war allein deine Schuld.«

Josh lachte und lehnte sich an die Küchentheke neben mir. »Ich bin mir ziemlich sicher, dass auch du etwas damit zu tun hattest.«

Ich reichte ihm eine der Tassen und sah zu, wie er daran nippte. »Du bist es, der sie eingeladen hat. Ich hatte nichts damit zu tun.«

»Du hättest sie wieder ausladen können«, meinte Josh.

Ich schnaubte. Er wusste ganz genau, dass ich versucht hatte, dieses Treffen zu verhindern. Nicht, dass ich etwas dagegen gehabt hätte, dass Ian hier war, obwohl es nach unserem Gespräch vom Nachmittag sicher eine bessere Idee gewesen wäre, ihm gegenüber Abstand zu wahren. Aber Sandra? Auf die hätte ich gut verzichten können. Nur Minuten, nachdem ich den Eindruck gehabt hatte, sie womöglich falsch eingeschätzt zu haben, dachte ich wieder, dass sie unglaublich hochnäsig war. Und jetzt sah es so aus, als interessiere sie sich für Ian, was wirklich … nun es brachte mich einfach zur Raserei. Verdammt, Raserei war vielleicht das falsche Wort. Mir wurde nur schlecht davon.

»Ich habe gesagt, dass ich noch Hausaufgaben machen muss und dass es schon spät ist. Und dann, als Sandra meinte, ich solle nicht so streberhaft sein, was hast du getan?« Ich reichte Josh eine weitere Tasse und nahm die beiden übrigen selbst. »Ganz genau: Du hast allen erzählt, ich würde sehr guten Kaffee kochen. Also, nach dir.«

Josh murmelte etwas über undankbare Frauen vor sich hin, während ich ihm durch den Flur zurück ins Wohnzimmer folgte.

»Ich hatte eine fantastische Idee!« Sandra sprang von dem Sofa direkt neben der Tür auf, wo sie und Ian vor dem brennenden Kamin gesessen hatten. Weiter hinten im Raum, vor dem großen Flatscreen, befand sich eine zweite Sitzgelegenheit mit einem Sofa und Sesseln, aber in diesem Teil des Raums hatte ich noch nie jemanden sitzen sehen. Josh war mehr ein Büchermensch, und ich hielt mich lieber in der Küche auf, wenn ich nach den Hausaufgaben noch freie Zeit hatte.

»Eine Idee? Schieß los«, sagte Josh und drückte Sandra eine Tasse in die Hand. Ich reichte meine zweite Tasse Ian, dann setzte ich mich in den einzelnen Sessel rechts von der Couch.

»Also, ich habe gedacht, wir könnten vielleicht ein kleines Spiel spielen, um der armen Celine zu helfen, ihr Gedächtnis wiederzufinden.«

Meine Güte, nicht schon wieder die Amnesiegeschichte!

Ich warf einen raschen Blick auf Ian. Er schien einfach nur interessiert zuzuhören.

Josh wirkte unsicher. »Was für eine Art von Spiel?«

»Es ist wirklich ganz einfach«, antwortete Sandra. »Warte nur noch eine Minute, ich habe Devon angerufen, damit er es vorbeibringt, er müsste jeden Moment hier sein.«

Meine Verwirrung musste mir deutlich anzusehen gewesen sein, denn Josh erklärte: »Devon arbeitet für Sandras Eltern.«

»Er ist unser Chauffeur.« Sandra lächelte gepresst. »Wer weiß, vielleicht sind deine Eltern ja auch Chauffeure?«

Es klingelte, und Sandra machte sich auf den Weg zur Tür, bevor ich auf ihren abfälligen Seitenhieb reagieren konnte. Nicht, dass ich wirklich darauf reagiert hätte. Das Mädchen war ein hoffnungsloser Fall. Ein undankbarer Snob, der nicht glücklich war, obwohl das Leben ihm alles gegeben hatte.

»Achte nicht auf sie«, meinte Josh entschuldigend.

Ich lächelte ihn beruhigend an, dann warf ich einen verstohlenen Blick in Richtung Ian. Was fand er denn an Sandra?

»Endlich! Also ehrlich, noch etwas langsamer, und ich hätte diesen Idioten feuern müssen«, schnaubte Sandra, als sie in den Raum zurückkam, eine dünne, schwarze Schachtel in den Händen.

»Um noch schneller hier zu sein, hätte er fliegen müssen«, bemerkte Josh zu Devons Verteidigung.

»Dann sollte er eben fliegen lernen.« Sie lächelte zuckersüß. Als sie Joshs wenig beeindruckten Blick sah, richtete sie ihre himmelblauen Augen auf Ian. »Ganz im Ernst, Ian. Sag mir, dass du dein Personal nicht so verhätschelst wie Josh.«

»Ich habe kein Personal«, erwiderte Ian und griff nach dem Deckel der Schachtel, die Sandra auf den Tisch gestellt hatte. »Was ist das?«

Rasch räumte Sandra die Sachen auf dem Couchtisch zur Seite und legte ein großes quadratisches Brett darauf. »Jetzt erzähl mir nicht, dass ihr diese Dinger drüben in Großbritannien nicht habt!«

Ich brauchte einen Moment, um meine Überraschung zu überwinden. »Ist das ein Hexenbrett?«, fragte ich und beugte mich vor. Auf dem Brett, das Sandra auf den Tisch gelegt hatte, standen in einer altertümlichen Schrift zahlreiche Buchstaben und Zahlen, außerdem, in die vier Ecken geschrieben, die Wörter »Ja«, »Nein«, »Frag noch einmal« und »Auf Wiedersehen«. Das war alles. Ich kannte diese Hexenbretter aus Horrorfilmen.

»Ja, genau das ist es. Und jetzt los, Leute. Bringen wir die Geister zum Reden!« Sie klopfte auf den Boden neben sich und überkreuzte die Beine, sodass ihr viel zu kurzes Kleid noch höher hinaufrutschte.

Mit Geistern reden? »Ich weiß nicht«, meinte ich ausweichend. Nicht, dass ich befürchtete, durch das Spiel könne irgendetwas über mich herauskommen, schließlich war es nur eine Spielerei, aber das Heraufbeschwören von Geistern war nichts, was ich in die Kategorie »Spaß« eingeordnet hätte.

»Geister?«, protestierte Josh. »Ich bitte dich, Sandra, das kann nicht dein Ernst sein.«

Sandra hörte mit ihren Vorbereitungen auf und sah Josh mit traurigen Augen an. »Ich hätte mir ja denken können, dass du auch hier einen Rückzieher machst.«

»Unfassbar, dass ich mich von dir da hineinziehen lasse«, brummte Josh, während er neben ihr Platz nahm.

Unsicher folgte ich seinem Beispiel und setzte mich ans gegenüberliegende Ende des Tisches.

»Tut mir leid, Leute, aber ich verschwinde«, sagte Ian.

»Oh, komm schon, sei nicht langweilig!«, jammerte Sandra.

Ihr Welpenblick schien Ian nicht zu beeindrucken.

»Jetzt komm, McAlpine, nur fünf Minuten, dann können wir wieder etwas anderes machen«, meinte Josh. Unterdessen zog Sandra ein viereckiges Stück Holz hervor und legte es in die Mitte des Brettes.

So formuliert wirkte es wirklich nicht zu viel verlangt, aber Ian bückte sich einfach nur, um seinen Autoschlüssel vom Couchtisch zu nehmen. »Tut mir leid, Kumpel, dann mal bis später.«

»Warte mal.« Sandra hielt Ian am Arm fest, und ihre Stimme wurde sanft. »Du hast doch gesagt, du würdest mich nach Hause bringen, erinnerst du dich nicht?«

Ich war mir nicht recht im Klaren, ob Sandra versuchte, Josh auf Ian eifersüchtig zu machen, oder ob sie es tatsächlich auf Ian abgesehen hatte … vielleicht beides. So oder so, sie zog ihre Show nur für die Jungs ab, nicht wegen mir. Und doch wurde ich langsam wirklich richtig sauer.

»Devon wird sich bestimmt die Ehre geben.« Ian zog seinen Arm von ihr weg, dann warf er mir einen Blick zu, den ich nicht zu deuten wusste, und verließ den Raum.

»Na schön, dann geh halt!«, rief Sandra ihm nach, um sich dann wieder Josh und mir zuzuwenden. »Okay, dann eben nur wir drei. Legt den Zeigefinger auf dieses Stück Holz oder diese Planchette oder wie immer man das Ding nennt. Und dann rufen wir nach den Geistern und stellen ihnen Fragen!«

Als ich die Finger auf das Holz legte, schaute ich zu Josh

auf, um zu sehen, was er dachte. Unsere Blicke trafen sich, und er verdrehte die Augen. Nun, das wäre schon einmal geklärt.

»Oh Geister, wir rufen euch!«, begann Sandra mit theatralischer Stimme. »Seid ihr hier?«

Die Planchette unter unseren Fingern blieb reglos. Meine Lippen zuckten, aber ich konnte mit Müh und Not ein Lachen unterdrücken. Sandra glaubte doch wohl nicht tatsächlich, dass dieser Unfug funktionierte, oder?

»Geister, kommt hervor! Kommt und sprecht mit uns, wir flehen euch an!«, gurrte Sandra.

Josh versuchte, sein Lachen hinter einem Hüsteln zu verbergen. Als ich das hörte, konnte ich einfach nicht anders und stimmte mit ein. Sandra war genauso lächerlich, wie Janet es gewesen war, sie warf die Hände in die Luft und schaute auf, als würden Geister eben gern an Decken herumhängen.

»Du findest mich komisch?«, zischte Sandra mich an. »Also gut, warum rufst dann nicht du diese gottverdammten Geister herbei, vielleicht mögen sie deine Stimme ja lieber.«

»Sandra, ich kann einfach nicht …«, sagte ich, bemüht, mir das Lachen zu verbeißen.

Josh zwinkerte mir zu. »Komm schon, Celine, zeig's uns!«

Ich ließ meinen Blick von Joshs erwartungsvoller Miene zu Sandras zornigem Gesicht wandern und beschloss mitzumachen. Was konnte dabei schon Schlimmes passieren?

»Hallo. Ist da jemand?«

Mit dem ersten Ruck der Planchette war meine Erheiterung wie weggeblasen. Das kreisförmige Loch in der Mitte des Vierecks leuchtete auf: »Ja.«

Ich sah Sandra stirnrunzelnd an. »Warum machst du das?«

»Ich hab gar nichts gemacht!«, protestierte sie, und dann richteten wir beide den Blick auf Josh.

»Sehr witzig«, war seine einzige Antwort. »Kommt, Leute, das ist doch einfach nur Blödsinn, hören wir auf damit.«

Sandra wirkte aufgeregt. »Stell noch eine Frage, Celine. Mach schon!«

Da ich überzeugt war, dass Sandra den Block bewegte, zuckte ich die Achseln und fragte: »Wer bist du, Geist?«

Die Planchette begann, sich zu bewegen. Diesmal schneller. Unsere Finger flogen hin und her, während die Planchette flüchtig über den einzelnen Buchstaben innehielt.

Sandra sprach langsam mit und setzte die Buchstaben zu Wörtern zusammen. »ICH. BIN. KEIN. GEIST.« Nach Sandras letztem Wort senkte sich Stille über den Raum. Wir blickten einander an, und als ich den Ausdruck in Sandras Augen sah, wurde mir bang ums Herz. Sie wirkte verängstigt. *Sie machte das nicht!*

»Was bist du dann?«, fragte ich, ehe ich einen Rückzieher machen konnte.

Die Planchette bewegte sich diesmal langsamer.

»D«.

»S«.

»C«.

»H«.

»I«.

»Okay, das ist genug!« Sandra stand auf und warf Josh und mir anklagende Blicke zu. »Ihr wollt also nicht spielen. Ich hab schon kapiert. Ihr braucht nicht zu versuchen, mir einen derartigen Schrecken einzujagen.«

Protestierend gab ihr Josh zu verstehen, dass wir doch gar nichts getan hätten, dann ging er hinter Sandra her und versuchte, sie zu beruhigen.

Allein im Raum saß ich auf dem Boden, die Hände sicher auf dem Schoß. Ich sagte mir wieder und wieder, dass das Ganze nichts Echtes gewesen sei, dass Sandra nur ein raffiniertes Spiel spiele, aber ich konnte das unheildrohende Gefühl nicht abschütteln, das sich in meiner Magengrube festgesetzt hatte. Genauso wenig konnte ich die Tatsache einfach wegschieben, dass ich wusste, was die Planchette buchstabiert hatte.

D. S. C. H. I. N. N.

Woher konnte Sandra dieses Wort überhaupt kennen? Ein Frösteln überlief mich und ließ mich erschaudern. Plötzlich überkam mich der heftige Drang, den Raum zu verlassen. Ich stand auf und machte einen Schritt auf die Tür zu.

Ein lauter Knall ließ mich erstarren.

Ich drehte mich langsam um, und mein Blut gefror, als ich sah, wie Ians Kaffeetasse über den Tisch rollte und zu Boden fiel.

Die Herrscherin

Nach einer Nacht, in der ich mich zwischen verschwommenen Träumen schlaflos im Bett herumgewälzt hatte – Träumen, in denen ich Kaffeetassen umwarf und dunkle Gestalten mit stechenden gelben Augen auftauchten –, wachte ich um fünf Uhr morgens mit hämmernden Kopfschmerzen auf. Außerstande, die unheimlichen Bilder aus meinem Kopf zu verbannen, ging ich im stillen Haus herum und überprüfte alle Türen auf Schutzsymbole. Nachdem ich mit einem Messer aus der Küche das Symbol auf der Haupttür nachgeschnitzt hatte, an dem ein Eck weggebrochen war, versuchte ich, mich mit der Vorbereitung des Frühstücks abzulenken. Es half nicht. Die anschließende Dusche half auch nicht, und der unangekündigte Mathetest in der zweiten Stunde war wirklich die Krönung dieses schrecklichen Morgens. Um die Mittagszeit hatte ich das Gefühl, als würde mir gleich der Schädel platzen, und so suchte ich mir eine abgeschiedene Ecke in der Bibliothek, um mich zu verkriechen und zu lesen.

Ich war seit dem Zwischenfall mit dem Hexenbrett innerlich alles durchgegangen, was ich über Dschinn wusste, aber ich fand einfach keine Möglichkeit, wie ein körperloses Flammenblut die Planchette über das Brett bewegt haben konnte. Es gab nur wenige denkbare Erklärungen. Die erste Erklärung war, dass Sandra das Wort »Dschinn« kannte und ihren Spaß mit uns getrieben hatte. Es war keine sehr wahrscheinliche Möglichkeit, aber es war die harmloseste Schlussfolgerung. Die zweite Erklärung bestand darin, dass Sandra besessen war und der Dschinn in ihr mit mir seine Späße trieb. Das war plausibler und unheimlicher und würde erklären, warum sie so unsympathisch war … Aber es würde nicht erklären, warum sie Josh bisher noch nichts angetan hatte, wo sie doch so viele Gelegenheiten dazu gehabt hätte. Die letzte Möglichkeit war, dass es da etwas gab, was ich nicht wusste, etwas, was es einem körperlosen Dschinn ermöglichte, Gegenstände zu bewegen. Hoffentlich würde das Buch einige Fragen beantworten können, das ich am Morgen aus Roberts Arbeitszimmer hatte entwenden können, als Marie drinnen sauber machte.

Der Schutzumschlag behauptete, dass es sich dabei um *Der blinde Uhrmacher* von Richard Dawkins handele, aber darunter steckte ein altes in Leder gebundenes Buch ohne Titel. Vorsichtig wendete ich die Seiten des alten Bandes, und die Bilder darin ließen mir die Haare zu Berge stehen. Pentagramme, Ziegenköpfe auf Spießen, Siegel mit Schädeln und seltsame Vorrichtungen, die Dreizacken ähnelten. Ich stieß auf den Anfang eines Kapitels mit der Überschrift »Arten von Dschinn« und begann rasch zu lesen.

Es gibt drei bekannte Unterklassen von Dschinn: Die Marid, die Afarit (Singular: Ifrit) und die Dschann. Die Marid, die mächtigste Art der Dschinn, sind auch die seltenste. Die Dschann, wenn auch nicht ganz so selten, bleiben meist für sich allein und nehmen selten mit Menschen Kontakt auf, selbst wenn sie in unserer Dimension verkehren. Wenn Sie einem Dschinn begegnen, wird es sich höchstwahrscheinlich um einen Ifrit handeln – die Afarit nehmen die mittleren Ränge der Dschinn-Gesellschaft ein. Dschinn haben ein ausgeprägtes Kastensystem, und man glaubt, dass sie in verschiedenen Königreichen innerhalb ihrer Dimension leben: dem Kaf.

Klassen von Dschinn? Davon hatte ich noch nie gehört! Ich überflog den Abschnitt darüber, wie die Dschinn im Kaf leben, und blieb dann an einem Kapitel hängen, das mit »Körperliche Manifestationen« überschrieben war.

Es gibt mehrere Möglichkeiten, wie sich ein Dschinn in unserer Dimension körperlich manifestieren kann. Die erste und verbreitetste ist, dass er sich eines Menschen bemächtigt. Dieses Besessen-Machen ist das Werkzeug der Afarit, die für ihren Hass auf Menschen sowie ihre Vorliebe für hinterlistige Machenschaften und das Stiften von Chaos berüchtigt sind. Es sind Fälle bekannt, in denen Afarit Informationen an Wahrsager weitergegeben oder die Stimmen der Toten nachgeahmt haben, um Menschen dazu zu verführen, sich selbst oder anderen zu schaden.

Die wandelnden Toten
In seltenen Fällen gelingt es Afarit, einen Leichnam zu bewohnen. Für den Ifrit, der dieses Kunststück zuwege bringt, bedeutet es, hundertprozentige Kontrolle über einen menschlichen Körper zu haben, ohne einen lebenden Menschen im Zaum halten zu müssen. Ein Ifrit in einem Leichnam empfindet keinen Schmerz und kann nicht bluten. Um dem Körper ein »lebendiges« Aussehen zu verleihen, muss der Dschinn sich jedoch von menschlicher Lebens-

kraft nähren. Diese Energie verschafft er sich, indem er seinen Opfern die Lebenskraft aus der Schädeldecke saugt.

Na toll! Jetzt sollten also auch Zombie-Dschinn im Bereich des Möglichen sein? So allerliebst das klang, ich hatte meine liebe Not, es zu glauben. Im Laufe all meiner Begegnungen mit Flammenblütern und in all den Jahren, in denen ich über sie gelesen hatte, hatte ich noch nie zuvor von den wandelnden Toten gehört.

Wie man sie erkennt
Es ist möglich, einem wandelnden Toten zur Beute zu fallen, ohne es zu bemerken, da Afarit ihre menschlichen Opfer in einen tranceähnlichen Zustand versetzen, bevor sie deren Energie trinken. Es gibt jedoch Anzeichen, auf die man achten sollte. Dazu gehören: Lustlosigkeit, regelmäßige unerklärliche Kopfschmerzen, plötzliche Anfälle von Depression und das ständige Gefühl, beobachtet zu werden.

Nur eine Waffe aus einer speziellen Eisenmischung ist in der Lage, ihr körperliches Gefäß zu zerstören.

»Da bist du ja.« Melissa spähte hinter einem Bücherregal hervor.

Erschrocken stopfte ich das Buch in meine Tasche zurück und versuchte zu lächeln. »Hi.«

»Hi zurück!« Melissas Haar war zu einem langen Zopf gebunden, der ihr über die Schulter hing, und sie hatte einen Hauch von rosafarbenem Make-up aufgelegt. Ich hatte sie zuvor noch nicht einmal mit Lipgloss gesehen! »Gehst du irgendwie aus oder so?«

Sie setzte sich neben mich. »Du meinst, wegen des Make-ups und des Haars? Ich will nur meiner Schwester zeigen, dass ich sie unterstütze, indem ich sie an mir üben lasse.«

»Sieht hübsch aus«, sagte ich und versuchte, die Zombie-Dschinn aus meinem Kopf zu verbannen. Es hatte keinen Sinn, mir wegen dieser Kreaturen Sorgen zu machen, solange ich eine möglicherweise besessene Sandra am Hals hatte. Wie konnte ich testen, ob sie besessen war? Ich meine – es gab da jede Menge Möglichkeiten. Ich konnte es bei ihr mit der Beschwörungsformel versuchen. Wenn sie nicht besessen war, würde sie mich einfach auslachen. Aber wenn sie es war … Der Dschinn würde nicht einfach geduldig warten, bis ich ihn ausgetrieben hatte.

Vielleicht konnte ich ihr eine Falle stellen, irgendwo auf dem Schulgelände. Sandra dazu bringen, über diese Stelle hinwegzugehen, und wenn sie nicht weiterkonnte: Voilà! Beschwörungsformel, und fahr dahin, du Mistkerl. Nur dass es in diesem Fall unmöglich war sicherzustellen, dass niemand zufällig dazukam, und was dann? Irrenhaus, Gefängnis, irgendeine staatliche Untersuchungseinrichtung? Nein, danke.

Silber. Ich würde Silber nehmen müssen. Und es musste zufällig erscheinen oder vielleicht als ein Unfall … Sodass es nicht offensichtlich war, dass ich ihre Reaktion beobachtet hatte, wenn sie sich tatsächlich verbrannte und es zu verbergen versuchte. So hätte ich meine Sicherheit, und der Dschinn, der von ihr Besitz ergriffen hatte, würde nicht vorausahnen, was ich vorhatte.

»Danke, meine Schwester ist da wirklich ziemlich begabt. Obwohl ich hoffe, dass sie mich nicht noch einmal darum bitten wird. Wegen ihr musste ich eine Stunde früher aufstehen als normalerweise. Eine Stunde! Ich schätze meinen Schlaf, weißt du?«

Blinzelnd versuchte ich, dem Gesprächsverlauf zu folgen. »Dass sie dich nicht noch einmal *worum* bitten wird?«

»Mir das Haar zu flechten und mich zu schminken!« Melissa blickte mich fragend an. »Alles in Ordnung mit dir, Celine? Du siehst fast so müde aus, wie ich mich fühle.«

»Ach ja, entschuldige, nein, alles bestens. Mit mir ist alles bestens, wirklich.« Ich rutschte auf meinem Stuhl herum und erinnerte mich erst jetzt daran, wo wir waren. Das Geräusch gedämpfter Stimmen drang von der anderen Seite der hohen Bücherregale, zwischen denen wir saßen, zu uns her. »Wie hast du mich eigentlich hier gefunden?«

Melissa tätschelte mir grinsend die Schulter. »Weil die Gruppe von Mädchen an dem Tisch dort drüben über dich redet.« Sie riss die Augen auf, blinzelte hektisch und verfiel in einen hohen Tonfall, um die Mädchen nachzuahmen: »Hast du schon gehört, dass sie mit Ian McAlpine zusammen ist? Nein! *Ich* habe gehört, dass Josh Beaumont ihretwegen mit Sandra Witherspoon Schluss gemacht hat. Warum sonst sollte Josh Sandra sitzenlassen, sie sind *sooo* ein schnuckeliges Paar.«

Ich fühlte mich verletzt. »So was reden die tatsächlich?«

»Ach komm, ich bitte dich. Es ist nur Tratsch. Außerdem bedeutet es, dass du beliebt bist.« Melissa lachte.

Sollte mich das etwa aufmuntern? »Warum kümmern sich die Leute nicht um ihre eigenen Angelegenheiten?«

»Weil wir hier auf der Highschool sind.« Melissa lehnte sich gegen die Bücherregale hinter uns. »Und? Hast du etwas Interessantes in deiner Zukunft gesehen?«

Sie warf einen Blick auf die neben mir liegenden Tarotkarten. Wenn ich doch nur in meine Zukunft sehen könnte, es würde alles so viel einfacher machen. »Nein. Das Einzige, was ich über meine Zukunft weiß, ist, dass ich mich dazu habe überreden lassen, zu Sandras Party zu gehen, und dass ich wirklich nicht hingehen will.«

»Du gehst zu der Witherspoon-Party heute Abend?« Melissa wirkte geschockt. Kein gutes Zeichen.

»Sandra hat Josh und mir gestern Abend das Versprechen abgenommen zu kommen. Warum?«

Melissa lachte und warf die Hände in die Luft. »Sandra-Witherspoon-Partys sind die aberwitzigsten, pompösesten Partys in ganz Massachusetts. Sie importiert DJs aus New York, und Gäste kommen bis aus Kalifornien hierher. Ich habe sogar gehört, dass einmal eine Gruppe von Mädchen aus Vancouver gekommen ist und an der Tür abgewiesen wurde, weil sie nicht den Anforderungen entsprechend gekleidet waren. Hast du irgendwo ein Ballkleid versteckt?«

»Da kann etwas nicht stimmen. Sie meinte, es sei nichts Besonderes, nur eine kleine Zusammenkunft.« Ich hatte mir die Sache als ein Zimmer voller Leute vorgestellt, die sich miteinander unterhielten. Ganz allein deshalb hatte mich die Aussicht noch nicht in ein Nervenbündel verwandelt. Das improvisierte Treffen am vergangenen Abend kam dem, was ich unter »Party« verstand, ziemlich nahe.

»Eine *kleine* Zusammenkunft?« Melissa verdrehte die Augen. »Gibt es eine Bekleidungsvorschrift? Sandra gibt nie eine Party ohne eine spezielle Themenstellung.«

Ich versuchte, mich zu erinnern. »Stimmt, sie hat gesagt, dass ich etwas Weißes anziehen soll.«

»Okay, das Thema könnte also ›Ganz in Weiß‹ sein, auch wenn ich so meine Zweifel daran habe. Das hat sie vor ein paar Jahren schon mal gemacht, und sie ist nicht der Typ, der sich selbst wiederholt. Dann muss es wohl ein Schwarz-Weiß-Ball sein.« Melissa stand schnell auf und streckte mir die Hand hin. »Keine Sorge, ich werde es herausfinden. Und du kommst nach der Schule zu mir. Es ist mein freier Abend. Und Penelope ist genau die Richtige, um uns zu helfen, dich in Schale zu werfen.«

Ich nahm ihre Hand und stand auf. »Hör mal, das wird mir alles ein wenig zu viel. Ich glaube, ich würde lieber nicht hingehen. Außerdem habe ich wirklich üble Kopfschmerzen…«

Melissa hörte kaum auf mich, als sie mir voraus durch die Bibliothek marschierte. »Diese Hexe hofft offenbar, dass du in Jeans und einem weißen T-Shirt aufkreuzt. Verschlagen und hinterhältig… Hat sie wirklich gedacht, ich würde zulassen, dass sie dich derartig demütigt? Du gehst hin, Celine. Und mach dir keine Sorgen, meine Mom hat einen tollen Tee, der wird deinen Kopf rasch wieder in Ordnung bringen.«

Ein Gutes, dachte ich, konnte die Witherspoon-Party immerhin haben: Ich könnte so vielleicht eine Gelegenheit bekommen, Sandra auf Besessenheit zu testen. Natürlich müsste ich etwas Silbernes in die Finger bekommen. Vielleicht etwas, was ich der Gastgeberin als Geschenk mitbringen könnte? Ich schloss die Augen und suchte nach einem guten Einfall.

Als ich fünf Stunden später in der Küche der Appletons hockte und Melissas Eltern dabei zuhörte, wie sie sich über die Vorzüge und Nachteile von Beamern unterhielten, suchte ich immer noch nach etwas Geeignetem. Mr. und Mrs. Appleton waren beide Lehrer an der East Wendell Highschool. Henry Appleton hatte einen Bierbauch, Laura Appleton trug eine ungeheuer komische Harry-Potter-

Brille, und zusammen waren sie einfach hinreißend. Ich saß an ihrem kleinen Küchentisch, und trotz meines Sandra-Problems hatte ich mich seit langem nicht so ruhig und entspannt gefühlt.

»Hier bitte, meine liebe Celine. Lass dich vom Geruch nicht stören; dafür wirst du dich bald wie ein neuer Mensch fühlen.« Mrs. Appleton schob ihren Mann aus dem Weg, um mir einen Pott Tee hinzustellen.

»Vielen Dank, Mrs. Appleton.« Ich hob die Teetasse und zwang mich, angesichts des irgendwie vertraut widerwärtigen Geruchs nicht das Gesicht zu verziehen.

Aus dem Treppenhaus ließ sich lautes Getrappel vernehmen, dann kamen Melissa und ein Mädchen herein, das nur ihre Schwester sein konnte – Penelope.

»Was mieft denn hier so fürchterlich?«, schimpfte Penelope Appleton, als sie an den Tisch trat. Ihr Haar war zu kunstvollen Zöpfen geflochten, und sie trug eine zerrissene Jeans und ein schwarzes Guns-N'-Roses-T-Shirt. Ich fragte mich, ob sie so zur Schule gegangen war. Melissa und ich steckten immer noch in der Schulkleidung der Thornton Academy und wirkten neben ihr lächerlich spießig.

»Mom hat Celine ihren speziellen Tee gekocht, den sie immer auf diesem haitianischen Markt am Stadtrand kauft«, erklärte Melissa und deutete auf die Tasse, die ich mir immer noch vor den Mund hielt. Deshalb kam mir der Geruch bekannt vor! Es roch genau wie der »Zaubertee«, den Marie so gern für mich machte.

»Na, dann mal viel Glück. Er schmeckt noch schlimmer, als er riecht.« Penelope lachte mich an und griff sich einen Apfel aus dem Früchtekorb neben dem Kühlschrank.

»Verdirb dir nicht den Appetit, junge Dame. Dein Vater macht sein berühmtes Rindfleisch mit Nudeln«, ermahnte

Mrs. Appleton ihre Tochter. Dann drehte sie sich mit einem Lächeln zu mir um. »Celine, meine Liebe. Hören Sie nicht auf diese Dummköpfe. Dieser Tee wirkt Wunder. Er wird nicht nur Ihre Kopfschmerzen vertreiben, sondern Ihnen auch geistige Klarheit schenken.«

»Vielen Dank, Mrs. Appleton.« Ich gab mir alle Mühe zu lächeln.

»Dad! Ich hab dir doch gesagt, dass ich keine Kohlenhydrate zu mir nehme!«, stöhnte Penelope.

Mr. Appleton wandte sich von der Schüssel frisch geschälter Kartoffeln vor sich ab und zwinkerte seiner Tochter zu. »Es tut mir leid, Nel, aber ich habe es mir nun mal zum Lebensziel gesetzt, dich dick und fett zu machen. Dann wirst du niemals einen Mann finden und für immer hier im Haus leben! Bru-ha-ha!«

Melissa verdrehte die Augen und sah zu, wie ihr Dad sich wie ein Schurke aus einem Comic-Heft die Hände rieb. »Kümmere dich bitte nicht um die beiden, Celine. Und jetzt suchen wir dir etwas, was du für Sandra Witherspoons Party anziehen kannst.«

»Für was!?« Penelope erstarrte mitten im Zubeißen und legte den Apfel zurück in den Korb. Aus Melissas Grinsen ging unmissverständlich hervor, dass sie eine solche Reaktion erwartet hatte.

»Du gehst heute Abend zur Party von Sandra Witherspoon!?«, fragte Penelope. Ungläubigkeit stand ihr deutlich ins Gesicht geschrieben.

Ich zuckte die Achseln und wünschte, ich könnte Nein sagen.

»Genau das tut sie.« Melissa machte einen Schritt auf ihre Schwester zu. »Und wir brauchen dringend deine Hilfe, Nel. Ich meine, Celine hat nichts zum Anziehen, und ich weiß wirklich nicht so recht, was wir mit ihrem Haar anstellen können …«

»Es ist total glatt und langweilig!«, sagte Penelope ohne Zögern. Sie trat einen Schritt vor und griff nach den Strähnen, die sich aus meinem Pferdeschwanz gelöst hatten. »Und, mein Gott, du hast nicht mal eine Maniküre!«

Ich wusste nicht, ob ich beleidigt sein oder lachen sollte. Penelope schien absolut entsetzt über meinen Mangel an Schliff und Eleganz, während Melissa über diese Wendung der Ereignisse geradezu entzückt wirkte. Unsicher, wie ich reagieren sollte, nahm ich stattdessen einen Schluck von dem lauwarmen Tee. Gütiger Gott, er war wirklich widerlich. Er schmeckte, als hätte jemand ein Bündel Kamille, Dill und Petersilie zusammengeworfen, um daraus einen grünen Saft zu pressen. Und der Anflug von Minze am Ende half nicht im Mindesten.

»In Ordnung, Mädels, wenn ihr Umstylen spielen wollt, dann tut euch keinen Zwang an. Aber in zwei Stunden gibt es Abendessen«, mahnte Mrs. Appleton.

Penelope strahlte, als hätte jemand eine Glühbirne in ihrem Kopf eingeschaltet.

»Mein erstes professionelles *Umstyling*!« Sie griff nach meiner Hand, und ich schüttete beinahe den Zaubertee über meine Kleidung, als ich ihr aus der Küche hinaus und in den ersten Stock hinauf folgte. Wir kamen an einem ziemlich überfüllten Badezimmer vorbei und betraten ein Schlafzimmer, das nun wirklich restlos vollgestopft war. Vollgestopft ist vielleicht nicht ganz das richtige Wort. Penelopes Zimmer war *chaotisch*.

Auf dem Boden lagen überall Kleider, die Wände waren voller Poster, und ihr Rucksack lag halb geöffnet auf dem

Bett. Das einzig sichtbare Zeichen von Ordnung fand sich auf dem kleinen Tischchen. Dort hatte Penelope einen großen Spiegel gegen die Wand gelehnt, und davor standen Lidschatten, Lippenstift und andere Make-up-Produkte, die ich nicht identifizieren konnte, säuberlich nebeneinander aufgereiht.

»Wir werden wohl mit deinem Haar anfangen müssen«, sagte Penelope. Dabei sah sie sich im Raum um, auf der Suche nach Gott weiß was.

»Okay«, antwortete ich. Ich hatte das Gefühl, dass es im Grunde ziemlich egal war, was ich sagte. Die Appleton-Schwestern hatten offensichtlich das Heft in der Hand, und meine einzige Aufgabe bestand darin, irgendwie den Tee ihrer Mutter hinunterzubekommen.

»Was meinst du, Nel? Vielleicht ein eleganter Haarknoten?«, fragte Melissa hinter mir.

»Nein, nein! Ich weiß genau, was wir tun müssen«, erwiderte Penelope und zog unter einem Stapel von T-Shirts einen schwarzen Beutel hervor. Rasch öffnete sie den Reißverschluss und brachte einen Satz Bürsten und Scheren zum Vorschein. Dann sah sie mich an. »Erst müssen wir dir das Haar ein wenig kürzen.«

Ich trat einen Schritt zurück und hob meine freie Hand zum Zeichen des Protests. »Es ist gut so, wie es ist, wirklich. Ich bin nicht der Typ für einen verrückten Haarschnitt.« Das war nicht gelogen. Schließlich war ich überhaupt kein Haarschnitt-Typ. Ich hatte mir die Haare schon immer selbst geschnitten.

Melissa nahm mir die Tasse ab und runzelte die Stirn. »Jetzt stell dich nicht so an, Celine. Meine Schwester weiß schon, was sie tut.«

Penelope wirkte für einen Moment angenehm erfreut,

dann wurde sie wieder ganz sachlich. »Ich werde dir keinen verrückten Haarschnitt verpassen. Wir müssen einfach die verfilzten Nester in deinem Haar loswerden. Das ist alles. Vertrau mir.«

Ich zögerte. Was konnte es schaden? Haare wuchsen schließlich nach, oder etwa nicht?

Das Ass der Kelche

Für Sandras Schulanfangsparty waren keine Kosten gescheut worden; es gab zehn Bars, zwanzig Barkeeper, fünfzig weißbehandschuhte Kellner, den Top-DJ aus New York, eine Stereoanlage mit Surroundsound, zwei Seifenblasenmaschinen – und das alles in fünf riesigen beheizten Pavillons mit Teppichböden, die inmitten der Witherspoon'schen Gärten aufgebaut worden waren. So hatte es zumindest die Website verkündet, die Penelope am frühen Abend aufgestöbert hatte. Seit wann gab es denn Partys mit einer eigenen Website!?

Ich zögerte an den Stufen der Marmortreppe, die zu der Veranstaltung hinabführte, nahm die Gärten in Augenschein und erkannte, dass die Website nicht gelogen hatte. Lange Kerzen in gläsernen Vasen standen überall längs der Terrasse, der Treppe und der Grünfläche dahinter. Sie geleiteten die Gäste zu den dicht bevölkerten Zelten auf dem Rasen. »Ich gehöre hier nicht her«, ging mir durch den Kopf.

»Das Mädchen weiß, wie man eine Party schmeißt.« Ians Stimme ertönte von der anderen Seite der Terrasse, und dann trat er aus den Schatten hervor. Ich lächelte unwillkürlich, erleichtert, ein vertrautes Gesicht zu sehen – und dann konnte ich ihn nur noch anstarren.

Sein schwarzes Haar endete kurz über dem weißen Kragen seines Smokinghemds. Die schlanke Fliege, die langgestreckten, scharfen Konturen seines Anzugs… Wie schaffte er es bloß, dass ihm diese Sachen genauso gut standen wie Lederjacke und Jeans? Ich sah zu, wie er zu mir herüberkam. Mit jedem Schritt strahlte er Selbstvertrauen aus, und ich begriff, dass er in diese Welt der Reichen und Privilegierten perfekt hineinpasste. Im Gegensatz zu mir.

»Es muss ein Vermögen gekostet haben«, sagte ich und riss den Blick von ihm los. Was um alles in der Welt suchte ich hier? Die Leute dort unten würden nur einen Blick auf mich werfen und anfangen zu lachen. »Ich glaube, ich bleibe wohl einfach noch ein Weilchen hier stehen.«

Er zog die Stirn kraus. »Ist das etwa Angst, die ich aus Ihrer Stimme höre, Miss Smith?«

Angst? Ich fürchtete mich doch nicht! »Nein, ist es nicht.«

Ians volle Aufmerksamkeit galt jetzt mir. Er trat näher, dann wartete er ab, bis ein Paar, das hinter uns auf der Terrasse auftauchte, die Treppe hinuntergegangen war. »Doch, du bist nervös. Ist alles in Ordnung?«

Seine Worte erinnerten mich daran, dass Ian trotz seiner Allüren ein netter Kerl war. Er hatte mir bisher immer geholfen. Die Verspannung in meinen Schultern löste sich ein wenig.

»Ja.« Es war schließlich alles bestens. Nur, dass ich immer noch log, was mein Gedächtnis betraf, immer noch keinen Plan hatte, wie ich Josh helfen sollte, und dass ich jetzt die Party eines Mädchens besuchte, das vielleicht oder vielleicht auch nicht von einem Dschinn besessen war, das es in jedem Falle aber genießen würde, mich flach auf die Schnauze fallen zu sehen – was sehr leicht passieren konnte, schließlich trug ich zum ersten Mal in meinem Leben High Heels. Davon abgesehen war alles einfach perfekt.

»Gut.« Ian nickte. »Aber jetzt sag schon. Was versteckst du unter diesem weißen Schal?«

»Gar nichts!« Ich war froh, dass es auf der Terrasse relativ dunkel war, denn meine Wangen glühten plötzlich feuerrot. Warum zum Teufel hatte ich mich von Melissa und Penelope dazu überreden lassen, dieses verdammte Kleid anzuziehen?

Ian verschränkte die Arme vor der Brust. »Du kannst dich nicht den ganzen Abend lang einmummeln. Es wird heiß in diesen Zelten.«

Er hatte recht, aber nur für den Fall, dass ich tatsächlich eines dieser Zelte betrat. Ich wäre niemals auf diese Party gekommen, hätte ich nicht gewusst, dass Josh hier sein und vielleicht auf meine Hilfe angewiesen sein würde. Vor allem, falls seine Exfreundin die willenlose Marionette eines Dschinns war. Aber das bedeutete nicht, dass ich mich mitten in die Party stürzen musste. Es war sehr gut möglich, von genau hier aus ein Auge auf ihn zu haben … Ich musste ihn nur zuerst einmal entdecken. »Warum gehst du nicht schon mal voraus, und ich suche mir erst mal ein Bad, um …«

Ian schüttelte den Kopf und lachte mich aus. »Das ist doch lächerlich, gib einfach her.« Dann riss er mir den Schal aus den Fingern, noch ehe ich ihn fester um mich ziehen konnte.

Beschämt streckte ich die Hand aus. »Gib ihn mir zurück, Ian.«

Seine Augen wurden dunkler, als er nun seinen Blick auf meinem Outfit ruhen ließ. »Nein.«

»Ian, das ist nicht lustig.« Ich sah mich um, um sicherzugehen, dass niemand in der Nähe war, dann machte ich einen Schritt auf ihn zu. Wenn ich ihm eine knallte, würde er sich vielleicht als entgegenkommender erweisen. »Gib ihn mir einfach!«

»Du hast keine Ahnung, wie schön du bist. Ist doch so, oder?«

Schön? Ich blinzelte. Er wollte einfach nur nett sein. Ich strich mit den Fingern über den hohen Ausschnitt des schlichten weißen Seidenkleides und wünschte sehnlich, mein Rücken wäre genauso bedeckt. »Nein, das stimmt nicht. Ich meine, natürlich ist es ein schönes Kleid. Nel hat es in einem Laden für schöne alte Kleider gefunden und hergerichtet, sie hat da wirklich ein unglaubliches Händchen. Aber wie auch immer, ich sollte es nicht tragen. Das bin nicht ich.« Ich verlagerte mein Gewicht ein wenig und spürte, wie der Stoff über meinen entblößten Rücken glitt.

»Es ist hinreißend«, sagte Ian schlicht. »Und du hast vielleicht doch recht mit dem Schal. Ich weiß nicht so recht, ob mir die Vorstellung gefällt, dass jeder Junge auf der Party hinter dir her sein wird.«

Ich nahm ihm den Schal wieder aus der Hand und lachte: »Aber klar doch.«

»Meine Dame, mein Herr, darf ich Ihnen einen Drink anbieten?« Ein Kellner kam mit einem silbernen Tablett voller gefüllter Gläser die Treppe herauf und verbeugte sich höflich vor uns. Er musste uns unten vom Garten aus gesehen haben. Wie lange standen wir schon hier?

Ian nahm ein Glas Scotch vom Tablett, dann drehte er sich zu mir. »Irgendetwas für dich, Celine?«

»Nein, danke«, lehnte ich höflich ab und sah zu, wie der Kellner sich nun einem anderen Paar zuwandte, das über den Rasen geschlendert kam.

»Hast du keinen Durst?«

»Nicht so recht. Außerdem trinke ich keinen Alkohol, und ich habe den Verdacht, dass Sandras Kellner nicht mit Orangensaft herumlaufen.« Wenn ich ein Glas in der Hand gehabt hätte, hätte ich es wahrscheinlich ohnehin verschüttet.

Ian lächelte. »Mit Sicherheit gibt es auf diesen Tabletts auch Gläser mit Orangensaft. Nun gut, er wird wohl mit Wodka gemischt sein … Gibt es irgendeinen speziellen Grund dafür?«

»Warum ich keinen Alkohol trinke?«, fragte ich und zuckte die Achseln, als ich sein Nicken sah. Die einzigen Leute, die ich je hatte trinken sehen, waren die Billingtons gewesen. Und je mehr sie getrunken hatten, umso gewalttätiger waren sie geworden. »Ich denke, er verwandelt die meisten Menschen in Dreckskerle.«

»Die meisten, ja«, nickte Ian und nippte an seinem Whisky. Ein angewiderter Ausdruck trat in sein Gesicht, und er stellte sein Glas auf der breiten Marmorbalustrade ab. »Komm, Prinzessin, schauen wir mal, was dort unten los ist.«

»Müssen wir da wirklich hin?«, stöhnte ich und sah auf den Garten hinunter. Da waren so viele Leute. Und ich kannte niemanden. Welchen Sinn hatte es, da hinunterzugehen?

»Ich habe gedacht, du hättest keine Angst?« Mehr sagte er nicht. Er hielt mir nur den ausgestreckten Ellbogen hin und wartete darauf, dass ich mich einhängte.

Ich legte ihm eine Hand auf den Arm und konnte nicht umhin, die harten Muskeln unter meinen Fingern zu spüren, als er mich nun zu den Gärten hinuntergeleitete. Wir verlangsamten unser Tempo am Eingang des ersten Zeltes, und der Lärm, der herausdrang, war ohrenbetäubend. Es mussten Hunderte von Leuten dort drin sein. Hunderte von Leuten, die bemerken würden, dass ich nicht hierher gehörte.

»Was macht dir denn solche Sorgen?«, fragte Ian leise.

Ich spähte hinter die schwarzen Samtvorhänge, wo sich Menschen in Smokings und weißen Gewändern bewegten. Ihre Arme und Hälse glitzerten vor Schmuck, und in ihren Händen hielten sie Champagnergläser.

»Ist das nicht offensichtlich? Ich passe nicht hierher.«

»Nein, tust du wirklich nicht.« Ians Blick war gelassen und ernst. »Aber für diese eine Nacht lass die Bauern Anteil haben an deiner Herrlichkeit.«

Diese Äußerung war so haarsträubend albern, dass ich lachen musste.

»Rücken gerade und Kinn hoch, Miss Smith.« Er legte meine Hand noch fester in seine Armbeuge. »Es gibt keinen Grund zur Sorge. Ich werde dich beschützen.«

Ich werde dich beschützen. Und er hatte mich tatsächlich bereits beschützt, mehrere Male. Ian half mir immer aus der Patsche. Mir kam in den Sinn, dass wir zum ersten Mal seit dem peinlichen Gespräch an den Tribünen miteinander allein waren, und er hatte es gar nicht erwähnt. Vielleicht hatte er es vergessen, genauso wie ich gerade meinen Vorsatz vergaß, mich von ihm fernzuhalten? So oder so, es war schön, ihn an meiner Seite zu haben. Ich fühlte mich selbstbewusster, als wir nun in das mit Gästen vollgestopfte Zelt schritten. Die Leute machten uns Platz, als sie uns bemerkten, ein paar vertraute Gesichter lächelten in unsere Richtung. Nun ja – in Ians Richtung. Er war wie ein Magnet. Jedes weibliche Augenpaar im Umkreis fühlte sich zu ihm hingezogen. Sie sahen ihn an, ließen ihren Blick auf seinem Gesicht ruhen, und dann musterten sie mich.

Ich zog mein Tuch fester um die Schultern und bemerkte,

wie Ian sich von einem vorbeigehenden Kellner ein weiteres Glas Whisky nahm.

»Ich hatte den Eindruck, dass dir das letzte Glas nicht geschmeckt hat«, meinte ich, als wir kurz vor der Tanzfläche stehen blieben.

»Es ist nur eine Requisite«, erwiderte er und ließ seinen Blick über die Leute um uns herum gleiten. »Um meine Hände zu beschäftigen, sodass ich keinem dieser Schwachköpfe eine verpasse.«

»Welche Schwachköpfe?«, fragte ich, ohne zu verstehen, was er meinte. Ich wusste, dass ich wahrscheinlich die Hand von seinem Arm nehmen sollte, da wir nicht mehr gingen, aber es gab mir mehr Sicherheit, sie dort zu lassen.

Ian nippte an seinem Glas. »All die Idioten, die dich wie liebeskranke Welpen anstarren.«

Was? Ich schaute mich auf der dicht gefüllten Tanzfläche um und ließ den Blick über die Leute an den Bars ringsum schweifen. Es hatte tatsächlich den Anschein, als würden alle herstarren, aber sie konnten nicht *mich* meinen. »Sie schauen alle dich an.«

»Celine.« Ian lächelte nachsichtig. »Wenn ich einen Schritt von dir wegtreten würde, würden diese Aasgeier alle angekrochen kommen und um einen Tanz mit dir betteln.«

Seine Stimme hatte wieder diesen sarkastischen Tonfall angenommen, den ich inzwischen mit ihm verband. »Ich wusste gar nicht, dass Aasgeier *kriechen*.«

»Und ob sie kriechen, wenn sie etwas nur verzweifelt genug wollen«, sagte Ian, in dessen Augen ein seltsames Licht getreten war. Mit einem Mal hatte ich den Eindruck, als würde es im Zelt wärmer. Ich zog den Schal fester um mich und versuchte, mir über dieses Gefühl klar zu werden, da bemerkte ich, wie sich sein Blick auf einen

Punkt hinter meiner Schulter richtete. »Romeo betritt die Bühne.«

Als ich mich umdrehte, sah ich Josh auf uns zukommen. Im schummrigen Licht war es schwierig, seinen Gesichtsausdruck auszumachen, aber ich konnte seinen Blick auf mir spüren. Er war nur noch wenige Schritte entfernt, als ihm drei Mädchen in den Weg traten.

»Ein beliebter Kerl«, meinte Ian trocken.

»Ja, ungemein«, pflichtete ich ihm bei und beobachtete, wie sich die Mädchen Josh an den Hals warfen, ihn lange umarmten und wie Hofnarren drauflosplapperten.

Ian lachte. »Eifersucht steht dir nicht.«

»Wie bitte? Ich bin nicht eifersüchtig!« Wie um alles in der Welt kam er da drauf?

»Okay«, nickte Ian, aber die Skepsis in seiner Stimme entging mir nicht.

Mit gerunzelter Stirn fuhr ich zu ihm herum. »Du glaubst mir nicht!«

»Ich habe dir beigepflichtet.« Er zuckte die Achseln.

»Okay«, sagte ich in dem gleichen Tonfall wie zuvor er.

Ian musterte mich einen Moment lang. »Ich muss sagen, einen verwirrten Eindruck zu machen steht dir durchaus.«

Das war wohl einfach nur lächerlich! »Du bist unmöglich!«

»McAlpine, belästigst du meinen Hausgast?«

Ich drehte mich um, als ich Joshs Stimme hörte. Er hatte die Arme vor der Brust gekreuzt und sah uns mit einem Gesichtsausdruck an, der nicht gerade freundlich war.

Ian nahm noch einen Schluck von seinem Drink. »Es ist eher andersherum, Beaumont.«

Ich warf ihm einen vernichtenden Blick zu. Er lächelte nur.

»Dann will ich dir einen Gefallen tun.« Josh nahm meine Hand. »Komm, lass uns tanzen.«

Tanzen? Ich hatte noch nie getanzt! Jedenfalls nicht mit jemand anderem und nichts Langsames. Ich tanzte manchmal durch die Wohnung, aber das war kein richtiges Tanzen. Ian trat zurück, als Josh mich an sich zog.

»Warte, Josh, das ist keine gute Idee.«

»Es ist eine großartige Idee. Es ist die beste Idee des ganzen Abends. Ich brauche eine Minute Ruhe vor all diesen Leuten. Celine, komm, tanz einfach mit mir.« Er machte ein flehentliches Gesicht, dem ich unmöglich widerstehen konnte.

Ich seufzte, brachte die letzten Schritte zur Tanzfläche hinter mich, dann ließ ich ihn meine Hand in die Höhe heben. »Gut, aber sei gewarnt. Ich werde dir wahrscheinlich auf die Füße treten.«

Er legte mir seine Hand um die Taille; seine warmen Finger streiften meine nackte Haut. »Lass mich einfach führen«, sagte er und lächelte auf mich herab.

Und dann drehten wir uns, bewegten uns zu den sinnlichen Rhythmen der Musik von Pink Martini, und alles war ganz einfach. Wir drehten uns, schwebten förmlich über den glänzenden Boden, und ich fühlte mich seltsam geborgen. Wie auch vorhin mit Ian …

»Siehst du, so schwer ist es gar nicht, nicht wahr?«

Ich lehnte mich ein wenig zurück, um ihm ins Gesicht sehen zu können. »Das liegt nur daran, dass du die ganze Arbeit übernimmst.«

Er lachte und umrundete mit mir ein anderes Tanzpaar. »Du siehst anders aus.«

Anders. Das war auch ein mögliches Wort dafür. Als ich in den Spiegel geschaut hatte, sobald Penelope fertig gewesen war, hatte ich mich kaum wiedererkannt. Mein Haar war viel kürzer und hing mir gerade noch knapp über die Schultern, und sie hatte es gelockt, sodass es in großen Wellen herabfiel. Und das Make-up … Ich war noch nie im Leben geschminkt gewesen, und jetzt trug ich goldenen und weißen Lidschatten, Wimperntusche, Eyeliner, eine Make-up-Grundierung, Rouge, Glitzerpuder, Lipgloss … So ziemlich jedes kosmetische Produkt, das der Menschheit bekannt war, war auf meinem Gesicht wiederzufinden!

»Es ist ein komisches Gefühl.«

»Du siehst wunderschön aus«, sagte Josh.

»Danke.« Ich wusste, dass er nur nett sein wollte, aber seine Bemerkung ließ mich dennoch erröten. Genau in dem Moment tanzte Sandra in den Armen eines hochgewachsenen Jungen mit Dreadlocks an uns vorbei. Der perfekte Stimmungskiller.

»Hast du Sandra schon gesehen?«, fragte ich und versuchte, beiläufig zu klingen.

»Ja.« Er verzog das Gesicht. »Sie tut so, als sei alles in Ordnung zwischen uns, aber ich merke, dass sie wütend ist. Und mit Sandras Wut ist nicht zu spaßen.«

»Oh.« Das klang nicht gut. Wenn mit Sandras Wut nicht zu spaßen war, dann wäre eine von einem Dschinn getriebene Sandra eine wahre Horrormeldung. »Aber wenn sie immer noch wütend ist, warum lädt sie dich dann zu dieser Party ein – oder beziehungsweise mich?«

Mit einem frechen Grinsen im Gesicht wirbelte uns Josh ein letztes Mal herum. »Ohne uns wäre es ja wohl kaum eine Party, oder?« Der Song war zu Ende; er zwinkerte mir zu und führte mich dann dorthin zurück, wo Ian wartete.

»Er beobachtet dich wie ein Wachhund«, flüsterte Josh, während wir auf ihn zugingen.

Ich stieß ihm den Ellbogen in die Rippen. »Nein, das tut er nicht!«

Wir hatten Ian gerade erreicht, als Sandra auftauchte.

»Genau nach euch habe ich gesucht!« Sie schwenkte ihr Champagnerglas in der Hand und sah in ihrem winzigen, mit Kristallen und kleinen Silberplättchen besetzten Kleid einfach umwerfend aus. Das konnte ja wohl kein echtes Silber sein, oder? »Ich habe Ace gebeten, uns die köstlichsten Cocktails zu mixen, die ihr je zu kosten bekommen werdet. Ich hatte so einen vor ein paar Wochen in Monte Carlo, und sie sind einfach unwiderstehlich.«

Ich hatte gar keine Zeit, mich zu fragen, wer Ace war, da tauchte auch schon Sandras Tanzpartner von eben mit einem Tablett voller Drinks auf.

»Ist ein Familienrezept.« Ace lächelte, und sein französischer Akzent verlieh den Worten einen geschmeidigen Rhythmus. Er hielt das Tablett zuerst Ian hin und sah ihn voller Hochachtung an. »Bitte, greif zu.«

Ian hob sein Glas, das immer noch fast voll war. »Ich bin mehr ein Whiskymensch.«

»Oh, aber es wird dir schmecken«, beharrte Ace, dann zuckte er geziert die Achseln, da Ian ein weiteres Mal ablehnte. Als Nächstes wandte er sich Josh zu. »Vielleicht willst du probieren?«

»Natürlich will er.« Sandras Hand streifte meine, als sie nach dem Tablett griff. Mir stockte der Atem, und als nun die Vision kam, lief sie so schnell vor meinem inneren Auge ab, dass ich nicht viel mehr als ein paar undeutliche Bilder ausmachen konnte.

Sandra, die ein Cocktailglas von Aces Tablett nimmt. Wäh-

rend alle Augen auf Josh gerichtet sind, lässt sie eine kleine weiße Tablette in die grüne Flüssigkeit fallen. Sie reicht Josh das Glas. Josh trinkt.

»Josh würde niemals deine Gefühle verletzen, Ace«, sagte Sandra, als ich wieder aus der Vision auftauchte.

Oh Gott, Sandra wollte Josh unter Drogen setzen! Ich beobachtete, wie sie das Glas vom Tablett ihres Freundes nahm.

»Nicht wahr, Josh?«

Josh zögerte einen Moment, dann lächelte er höflich. »Natürlich will ich probieren.«

Wenn ich nicht gewusst hätte, wonach ich Ausschau halten musste, hätte ich die kleine Drehung von Sandras Handgelenk übersehen, mit der sie die winzige Pille in den Cocktail warf. Wie in Zeitlupe schwappte die grüne Flüssigkeit unheilverkündend im Glas. Josh nahm das angebotene Glas und hob es an die Lippen. *Nein!*

Ohne einen weiteren Gedanken riss ich Josh das Glas aus der Hand und erstarrte. Ian, Ace, Sandra und Josh sahen mich alle mit großen Augen an.

»Celine?«, lachte Josh. Er klang unsicher.

Oh Gott, wie um alles in der Welt sollte ich das erklären, wo ich doch selbst keine Ahnung hatte, was ich tat! Mist. Mist. Mist. Was jetzt? Ich tat das Einzige, was mir einfiel. Die Flüssigkeit hatte etwas Klebriges und schmeckte unangenehm übersüß, ein wenig wie süßsaure Äpfel.

»Bravo!« Ace lachte, als ich das leere Glas wieder aufs Tablett stellte. »Hat es dir geschmeckt?«

»Hmm.« Ich gab einen unverbindlichen Laut von mir und spürte, wie mir etwas heiß wurde.

Josh lächelte mich irritiert an. »Du wolltest das grüne Zeug unbedingt probieren, hm?«

Ich bemerkte, wie Sandra die Stirn runzelte, dann blickte sie über meine Schulter hinweg. »Da ist Jacqueline, erinnerst du dich, Josh? Wir sollten ihr Hallo sagen!« Sie zog an Joshs Arm.

»Bin gleich wieder da«, sagte Josh, und dann waren sie weg. Ace folgte ihnen.

Ian kam unverzüglich zur Sache. »Was war *das* denn?«

»Was?«, fragte ich. Mir wurde allmählich ein wenig schwindelig. Und ich bekam nun wirklich Durst. Was zum Teufel war das für eine Tablette gewesen?

»Ich hab gedacht, du trinkst keinen Alkohol«, sagte Ian.

Trinken? Was zu trinken wäre jetzt gut. Ich war völlig ausgedörrt. »Ich habe wirklich Durst, Ian. Könntest du mir ein Glas Wasser holen?«

Er sah mich unsicher an, dann war er fort.

Heiß. Es war so heiß. Ich schüttelte den Schal von den Schultern und ließ ihn zu Boden fallen. In der Ferne sah ich ein vertrautes Gesicht, das mich beobachtete. Sandra? Nein, sie war mit Josh irgendwohin verschwunden. Mir drehte sich der Kopf.

»He, du hast das hier fallen lassen.« Ein blonder Junge, den ich noch nie gesehen hatte, hielt mir ein Stück weißen Stoffes hin.

»Hi.« Ich lächelte. Er sah nett aus.

»Gleichfalls hi.« Jetzt grinste er.

Die Musik wurde schneller, der Rhythmus erinnerte mich an Juanes.

Ich bewegte die Schultern und wippte im Takt mit dem Kopf. »Marie legt gern solche Musik auf.«

»Tatsächlich? Weißt du, du bist eine tolle Tänzerin«, sagte der Junge.

Er war wirklich nett. Ich lachte und fühlte mich leicht,

zugleich war mir heiß und ein wenig schwindelig. Wo konnte ich etwas Wasser auftreiben?

»He.« Der Junge nahm meine Hand. »Ich kann dich hier drinnen kaum hören. Wollen wir rausgehen?«

Draußen wäre es kühler.

»Klar.« Ich folgte ihm, etwas wackelig auf den Beinen. Auf dem Weg hinaus aus dem Pavillon rempelten mich Leute an. Oder vielleicht rempelte ich sie an. Ich fühlte mich allmählich etwas schläfrig.

Draußen war die Luft kühler, aber noch immer nicht kühl genug.

»Es ist heiß«, klagte ich. Meine Augen fielen mir unwillkürlich zu. Ich war so müde.

»Keine Sorge, wir können dir diese Kleider im Handumdrehen vom Leib schaffen.« Wer sprach da? Ich fühlte, wie mich jemand an der Hand zog, und taumelte ein paar Schritte vorwärts, dann blieb ich stehen.

»Ich bin müde.« Meine Lider waren zu schwer, um sich zu öffnen. Ich wollte mich nur noch ausklinken. »Wo ist mein Bett?« Ich könnte mich ja einfach hier hinlegen …

»Komm mit, gehen wir hoch ins Haus. Bestimmt können wir dort ein nettes Zimmer finden.«

Noch einmal zog es an meiner Hand. Ich machte einen weiteren Schritt vorwärts.

»Celine!« Irgendjemand rief meinen Namen. Ich versuchte, die Augen zu öffnen. Da waren farbige Flecken, und dann wurde alles dunkel.

Der Turm

Sonnenschein weckte mich. Er strömte durchs Fenster und fiel mir ins Gesicht, schenkte mir Wärme und Ruhe. Ich versuchte, mich an dieses Gefühl zu klammern, aber da war eine seltsame Empfindung in meinem Innern, die mir keine Ruhe ließ. Ich musste aufwachen.

Ich drehte den Kopf in den Schatten, öffnete die Augen und versuchte zu verstehen, wo ich war. Die hölzernen Bettpfosten waren vertraut, ebenso das Bücherregal auf der anderen Seite des Raums. Ich war in meinem Zimmer im Haus der Beaumonts. Aber wie war ich hierhergekommen? Ich schloss die Augen und versuchte, mich daran zu erinnern, was gestern Abend passiert war. Ich hatte mich bei Melissa einkleiden lassen, war zu Sandras Party gegangen und dann … alles schwarz.

Ich hob die Hand an den Kopf und versuchte, die aufsteigende Panik niederzukämpfen.

»Du bist wach.« Von der anderen Seite des Bettes drang Joshs Stimme zu mir.

Ich drehte schnell den Kopf, dann ließ mich das Hämmern in meinen Schläfen zusammenzucken. Verdammt! »Josh?« Meine Stimme war rau. Ich richtete mich im Bett auf und merkte erst jetzt, dass ich nicht unter meinem Laken lag.

Jemand hatte eine Decke über mich gebreitet, und ich trug noch immer das Kleid vom Vorabend! »Was ist passiert?«

»Keine Sorge, es ist alles in Ordnung.« Josh beugte sich über das Bett. Er trug ein T-Shirt und Jeans und sah aus, als hätte er die ganze Nacht nicht geschlafen. »Wie fühlst du dich?«

Wie ich mich fühlte? Mein Mund war trocken, mein Körper schwer, mein Kopf hämmerte, und ich konnte mich nicht erinnern, wie ich hierhergekommen war. Ich schluckte. »Was ist passiert?«

Er seufzte. Als ihm die Sonne ins Gesicht fiel, traten die dunklen Schatten unter seinen Augen noch deutlicher hervor. »Jemand hat dir ein K.-o.-Mittel verabreicht.«

»Ein K.-o.-Mittel?« Das erklärte die verschwommene Wolke, die mein Hirn eingehüllt zu haben schien. Ich fühlte mich seltsam unbeeindruckt. Im Grunde fühlte ich gar nichts, nur eine seltsame Empfindung des Losgelöstseins. Als sei nichts von alledem real. »Wie das?«

»Du erinnerst dich an nichts?«, fragte Josh und sah mich an.

»Nein.« Das nannte man wohl »Karma«. Man tut so, als hätte man Amnesie, und dann verpasst dir der Lauf der Welt wirklich eine.

»Du bist im Garten ohnmächtig geworden. Ian hat dich gefunden«, berichtete Josh. »Er ist jetzt mit Sandra in der Villa der Witherspoons. Sie glauben, dass das Rohypnol in dem Cocktail war, den ihr Freund Ace gemixt hat, aber der Bursche leugnet, irgendetwas damit zu tun zu haben.«

Joshs Cocktail. Plötzlich kehrten Erinnerungen zurück. Die Party, der Cocktail und Sandra, die diese Tablette in Joshs Glas fallen ließ. Und danach … immer noch gähnende Leere. Es war meine eigene Schuld. Warum zum Teufel hatte ich den blöden Cocktail getrunken? Wenn ich die Nerven behalten und überlegt gehandelt hätte, hätte ich das Glas einfach verschüttet. Hätte einem Insekt oder irgend so etwas die Schuld gegeben!

»Was ist Rohypnol?«, fragte ich. Mein Kopf wurde allmählich klarer.

Mit einem finsteren Gesichtsausdruck stand Josh auf. »Es ist ein starkes Beruhigungsmittel, das die Muskeln entspannt und das Denken lähmt. Man kann nicht mehr richtig reden oder sich normal bewegen, und schließlich wird man ohnmächtig, und wenn man aufwacht …«

»Erinnert man sich an nichts mehr«, beendete ich seinen Satz. Warum sollte Sandra Josh so etwas antun wollen? »Warum?«

»Ich weiß es nicht. Ich meine, jeder von uns hätte aus diesem Glas trinken können. Irgendwer muss da Mist gebaut haben. Oder wer auch immer das Mittel hineingegeben hat, hat das falsche Glas erwischt.«

Nein, Sandra hatte es mit Absicht getan. Wollte sie Josh einfach demütigen, weil er mit ihr Schluss gemacht hatte? Nein, sie musste besessen sein. Niemand würde so weit gehen, nur weil er sauer wegen einer Trennung war. Ich hatte keine Zeit, weiter hier herumzuliegen. Ich musste eine Austreibung in Angriff nehmen.

»Ich geh mal duschen.« Ich stemmte mich langsam vom Bett hoch und versuchte, das Hämmern in meinem Schädel zu ignorieren.

Josh trat auf mich zu und zog mich in die Arme, bevor ich protestieren konnte. Da war ein kurzer Moment der Wärme, in dem die Welt wieder ins Lot zu kommen schien, dann ließ er mich los. »Ich habe mit dem Arzt gesprochen und …«

»Oh nein, Josh«, stöhnte ich. Ich hatte wirklich nicht die

Kraft, mich ihm entgegenzustellen, aber auf keinen Fall würde ich mich wieder ins Krankenhaus schaffen lassen.

Er hob beschwichtigend die Hände. »Keine Sorge, ich werde dich nicht zum Arzt bringen. Tatsächlich wollte ich dich gestern Abend wirklich ins Krankenhaus bringen, aber Ian meinte, du würdest lieber in deinem eigenen Bett aufwachen, und er hatte recht.« Josh schob die Hände in die Taschen und wirkte unbehaglich, als er fortfuhr: »Wie auch immer, wir brauchten den ärztlichen Befund, um sicherzugehen, dass du wirklich Rohypnol im Körper hattest, also hat Ian gestern Nacht eine Urinprobe ins Krankenhaus gebracht. Ich fand einfach, dass du das wissen solltest.«

»Er hat *was*!?«, kreischte ich auf. Das hohe Schrillen forderte sofort seinen Tribut in Form von stechenden Kopfschmerzen, aber das war mir egal. »Wie genau ist er zu einer Urinprobe von mir gekommen?«

»Du warst wach genug, um stehen zu können, aber es fiel dir etwas schwer, das Gleichgewicht zu halten, also haben wir uns von Melissa helfen lassen«, bekannte Josh.

Ich schloss die Augen, beschämt über diese Wendung der Ereignisse. »Ihr habt Melissa geweckt, damit sie mir hilft, aufs Klo zu gehen?«

»Sie hat gern geholfen. Die gute Nachricht ist nun, dass wir mit dem Rohypnol recht hatten«, sagte er mit einem angedeuteten Lächeln. »Du wirst also noch ein bisschen Kopfschmerzen haben und dich ausgedörrt fühlen, aber das Mittel sollte im Handumdrehen aus deinem Kreislauf heraus sein.«

Die Kopfschmerzen würden also weggehen. Das zumindest war eine gute Neuigkeit. Was das Übrige betraf… Ich versuchte, mir vorzustellen, was Melissa wohl gedacht haben mochte, als sie mitten in der Nacht aus dem Bett gezerrt wurde, damit sie mir half, in einen Becher zu pinkeln. Und wieso erinnerte ich mich an nichts von alledem? Großer Gott, denk nicht darüber nach. Denk einfach nicht mehr daran.

»Okay, ich werde jetzt unter die Dusche steigen und einfach so tun, als hätte mir letzte Nacht *niemand* geholfen, auf einer Toilette das Gleichgewicht zu halten.«

Josh lächelte, als ich nun an ihm vorbeischlurfte, und er hob mein Kleid etwas an, das ohne die High Heels von gestern Abend zu lang war. Wo waren überhaupt meine Schuhe? Ich hätte gefragt, aber mein Kopf schmerzte zu sehr, und ich musste mich dringend waschen.

»Celine?«

»Ja?« Ich drehte mich um. Josh blickte mich von der anderen Seite des Bettes her an.

»Es tut mir leid, dass das passiert ist.« Alle Lustigkeit war jetzt aus seinem Gesicht verschwunden, und er wirkte einfach nur erschöpft. Hatte er in der letzten Nacht überhaupt ein Auge zugetan?

»Es muss dir nicht leidtun. Es war nicht deine Schuld. Außerdem geht's mir ganz gut.« Ich lächelte durch die stechenden Schmerzen unter meiner Kopfhaut hindurch.

Josh nickte schwach. »Ich geh dir deinen Tee kochen.«

Die Dusche wirkte Wunder. Ich fühlte mich wacher, nachdem ich den Minze- und Teebaumduft des Duschgels in mich eingesogen hatte. Dann rubbelte ich mich trocken und ließ mein natürlich gewelltes Haar offen herabfallen. Seitdem Penelope mir einen Stufenschnitt verpasst hatte, traten diese Naturwellen viel deutlicher hervor. Schließlich zog ich eine Jeans und ein schlichtes grünes Kapuzenshirt an und suchte den Raum nach der weißen Unterarmtasche ab, die ich gestern Abend bei mir gehabt hatte. Ich fand sie auf dem Schreibtisch. Die Karten steckten alle sicher darin.

Ich nahm sie heraus, und als ich sie in den Händen hielt, fühlte ich mich ruhiger. »Könntet ihr mir helfen, indem ihr mir sagt, was ich jetzt tun soll?«

Der *Ritter der Kelche* starrte mich an, als ich die oberste Karte umgedreht hatte. *Bleib bei Josh*.

»Hilfreich wie immer.«

Ich steckte eine der Karten in meine hintere Hosentasche, legte den Rest weg und ging nach unten. Es war niemand in der Küche, also sah ich im Wohnzimmer nach. Josh saß auf dem Sofa drüben beim Fernseher, und auf dem Tisch vor ihm standen zwei große Tassen Tee.

»Danke«, begann ich. Erst da merkte ich, dass er beim Nachrichtenschauen eingeschlafen war. Ich dachte daran, wie müde er gewirkt hatte, ging um die Couch herum und schob, so sanft ich konnte, seine Beine hoch, bis er bequem lag. Dann stieg ich wieder nach oben in mein Zimmer und holte die Decke, mit der ich über Nacht zugedeckt gewesen war.

Das Bild eines Mädchens im Teenageralter erschien auf dem Fernsehschirm, als ich die Decke über den schlafenden Josh breitete. Der Nachrichtensprecher sagte, Kelly Rice werde seit vier Tagen vermisst. Ich fand die Fernbedienung direkt unter dem Sofa und schaltete den Fernseher aus. Dann ging ich mit meiner Teetasse nach draußen.

Ich setzte mich auf die Bank inmitten der Gänseblümchen. Die Sonne stand nun tiefer am Himmel, und ihre Strahlen hatten etwas von ihrer Wärme verloren. Ein weißer Schmetterling gaukelte in Kreisen um die Bank, dann flog er den Kiesweg hinunter und hügelabwärts zwischen den Bäumen hindurch, bis er nicht mehr zu sehen war.

Mein Magen gab ein komisches Geräusch von sich, irgendetwas zwischen einem Gurgeln und einem Knurren, daher beruhigte ich ihn mit lauwarmem Tee. Es war Sonntag, was bedeutete, dass morgen wieder Schule war. Würde mein Blackout bei der Witherspoon-Party die Top-Neuigkeit im Schulgespräch sein? Aber natürlich. Ich konnte bereits die Mädchen in der Bibliothek plappern hören: *Habt ihr schon gehört, dass sie bei der Party umgekippt ist? Lag wohl an den Nerven. Ich wette, sie hat einfach zu viel getrunken. Ich hab gehört, sie sei unter Drogen gesetzt worden. Ich hab gehört, sie habe Drogen genommen. Wie ist sie überhaupt an eine Einladung zu dieser Party gekommen?*

Ich seufzte, lehnte den Kopf zurück und wünschte, ich könnte irgendwo einen neuen Kopf herbekommen. Vorzugsweise einen, der nicht bei jeder Bewegung abzufallen drohte. Eigentlich spielte es überhaupt keine Rolle, was irgendjemand sagte, nicht mehr. Sandra war die Besessene. Sobald ich einen Weg gefunden hatte, wie ich ihr den Dschinn austreiben konnte, war meine Arbeit hier getan.

Dann konnte ich endlich in mein echtes Leben zurückkehren. Warum ging es mir bei diesem Gedanken nicht besser?

Das Geräusch von Schritten drang zu mir durch. Da hörte ich auch schon eine Stimme. »Du bist wach.«

Ich drehte mich um und sah Ian näher kommen. Er trug noch immer seinen Smoking vom vergangenen Abend, allerdings ohne die Fliege, und mehrere Knöpfe an seinem Hemd waren geöffnet. Mein Atem stockte, als er vor mich hintrat. Es war irgendwie nicht richtig, dass jemand so gut aussah.

»Hi.«

»Warum hast du dir den Drink geschnappt?«

Kein Um-den-heißen-Brei-Reden, nicht mit Ian. Zumindest war er nicht wütend, er wollte nur Antworten. Und die war ich ihm wohl auch schuldig. Vielleicht war ich das auch mir selbst schuldig. Mein Kopf schmerzte, und ich fühlte mich seltsam übellaunig. Ob dies wohl das letzte Mal war, dass ich ihn sehen würde?

»Keine Ahnung.«

Ian setzte sich neben mich, den Blick auf die Bäume gerichtet, die sich unter uns im Wind wiegten. »Wann hörst du endlich damit auf, mich anzulügen?«

Ich wollte ihn nicht anlügen. Ich verabscheute es sogar. Er war immer nur hilfreich, immer nur freundlich. Ich wollte mich gerade entschuldigen, als ein Fleck auf seinem Hemd meine Aufmerksamkeit erregte.

»Ist das Blut?« Ich streckte überrascht die Hand aus, und meine Stimme war rau.

Ian sah auf sein Hemd hinab und zuckte ungerührt die Achseln. »Sieht so aus.«

»Wie ist Blut auf dein Hemd gekommen?« Ich schaute ihm ins Gesicht, und der Gedanke daran, dass er verletzt worden sein könnte, ließ mir das Herz bis zum Hals schlagen. »Was ist passiert, wer hat dir das angetan?«

»Moment.« Ian schob meine Hände weg und warf mir einen ungehaltenen Blick zu. »Es ist nicht mein Blut.«

Nicht sein Blut. Ich holte tief Luft und versuchte, das Hämmern in meinem Kopf zu beruhigen. »Warum hast du das Blut von jemand anderem auf deinem Hemd?«

Sein Blick wandte sich wieder den Bäumen zu. »Irgendein Junge hat geglaubt, er könne die Situation dazu nutzen, sich an dir zu vergreifen. Ich habe ihm erklärt, dass er es nicht könne.«

»Du hast ihn geschlagen?« Ich versuchte verzweifelt,

mich daran zu erinnern, wer der Junge gewesen war, ihn mir vor Augen zu führen, aber da war nur Mattscheibe in meinem Kopf.

»Du brauchst nicht so aufgeregt zu klingen. Ich hab ihm bloß die Nase gebrochen«, sagte Ian und lehnte sich auf der Bank zurück, um es sich bequemer zu machen.

Er hatte mich schon wieder gerettet. »Du müsstest langsam die Nase voll davon haben, mir immer zu Hilfe eilen zu müssen.«

Er blickte mich an. »Ich habe dir doch gesagt, dass ich dich beschützen würde.«

Das hatte er. Ian McAlpine war mein ganz persönlicher Held, und ich hatte es so verdammt satt, allein zu sein. Das Ganze wuchs mir über den Kopf: die Gefahr, in der Josh schwebte, die Sache mit den Dschinn, und jetzt war ich auch noch unter Drogen gesetzt worden. Ich brauchte einfach jemanden, der Bescheid wusste. Jemanden, der mich kannte, wenn auch nur ein klein wenig. Wenn ich Ian nicht vertrauen konnte, würde ich niemals jemandem vertrauen können, und irgendwo ganz tief in meinem Inneren hoffte ich, dass mein Leben eines Tages anders sein würde. Dass es darin keine Lügen mehr geben würde. Kein Sichverstecken mehr. Mein Magen krampfte sich zusammen, ich lehnte mich zurück und zog die Beine an die Brust.

»Du wirst glauben, dass ich verrückt bin.«

»Das bezweifle ich«, sagte Ian leise. Ich konnte seinen Blick auf mir spüren, aber ich konnte mich nicht dazu durchringen, ihn anzusehen. Mein Gott, dass ich das jetzt wirklich tat!

»Ich bin wegen einer Vision nach East Wendell gekommen.« Ich redete hastig und versuchte, nicht darauf zu achten, wie lächerlich es klang. Ian blieb für einen langen Moment totenstill.

»Einer Vision?«

»Ja.« Die Bäume neigten und wiegten sich, Licht strich zwischen den Ästen hindurch und über das Gras. »Ich habe diese Visionen, seit ich dreizehn bin. Bilder, die nicht immer zusammenhängen. Sie zeigen mir Menschen, die Hilfe brauchen, und wie ich sie finden kann. Sie zeigen mir, wie ich verhindern kann, dass schlimme Dinge geschehen.«

»Das Gasleck«, unterbrach mich Ian. »Daher hast du davon gewusst?«

Ich nickte, überrascht, dass er mir nicht ins Gesicht lachte. Er konnte mir doch nicht tatsächlich Glauben schenken, oder?

»Du bist also in diese Stadt gekommen, um ein Feuer zu verhindern?«

Ich schüttelte verneinend den Kopf und fing langsam an, mir wie eine Puppe vorzukommen.

»Warum dann?«

Ich sah Ian an, ließ seinen ernsten Gesichtsausdruck auf mich einwirken. Glaubte er mir wirklich? Es sah ganz so aus – aber ihm von den Dschinn erzählen? Nein, so weit konnte ich nicht gehen. Er würde mich entweder auslachen oder, schlimmer noch, mir Glauben schenken. Es war besser, nichts von ihnen zu wissen. Besser, keine Angst zu haben. »Ich bin wegen Josh hier.«

»Beaumont?« Ian runzelte die Stirn.

»Ja. Es ist mir bestimmt, ihn zu beschützen.«

»Gestern Abend …«, begann Ian überrascht. Dann wurden seine Augen schmal, und er beugte sich zu mir vor. »Du hast Beaumont den Drink aus der Hand gerissen! Sag mir, dass du diesen Cocktail nicht mit Absicht getrunken hast, Celine.«

»Nein«, antwortete ich schnell. Wie konnte er sich alles nur so schnell zusammenreimen?

»Nein?«, wiederholte Ian langsam. Ich kannte diesen Blick aus verengten Augen. Er war drauf und dran, richtig stinkig zu werden.

»Ich meine, ich habe es nicht wirklich absichtlich gemacht. Erst Sekunden bevor Josh das Glas nahm, wusste ich, dass etwas drin sein würde. Ich wusste nicht, was es war. Nur, dass er es nicht trinken durfte. Da war einfach keine Zeit zum Nachdenken …«

»Was!? Warum hast du das verflixte Zeug nicht einfach weggeschüttet?« Da war dieser aufbrausende Zorn, den ich erwartet hatte. Mit übertriebener Heftigkeit steckte er die Hände in die Hosentaschen und begann vor mir auf und ab zu gehen.

»Weil ich in Panik geraten bin. Wenn ich nicht schnell etwas unternommen hätte, hätte Josh den Cocktail getrunken.« Es war wahrscheinlich der falsche Zeitpunkt, aber ich musste unwillkürlich lächeln, als ich sah, wie er sein Temperament zu zügeln versuchte. Ian wusste es jetzt. Er wusste es und nannte mich trotzdem nicht verrückt. Er glaubte mir. Es war beinahe zu einfach.

»Also hast du dich selbst unter Drogen gesetzt, damit nicht Beaumont unter Drogen gesetzt würde?«

So formuliert, klang es ziemlich dumm. Ich hatte das Gefühl, mich rechtfertigen zu müssen, und so reckte ich mich und sagte: »Ich bin hier, um ihn zu beschützen, das ist nun mal meine Aufgabe.«

»Und wie wäre es damit, dich selbst zu beschützen?« Ian blieb vor mir stehen, und für einen Sekundenbruchteil schienen seine Augen gelb aufzuglühen. Ich blinzelte, und da war nur seine Sorge um mich in seinen tief dunkelblauen Augen. Das Rohypnol spielte meinem Verstand offensichtlich immer noch Streiche.

»Mir wird schon nichts passieren, Ian. Außerdem habe ich ja dich, nicht wahr?« Mein Versuch, komisch zu sein, ging gründlich daneben. Ian verschränkte nur die Arme vor der Brust.

»Wie lange genau hast du vor, Beaumonts Bodyguard zu sein?«

Jetzt, da ich wusste, dass Sandra die Besessene war, ging es nur noch um den richtigen Zeitpunkt, um ihr eine Falle zu stellen. Dann würde es Zeit sein zu verschwinden.

»Nicht mehr sehr lange, nur bis ich weiß, dass er in Sicherheit ist.«

Seufzend setzte sich Ian wieder auf die Bank. »Du hast alles zurückgelassen und bist hierhergekommen, um ihn zu beschützen. Was ist mit deiner Familie? Vermisst du nicht …«

»Ich habe keine Familie«, unterbrach ich ihn. Es gab da niemanden zu vermissen. Und niemanden, der mich vermisste. Ich sah die Fragen in seinem Gesicht und schüttelte den Kopf. »Ich habe im Grunde gar nichts zurückgelassen. Glaub mir.«

Glücklicherweise hakte Ian nicht weiter nach. Er schwieg für eine Weile, und ich war froh darüber. Mein Kopf schmerzte noch immer, und die Sonne machte mich schläfrig. Der leichte Wind umspielte uns und trug den Geruch von Kiefern und Kräutern mit sich. Von Ians Seite der Bank her stieg Wärme auf, daher rückte ich näher heran. Trotz all des Trubels dieser Tage breitete sich ein Gefühl des Friedens in mir aus, und ich fühlte mich ruhig und entspannt. Wie konnte ich so gelassen sein, wenn doch alles so verworren war?

»Ian?«

»Hm?«

»Danke.«

»Wofür?«

»Dafür, dass du mir glaubst.«

Ian legte den Arm um mich, umgab mich mit Wärme. Mein Kopf sank auf seine Schulter. »Tu mir einfach den Gefallen und lass es mich das nächste Mal wissen, wenn du dich kopfüber in die Gefahr stürzt. Wenn ich dich schon vor Schurken und Feuern retten soll, könnte ich zumindest auch eine Vorwarnung bekommen.«

Ein Lächeln legte sich auf meine Lippen, dann übermannte mich der Schlaf.

Die Welt

Ganz gleich, wie oft mir Josh versicherte, dass alles gut werden würde – mir kribbelten trotzdem tausend Ameisen im Magen, als wir durch die Türen der Thornton Academy traten. Meine Bluse fühlte sich an, als sei sie zu eng, die Jacke war zu warm, und die schwarzen Turnschuhe der Marke French Connection, die ich zum ersten Mal trug, würden mir definitiv Blasen verpassen.

»Siehst du, es ist wirklich keine große Sache«, sagte Josh neben mir, aber selbst er klang nicht überzeugt, und es war leicht zu verstehen, warum. Die Gruppe von Jungen vor dem Raum, in dem der Analysis-Kurs stattfand, die Mädchen neben den Vitrinen mit den Pokalen … alle starrten uns an.

»Na klar, keine große Sache. Deshalb gaffen mich auch alle an, als wären mir zwei Köpfe gewachsen«, zischte ich. Die Wahrscheinlichkeit, dass sich noch nicht herumgesprochen hatte, was auf Sandras Party geschehen war, war gleich null – schließlich brodelte die Gerüchteküche der Thornton Academy sieben Tage in der Woche rund um die Uhr.

»Ach, stell dich nicht so an, so schlimm ist es doch wirklich nicht«, beharrte Josh.

Bemerkte er nicht, wie die Leute plötzlich verstummten,

sobald wir näher kamen? Ein Junge mit braunem Stachelhaar zeigte doch tatsächlich mit dem Finger auf mich, als wir das Ende des Flurs erreichten. »Schaut mal, da ist Celine Smith!«

Das brachte das Fass zum Überlaufen. »Ich verschwinde.«

Ich wollte mich umdrehen und zurückgehen, doch Josh hielt mich am Arm fest. »Komm schon, du brauchst wirklich nicht überzureagieren.«

Ich wollte ihm gerade sagen, dass ich nicht überreagierte, da sprach uns eine Rothaarige mit einem Klemmbrett an.

»Hi, Josh, entschuldige, dass ich störe.«

»Ist schon gut, Anna«, antwortete Josh mit einem höflichen Lächeln. Er warf mir einen warnenden Blick zu, dann trat er zur Seite, um uns miteinander bekanntzumachen. »Anna, das ist Celine.«

»Celine Smith, ja, ich weiß!« Sie verzog den Mund zu einem überaus breiten Lächeln, und ihre perlweißen Zähne glänzten ein wenig zu sehr.

Ich widerstand dem Drang, einen Schritt zurückzutreten.

»Celine – ich darf dich doch Celine nennen? Ich hätte schrecklich gern deinen Kommentar für die Zeitung.«

»Die Zeitung?« Ich sah Josh hilfesuchend an.

»Anna ist die Chefredakteurin der Schülerzeitung«, erklärte er schnell, dann wandte er sich der Rothaarigen zu. »Worum geht es denn?«

»Nun, natürlich hierum!« Anna zog ein Blatt aus ihrem Klemmbrett und hielt es aufgeregt hoch. »Das ist noch nie da gewesen, ich meine, es ist absolut einmalig, dass eine *neue* Schülerin zur Ahornkönigin auserkoren wird!«

Zur *was!*? Ich nahm ihr das Blatt ab und las ungläubig:

Die Ergebnisse der Abstimmung liegen endlich vor. Das diesjährige Ahornkönigspaar ist:
Josh Beaumont und Celine Smith!

»Also, möchtest du jetzt deinen Kommentar dazu abgeben, Celine?«, fragte Anna.

Ich blinzelte verwundert. »Josh?«

»Wir kommen zu spät zum Unterricht, Anna. Bestimmt wird Celine die Sache später für dich kommentieren.« Josh legte mir die Hand auf den Rücken und bugsierte mich rasch um das enttäuschte Mädchen herum.

»Was soll das Ganze?«, flüsterte ich panisch. »Was ist eine Ahornkönigin, und warum steht mein Name auf diesem Blatt?«

Wir bogen um die Ecke und betraten den mit Schließfächern gesäumten Flur. Josh blieb vor seinem Fach stehen und umfasste meine Arme mit einer Geste, als wolle er mir Mut zusprechen. »Es sieht ganz so aus, als hätte die Schülerschaft abgestimmt, dass du die Königin des Ahornfests sein sollst.«

Das war völlig unbegreiflich! »Mich kennt doch überhaupt keiner, warum sollte irgendjemand dafür stimmen, dass ich die … nun ja, was auch immer bin?« Es musste ein Irrtum sein.

»Du hast an deinem ersten Tag in Petersons Kurs einen ziemlichen Eindruck gemacht. Ich glaube, dich kennen mehr Leute, als du ahnst.« Josh zuckte die Achseln. »Bleib einfach locker, und sieh es von der positiven Seite.«

»Von welcher positiven Seite denn?« Meine Worte kamen ein wenig lauter heraus, als ich beabsichtigt hatte, daher dämpfte ich die Stimme und sah mich um, ob es irgendjemandem aufgefallen war. Wenige Meter entfernt beobachteten uns zwei Mädchen hinter einer Schließfachtür. Als sie merkten, dass ich sie beim Gaffen ertappt hatte, reckten sie doch tatsächlich ermunternd die Daumen hoch. Was um alles in der Welt ging hier vor?

Josh legte den Daumen auf den Touchscreen seines Schließfachs und öffnete es. »Die positive Seite ist: Wir wissen jetzt, dass die Leute dich nicht wegen des Zwischenfalls auf der Party anstarren.«

Das war vermutlich in der Tat eine »positive Seite«, aber – die Ahornkönigin? Ich stellte mir rosafarbene Ballkleider und knallbunte Festzugswagen vor.

»Kann ich auch abdanken?«, fragte ich schnell.

Josh lachte nur über meine Verdrossenheit und scheuchte mich weg. »Legen Sie einen Zahn zu, Hoheit. Sonst kommen Sie zu spät zum Unterricht.«

Hoheit? Auf keinen Fall, nicht wenn ich es verhindern konnte. Und ich konnte es verhindern. Ich musste nur sicherstellen, dass Sandra bis dahin dschinnfrei war.

Blicke folgten mir den ganzen Weg von den Schließfächern bis hin zum Nietzsche-Zimmer. Ich sah einige weitere hochgereckte Daumen und begegnete sogar dem einen oder anderen lächelnden Gesicht, aber die meisten starrten mich einfach nur an. Im Klassenzimmer war es nicht anders. Nur ein Einziger schaute nicht auf, als ich eintrat.

Ich war noch nie glücklicher gewesen, Ian zu sehen. Er saß auf seinem gewohnten Platz hinten im Raum und sah aus dem Fenster in den bewölkten Tag hinein.

Schnell hastete ich durch den Raum, wich allen neugierigen Blicken aus und nahm auf dem Stuhl neben ihm Platz.

»Die Welt ist verrückt geworden.«

Ian fiel es auch jetzt nicht ein, sich zu mir umzuwenden. »Wann war sie denn je vernünftig?«

Eine verdammt gute Frage. »Du hast wahrscheinlich recht, sie war eigentlich nie so recht vernünftig. Aber so verrückt wie jetzt war sie auch nicht.«

Er schwieg für ein Weilchen, dann richtete er seine Aufmerksamkeit wieder seinem Schulbuch zu. Ich runzelte die Stirn und beobachtete, wie er mit leerem Blick auf die aufgeschlagenen Seiten vor sich auf seinem Tisch starrte. Er hatte mich nicht angesehen, seit ich mich gesetzt hatte.

»Ian? Stimmt irgendetwas nicht?«

»Nein, schon okay.« Jetzt sah er mich an, und es stand ihm in die Augen geschrieben: Irgendetwas stimmte tatsächlich nicht.

»Habe ich etwas falsch gemacht?«

Er richtete den Blick wieder auf sein Buch und schüttelte den Kopf. »Nicht alles dreht sich um dich, Celine.«

Ich holte schnell Luft. Seine barschen Worte überraschten mich. Warum benahm er sich so? Ich wollte noch mehr sagen, aber genau in diesem Moment trat Peterson ins Zimmer.

Englisch verging schnell, ebenso der Rest der Unterrichtsstunden bis zur Mittagspause. Durch die Flure zu gehen, war, als würde ich über einen Laufsteg schreiten. Schüler starrten mich an, tuschelten, zeigten mit dem Finger … einige wenige sagten sogar »Hi«, als sie an mir vorbeigingen. Die viele Aufmerksamkeit machte mich immer noch nervös, aber jetzt wanderten meine Gedanken immer wieder zu Ian zurück. Irgendetwas stimmte nicht. Irgendetwas stimmte ganz und gar nicht, aber ich konnte mir keinen Reim darauf machen, was es wohl war.

Ich sah Josh zusammen mit Nick und Matt in der Schlange vor den Sandwiches stehen. Ian stand hinter ihnen und unterhielt sich mit einem Mädchen, das ich nicht kannte. Ich beschloss zu warten, bis ich ihn allein erwischte, ging zu Melissas Tisch hinüber und fand sie wie gewöhnlich mit der Nase in ihrem Heft.

»He.« Ich legte meine Bücher ab und zog mir den blauen Stuhl unter dem Tisch hervor.

Melissa schaute auf und beugte sich sofort vor, um mich schnell zu umarmen. »Ich habe den ganzen Tag an dich gedacht, geht's dir gut? Mir tut es so leid, was auf der Party passiert ist. Und sei beruhigt, ich hab gestern Abend wirklich nichts gesehen.«

Ich musste genauso verwirrt aus der Wäsche geschaut haben, wie ich mich fühlte, denn Melissa begann nun, ihre Worte näher zu erläutern.

»In der Toilette, als du in den Becher gepinkelt hast. Ich habe kaum irgendetwas gesehen, und ich habe den Becher in eine Plastiktüte gesteckt, daher hat auch Ian nichts gesehen.«

Ich schloss die Augen angesichts dieser Schmach. »Ach so, ja, danke. Ich hatte fast vergessen, dass Ian die gestrige Nacht damit verbracht hat, meinen Urin herumzutragen.«

»Na ja, das stimmt nicht so ganz. Ich habe getragen, er ist gefahren.« Melissa sah mich zusammenzucken und versuchte zu lächeln.

»Ach, dann ist ja alles in Ordnung.« Ich verkroch mich in meinem Stuhl und wünschte, ich könnte verschwinden.

»Bevor ich es vergesse: Penelope war wach, als Ian vorbeikam, daher musste ich ihr erzählen, was passiert ist. Keine Sorge, sie wird kein Wort weitersagen.« Melissa wühlte in ihrer Tasche und zog ein grünblaues Armband heraus. »Sie wollte, dass ich dir das hier gebe.«

Ich nahm das hübsche Flechtarmband und strich mit den Fingern über die winzigen Knoten auf seiner Oberfläche. »Es ist wunderschön.«

»Nicht wahr? Eine ihrer Schulfreundinnen hat ihr beigebracht, diese Dinger zu machen. Sie sollen Glück bringen.« Melissa hielt das Handgelenk hoch, um mich ihr rotes Armband sehen zu lassen. »Ich nehme meins nie ab.«

Gerührt band ich mir mein Armband ums linke Handgelenk. Niemand hatte je zuvor irgendetwas extra für mich angefertigt. »Es gefällt mir wirklich super. Bitte sag ihr ein dickes Dankeschön von mir.«

»Klar doch.« Melissa lächelte. Dann beugte sie sich zu mir. »Also, wie geht es dir jetzt, ganz ehrlich?«

»Gut. Ein bisschen Kopfschmerzen, aber ansonsten ist alles prima.« Tatsächlich erschien mir die ganze Drogengeschichte schon so, als sei sie vor langer Zeit passiert.

»Hi.«

Melissa und ich blickten zu dem Jungen vor uns auf. Ich erinnerte mich, ihn bei meinem Eintreffen auf Sandras Party gesehen zu haben.

»Hi, David«, sagte Melissa. Sie wirkte überrascht.

»Hi«, wiederholte er, schob die Hände in seine Taschen und schaute in meine Richtung.

»Oh, entschuldige. David, das ist Celine. Celine, das ist David. Wir sind im selben Mathekurs«, sagte Melissa schnell. Was bedeutete, dass auch er in Analysis für Superfortgeschrittene war oder wie immer dieser Kurs genannt wurde.

»Also musst du auch so ein Genie wie Melissa sein«, sagte ich mit einem Lächeln.

David lachte und fuhr sich durch das kurze braune Haar. »Schön wär's. Neben Melissa sehen wir alle wie Erstklässler aus. Wie dem auch sei, ich will euch nicht aufhalten. Ich wollte dir nur zu deiner Wahl zur Ahornkönigin gratulieren.«

Ich zwang mich zu einem Lächeln. »Danke.«

David winkte noch schnell, ging davon und ließ mich mit einer ungläubig staunenden Melissa zurück.

»Das ist nicht wahr!«

Meine Schultern sackten herab. »Ich wünschte, es wäre anders.«

»Du bist zur Ahornkönigin gewählt worden?«

Ich nickte.

»Mein Gott, da muss Sandra aber mächtig sauer sein!« Melissa lachte auf und stocherte in der halbgeleerten Nudelschüssel auf ihrem Tablett herum.

»Warum sollte sie denn sauer sein?«

»Beliebst du zu scherzen? Sie war zwei Jahre hintereinander die Ahornkönigin, mit Josh als ihrem König natürlich, und jetzt«, Melissas Augen funkelten vor Schadenfreude, »hast du sie entthront.«

Sandra entthront? Das war absolut das Letzte, was ich wollte! Ich musste ihren Dschinn austreiben, statt ihm neue Nahrung für seine finsteren Machenschaften zu geben.

»Bestimmt kann ich einfach sagen, dass ich es nicht machen will«, bemerkte ich mehr zu mir selbst als zu Melissa.

»Ähm, nein!«, protestierte sie. »Celine, das ist absolut perfekt! Wenn du Königin bist, bedeutet das, dass viel mehr Leute zum Kuchenbasar kommen werden. Du brauchst nur für ein Weilchen am Stand herumzustehen, und die Leute werden in Scharen herbeiströmen, um die neue Königin aus der Nähe zu sehen! Wir können zweimal so viel Geld für die Kinder verdienen!«

Na super. Melissa würde ungeheuer enttäuscht sein, wenn ich nicht zu ihrem Kuchenverkauf auftauchte. Aber ich wollte ihr trotzdem helfen, mehr Geld für die Kinder aufzutreiben. Sobald ich zu Tony zurückgekehrt war, würde ich einen Plan schmieden. Vielleicht könnte ich, neben all den übrigen Sachen, die sie brauchte, noch einen Schwung Makronen und Zitronensahne-Cupcakes schicken.

»Was genau hat die Königin zu tun?«

Melissa machte sich über ihren Aprikosenauflauf her. »Du wirst bei den Rennen die Pokale vergeben, bei der Wahl der Miss East Wendell in der Jury sein … solche Sachen.«

»Klar, weil *ich* die geborene Jurorin für einen Schönheitswettbewerb bin.« Das wäre wirklich ein Desaster geworden. Was zum Kuckuck wusste ich über die Tätigkeit einer Schönheits-Jurorin?

»Keine Sorge, Josh ist da Experte, er wird dich anleiten«, versuchte Melissa, mich zu beruhigen.

Zwei Jahre in Folge hatte Josh zusammen mit Sandra dieses Amt übernommen. Würde man sie wieder miteinander verkuppeln, sobald ich fort war? Ich schaute mich um und fand ihn an seinem üblichen Fenstertisch sitzen. Elizabeth und Missy hockten auf ihren gewohnten Stühlen, Nick schien in Tagträume versunken, und Matt, Josh und Ian waren eifrig ins Gespräch vertieft. Waren Ian und Josh jetzt Freunde? Und wo war Sandra?

»Ich muss vor dem Unterricht noch mal aufs Klo. Wir sehen uns dann in Geometrie.« Ich stand auf und griff nach meinen Büchern.

»In Ordnung«, sagte Melissa und winkte mit ihrem Löffel. Ich war noch keinen Meter vom Tisch weg, da war sie auch schon wieder damit beschäftigt, Zahlen in ihr Heft zu kritzeln. Ich passierte die Toiletten der Mensa, wo mir immer zu viel Betrieb war, und ging zu denen am Ende des Flures mit den Schließfächern weiter. Es war niemand sonst in der Toilette. Ich schritt an den Spiegeln vorbei, und mein Bild folgte mir zur Kabinentür. Die Ruhe um mich herum war ein echter Segen.

Ich setzte mich auf den Toilettensitz, nahm meine Karten heraus und mischte sie, damit sie mir beim Nachdenken halfen. Sandra – oder vielmehr dem Dschinn in ihr – eine Falle zu stellen würde ziemlich schwierig werden. Sie war ständig von Leuten umgeben, hatte mehr außerschulische Aktivitäten, als das einem einzelnen Menschen eigentlich zuträglich war, und ihr Haus wurde, soweit ich das bei der Party hatte erkennen können, sowohl unten am Tor als auch am Haupthaus selbst überwacht. Wenn ich sie weder zu Hause noch allein während der Schulzeit erwischen konnte, würde ich es während des Trainings des Cheerleader-Teams versuchen müssen.

Nach dem, was Josh mir erzählt hatte, als ich ihn einmal nach seinen Trainingszeiten fragte, hatte das Cheerleader-Team fast die gleichen Termine wie das Rugbyteam. Die Rugbymannschaft trainierte nach der Schule von Montag bis Donnerstag je zwei Stunden, dazu gab es noch ein dreistündiges Training sonntagmorgens. Die Cheerleader hatten fast das gleiche Programm, mit dem einzigen Unterschied, dass ihr Wochentagstraining nur anderthalb Stunden dauerte. Da die Trainingsstunden hinter geschlossenen Türen stattfanden, musste ich meine Falle kurz vor Beginn oder kurz nach Ende des Trainings stellen.

Ich brauchte nur herauszufinden, wie Sandra üblicherweise vom Training nach Hause kam. Wenn sie selbst fuhr, konnte der Parkplatz eine gute Gelegenheit bieten. Dann würde ich sie nur ablenken müssen, bis alle anderen Cheerleader verschwunden waren, um sie dann zu ihrem Auto gehen zu lassen, wo eine Falle auf sie warten würde. Natürlich konnte es auch sein, dass Devon sie nach Hause fuhr. In diesem Fall war der Parkplatz keine gute Idee. Dann müsste ich einen anderen Ort finden, vielleicht hinter den Tribünen? Am besten, ich blieb heute nach der Schule länger, um mich umzuschauen und die beste Stelle auszuwählen. Morgen Abend würde dann alles vorüber sein.

Plötzlich füllten Mädchenstimmen den Raum und hallten von den Kacheln wider. Die Tür schwang auf und schloss sich wieder. So viel zum Thema »ruhiges Plätzchen zum Nachdenken«. Ich stand auf, betätigte die Spülung und trat aus der Kabine.

»Oh hallo, Celine. Was ist das?« Sandra riss mir die Karten aus der Hand, bevor ich mich von meinem Schreck erholen konnte. Sie hielt das Deck Elizabeth und Missy hin, die hinter ihr standen. »Mädels, sehen diese Karten hier nicht wie Tarotkarten aus?«

Ich versuchte, mich zu beherrschen, und streckte die Hand aus. »Kann ich sie bitte zurückhaben?«

Sandras Augen leuchteten hell auf, und sie trat einen bedrohlichen Schritt näher. »Jetzt begreife ich, dass mein Ärger an die falsche Adresse ging. Das hier, das alles, ist ganz allein dein Werk. Du hast eine ganze Menge Leute zum Narren gehalten, nicht wahr, kleine Hexe?«

»Wovon redest du da?« Ich sah, dass Missy und Elizabeth einige Schritte zurücktraten und sich vor der Tür aufbauten. Was zum Teufel sollte das? Auf alles gefasst bewegte ich die Hand auf den vorderen Reißverschluss meiner Tasche zu, wo ich eine Tüte mit Salz aufbewahrte.

»Du hast es geschafft, dich in unser Leben hineinzudrängen, aber du musst dir doch darüber im Klaren sein, dass du so nicht weitermachen kannst.« Sie lächelte, und der Tonfall ihrer Stimme war beinahe mitfühlend.

Keine gelben Augen. Gut. Sie hatte immer noch die Kontrolle über sich selbst. Außerdem würde der Dschinn ohnehin nicht in Aktion treten, solange Missy und Elizabeth hier waren.

»Sandra, ich weiß wirklich nicht, was du meinst, aber ich muss jetzt gehen.« Ich griff nach den Karten, und Gott sei Dank ließ sie mich sie nehmen.

»Na, dann hau schon ab, los! Aber weißt du, Celine? Du solltest wirklich nicht trinken, wenn du keinen Alkohol verträgst. Wie du dich diesem armen Jungen an den Hals geschmissen hast, war echt peinlich.« Sie schüttelte mit gespielter Enttäuschung den Kopf, dann trat sie an den Spiegel, um ihren Lippenstift zu begutachten. Missy und Elizabeth traten beiseite, als ich vorbeiging und auf den Flur hinaustrat. Ich hatte das ungute Gefühl, dass Sandra Witherspoon mir soeben den Krieg erklärt hatte.

Die Königin der Kelche

Große Plastikahornblätter und kleine rote Lampen baumelten von den Cowboyhüten an den Wänden bei *Fred's*. Jeder Platz in der Bar war besetzt, und die Tanzfläche war gerammelt voll. Es schien, als sei die ganze Stadt hergekommen, um den Liveauftritt zu sehen, selbst Sandra und ihre beiden ergebenen Begleiterinnen.

Es war wieder mal mein typisches Pech, dass das Cheerleader-Team im letzten Moment das heutige Nachmittagstraining abgesagt hatte. Das bedeutete, dass ich noch einen Tag warten musste, um den idealen Ort für meine Falle zu finden, was wiederum dem Dschinn einen weiteren Tag gab, um bei Sandra Witherspoon noch mehr Unheil anzurichten.

»Sie ist so hübsch«, seufzte Penelope und stützte die Ellbogen auf den Tisch. Ich folgte ihrem Blick zum Rand der Tanzfläche, wo für die Countrysängerin eine kleine Bühne aufgebaut worden war. Ich schätzte sie auf ungefähr zwanzig, und ihr langes, blond gelocktes Haar hüpfte hin und her, wenn sie sich in ihren kurzen Jeansshorts und den Cowboystiefeln über die Bühne bewegte. Sie war nicht nur hübsch, sie hatte auch eine umwerfende Stimme. Manche Leute waren eben einfach gesegnet.

»Ihr Haar ist perfekt, die Grundierung ihres Make-ups

hat genau die richtige Farbe, aber am Lidschatten muss sie noch arbeiten«, fuhr Penelope fort.

Ich lachte über ihren ernsten Tonfall. »Du klingst beinahe so, als würdest du dir Sorgen um sie machen.«

»Nur zu, lach ruhig, aber eines Tages werde ich dich dazu bekehren, Make-up zu tragen, und dann wirst du mich schon verstehen«, versicherte Penelope. »Wer blaue Augen hat, sollte keinen blauen Lidschatten tragen, so einfach ist das.«

Ich hatte nicht die geringste Absicht, jemals Make-up zu tragen, aber das sagte ich ihr nicht, da es sie nur aufbringen würde. Penelope nahm Schönheitsartikel so ernst wie Melissa Zahlen, was bedeutete, dass es sicherer war, den Mund zu halten.

»Es ärgert mich total, aber ich muss wohl bald aufbrechen«, verkündete sie und nahm den letzten Schluck von ihrem Sodawasser.

»Du wartest nicht noch auf Melissa?«, fragte ich. Ich hielt in der Menge Ausschau nach Penelopes Schwester und entdeckte Melissas wippenden Pferdeschwanz hinter der Theke. Ich war mir ziemlich sicher, dass ihre Schicht heute Abend nicht vor zehn Uhr zu Ende war.

»Nein, ich habe meinen Eltern versprochen, dass ich zum Abendessen zu Hause bin, was mich echt ankotzt, weil ich ihn jetzt nicht einmal zu sehen bekommen habe!« Penelopes lange, herzförmige Ohrringe baumelten hin und her, als sie nun den Kopf mutlos auf die Hand stützte.

Die winzigen Blumen auf ihren Fingernägeln lenkten mich ab, sodass ich einen Moment brauchte, um zu fragen: »Wen wolltest du denn sehen?«

»Versprichst du mir, nicht zu lachen?« Penelope richtete ihre verlegen blickenden braunen Augen auf mich.

»Ich werde nicht lachen.«

»Nun, Melissa hat mir erzählt, dass du bei Josh Beaumont wohnst, daher hatte ich irgendwie gehofft, dass er hier sein würde.«

Penelope stand auf Josh? Ich meine, sie war doch eigentlich viel zu jung für ihn, oder nicht? Ich lächelte und fühlte mich ein wenig sonderbar. Sie war wirklich ein nettes Mädchen, Josh war wirklich ein netter Junge… Warum gefiel mir der Gedanke nicht, mir die beiden zusammen vorzustellen?

»Dann kennst du Josh also?«, fragte ich.

Sie lachte. »Äh, na ja, jedes Mädchen in der Stadt kennt Josh. Er ist schließlich der Kapitän der Rugbymannschaft!«

»Klar.« Ich vergaß immer wieder, wie fanatisch die Leute hier in Bezug auf ihre Rugbymannschaft waren. »Nun gut, er sollte jetzt bald vom Training zurück sein. Ich kann dich mit ihm bekanntmachen – wenn du noch ein kleines Weilchen länger warten kannst?«

Es bestand die Möglichkeit, dass Sandra, wenn sie nicht unter dem Einfluss eines Dschinns stand, im Grunde ein ganz netter Mensch war. Es war durchaus möglich, dass sie und Josh wieder zueinanderfinden würden, sobald die Austreibung vollzogen war. Aber wenn es anders kam, brauchte er jemand Gutes in seinem Leben, jemanden, der ihm Gesellschaft leistete und der über seine dummen Witze lachte. Jemanden mit einem warmen Herzen. Und soweit ich das sehen konnte, war Penelope so jemand.

»Wirklich? Ach, das wäre ja total toll.« Sie hüpfte vor Begeisterung auf ihrem Sitz auf und ab. »Ich meine, meine Freundinnen werden mächtig eifersüchtig sein!«

Penelope hörte abrupt auf zu grinsen, und alle gute Laune verschwand aus ihrem Gesicht. Sie schaute über meine

Schulter. »Gibt es irgendeinen Grund, warum die drei Hexen gerade in unsere Richtung kommen?«

Ein rascher Blick bestätigte mir, dass sie recht hatte. Sie kamen direkt auf uns zu … Das konnte nichts Gutes bedeuten. Mist.

»Oh mein Gott, sie trägt die 1837-Halskette von Tiffany!«, flüsterte Penelope. Sie klang neidisch.

»Ich nehme an, das ist wohl etwas Besonderes?«, fragte ich. Ich konnte nicht sehen, wovon sie redete, da Sandra sich nun umdrehte, um mit zwei Jungen zu sprechen, die in einer der benachbarten Sitzecken hockten.

»Ähm, alles von Tiffany ist etwas Besonderes.« Penelope verdrehte die Augen. »Aber, ja, diese Kette ist etwas ganz Besonderes. Tiffany hat nur eine begrenzte Stückzahl von den 1837er-Ketten mit verschlungenen Ringen gefertigt. Sie ist achttausend Dollar wert!«

»Für eine einzige Halskette!?« Wer zahlt denn so viel Geld für eine Kette? Sandra drehte sich um, und die Hexen waren wieder auf dem Weg in unsere Richtung, kamen direkt auf uns zu. Ich entdeckte die Kette, von der Penelope gesprochen hatte. Sie bestand aus Dutzenden dünner Ringe, teils in einer Rosatönung, teils aus weißem Metall.

»Ich weiß, was du denkst: so teuer, und wo bleiben die Diamanten; nicht wahr? Aber was die Kette so teuer macht, sind die rosafarbenen Metallringe zwischen den silbernen. Tiffany hat dieses Metall sogar erfunden! Man nennt es Rubedo.«

Silberne Ringe? Nein, das konnte nicht sein. Sandra konnte kein Silber tragen, das war unmöglich.

»Penelope, bist du dir auch sicher …«

»Ach, wen haben wir denn hier? Wenn das mal nicht

unsere kleine Celine ist, und wer bist du noch mal?«, ging Sandra dazwischen.

Verdammt!

Penelope rutschte aus ihrem Sitz. »Bis später, Celine.« Ihre Stimme war gleichgültig, aber ihr Gesichtsausdruck machte offenbar, welche Gefühle sie für die Hexen hegte.

»Tschüssi.« Sandra wedelte ihr mit den Fingerspitzen nach, dann nickte sie Missy und Elizabeth, sich zu setzen. Ich sah zu, wie sie sich auf der anderen Tischseite aufreihten, und fixierte die Kette.

»Du hast eine unhöfliche Freundin, Celine«, bemerkte Sandra und ließ die weißen und rosafarbenen Ringe um ihren Zeigefinger kreisen. »Aber sie ist mir immer noch lieber als die andere, mit der du so gern zu Mittag isst. Wie heißt sie noch mal, Melody oder so? Die hier hält zumindest die Klappe.«

Ich lehnte mich zurück, bemüht, mir meine Nervosität nicht anmerken zu lassen, und suchte nach einer Möglichkeit, die Wahrheit herauszufinden. Ich würde es wohl auf die direkte Tour versuchen müssen. »Ihr Name ist Melissa, und ich muss sagen, ich bin überrascht. Ich habe dich nicht für jemanden gehalten, der Silberschmuck trägt.«

»Deine Kellnerinnenfreundin dort drüben könnte sich diese Silberkette nicht leisten, selbst wenn sie ein ganzes Jahr dafür arbeiten würde.« Sandras Stimme war kühl. Missy und Elizabeth grinsten mich an, aber das war mir absolut gleichgültig.

Sie war es nicht. Sandra war nicht besessen! Die K.-o.-Drogen, die Gehässigkeit, das war alles einfach bloß *sie*. Und Josh? Ihm drohte immer noch Gefahr von einem Dschinn, der in jedem stecken konnte!

»Wie auch immer, es freut mich, dass ich dich allein erwischt habe«, fuhr Sandra fort. Sie bemerkte nichts von meiner inneren Aufgewühltheit. »Ich wollte dich dazu beglückwünschen, dass du Ahornkönigin geworden bist. Mir ist die Sache langweilig geworden, aber für so jemanden wie dich dürfte es wirklich aufregend sein.«

»Danke.« Es war schon beeindruckend, wie sie es schaffte, mir in einem Atemzug zu gratulieren und mich zu beleidigen. Sie wollte mich offensichtlich ködern, aber ich konnte beim besten Willen nicht verstehen, warum. War sie wirklich sauer wegen dieser blöden Ahornkönigin-Sache, wie Melissa gemeint hatte? Und warum um alles in der Welt hatte sie versucht, Josh mit Drogen k. o. zu setzen? War das ebenfalls aus Wut geschehen? Was zum Teufel stimmte nicht mit ihr!?

Das Lied war zu Ende, und alle applaudierten. Anscheinend war die Sängerin für heute Abend fertig. Sie machte eine schwungvolle Verbeugung, und als sie sich wieder aufrichtete, warf sie ihr langes blondes Haar durch die Luft.

»Gütiger Gott, will die Schlampe uns doch tatsächlich diese Dinger andrehen«, keifte Missy, als sie sah, wie die Sängerin mit einem Stapel CDs in den Händen die Stufen von der tiefer liegenden Tanzfläche heraufgestiegen kam.

»Ich verschwende mein Geld nicht auf so eine Country singende Landpomeranze aus den Südstaaten«, verkündete Elizabeth.

Ich sah, wie sich ein träges Lächeln über Sandras Gesicht legte, und hoffte, dass die Sängerin unseren Tisch auslassen würde.

»Hi, allerseits! Ich bin Laura Lee, und ich wollte nur mal vorbeischauen, um zu sehen, ob ihr vielleicht gern eine CD kaufen wollt.« Laura Lee lächelte ihr hübsches Lächeln. So viel zum Thema Hoffnung!

»Hi!«, sagte Sandra und öffnete ihre Handtasche. Sie zog einen Hundertdollarschein heraus und ließ ihre Brauen in die Höhe zucken. »Wie viel für alle CDs?«

Überrascht beobachtete ich, wie Laura Lees Miene sich nun aufhellte. »Du willst sie alle kaufen?«

»Oh ja.« Sandra zog einen zweiten Hundertdollarschein hervor. »Ich betrachte es als einen Dienst an der Gesellschaft: Irgendjemand muss schließlich dafür sorgen, dass du nicht noch mehr Leute mit diesem Zeug, das du Musik nennst, quälst.«

Laura Lee erstarrte. »Entschuldigung?!«

»Es sollte dir auch leidtun«, nickte Sandra. Missy und Elizabeth kicherten über ihre Grausamkeit.

Laura Lee raffte die CDs wieder vom Tisch zusammen und richtete sich auf. »'nen schönen Abend, Leute.«

Ich fühlte mich beschämt, weil mir kein einziges Wort eingefallen war, das ich Sandras Bosheit hätte entgegensetzen können. Ich schnappte mir meine Tasche und lief hinter der Sängerin her.

»Entschuldige bitte, Laura Lee.«

Ohne innezuhalten, eilte sie die drei Stufen zu der jetzt leeren Tanzfläche hinunter. »Tut mir leid, Süße, du hättest deine Beleidigungen gleich am Tisch loswerden sollen. Ich werde mir jetzt nicht noch mehr davon anhören.«

»Ich will dich nicht beleidigen!« Ich folgte ihr zu der kleinen Bühne, wo sie stehen blieb, um ihre Sachen zusammenzusuchen. »Ich wollte mich nur entschuldigen.«

Laura Lee sah mich an. »Warum denn?«

Ich schob die Hände in die Taschen meiner Jeans. »Weil diese Mädchen gehässig und mies sind, und ich mich für dich hätte einsetzen sollen.«

»Hör mal, du schuldest mir gar nichts, äh …«

»Celine.«

»Okay, du schuldest mir gar nichts, Celine. Also mach dir deshalb keinen Kopf.« Laura Lee wandte sich wieder ihren Taschen zu und stopfte ihre CDs in die grüne. Egal, was sie sagte, ich fühlte mich trotzdem immer noch ziemlich beschissen, weil ich nichts zu ihrer Verteidigung gesagt hatte, daher griff ich mir ihre andere Tasche und warf sie mir über die Schulter.

»Lass mich dir wenigstens helfen, deine Sachen wegzutragen, ja?«

Laura Lee schüttelte lächelnd den Kopf. »Es gibt in dieser Stadt nichts als Engel und Dämonen! Dann komm halt mit.« Sie griff nach ihrem Gitarrenkoffer und machte sich auf den Weg Richtung Ausgang.

Wir waren fast an der Tür, als Ian auftauchte. In sein gewohntes Schwarz gekleidet kreuzte er unseren Weg. Dann blieb er stehen, den Blick auf Laura Lee gerichtet.

Ich bemerkte, wie die Sängerin kurz stutzte und dann mit einem anerkennenden Lächeln zurückstarrte. Gemischte Gefühle stiegen in mir auf: Ärger, Verwirrung, Gekränktheit … ich konnte sie nicht einmal alle beim Namen nennen. Ich wartete einen weiteren Atemzug lang und hoffte, dass Ian mich ansehen und vielleicht sein lange vermisstes schiefes Lächeln aufsetzen würde. Aber er sah nicht her. Nicht zu mir.

Mein Ärger gewann nun die Oberhand. »Könntest du dich bitte in Bewegung setzen, Ian, wir versuchen, nach draußen zu kommen.«

Meine Frage trug mir einen flüchtigen Blick ein, dann sah er wieder nur Laura Lee an, die immer noch wie gebannt dastand. »Wohin gehst du, Celine?«

Ich runzelte die Stirn. Ich würde keinerlei Fragen beantworten, wenn er sich nicht einmal die Mühe machte, sie *mir* zu stellen!

»Sie hilft mir, meine Taschen zum Wagen zu tragen«, gab Laura Lee zurück. Dann trat sie einen Schritt vor und legte die freie Hand an Ians Brust. »Aber ich kann noch bleiben, wenn du was trinken willst.«

Verdammt noch mal, ich hatte es satt herumzustehen! Ich drückte mich um die Countrysängerin herum und schob die Tür auf. »Könntest du mir bitte sagen, welcher dein Wagen ist, damit ich die Sachen dort abstellen kann?«

»Vielleicht dann ein andermal«, murmelte Laura Lee und folgte mir. Ich blickte nicht zurück, um Ians Gesichtsausdruck zu sehen; ich war einfach nur froh, dass die Sängerin sich wieder in Bewegung gesetzt hatte. Die kühle Luft half, meinen Ärger zu vertreiben.

»Wow, das war aber ein heißer Typ!«, lachte Laura Lee und führte mich zu einem schwarzen Pick-up. »Wie heißt er noch mal?«

»Ian«, antwortete ich. »Und er ist ein ausgesprochener Idiot.« Ich wusste nicht, woher dieser Satz plötzlich kam, aber es war verdammt noch mal die Wahrheit. Im Moment führte er sich tatsächlich wie ein Idiot auf. Keine Frage – jemand konnte dich mehrere Male retten und trotzdem nach wie vor ein Mistkerl sein.

»Na, und wenn schon! Diese Augen, mein Gott, da kann man sich glatt verlieben.«

Er hatte tatsächlich schöne Augen. Und ein schönes Lächeln. Nicht, dass er mich in letzter Zeit angelächelt hätte. Ich schüttelte den Kopf, um ihn vom Gedanken an Ian freizubekommen. »Ist das dein Wagen?«

»Klaro. Wirf den Kram einfach hinten rein«, sagte Laura

Lee und schloss auf. Ich beförderte die Tasche auf die Ladefläche des Pick-ups.

»Danke.« Die Sängerin lächelte. Dann schaute sie zu *Fred's* Tür zurück. »Du weißt gar nicht, wie glücklich du dich schätzen kannst. Da, wo ich herkomme, gibt es keine solchen Jungs.«

»Wird wohl so sein.« Ich wollte jetzt nicht an Ian denken.

Sie lehnte sich an ihren Wagen. »Wenn ich du wäre, würde ich mich ranhalten.«

Mich ranhalten? Ich schüttelte den Kopf und versuchte zu erklären: »Ian und ich sind einfach Kumpels. Oder vielleicht nicht mal das. Momentan zeigt er mir die kalte Schulter.«

»Ach ja?« Sie zog die Brauen hoch. »Sicher, ich kenne euch natürlich beide nicht, aber meiner Erfahrung nach zeigen Jungs nur solchen Mädchen die kalte Schulter, die ihnen auch etwas bedeuten.«

Ich war mir da nicht so sicher. »Ich weiß wirklich nicht, was ich falsch gemacht habe, und er geht mir aus dem Weg, daher kann ich ihn auch nicht direkt fragen. Ich bin hin- und hergerissen zwischen Schuldgefühlen und Wut darüber, dass er nicht mit mir reden will.«

»Celine?«

Ich fuhr herum und sah Josh die Fahrertür seines Jeeps schließen. Nick und Matt stiegen von der Rückbank und winkten. Dann gingen die beiden zu *Fred's* hinüber und verschwanden im Restaurant.

»Hi.« Ich versuchte zu lächeln. Nick aß zu viel Salz, um besessen zu sein, aber Matt? Ich musste einen großen Schritt zurückgehen und mir die Liste noch einmal von vorne vornehmen!

»Was machst du hier draußen?« Joshs Stimme klang besorgt, als er jetzt neben mich trat.

»Ich habe nur Laura Lee mit ihren Taschen geholfen«, erklärte ich und wandte mich der Sängerin zu. Sie hatte schon wieder dieses verführerische Lächeln aufgesetzt.

»Diese Stadt wächst mir langsam wirklich ans Herz.« Die junge blonde Frau streckte die Hand aus. »Ich bin Laura Lee.«

Die Spannung wich aus seinen Schultern, und Josh schüttelte ihr lächelnd die Hand. »Ich bin Josh.«

»Ja, aber bist du auch Single, Josh?«, fragte Laura Lee mit ihrem rauen Südstaatenakzent.

Nur mit Mühe verkniff ich es mir, genervt die Augen zu verdrehen.

»Nicht so richtig«, sagte Josh bedauernd. Ich sah ihn überrascht an. War er wieder mit Sandra zusammen? Bitte, er darf nicht wieder mit ihr zusammen sein!

»Jammerschade«, seufzte Laura Lee.

»Wir gehen jetzt besser rein. Es war mir ein Vergnügen, dich kennenzulernen, Laura Lee.« Josh sah mich an, um mir zu bedeuten, dass ich ihm folgen sollte.

»Das Vergnügen war ganz auf meiner Seite«, betonte die Sängerin mit einem Nicken. Dann hob sie die Hand. »Eine Sekunde noch.« Sie beugte sich über den Fahrersitz ihres Wagens, dann tauchte sie mit einer CD in der Hand wieder auf und reichte sie mir. »Sie ist signiert. Wenn ich einmal berühmt bin, kannst du damit also bei eBay reich werden.«

»Danke«, lachte ich und steckte die CD in meine Tasche.

»Innen drinnen findest du auch meine Kontaktinfos, falls du mal was brauchst oder so. Oder falls dieser Typ da jemals Single wird. Dann bis zum nächsten Mal.« Laura Lee ließ ihre perlweißen Zähne ein letztes Mal aufblitzen, dann stieg sie in den Wagen. Ich sah ihr nach, als sie davonfuhr.

»Du hast also jemand Neues kennengelernt?«, brach Josh

das Schweigen. Er wandte sich wieder dem *Fred's* zu und winkte mir voranzugehen.

»Sie hat einfach ein bisschen Hilfe gebraucht.« Ich zuckte die Achseln. Ich wollte ihm nicht erzählen, was da am Tisch passiert war. Und wahrscheinlich würde er es auch nicht hören wollen, vor allem dann, wenn er und Sandra wieder ein Paar waren. »Bist du jetzt wieder mit Sandra zusammen?«

»Was? Nein, was bringt dich auf so eine Idee?«, fragte Josh und hielt mir die Tür auf. Der Lärm im *Fred's* war wie eine Wand, gegen die wir prallten.

»Nun ja, du hast gesagt, du wärst nicht zu haben, daher hab ich angenommen …« War er dann mit einer anderen zusammen?

»Das hab ich nur so gesagt, weil ich ihr nicht sagen wollte, dass ich kein Interesse habe«, erklärte Josh mit einem Schulterzucken.

»Ach so.« Klang vernünftig. Nur dass Laura Lee sehr schön war … »Ich dachte, du stehst auf schöne blonde Mädchen?«

Josh blieb mit gerunzelter Stirn stehen. »*Wolltest* du denn, dass ich sie zu einem Rendezvous einlade?«

Nein! Das wollte ich nicht. Ganz und gar nicht. Ach verdammt. »Ich war eben einfach neugierig.«

Josh sah mich kopfschüttelnd an, dann rief er: »He, Ian!«

Ich drehte mich um und sah mein strafendes Schicksal neben der Jukebox stehen, zusammen mit einem Mädchen aus unserem Englischkurs. Wie hieß sie noch gleich, Rebecca? Ian hob grüßend die Hand.

»Beaumont!«

»Wir wollen was essen, wollt ihr uns Gesellschaft leisten?«, fragte Josh und winkte mit dem Kopf in Richtung des Tisches im rückwärtigen Teil des Raums, wo Nick und Matt sich zu den Hexen gesetzt hatten.

Ich stand ganz still da und registrierte, dass es Ian erneut vermied, mich anzusehen. Na schön, wenn er sich unbedingt so aufführen wollte!

»Uns geht's hier ganz gut, danke«, erwiderte er und drehte sich wieder zu Rebecca um.

»Sieht so aus, als hätte da jemand eine Freundin gefunden«, meinte Josh grinsend. Ich folgte ihm und fragte mich im Stillen, warum ich so einen bitteren Geschmack im Mund hatte.

Der Bube der Münzen

»He, Celine!«

»Hi, Josh, hi, Celine!«

Die Sonne schien hell durch die Bogenfenster an den Fluren der Thornton Academy und warf Schatten auf die teppichbelegten Böden. Josh und ich gingen zu unseren Schließfächern, und die Hallo-Rufe kamen von allen Seiten.

»Du hast mir noch gar nicht erzählt, dass du hier Miss Allseits-Beliebt bist«, meinte Josh neben mir und grinste.

»Das bin ich auch nicht.« Ich sah ihn aus zusammengekniffenen Augen an. »Ich kenne nicht einmal die Hälfte der Leute, die hier ›Hi‹ sagen!«

»Nun gut, sie kennen dich.« Josh drosselte das Tempo, als wir sein Schließfach erreichten. »Übrigens hat mir Rektor Nelson mitgeteilt, dass unsere Kostüme für das Ahornfest fertig sind. Ich bringe sie heute Abend nach dem Training mit nach Hause.«

Wir mussten *Kostüme* tragen? Ich hatte die ganze letzte Nacht damit verbracht, meine Mission neu zu überdenken, und war zu mehreren Schlussfolgerungen gekommen. Erstens: Josh war immer noch in Gefahr, daher kam es nicht in Frage, East Wendell zu verlassen. Zweitens: Ich musste eine Methode finden, mit der ich Leute auf Besessenheit testen konnte, ohne erst darauf warten zu müssen, dass sie

Salz aßen oder eine bestimmte Art Schmuck trugen. Drittens: Ich hegte eine abgrundtiefe Abneigung gegen Sandra Witherspoon. Das Ahornfest und die Tatsache, dass ich meine Rolle als Ahornkönigin irgendwie hinter mich bringen musste, waren mir bei alledem nicht einmal in den Sinn gekommen!

Josh lachte. »Du schaust, als hättest du eine Fliege verschluckt.«

Ich musste unbedingt lernen, meine Mimik zu kontrollieren. »Mir war einfach nicht klar, dass wir Kostüme anziehen müssen.«

Er zog sein Lateinbuch heraus und stopfte seinen Rucksack ins Schließfach. Dann drehte er sich zu mir um.

»Es wird dir gefallen. Ein komplettes Königinnenkostüm einschließlich Krone und Schärpe.« Er schien es wirklich zu genießen.

»Du kannst ganz schön gemein sein, weißt du das?« Ich versetzte ihm einen kleinen Schubs oder versuchte es zumindest, aber Josh fing meine Hand auf. Er hielt sie fest, und unvermittelt breitete sich ein warmes Gefühl in meiner Magengegend aus. Dann versteinerte sein Lächeln, und mir stockte der Atem. Was hatte er plötzlich? Ich trat einen Schritt zurück und zwang ihn damit, mich loszulassen.

»Ich ergänze mein Notizheft um den Eintrag ›gewalttätige Tendenzen‹.« Sein Lächeln war wieder da, doch es wirkte nicht echt. Ich wusste, dass ich jetzt irgendwie reagieren, Lässigkeit demonstrieren sollte, aber durch meinen Schädel schwirrten immer noch allerlei seltsame Gefühlsregungen.

»Ich gehe jetzt besser«, sagte ich nach einem weiteren Augenblick der Verlegenheit und rannte fast den Flur hinunter zu meinem Schließfach. Die Schüler, an denen ich vorbeikam, lächelten und begrüßten mich, als sei ich eine von ihnen, aber ich konnte nur daran denken, dass das alles nicht wirklich war. Es gab für mich nicht den geringsten Anlass, mich zu fühlen, als ob … ach, auch nur für irgendjemanden etwas zu fühlen! Nichts von alledem war wirklich real, und das durfte ich nie vergessen! Die Ahornkönigin zu sein, im Haus der Beaumonts zu leben, auf die Thornton Academy zu gehen … Es war alles Teil eines Scheinlebens, alles nur vorübergehend, und schon bald würde ich alles hinter mir lassen müssen. Ich musste aufhören, überhaupt zu fühlen!

Ich stopfte meine Tasche ins Schließfach, nahm die Bücher heraus, die ich für die nächsten paar Kurse brauchte, und legte den Daumen auf den Touchscreen, um die Tür abzuschließen.

Mein Platz war noch frei, als ich in den Englischkurs kam, aber Ian saß in der vorderen Reihe. Er saß jetzt nicht einmal mehr neben mir? Warum benahm er sich so? Er war der einzige Mensch auf der Welt, der von den Visionen wusste, der einzige, dem ich je vertraut hatte.

»Hi, Celine«, sagte Rebecca neben Ian. Sie wirkte etwas mitgenommen, als hätte sie nicht allzu gut geschlafen. Ihre Augen waren klein und verquollen, und ihre Haut wirkte bleich. Ian schaute gar nicht erst auf. Unwillkürlich fühlte ich mich gekränkt, aber ich war entschlossen, mir das von niemandem anmerken zu lassen. Es war zweifellos besser, niemandem zu trauen, besser, nichts zu fühlen.

»Hi, Rebecca«, antwortete ich mit einem Lächeln und ging die Reihen entlang zu meinem gewohnten Platz. Der Kurs ging nur schleppend vorüber. Ich versuchte, Peterson, der über das Bild der Stadt in der modernen Literatur schwafelte, meine volle Aufmerksamkeit zu schenken, aber mein Blick wanderte immer wieder zu Ian hinüber.

Bis nach Sandras Party war alles in Ordnung gewesen.

Dann hatte ich ihm die Wahrheit gesagt, und er hatte sich so verhalten, als glaube er mir, aber er musste zu dem Schluss gekommen sein, dass ich verrückt war. Es war letztlich auch völlig egal. Es musste mir egal sein. Ich hatte wichtigere Sorgen.

»Mr. Lecrout, wenn Sie so freundlich sein und bitte den Schalter für die Jalousien betätigen würden«, wandte sich Peterson an den Jungen in der letzten Reihe, dann drückte er auf einen Knopf neben der Tafel, woraufhin sich ein Projektor aus der Decke herabsenkte. »Wir wollen nun der Entwicklung der Charaktere in Virginia Woolfs Roman folgen, während sie sich durch London bewegen. Mr. McAlpine, vielleicht wollen Sie mit den Aktivitäten von Mrs. Dalloway anfangen?«

Schatten legten sich über den Raum, als das Tageslicht hinter den herabsinkenden Jalousien verschwand und es immer düsterer wurde. Ich versuchte, mich auf Ians Stimme und auf den kleinen roten Laserpointer zu konzentrieren, den Peterson über das an die Wand projizierte Luftbild von London wandern ließ, aber ich konnte unaufhörlich nur an Dschinn denken.

Beim Schmökern in dem Buch, das ich am Abend zuvor aus Roberts Arbeitszimmer hatte mitgehen lassen, war mir mehr und mehr aufgegangen, dass dieses Buch viel mehr Details enthielt als jede andere Quelle, auf die ich bisher gestoßen war. Natürlich bedeutete das nicht, dass alles auch wahr war – etwa die Sache mit den wandelnden Toten –, aber einige der Informationen schienen sehr gut zu dem zu passen, was ich bereits über Dschinn wusste. Ich war bis jetzt nur Afarit begegnet, Dschinn, die von Menschen Besitz ergriffen und sie dazu trieben, anderen ein Leid anzutun. Roberts Buch zufolge gab es noch zwei weitere

Typen, die Marid und die Dschann, von denen ich bisher nichts gewusst hatte. Während ich zugleich ein Auge auf Peterson hielt, griff ich nach dem Buch unter meinem Pult und blätterte zu der Stelle, an der ich zu lesen aufgehört hatte.

Die Marid

Obwohl sich Dschinn gern von menschlicher Lebenskraft nähren, ist es selten, dass ein Dschinn einen Menschen so weit entleert, dass dieser stirbt. Hierfür gibt es einen Hauptgrund: die Marid. Die Marid sind die stärksten und seltensten Dschinn, und obwohl nur wenig über diese Art der Flammenblüter bekannt ist, sind sie als die Hüter des Gleichgewichts bekannt. Alle paar Jahrhunderte wird ein Marid als der Friedenswächter auserwählt, der nun in die Dimension der Menschen überwechselt. Jeder Dschinn, der die Grenze zur Dimension der Menschen überschreitet, ist durch Dschinngesetz gebunden, keinen Menschen zu töten, wenn er nicht den Zorn des Friedenswächters auf sich ziehen will.

Natürlich verstößt Folter nicht gegen das Gesetz der Dschinn, ebenso wenig wie einen Menschen besessen zu machen oder ihn in den Selbstmord zu treiben. Aber einem Menschen alle Lebenskraft auszusaugen ist gefährlich für einen Dschinn. Er muss sehr vorsichtig dabei sein und darauf achten, keinerlei Beweise zu hinterlassen, damit ihm der Friedenswächter nicht auf die Spur kommt.

Die Dschann

Die Dschann sind der letzte bekannte Typ der Flammenblüter. Sie gelten als die niedrigste Form der Dschinn, aber sie können die tödlichste sein. Obwohl sie keine Zeitkrüm-

mung zu bewirken vermögen wie die Marid und auch nicht von Körpern Besitz ergreifen wie die Afarit, sind sie Gestaltwandler und passen sich ohne Schwierigkeiten unserer Dimension an. Es leben viele Dschann in unserer Welt, und es gibt einige Methoden, sie zu erkennen. Der Körper eines Dschann ist aus echtem Fleisch und Blut, dennoch können sie ihre Flammenblutherkunft nicht verleugnen, vor allem dann nicht, wenn sie geschwächt sind. Heiße Haut, gelbe Augen und eine Abneigung gegen Kupfer sind einige der dokumentierten Kennzeichen zur Identifizierung eines Dschanns. Und mit Kupfer kann man einen Dschann an sich binden und ihn zwingen, die Wünsche eines Menschen zu erfüllen, aber es ist fast unmöglich, eine solche Bindung zu bewerkstelligen.

»Miss Smith, haben Sie mich gehört?«

Ich schlug das Buch zu und blinzelte zu Peterson auf. Wie konnte es mir nur völlig entgangen sein, dass er direkt vor mir stand!?

»Entschuldigung, Mr. Peterson?«

Stirnrunzelnd drückte mir Mr. Peterson einen Zettel in die Hand. »Sie werden unverzüglich im Sekretariat verlangt, Miss Smith. Sie werden sich sicher auch beeilen wollen, da wir hier offensichtlich nicht in der Lage sind, Sie zu unterhalten.«

Es gab wirklich nichts, was man gegenüber Peterson sagen konnte, wenn man nicht alles nur noch schlimmer machen wollte. Bemüht, den neugierigen Blicken der übrigen Schüler im Kurs auszuweichen, sammelte ich meine Sachen ein und verließ mit glühenden Wangen den Raum. Immerhin war es zu dunkel, als dass irgendjemand meine Röte hätte bemerken können.

Sobald ich das Klassenzimmer verlassen hatte, entdeckte ich die Sekretärin, die nur wenige Meter entfernt in dem ansonsten menschenleeren Flur stand. Sie trug den gleichen Nadelstreifenrock wie an meinem ersten Schultag, aber ihre Rüschenbluse war heute von einem sehr bleichen Grün.

»Da sind Sie ja, Miss Smith!« Sie begrüßte mich mit ihrem bekannten höflichen Lächeln und griff sich verlegen an ihren Haarknoten. »Entschuldigen Sie, dass ich Sie aus dem Unterricht holen musste, es entspricht wirklich nicht unseren schulischen Richtlinien, Schulstunden zu unterbrechen.«

»Das macht überhaupt nichts«, versicherte ich, als sie sich nun in Bewegung setzte, und folgte ihr. Von Peterson wütend angestarrt und von Ian ignoriert zu werden gehörte ohnehin nicht zu meinen ausgesprochenen Lieblingsbeschäftigungen. »Ich hoffe, es gibt kein Problem?«

Wir hatten das untere Ende der Treppe erreicht, und die Sekretärin warf mir einen ermutigenden Blick zu. »Es ist bestimmt nichts Schlimmes, aber Ihre Mutter hat darauf bestanden, sofort mit Ihnen sprechen zu müssen.«

Stolpernd blieb ich stehen. Meine Mutter? Offensichtlich lag da ein Irrtum vor. Die Sekretärin hatte nicht bemerkt, dass ich stehen geblieben war, also musste ich mich beeilen, um sie wieder einzuholen. »Entschuldigung, aber ich glaube, das muss ein Irrtum sein. Hat die Dame speziell nach mir gefragt? Ich meine, es muss doch noch andere Smiths an der Schule geben?«

»Es gibt keine anderen Smiths an dieser Schule«, beteuerte die Sekretärin. Dann trat sie beiseite, um mich ins Sekretariat vorangehen zu lassen. »Das Telefon befindet sich dort auf dem Tisch, ich werde hier draußen warten, damit Sie sich ungestört bereden können.«

Was um alles in der Welt ging hier vor? Ganz sicher war es ein Irrtum. Ich unterdrückte das nervöse Kribbeln in meinem Magen, trat ins Sekretariat und griff nach dem Hörer, der auf dem Tisch lag.

»Hallo?«

»Oh, mein Gott, Liebes! Es ist so schön, deine Stimme zu hören!«

Die raue Stimme war unvertraut, aber die Art, wie sie *Liebes* sagte … als bedeute ich ihr etwas. Als kenne sie mich. Meine feuchte Hand begann von den Büchern zu rutschen, die ich mir an die Brust presste.

»W…wer spricht da?«

»Oh, Kleines, erkennst du meine Stimme nicht? Ich kann dir gar nicht sagen, wie schwierig das alles für uns war. Dein Vater und ich dachten schon, wir hätten dich für immer verloren, und dann haben wir dieses Bild gesehen, das die Polizei verteilt hat…«

Ich versuchte hinunterzuschlucken, obwohl mir ein Kloß im Hals saß. *Dein Vater und ich*. Es konnte nicht sein. Es war unmöglich. Nicht nach all den Jahren. Die Bücher rutschten mir aus den Händen und landeten mit einem dumpfen Knall auf dem Boden. Mein Denken setzte aus.

»Warum hast du mich verlassen?« Es war das Einzige, was mir einfiel. Die Frage, die ich mir eine Million Mal gestellt hatte, seit ich vor dem Waisenhaus abgesetzt worden war.

»Ich habe dich nicht verlassen, Kleines! Wir haben Mittagessen gekocht, du bist rasch ein paar Sachen aus dem Laden holen gegangen, und dann bist du nie mehr zurückgekommen.«

Du bist rasch ein paar Sachen aus dem Laden holen gegangen.

Es war überraschend. Zum ersten Mal in meinem Leben

empfand ich eine wirklich unbändige Wut. Meine Wut war unerbittlich und kalt, und ich wollte sie auf die Frau am anderen Ende der Leitung schleudern, um ihr wehzutun.

»Wer sind Sie?« Mein Mund war trocken. »Warum tun Sie das?«

Ein Moment der Stille, dann war die Leitung tot. Ich hörte es noch eine Weile lang piepen, dann legte ich auf. Nachdem ich mit zitternden Fingern meine Bücher aufgehoben hatte, ging ich aus dem Sekretariat in den Flur hinaus, wo es jetzt vor Menschen wimmelte. Die zweite Unterrichtsstunde begann, und glücklicherweise war die Sekretärin nirgends zu sehen.

Den Kopf gesenkt schritt ich ins Gewühl hinein. Verschwommene Körper bewegten sich um mich herum, ein Nebel aus Blau und Braun. Ich konnte nicht denken. Ich hatte immer noch die Stimme der Frau in den Ohren. *Ich habe dich nicht verlassen. Ich habe dich nicht verlassen.* Doch, hatte sie. Meine *echte* Mutter hatte das getan.

»Hi, Celine.«

Blinzelnd sah ich auf, überrascht, dass Helen mich anlächelte. Die kleine Blondine, die in Analysis neben mir saß, spielte mit einem Gummiband und wartete, dass der Unterricht anfing. Ohne es zu merken, war ich für die zweite Stunde des Tages in den Matheraum gegangen. Ein schneller Blick in die Runde, und ich stellte fest, dass die Hexen bereits ihre Plätze in einer der hinteren Reihen eingenommen hatten; aber Josh war noch nicht da.

»Hi.« Ich zwang das Wort förmlich aus meinem Mund, dann setzte ich mich.

»Ach, hallo, Celine.« Allein schon Sandras Stimme ging mir auf die Nerven. Ich war nicht in der Stimmung für ihre versteckten Beleidigungen. Nicht jetzt. Aber mein mangelndes Entgegenkommen schreckte die Königin der Hexen nicht ab.

»Alles in Ordnung, meine Liebe? Du wirkst ein wenig aufgelöst. Ist etwas passiert? Du hast doch keine schlechten Nachrichten erhalten, oder?«

Das Blut gefror mir in den Adern.

Sandra war kein netter Mensch, das wusste ich, aber sie konnte nichts mit dem Telefonanruf zu tun haben. So grausam konnte sie nicht sein.

Warum nicht? Sie hat versucht, Josh mit Drogen k. o. zu setzen, vergiss das nicht.

Ich drehte mich langsam auf meinem Stuhl um und musterte die Hexen; sie alle trugen auf ihren Make-up-verkrusteten Gesichtern den Ausdruck gespielter Sorge um mich. Doch da war Häme, direkt unter der Oberfläche.

Sie war es. Sie hatte es doch tatsächlich getan.

Meine Beine spannten sich an, in dem Drang loszurennen. Hundert Möglichkeiten schossen mir durch den Kopf. Ein Buch werfen, treten, schreien, sie mit jedem Schimpfwort unter der Sonne belegen … Aber letztlich kam nichts von alledem in Frage, schließlich hatte sie es bewusst darauf angelegt, mich zu verletzen. Randys Gesicht erschien vor meinem geistigen Auge. Er hatte mich gern dazu getrieben, ihm den Gehorsam zu verweigern, damit er mich bestrafen konnte. Und genau das war es, was Sandra gerade machte. Sie wollte, dass ich irgendetwas unternahm, mich in Schwierigkeiten brachte, warum sollte sie sonst durchblicken lassen, dass sie hinter dem Telefonanruf steckte?

Ein leises Lächeln legte sich auf meine Lippen, als ich die Hexen ansah. Ich würde ihnen nicht geben, was sie wollten. Auf keinen Fall.

»Es ist alles in Ordnung, Sandra. Ich habe nur gerade an das Kleid der Ahornkönigin gedacht. Ich kann gar nicht erwarten, es anzuprobieren.«

Das dumme Grinsen auf ihren Gesichtern verschwand auf der Stelle.

Zarte Schleierwolken waren am Himmel aufgezogen, als es zum Mittagessen läutete. Ich brauchte nun dringend etwas von Melissas schwungvollem Enthusiasmus, und so verstaute ich all meine Bücher im Schließfach und machte mich auf den Weg zur Mensa. Als ich unseren gewohnten Tisch ansteuerte, bemerkte ich, dass manche Schüler mir merkwürdige Blicke nachsandten, aber ich war viel zu abgelenkt von Melissas zornentbrannter Miene, um ihnen sonderliche Beachtung zu schenken.

»Ist irgendetwas schiefgelaufen?«

»Die ganze Welt läuft schief!«, knurrte Melissa, dann schob sie ihre Hefte beiseite. Kein gutes Zeichen. Die bräunlichen Seiten mit all den darauf hingekritzelten Zahlen waren ihr kostbarster Besitz. »Ich meine, wieso darf sie überhaupt ungestört hier über die Flure gehen? Sie ist ein echtes Monster, und jeder, der das nicht sofort merkt, hat einen Dachschaden. Im Ernst!«

»Ich nehme an, du sprichst über Sandra?« Ich seufzte. Da gingen meine Hoffnungen dahin, mich von Melissas positivem Wesen ablenken zu lassen.

»Ja, von dieser blöden Ziege spreche ich!« Melissa warf einen erregten Blick durch die Mensa dorthin, wo besagte Ziege auf ihrem gewohnten Platz Hof hielt. Ich bemerkte, dass Ian zwischen Sandras Kumpaninnen saß, während Nick und Josh auf der anderen Seite des Tisches ihr eigenes Gespräch führten. Nur Matt fehlte.

»Nach deinem gefassten Verhalten zu urteilen, hast du

es wohl noch nicht gehört.« Melissas Stimme klang jetzt gleichermaßen zornig und besorgt.

Ich wandte mich wieder ihr zu. »*Was* soll ich noch nicht gehört haben?«

»Die Hexen haben allen erzählt, dass du den Teufel anbetest.«

Also war Sandra verärgert, weil ich nach dem Telefongespräch heute Morgen nicht fluchtartig das Weite gesucht hatte, und jetzt machte sie sich daran, Gerüchte über mich auszustreuen?

»Hast du schon mal davon gehört, dass der Teufel tatsächlich ein Dschinn war, der von Engeln großgezogen wurde?«, fragte ich ungerührt.

»Was? Celine, das ist eine ernste Sache!« Melissa runzelte die Stirn. »Die Leute plappern gern nach, was Sandra Witherspoon erzählt. Sie sagt, dass du mittels deiner Tarotkarten mit Dämonen in Verbindung trittst und dass man dir nicht in die Augen schauen darf, wenn man nicht verflucht werden will.«

Das mit den Karten war ein cleverer Einfall; gute Lügen bauen immer auf der Wahrheit auf.

»Hörst du mir überhaupt zu? Sie versucht, dich zu einer Ausgestoßenen zu machen! Warum bist du nicht wütend?«, schimpfte Melissa.

»Ich bin wütend! Denkst du, mir gefällt das Ganze? Zuerst bringt sie irgendeine Frau dazu, in der Schule anzurufen und sich als meine Mutter auszugeben, und jetzt das … Glaub mir, ich *bin* wütend. Aber ich habe nicht vor, mir von ihr …«

Melissa war von ihrem Stuhl aufgesprungen, bevor ich den Satz beenden konnte, und marschierte direkt auf den Tisch am Fenster zu.

»Warte!« Ich eilte hinter ihr her, aber immer wieder traten mir Schüler mit ihren Essenstabletts in den Weg! Voller Entsetzen musste ich mitverfolgen, wie Melissa Sandra auf die Schulter klopfte und ihren Arm nach hinten zog.

»Lass mich los!« Eine Welle der Erleichterung durchströmte mich, als ich den Tisch erreichte und Melissa in Ians Armen zappeln sah.

Ich legte meiner Freundin beruhigend die Hand auf die Schulter. »Komm, Melissa, gehen wir an den Tisch zurück.«

»Nein! Nein, ich werde ihr das nicht durchgehen lassen. Diesmal nicht!«

»Was ist hier los?« Am anderen Ende des Tisches war Josh aufgestanden und schaute zwischen Melissa und mir hin und her.

Sandra wedelte abfällig mit der Hand. »Offensichtlich glaubt dieses traurige Etwas, dass ich irgendwie für alles Elend in ihrem Leben verantwortlich bin. Es tut mir leid, aber ich kann nichts dafür, dass du ein solcher Niemand bist, Clarissa.«

Die wilde Wut, die ich den ganzen Vormittag zu unterdrücken versucht hatte, trat mit einem Mal an die Oberfläche. Ich grub die Finger in die Handflächen und machte einen Schritt auf sie zu. »Sprich nicht so über sie.«

Ein Schatten fiel über den Tisch, als ich auf Sandras hässliches Lächeln herabstarrte. Dunkle Wolken hatten sich draußen zusammengeballt, in der Ferne grollte der Donner und hallte in der merkwürdig stillen Mensa wider.

»Glaubst du, du kannst mir sagen, was ich tun soll, du Waisenkind?«, zischte Sandra.

»Das reicht, Sandra!«, knurrte Josh, und seine Stimme riss mich aus dem roten Rausch der Wut, der meinen Verstand umnebelt hatte. Ich war aus einem bestimmten Grund hier, und der hatte nichts mit Sandra Witherspoon zu tun. Ich durfte ihr keine Bedeutung beimessen, das konnte ich mir nicht erlauben. Ich holte tief Luft, um mich zu beruhigen, und drehte mich zu Melissa um.

»Kommst du?«

Melissa schaute zu Ian auf. »Du kannst mich jetzt loslassen. Ich habe mich dagegen entschieden, dieses Miststück bewusstlos zu prügeln. Allein schon beim Gedanken, sie zu berühren, wird mir schlecht.«

Ians Mundwinkel zuckten, und Nick begann, lauthals zu lachen. Ich verzichtete darauf, mich umzudrehen, um zu sehen, wie Sandra die Bemerkung aufnahm, sondern wartete nur, bis sich Melissa in Bewegung setzte, dann folgte ich ihr durch die stumme Menge.

Der Herrscher

Es gab keinen Zauber, um gemeine Highschool-Zicken in Frösche zu verwandeln. Zumindest nicht in *Zigeunermagie. Was* es aber gab, waren Talismane zur Abschreckung des Bösen, und ich hatte mich bereits mit mehreren von ihnen vertraut gemacht. Sobald ich mit dem Zeichnen meiner Skizze fertig war – eine Sonne mit außen herum angeordneten Mondsicheln –, hielt ich mein Heft hoch, um das Ergebnis zu begutachten.

»Könnte bei Sandra funktionieren.«

Zumindest konnte man hoffen. Ich lehnte mich auf meinem Stuhl zurück und schaute aus den Schlafzimmerfenstern dorthin, wo eben die Sonne hinter dem Park von Wendell unterging. Ich begann diese Aussicht zu lieben, vor allem um diese Zeit, wenn Grün-, Orange- und Rottöne aus den Bäumen in den Himmel aufzusteigen schienen. Mit jedem verstrichenen Tag schien mir mein Bostoner Leben immer weiter entfernt. Tonys dunkle Küche, die Arbeit von Sonnenaufgang bis Sonnenuntergang, den Ratten zu lauschen, wenn sie über die Decke huschten; allein schon der bloße Gedanke an diese Dinge war nervenaufreibend, was nicht gut war. Je länger ich in East Wendell blieb, umso schwerer würde es sein, zurückzukehren und all das zu vergessen, all die Menschen …

»Vielleicht sollte ich Sandra dankbar sein.« Sie war der einzige wirklich bittere Wermutstropfen in etwas, das mir wie ein Traumleben erschien. Wenn ich dann später wieder italienisches Fladenbrot mit Rosmarin buk, um mir meinen Lebensunterhalt zu verdienen, würde ich mich an Sandras hässliches Verhalten erinnern können und dankbar dafür sein, dass ich nun weit weg von ihr war.

Ich sah Marie in den Garten hinausgehen. Sie schaute zum Himmel auf und drehte sich dann wieder zum Haus um. Als sie bemerkte, dass ich sie beobachtete, verzog sich ihr Mund zu einem breiten Lächeln, und sie streckte die Hand hoch. Ich winkte zurück, widerstand aber dem Impuls, nach unten zu gehen, um ein wenig mit ihr zu plaudern. Schließlich musste ich mich meiner Lektüre widmen. Nach dem Geruch zu urteilen, der einige Minuten zuvor durchs Treppenhaus gezogen war, hatte sie außerdem eine neue Kanne von ihrem Zaubertee gekocht, und ich wollte wirklich nichts von dem abscheulichen Zeug trinken. Ich setzte mich wieder hin und las weiter, wo ich aufgehört hatte.

Die Beschwörung eines Dschinns

Manche der Menschen, die von den Fähigkeiten der Dschinn wissen, beschwören sie, in der Hoffnung, sie an sich selbst zu binden. Derjenige, dem das gelingt, besitzt alle Macht über den Dämon und über all seine Fähigkeiten. Ein Bindungszauber gelingt jedoch nur, wenn man den echten Namen des Dschinns kennt, den er einem Menschen niemals freiwillig nennen wird. Sei also gewarnt, und nimm von einem solchen Unternehmen Abstand! Die einzigen Menschen, die diese Wesen ohne schlimme Folgen an sich binden können, sind Feuerzäh-

mer, jedoch heißt es, sie seien vor langer Zeit ausgestorben.

Hatte Robert versucht, mit Hilfe dieses Buches einen Dschinn zu beschwören? Im Laufe der Tage wurde es für mich immer wahrscheinlicher, dass er der wahre Übeltäter war. Ohne Frage gab es so manche wirklich schreckliche Menschen an der Thornton Academy, aber seit ich herausgefunden hatte, dass Elizabeth und Missy jeweils den gleichen dreitausend Dollar teuren Montblanc-Füller besaßen, der mit Gold und Silber beschichtet war, gingen mir jetzt rasch die Verdächtigen aus – jedenfalls solche, die mir plausibler erschienen als ein Onkel mit einer Obsession für das Übernatürliche.

Und was genau waren Feuerzähmer? Diese Bezeichnung hatte ich noch nie zuvor gehört. Ich bedauerte, dass das Buch kein Inhaltsverzeichnis hatte, als ich nun durch die Seiten zu blättern begann – in der Hoffnung, auf eine weitere Erwähnung dieser Feuerzähmer zu stoßen.

Ein Klopfen an der Zimmertür ließ mich das Buch zuschlagen.

»Celine? Kann ich reinkommen?«

Josh? Ich schaute auf den Wecker auf meinem Nachttisch. Es war bereits Viertel nach sieben, sein Training musste vor einer Stunde zu Ende gewesen sein. Ich kniete mich schnell hin und schob Roberts Buch unter den Schreibtisch, dann drehte ich mich wieder zur Tür um.

»Ja, ja. Also, die Tür ist offen.«

»Hi.« Josh kam herein. Er trug immer noch seine Schuluniform, nur die Jacke hatte er ausgezogen. »Was treibst du so?«

Ich suche nach einem Zauberspruch, um deine Ex in einen

Frosch zu verwandeln. »Nicht viel, ich sammle nur Ideen für einen Englischaufsatz.«

»Ah ja.« Josh trat von einem Fuß auf den anderen. Lag ihm etwas auf der Seele, was er sich nicht zu sagen getraute? Das konnte eigentlich nicht sein, von allen mir bekannten Menschen war er schließlich derjenige, der sich am besten unter Kontrolle hatte – jedenfalls abgesehen von Ian, diesem Verräter.

Josh mied meinen Blick, dann sagte er zögernd: »Das ist schön.«

Jetzt begann er mich ernsthaft zu beunruhigen. Ich machte einen hastigen Schritt auf ihn zu. »Alles in Ordnung?«

»Ja. Na ja, nein, eigentlich nicht.« Er seufzte und vermied es nach wie vor, mich anzusehen. »Verdammt, ich weiß nicht mal, wie ich anfangen soll.«

»Womit anfangen?« Mist, was war los?

Endlich sah er mich an, und ich war überrascht, den Zorn in seinen Augen zu entdecken. »Melissa hat mir von dem Telefonanruf erzählt und von dem Quatsch mit der Teufelsanbetung. Ich schwöre dir, ich hatte keine Ahnung davon. Wenn ich es gewusst hätte … verdammt, ich hätte es niemals zugelassen.«

Dafür würde ich Melissa umbringen! Wie ich Josh kannte, war er wahrscheinlich zu dem Schluss gekommen, dass das alles irgendwie seine Schuld war.

»Das ist nicht schlimm, wirklich. Du kennst doch Melissa. Sie regt sich schnell auf …« Ich versuchte, das Ganze mit einem Lachen abzutun, aber das hatte nur zur Folge, dass er begann, im Raum auf und ab zu gehen.

»Sie haben gesagt, du würdest versuchen, so zu tun, als mache es dir nichts aus.«

»Ich versuche aber nicht … Warte mal, *sie*?« Ich runzelte

die Stirn und sah zu, wie er auf dem cremefarbenen Teppich hin und her lief.

»Ian und Melissa. Und sie hatten recht, es ist eine schwerwiegende Sache. Ich habe gewusst, dass Sandra hinterhältig sein kann, aber ich habe immer versucht, das Beste in ihr zu sehen …«

»Einen Moment mal!« Ich hob die Hand; langsam wurde ich ärgerlich. »Was habt ihr gemacht, hattet ihr eine Versammlung, bei der es um mich ging?« Melissa hätte niemandem von diesem verdammten Telefonanruf erzählen sollen! Und Ian? Wie kam er dazu, mit Josh über mich zu psychologisieren, wo er sich in den letzten Tagen doch nicht mal die Mühe gemacht hatte, einfach nur Hallo zu sagen?

»Nein, so war das nicht. Ich bin nach dem Training bei *Fred's* gewesen, um mit Melissa über den Vorfall in der Mensa zu reden, und Ian war zufällig ebenfalls da.« Er stellte sein Auf und Ab ein.

Ich verschränkte die Arme vor der Brust, denn ich hatte den Eindruck, mich rechtfertigen zu müssen. »Warum hast du mich nicht einfach gefragt?«

»Weil du genau das getan hättest, was du jetzt zu tun versuchst. Du hättest so getan, als sei das Ganze völlig unwichtig.« Josh kam auf mich zu und sagte mit sanfter Stimme: »Ich habe mir Sorgen um dich gemacht.«

Und er machte sich immer noch Sorgen. Die Besorgnis war da, ich konnte sie ganz deutlich in seinem Gesicht lesen, obwohl es jetzt im Raum zügig dunkel wurde. In Sekundenschnelle hatte sich mein Ärger in Luft aufgelöst, doch wurde er ersetzt durch eine nervöse Erregung anderer Art. Es wurde dunkel, und Josh stand zu nahe neben mir.

Ich zog mich einen Schritt weit zurück, schlug dabei aber mit dem Bein an den Schreibtisch, und dann griff Josh nach mir, damit ich nicht stolperte. *Beruhig dich*. Die Stille zwischen uns wurde lastender. Josh sah mich an, ließ seinen Blick forschend über mein Gesicht gleiten, wie er es auch bei den Schließfächern getan hatte. Ein Gefühl der Wärme breitete sich in meinem Bauch aus. Plötzlich nahm ich die Dinge viel intensiver wahr. Das Gefühl seiner Hände an meiner Hüfte. Wie er über mir aufragte. Tief durchatmen!

»Sandra!«, platzte ich mit dem Namen heraus, als sei er ein Schild. Es funktionierte. Josh blinzelte, und das Stirnrunzeln war wieder da. »Du und Sandra, ihr seid miteinander zusammen gewesen, bis ich auf der Bildfläche erschienen bin. Ich meine, sie gibt wahrscheinlich mir die Schuld und glaubt, dass ich für die Probleme zwischen euch gesorgt habe. Sie ist wahrscheinlich einfach nur aufgebracht.« Na toll, er hatte es doch tatsächlich geschafft, dass ich mit Melissa-Geschwindigkeit redete!

»Warum machst du das immer?«, schimpfte Josh. »Immer entschuldigst du sie.«

Ich machte das nicht mit Absicht; ich wollte einfach nicht, dass es wegen mir noch mehr Ärger zwischen Josh und irgendjemand anderem in der Schule gab. Wäre ich nicht gewesen, würden Josh und Sandra bestens miteinander auskommen. Sie wären vielleicht immer noch zusammen. »Ich entschuldige sie nicht. Es ist einfach nur so, dass ich bald von hier weggehen werde, zurück in mein wahres Leben, und ich will nicht in dem Wissen gehen, dass ich deine Freundlichkeit mit dem Zerstören deiner Beziehung vergolten habe.«

Das nahm ihm den Wind aus den Segeln. Und dann schob er die Hände in seine Taschen. »Ich bin froh, dass du so zuversichtlich bist, dein Gedächtnis wiederzuerlangen. Und ich bin sicher, es ist bald so weit. Aber du musst wissen, dass du mir nichts schuldest.«

Er hatte ja keine Ahnung, wie sehr er in diesem Punkt danebenlag. Ich hatte mich durch Lügen in sein Haus gemogelt und dafür gesorgt, dass er sich nun schlimme Vorwürfe dafür machte, mich in einen Zustand versetzt zu haben, in dem ich mich in Wirklichkeit gar nicht befand. Ich bin ein schrecklicher Mensch.

»Hast du Hunger?«, fragte ich und versuchte, das Thema zu wechseln. »Ich habe Pizzateig gemacht, als ich von der Schule nach Hause gekommen bin. Der Teig sollte inzwischen genug Zeit gehabt haben, um zu gehen.«

Seine Mundwinkel zuckten und verzogen sich zu einem Lächeln. »Wir hätten auch Pizza von *Mama Pizza* in der Stadt bestellen können.«

Gekaufte Pizza kam nie an eine selbstgemachte heran, das Ganze war eine simple Frage des Geldes. Entweder nahm der Pizzabäcker zur Zubereitung der Tomatensoße nur ein Minimum der benötigten Zutaten oder er verwendete minderwertiges Zeug. Die gleiche Regel galt für den Käse. In der Bäckerei nahmen wir immer gute Tomaten und guten Käse, dank Giovanni, einem Cousin dritten Grades von Tony, der billige, aber qualitativ hochwertige Zutaten aus Italien importierte und sie uns zu Großhandelspreisen überließ. Aber die meisten Pizzerien hatten dieses Glück nicht.

»Dann hast du also keinen Appetit?«, hakte ich nach und war mir dabei jedoch im Klaren, dass er völlig ausgehungert sein musste. Er war nach dem Training immer ausgehungert.

»Ich denke, ich könnte etwas vertragen. Ich geh mich nur rasch umziehen.« Mit einem letzten Lächeln eilte er zur Tür hinaus.

Ich drehte mich wieder zum Schreibtisch um und öffnete

die oberste Schublade, wo ich ein kleines Schneidmesser aus der Küche verstaut hatte. Während draußen der Mond rasch am Himmel emporstieg, kamen unter den im Wind wiegenden Ästen dunkle Schatten hervorgekrochen. In wenigen Tagen war Vollmond. Der Tag, an dem laut Roberts Buch alle Energien am stärksten waren und die Dschinn gern zu schlemmen pflegten. Und wenn Robert Beaumont tatsächlich von den Dschinn besessen war, die ihn so sehr faszinierten, dann musste ich für ihn bereit sein.

Mit dem Messer in der Hand begab ich mich zu meiner offenen Zimmertür und lauschte hinaus. Josh hatte unten den Fernseher angelassen, aber als er jetzt die Dusche aufdrehte, konnte ich das Wasser brausen hören. Der ideale Moment. Schnell eilte ich die Treppe hinunter und den Flur entlang. Es wäre besser gewesen, Robert die Falle in seinem Schlafzimmer oder im Arbeitszimmer zu stellen, aber beide Räume waren abgeschlossen, also musste ich mit dem vorliebnehmen, was momentan möglich war. Vor der Haustür bückte ich mich, schnitt mir in die linke Handinnenfläche und zuckte zusammen. Kleine Blutstropfen traten heraus. Dann hob ich die mit einem Monogramm versehene Matte und malte das Siegel des Salomo auf den kalten Untergrund.

Wenn es ein Dschinn an die Haustür schaffte, würde er nicht weit kommen.

Der Wagen

»Sag es nicht«, warnte Melissa und lehnte sich an das Schließfach neben meinem. Ich blickte sie an und musste einen lautstarken Heiterkeitsausbruch unterdrücken. In ihr Haar waren alle möglichen Streifen und Bänder eingeflochten, und alles lief zu einem großen Zopf zusammen, der ihr über die Schultern herabhing.

»Es ist hübsch«, sagte ich und meinte es auch so. Penelope hatte heute Morgen für ihre Schwester offensichtlich einen Look nach dem Motto »nett und unschuldig« anvisiert. Zu schade, dass Melissas Miene eher in Richtung »gequält und wütend« ging.

»Du sollst es doch nicht sagen!«, schimpfte sie mit finster funkelnden Augen. In diesem Moment begannen die Glocken des alten Kirchturms zu läuten, und Melissa warf die Hände in die Höhe. »Natürlich muss sie mir das auch noch an einem Tag antun, an dem wir eine Schulversammlung haben! Keinem Einzigen in der Schule wird meine Schmach entgehen.«

»Du würdest mir ja leidtun, aber irgendwie verdienst du es auch, weil du Josh von dem Telefonanruf erzählt hast«, merkte ich trocken an.

Sie war sofort ganz zerknirscht. »Ach komm, Celine!

Weißt du, wie lange er mir im Restaurant auf Schritt und Tritt gefolgt ist? Er ist mir immerzu von Tisch zu Tisch nachgegangen, und hätte er nicht die Schuluniform angehabt, hätten die Leute bestimmt bei *ihm* ihre Getränkebestellungen aufgegeben. Ungelogen! Er war gnadenlos! Außerdem war er ja lange genug mit dieser Hexe zusammen, also kann er sie zumindest mal an die Leine legen.«

»Melissa, mach mal 'ne Atempause!«, lachte ich und schob mir ein Pfefferminzbonbon in den Mund, um den Geschmack des Zaubertees von heute Morgen zu vertreiben. Ich wusste, wie halsstarrig Josh sein konnte, und so fiel es mir schwer, Melissa einen Vorwurf daraus zu machen, dass sie nachgegeben hatte.

»Ich sage nur die Wahrheit«, unterstrich Melissa und widmete sich dann wieder der Begutachtung ihres Haars. »Aber mal im Ernst, diese Bänder sind wirklich Strafe genug!«

Das Läuten der Glocken drang mir wieder ins Bewusstsein, und ich schob meine Schultasche ins Schließfach. »Zumindest hat sie Bänder ausgesucht, die zu deiner Schuluniform passen.«

»Das stimmt! Ich glaube, ich werde diese glorreiche Schande am besten mit dir teilen, meine liebste Celine.« Kaum hatte ich meine Schließfachtür abgesperrt, da hakte sich Melissa auch schon bei mir unter.

Schüler, die den Gang entlangeilen. Ein Ninja-Turtles-Aufkleber auf einem blauen Schulheft. Das Geräusch von Kirchenglocken. »Celine?« *Ein Junge mit einem orangefarbenen Rucksack, der sich die Schuhe bindet. Ein händchenhaltendes Paar direkt vor den dunkelblauen Doppeltüren.*

Ich zog meinen Arm von Melissa weg, und die Vision endete so abrupt, wie sie begonnen hatte. Warum passierte das? Schon wieder!

Ein kleiner Junge mit einem Ninja-Turtles-Aufkleber auf seinem Heft kam vorbei.

»Celine?« Melissa sah mich fragend an.

»Ja. Entschuldige, ich komme schon!« Ich presste die Hände fest an meinen Rock und folgte ihr, vorbei an einem orangefarbenen Rucksack und dem Paar an den Türen. Das Gelände zwischen dem Hauptgebäude und der Aula war gerammelt voll mit Schülern, und die meisten wirkten ganz froh darüber, dass wegen der Sonderversammlung heute die erste Stunde ausfiel. *Bleib einfach ruhig, es war nur eine kurze Vision, nichts Besonderes.*

»Hast du schon davon gehört, dass der Philosophielehrer die Schule verlassen hat? Sein Nachfolger ist bereits eingetroffen. Du hast doch Philosophie belegt, nicht?« Melissa plapperte munter drauflos, während wir auf die Aula zutrotteten.

Wir hatten gerade den Rasen erreicht, als ich bemerkte, wie sich ein Mädchen bei meinem Anblick bekreuzigte. Das konnte doch nicht wahr sein!

»Ja, ich bin in Philosophie, aber davon, dass unser Lehrer weggegangen ist, habe ich noch nichts gehört.« Vor uns bekreuzigten sich zwei weitere Mädchen. Eine von ihnen ließ beinahe sämtliche Bücher fallen, als sie versuchte, die Hand über ihre Brust zu bewegen.

»Es wird euch ein wenig zurückwerfen, aber das ist keine große Sache. Übrigens, hast du die Erdkundehausaufgaben schon gemacht?«

»Erdkunde?« Es fiel mir schwer, mich auf Melissas Gerede zu konzentrieren, da sich immer mehr Schüler in meine Richtung umdrehten und sich bekreuzigten. »Ähm, ja, das habe ich gestern Abend erledigt.«

Ich bemerkte, wie Melissa mit finster zusammengekniffenen Augen zu einer Gruppe von Jungen auf der anderen Seite des Rasens hinüberblickte. Wenn sie das mit dem ständigen Bekreuzigen bemerkte, würden bei ihr wahrscheinlich wieder alle Sicherungen durchbrennen, wie in der Mensa.

»Starren diese Idioten dort drüben mein Haar an?« Melissa runzelte die Stirn.

Die fraglichen Jungen starrten definitiv mich an.

»Komm schon, hör endlich auf, dich wegen deiner Haare verrückt zu machen!« Ich legte einen Zahn zu und hoffte, es zu unseren Sitzen zu schaffen, bevor Melissa bemerkte, dass etwas im Gange war.

»Ach ja, so wie du aufgehört hast, dich wegen deines Königinnenkostüms verrückt zu machen, was?« Melissa fixierte mich mit hochgezogenen Brauen.

Das war ja wohl kaum dasselbe! »Ich muss vor der ganzen Stadt eine Schärpe und eine Krone tragen!«

Sie grinste, als wir nun die gewölbten Torbogen erreichten. »Okay, du hast gewonnen.«

In der Aula war es kühler und viel dunkler als draußen. Blinzelnd versuchte ich, mich zu orientieren. Melissa ging vor mir her. Schritte und Hustengeräusche hallten in der Kuppel der ehemaligen Kirche wider. Ich folgte Melissa, hielt in der Menge nach Josh Ausschau und fand ihn in seiner gewohnten Reihe neben Nick und Matt. Sandra saß mit ihrer Truppe in der Nähe. Als sie meinen Blick bemerkte, zog sie die Stirn kraus, dann bekreuzigte sie sich lächelnd.

Sandra mochte nicht besessen sein, doch sie war durch und durch widerlich.

»Ah, Celine, wie nett, Ihnen wieder einmal über den Weg zu laufen.«

Die Härchen in meinem Nacken stellten sich unerwartet

auf, als ich mich umdrehte und den Lehrer Jenkins links von mir den Gang hinuntergehen sah.

»Guten Tag, Herr Professor.«

Professor Jenkins sah mich an und strahlte über das ganze Gesicht. »Sie haben sich die Haare schneiden lassen. Das steht Ihnen.«

Der kleine Junge hinter ihm wandte den Blick ab, als ich in seine Richtung schaute, und sein Freund tat das Gleiche. Sie konnten doch nicht im Ernst glauben, dass ich eine Satanistin war, oder?

»Vielen Dank«, brachte ich heraus und wünschte mir, die Menge vor mir würde sich schneller bewegen. Aber die gesamte Schülerschaft versuchte, sich gleichzeitig in den Saal zu zwängen, und so bestand kaum eine Aussicht auf schnelleres Vorwärtskommen. Melissa war schon einige Schritte weiter und redete mit – wer war das? David?

»Ich habe gehört, dass Sie dieses Jahr die Ahornkönigin sein sollen. Sehr beeindruckend«, fuhr Professor Jenkins fort. Er schien nicht zu bemerken, dass ich weiterwollte. »Sie sind wirklich etwas Besonderes, nicht?«

»Wie bitte?« Was meinte er damit?

Professor Jenkins überging meine Frage und wandte sich ab, um nun eine andere Schülerin anzusprechen.

»Teufelsanbeterin!« Irgendjemand stieß mich von hinten und warf mich gegen die Zwölftklässlerin zu meiner Rechten.

Langsame Bewegungen. Dutzende von Stimmen, die sich alle überlagern. Irgendjemand hustet. Ein Junge mit blauen Augen schaut her und lächelt. »Hi, Alexandra«, grüßend hebe ich die Hand. »Hi.« Ein langer Zopf baumelt vor mir. Melissa deutet über meine Schulter. »Komm, Celine.« Ein Schulangestellter trägt einen Mikrofonständer auf das Podium.

Ich schnappte nach Luft, nahm die Hand von Alexandras Arm, und die Vision löste sich in nichts auf. Nein. Nein. Nein! Das konnte doch nicht immer wieder passieren! Ich verschränkte die Hände unter den Armen, voller Angst, noch jemand anderen zu berühren.

»Komm, Celine.« Melissa gab mir von zwei Reihen weiter vorn ein Zeichen. Mit blank liegenden Nerven bewegte ich mich weiter und bemerkte im letzten Moment, dass wir in der gleichen Reihe Platz nahmen wie Ian. Wenn irgendjemand mir helfen konnte, dann er. Ich wollte nach ihm rufen, ihm erzählen, was passierte. Dass ich dabei war, völlig auszuflippen! Aber Ian schaute nicht in meine Richtung. Er flirtete mit zwei Mädchen, die ich nicht kannte, schenkte ihnen sein unbefangenes Lächeln.

Zum Teufel mit Ian. Ich brauchte einfach etwas frische Luft, und alles würde gut werden. Meine Lunge musste nur richtig arbeiten, und dann wäre alles in Ordnung! Ich drehte mich schnell um und zwängte mich an Melissa vorbei, die mich überrascht anschaute.

»Wohin gehst du? Die Schulversammlung fängt jeden Moment an!«

»Toilette.« Ich sagte einfach das Erste, was mir in den Sinn kam, und eilte den Mittelgang zurück, die Hände immer noch sicher weggesteckt. Es waren nur noch wenige Leute in den Gärten, und sie eilten alle zur Aula hin. Ich hielt den Kopf gesenkt und hoffte, keinem Lehrer über den Weg zu laufen. Ich hatte Glück, und niemand hielt mich auf, als ich durch den Hintereingang des Schulgebäudes trat.

Atme. Atme einfach! Es gibt eine logische Erklärung dafür. Du wirst schon dahinterkommen.

Die Flure waren geradezu unheimlich still, und meine Schritte wurden von den dicken Teppichen gedämpft. Die

Glocken verhallten in der Ferne, als ich die lange Reihe von Schließfächern erreichte. Ich öffnete schnell das meine und griff mit zitternden Händen nach dem Kartendeck unten in meiner halbgeöffneten Tasche.

»Warum habt ihr mich nicht gewarnt?« Meine Stimme war ein Flüstern. Die Karten waren stumm wie eh und je, aber es war ein gutes Gefühl, sie in den Händen zu halten. Meine Nervosität ließ etwas nach.

»Du bist das, stimmt's?«

Ich zuckte zusammen und ließ die Karten beinahe fallen, als ich mich von meinem Schließfach wegdrehte. Rebecca stand einige Schritte hinter mir. Mit wildem Blick deutete sie auf meine Hand.

»Ich weiß, dass du es bist!«

»Wovon redest du überhaupt?«, fragte ich und bemerkte, wie bleich ihre Haut war. Sie hatte einen Notizblock umklammert und presste ihn sich fest an die Brust. Auf ihrer Stirn standen Schweißperlen. »Rebecca, geht es dir gut? So, wie du aussiehst, solltest du vielleicht mal der Krankenschwester einen Besuch abstatten.«

»Tu nicht so!«, knurrte sie mich an. »Tu nicht so, als würdest du dich um mich kümmern. Das bist alles du. Du betest sie an, nicht wahr? Du hast es mir auf den Hals gejagt! Du bist der Grund, warum es mich nicht mehr in Ruhe lässt!«

»Was?« Redete sie über die Gerüchte? Ich legte die Karten in mein Schließfach. »Hör mal, ich weiß, du hast vielleicht das eine oder andere über mich gehört, aber das ist alles nicht wahr.«

Als ich mich wieder zu ihr umdrehte, standen ihr Tränen in den Augen, und sie grub sich die Finger in die Kopfhaut.

»Es will mich nicht in Ruhe lassen. Jede Nacht wache ich auf und ringe nach Luft, während es mich würgt und sich mir auf die Brust setzt. Und jetzt, jetzt sehe ich es auch tagsüber. Auf der Toilette, wenn ich allein bin. In den Fluren, wo es sich hinter den Säulen versteckt. Es quält mich! Verstehst du? Ich. Halte. Es. Nicht. Mehr. Aus!«

Es würgte sie? »Rebecca, tut dir irgendwer etwas an? Sag mir, wer es ist, und ich will versuchen, dir zu helfen …« Ich streckte die Hand nach ihr aus, ohne mich darum zu kümmern, dass erneut eine Vision von mir Besitz ergreifen könnte.

»Nein!« Sie taumelte zurück. »Nein. Fass mich nicht an, Dämonenanbeterin! Lass mich einfach in Ruhe!«

Erschüttert sah ich Rebecca nach, wie sie den Flur entlang und hinaus auf den Schulhof rannte. Die Doppeltüren schwangen zu und wurden dann gleich wieder aufgedrückt. Ich ballte die Fäuste. Ich erkannte den Jungen sofort, der nun auf den Teppich trat. Ian.

»Celine? Was ist los?« Sein kampflustiger Blick brachte bei mir das Fass zum Überlaufen.

»Lass mich in Ruhe.« Ich drehte mich wieder zu meinem Schließfach um, und wilder Zorn durchpulste mich. Zuerst die Visionen, dann dieser Unfug von wegen Teufelsanbetung und jetzt Ian? Die Welt schien aus dem Lot zu geraten, und ich konnte nichts dagegen unternehmen.

Ian zog mich herum. Sobald ich ihm Auge in Auge gegenüberstand, nahm er die Hände wieder von meinen Armen, aber es war zu spät. Ich ging auf ihn los und stieß ihm mit aller Kraft in die Brust.

»Fass mich nicht an! Wage es nicht, mich anzufassen!« Ich schlug ihn. Wieder und wieder schlug ich auf ihn ein, aber er wehrte sich nicht. Als ich spürte, wie mir Tränen in die Augen stiegen, wollte ich mich wegdrehen, aber Ian zog mich an sich und hielt meine Arme fest. Ich versuchte mich zu befreien.

»Beruhig dich, Celine. Alles ist gut.« Seine Stimme war sanft, nah an meinem Ohr. »Alles ist gut.«

Das Pochen in meinem Kopf ließ langsam nach; die Wärme von Ians Armen umgab mich. Ich fühlte mich beschützt. Nur, dass es alles nur vorgetäuschter Schein war. Schon morgen würde er wieder nicht mit mir sprechen.

Der rote Rausch der Wut verflog, und mein Kopf wurde wieder klar. Ich straffte mich und holte ein paarmal tief Luft. Ich brauchte einen Moment, um zu registrieren, dass ich Ian berührte, ohne in seine Zukunft hineingezogen zu werden.

»Du kannst mich jetzt loslassen.« Meine Stimme klang fest. Kein Zittern mehr. Ians Arme entließen mich aus ihrem Griff, gestatteten es mir, mich von ihm zu lösen. Ich strich meine Uniform glatt. Ich würde mit alledem schon fertigwerden. Es musste eine Erklärung dafür geben, warum die Visionen häufiger wurden, und sobald ich sie gefunden hatte, wäre alles gut. Und was alles Übrige betraf: Rebeccas Auftritt mochte mich ein wenig aus dem Konzept gebracht haben, aber das war vorüber. Von jetzt an würde ich besser auf Sandra und ihr Gefolge vorbereitet sein, und sie würden mir nicht bei dem in die Quere kommen, was wirklich wichtig war: den Dschinn zu finden.

»Alles in Ordnung?«, fragte Ian. Er wirkte immer noch besorgt. Ich wollte glauben, dass seine Anteilnahme nicht echt war, dass er nur heuchelte, aber er hatte mich zu oft gerettet, als dass die Sache so einfach sein könnte.

»Was machst du hier?«, fuhr ich ihn an und zog es vor, seine Frage zu übergehen. »Du hast mir seit Tagen nicht ins Gesicht gesehen, und jetzt willst du wieder Mr. Retter spielen?«

Ian trat einen Schritt zurück, und der nette, besorgte Junge verschwand vor meinen Augen. »Irgendjemand muss dich vor dir selbst retten.«

Eine zornige Antwort lag mir auf den Lippen, aber ich verkniff sie mir. Es wirkte beinahe so, als wolle er mich provozieren. »Ich brauche dich nicht.«

Er runzelte skeptisch die Stirn. Er wollte mich tatsächlich zur Weißglut bringen!

»Weißt du, ich dachte wirklich, dass du anders wärst als die anderen! Ich habe dir vertraut, dir Dinge erzählt, die ich noch nie jemandem erzählt habe!«

Ians Lippen verzogen sich zu einem Lächeln. »Ist es denn meine Schuld, dass du so dumm bist?«

Seine Worte taten weh und zeigten mir, wie recht er im Grunde hatte. Warum nur ließ ich mir das von ihm gefallen?

»Ich bin ein Dummkopf«, räumte ich ein. »Nur einem Dummkopf kann etwas an dir liegen!«

Ich schlug das Schließfach zu und verriegelte es hastig, dann trat ich einen Schritt zurück, um zu gehen, aber Ian versperrte mir den Weg. Ich schnappte nach Luft und funkelte ihn böse an. »Lass mich vorbei!«

Alle Arroganz war plötzlich aus seinen Zügen verschwunden. »Celine, ich …«

»Hallo, Leute!«

Wir fuhren beide herum und sahen Nick auf uns zukommen, mit Josh dicht auf den Fersen.

»Hi«, sagte Ian und trat von mir weg.

»Haben die Cheerleader euch auch zu Tode gelangweilt?« Grinsend blieb Nick vor uns stehen.

»So ziemlich«, pflichtete ihm Ian bei, dann fragte er: »Ist

die Versammlung also noch im Gang?« Er benahm sich völlig normal, als sei überhaupt nichts geschehen. Ich gab nur einen nichtssagenden Grunzer von mir. Josh war deutlich anzusehen, dass seine Laune im Keller war. Seit ich ihn das letzte Mal gesehen hatte, musste irgendetwas vorgefallen sein.

»Ja, und es sah aus, als würde sie sich nur noch weiter in die Länge ziehen! Ich bin froh, dass wir rausgekommen sind, solange wir noch konnten«, sagte Nick und lachte.

Ians Ungerührtheit hätte mich sicher noch stärker verstimmt, wenn ich mir nicht um Josh Sorgen gemacht hätte. Ich suchte seine Augen und warf ihm einen »Alles-in-Ordnung?«-Blick zu. Er antwortete mit einem schiefen Lächeln. Dann summte es in seiner Tasche, und er runzelte die Stirn.

Als Nick bemerkte, wie er sein Handy herauszog, meinte er: »Bestimmt ist es Sandra, die fragt, wo du bist.«

Josh las die SMS rasch durch, dann steckte er das Gerät wieder in die Tasche. »Es ist Robert.«

Robert. Kam er endlich in die Stadt?

»Na klar. Robert kommt immer … um diese Zeit zu Besuch«, sagte Nick und machte eine verlegene Pause, bevor sein gewohnheitsmäßiges Grinsen wieder auf sein Gesicht zurückkehrte. »Für gewöhnlich mit einem Fotomodell und mehreren Kisten Champagner im Schlepptau. Dich erwartet da ein echtes Vergnügen, Celine.«

Sollte das eine Art Drohung sein?

»Diesmal nicht, er ist in Rio aufgehalten worden«, sagte Josh. »Aber er hat als Entschuldigung ein paar Kisten Champagner nach Hause geschickt.«

Ich verspürte eine seltsame Mischung aus Enttäuschung und Erleichterung.

»Das ist doch genau das, was der heutige Tag braucht! Party *à la moi*!« Nick war plötzlich ganz aus dem Häuschen.

Party à la Nick? Das ließ irgendwie nichts Gutes ahnen, aber Joshs Miene schien sich bei dieser Aussicht ein wenig aufzuhellen.

Mit einem Lächeln im Gesicht fragte er: »Was schwebt dir vor?«

Statt einer Antwort gab ihm Nick einen Klaps auf den Rücken, dann rieb er sich die Hände und grinste mich an. »Mal eine Party à la Nick kennenlernen – na, Celine, wie fändest du das?«

Ich hatte keine Ahnung, was er meinte, aber was immer es war, es hatte Joshs Laune aufgehellt, und so zuckte ich nur die Achseln. »Gut, denke ich mal.«

»Super.« Nick nickte. Dann deutete er auf Ian. »Dann mach mal, McAlpine, du sollst unser Gastgeber sein.«

Die Liebenden

»Dieses Haus ist einfach unglaublich«, sagte Melissa und beugte sich nahe an mich heran, um sich über die laut dröhnende Musik hinweg Gehör zu verschaffen. »Es ist so ... Ian.«

»Ich verstehe, was du meinst.« Und das stimmte auch. Die riesige Villa war von einer breiten Veranda umgeben, die sich um das gesamte Gebäude herumzog, es gab Erkerfenster und einen richtigen Turm. Einen Turm! Ich wäre jede Wette eingegangen, dass Ians Zimmer sich dort oben befand. Und was das Innere betraf? Auch wenn sich Nick alle Mühe gegeben hatte, das Haus in einen Club zu verwandeln, verliehen die dunklen Holzböden, die eisernen Kronleuchter, die Wendeltreppen und die schweren Vorhänge dem Ganzen etwas von einer Burg.

Die Oak Road Nummer 18 war wie für Ian McAlpine geschaffen. Dunkel, mysteriös, schön und völlig verwirrend.

Melissa nahm einen Schluck aus der Wasserflasche, die sie sich von zu Hause mitgebracht hatte. »Also, Nick hat diese Party organisiert?«

Ich nickte und sah zu, wie drei lange, schlanke Typen in Hemden mit der Aufschrift »Event-Personal« Dutzende von Champagnergläsern in den Raum trugen. Nick hatte mich bei meiner Ankunft mit großem Getue in seinem glänzenden grauen Dreiteiler samt schwarzem Hemd und grau gepunkteter Krawatte willkommen geheißen – eine Kombination, die er »Gastgeberanzug« nannte. Ich war mir nicht sicher, ob es aus Rücksichtnahme auf Nick geschah, aber bisher hatte mich jedenfalls noch kein einziger Partygast beschuldigt, eine Dämonenanbeterin zu sein. »Offenbar soll diese Party eine Art Einweihung von Ians Haus sein.«

»Ja, hm, die beiden dort scheinen vor allem Ians sündhaft teure Möbel einzuweihen«, brummte Melissa und deutete mit dem Kopf auf ein eng umschlungenes schmusendes Pärchen auf einer Couch, die exakt derjenigen glich, auf der wir saßen. »Na ja, es ist schließlich nicht mein Haus, also werde ich mich auch hüten, hier herumzusitzen und mich darüber zu sorgen, dass all die schönen Ledermöbel demoliert werden könnten.«

»Nur, dass du eben genau das tust.« Als Melissa mir nach diesem Kommentar die Zunge herausstreckte, musste ich lachen.

»Okay, vielleicht sorge ich mich tatsächlich ein klein wenig um das Schicksal des vermutlich weichsten Leders, das ich je gefühlt habe, aber Ian macht sich offensichtlich nicht die geringsten Sorgen«, meinte sie und deutete auf die Tanzfläche.

Meine gute Laune löste sich in Luft auf, als ich ihn nun mit einer langbeinigen Rothaarigen entdeckte, die ich noch nie zuvor gesehen hatte. Sie trug ein Kleid in grell leuchtendem Pink und rieb sich förmlich an ihm.

»Und wo ist Beaumont?«, fragte Melissa plötzlich.

Es gelang mir, den Blick von Ian und seiner jüngsten Eroberung loszureißen. »Er wird gleich hier sein. Sie sind mit Matt zu ihm nach Hause gefahren, um den restlichen

Champagner zu holen.« Ich entdeckte Matt an der Tür und deutete auf ihn. »Da ist Matt.«

»Ja, ich sehe ihn. He, weißt du, wo das Bad ist?«, fragte Melissa schnell.

»Nein, tut mir leid.«

»Schon gut, ich werd's finden!« Und schon war sie verschwunden. Einen Augenblick später war Matt bei mir angelangt. Wie die meisten Jungs auf der Party trug er eine dunkle Hose und ein Hemd.

»Guten Abend, holde Dame, wenn Sie bitte so freundlich wären und mir kurz Ihr Handgelenk überlassen würden?« Er griff nach meinem Arm, dann zog er ein weißes Armband aus der Tasche.

»Was ist das?«, fragte ich und versuchte, die Beschriftung zu lesen.

»Ein VIP-Armband natürlich. Eine von Nicks Ideen. Er möchte, dass jeder weiß, wer die wichtigsten Leute auf seinen Partys sind«, erklärte Matt.

Ich sah auf das Armband mit seinen goldenen Lettern hinab und lachte.

»Was ist so komisch, Aschenputtel?«, fragte Matt, während er sein eigenes Armband überstreifte.

Ich zuckte die Achseln. »Weißt du, wahrscheinlich bin ich wohl eher der unwichtigste Mensch hier.«

Matts Miene wurde überraschend ernst. »Jeder, der Joshs Stimmung an diesem traurigen Tag aufhellen kann, ist auf meiner Liste ein VIP.«

»An diesem traurigen Tag? Was meinst du damit?« Ich schaute mich um und suchte in der Menge nach Josh.

Matt wirkte überrascht, dann beugte er sich zu mir und senkte die Stimme, sodass ich ihn kaum verstehen konnte. »Heute vor fünf Jahren sind Joshs Eltern gestorben.«

»Oh.« Warum hatte Josh mir das nicht erzählt? Mit einem Mal erklärte sich seine gedrückte Stimmung von heute Morgen, genau wie diese kostspielige Party.

»Erwähne es ihm gegenüber lieber nicht«, sagte Matt einen Moment später. »Es ruiniert ihm nur die Stimmung.«

»Klar.« Ich nickte, dann sah ich Josh herüberkommen. »Was kann ich tun, damit es ihm besser geht?«

Matt versetzte mir einen kleinen Knuff. »Sei einfach du selbst.«

»Entschuldige, dass es ein wenig länger gedauert hat als gedacht. Amüsierst du dich?«, fragte Josh und setzte sich neben mich.

»Ja! Und du? Wie geht es dir?«

Joshs hochgezogene Augenbrauen verrieten mir, dass ich direkt ins Fettnäpfchen getreten war. Ich räusperte mich und vermied den Blick in Matts Richtung, um nicht zu sehen, wie er das Gesicht verzog. »Ich meine, genießt du die Party?« Ein Scheinwerfer kreiste über uns an der Decke, und ein neues Musikstück begann: ein Song von Kanye West.

»Ja, jetzt schon.« Mit einem entspannten Lächeln musterte er mich. »Diese Sachen stehen dir wirklich gut.«

Die Röte stieg mir in die Wangen, wie ich so an mir herabsah: dunkelbraune Stiefel über Bluejeans sowie eine ausgebeulte olivgrüne Strickjacke. Ich war ein wenig zu einfach gekleidet, vor allem im Vergleich mit dem Mädchen in dem grell pinkfarbenen Kleid.

»Es ist nicht schick genug, nicht wahr?«

Josh griff nach meiner Hand. »Es ist perfekt.« Für einen Moment konnte ich nur auf unsere verschränkten Finger schauen, dann räusperte sich Matt, und Josh ließ los.

»Ihr zwei müsst euch das unbedingt mal ansehen.« Matt

zeigte zu Nick hinüber, der gerade vier Mädchen gleichzeitig anquatschte, während er den Scheinwerfer über den Tänzern kreisen ließ. Offensichtlich hatte er es auf die Hübscheste von ihnen abgesehen; eine lange Blondine, die ein durchsichtiges Top trug, einen purpurnen BH und Hotpants.

»Was macht er mit diesem Licht?« Kopfschüttelnd lehnte sich Josh auf dem Sofa zurück.

»Ach ja, du hast ja vorhin seine geniale Erklärung verpasst.« Matt lachte. »Es ist Nicks neuestes Spiel. Er will die Musik von Zeit zu Zeit abstellen, und diejenigen, auf denen dann gerade der Scheinwerfer landet, müssen sich küssen.«

»Das ist aber eine lächerliche Strategie, um ein Mädchen dazu zu bringen, ihn zu küssen, selbst nach Nicks Maßstäben«, wandte Josh ein.

»Es ist eben Nick.« Matt zuckte die Achseln, dann entdeckte er einen Freund und empfahl sich.

Mit Josh allein gelassen hielt ich es für nötig, eine oberflächliche Plauderei anzufangen, was dumm war. Josh und ich schwiegen oft miteinander. Während der Woche verbrachten wir Stunden damit, schweigend im Wohnzimmer unsere Hausaufgaben zu machen, und es war nie ein Problem. Aber jetzt, da ich wusste, wie scheußlich dieser Tag für ihn sein musste, hatte ich das Bedürfnis, ihn abzulenken. »Ich wette, Nick hat das Spiel erfunden, damit er mit dem Scheinwerfer auf diese Blondine in den Hotpants leuchten kann.«

»Das würde mich nicht überraschen. Auch wenn ich fürchte, dass er enttäuscht sein wird«, meinte Josh und gab einem der Typen mit den Champagnertabletts ein Zeichen herüberzukommen.

»Wirklich?« Ich setzte mich aufrecht hin und versuchte, den Gesichtsausdruck des Mädchens zu erkennen. »Sie scheint doch auf seine Flirtbemühungen zu reagieren?«

»Sie flirtet, aber nicht mit ihm. Achte auf ihre Augen, sie will nicht Nick, sondern deinen Freund dort drüben«, sagte Josh und nahm sich ein neues Glas Champagner.

»Ian?« Ich sah ihn nahe an der Wand stehen. Die Rothaarige von vorhin war verschwunden und durch zwei Brünette ersetzt worden. Nicht, dass er ihnen zuzuhören schien. Er sah über die Menge hinweg, scheinbar desinteressiert an allem, was um ihn herum passierte.

»Er sieht wirklich gut aus«, meinte Josh. Er hatte die Frage in meiner Stimme offensichtlich missverstanden. »Und er ist klug. Ich kann verstehen, warum du mit ihm befreundet bist.«

Waren wir wirklich befreundet? Zuerst hatte ich das auch gedacht, jetzt aber nicht mehr.

»Ah, es geht los.« Josh grinste und gab mir einen Wink, zum anderen Ende des Raums zu schauen. »Nicks erste Opfer.«

Die Musik war plötzlich verstummt, und der eben noch über den Raum kreisende Scheinwerfer war nun starr auf ein Paar an der Theke gerichtet. Plötzlich begannen alle auf der Tanzfläche im Chor zu rufen.

»Küssen! Küssen! Küssen! Küssen!«

Wir waren zu weit weg, um etwas sehen zu können, aber das Paar musste dem allgemeinen Wunsch nachgekommen sein, denn der Sprechgesang ging in Pfiffe und Applaus über. Die Musik setzte wieder ein, nun mit lateinamerikanischen Rhythmen, und der Scheinwerfer begann wieder zu kreisen.

»Das ist verrückt!« Lachend sah ich Josh an. »Was, wenn sie einander gar nicht gekannt haben?«

Er zuckte die Achseln. »Dann lernen sie sich eben kennen.«

Sie lernen sich kennen, ja, klar! Ich ließ mich ins Sofa zurückfallen und schlug im Rhythmus der Musik mit dem Fuß.

»Wenn ich mich recht erinnere, tanzt du gern zu lateinamerikanischer Musik«, meinte Josh mit einem Lächeln.

»Nett von dir, mich an diesen peinlichen Augenblick zu erinnern«, brummte ich und dachte an den Tag, an dem er mich beim Tanzen in der Küche erwischt hatte.

»Hey!« Plötzlich stand Melissa vor uns. Ihre Wangen waren gerötet. »Entschuldige, Beaumont, ich bringe sie dir gleich wieder zurück.« Bevor ich überhaupt fragen konnte, worum es ging, hatte sie mich schon ohne ein weiteres Wort von der Couch und Richtung Tanzfläche gezogen.

»Was ist los?«, lachte ich und sah zu, wie sie die Arme in die Luft warf und zu zappeln begann. Ich hatte sie noch nie so aufgekratzt gesehen!

»Komm schon, Celine. Tanz mit mir! Das ist der beste … Abend … aller … Zeiten! Hey!« Ihr Gelächter war ansteckend, genau wie die Musik. Ich begann die Füße zu bewegen, war aber viel zu gehemmt, um wirklich zu tanzen.

»Mal ganz im Ernst, Melissa. Was ist in dich gefahren?«

»Warum soll etwas in mich gefahren sein? Schau dich doch um!« Sie lachte, schwang die Arme und machte einen kleinen Salsaschritt. »Wir sind in einem unglaublichen Haus, auf einer tollen Party, ich trage dank Nel ein fantastisches schwarzes Kleid, diese Musik reißt einen mit, und das Beste von allem ist, dass Sandra und ihre Freundinnen nicht eingeladen sind! Nun tanz schon, Celine. Lass dich einfach gehen!«

Sie hatte recht. Was konnte so ein bisschen Tanzen schon

schaden? Ich schaute zu dem Sofa hinüber, wo Josh saß. Matt war zurückgekommen, und eine ganze Traube von Menschen stand um die beiden herum. Josh wirkte glücklich und zufrieden.

Ich schloss die Augen und ließ mich von der Musik mitreißen. Ich konnte Melissa vor Freude jauchzen hören, dann verschmolzen die Geräusche der Partygäste ineinander, und da waren nur noch die Klänge der Musik. Laut und klar, mit einem Rhythmus, der wie dazu geschaffen war, das Blut in Wallung zu bringen. Ich bewegte mich im Takt, wirbelte herum und lachte, erfüllt von dem tollen Gefühl, einfach loszulassen und Spaß zu haben. Der Rhythmus wurde schneller. Melissa lachte wie verrückt, aber ich öffnete die Augen nicht. Es war einfach großartig. Ich fühlte mich so frei, wirbelte herum, noch einmal. Gerade als ich mich ein weiteres Mal drehen wollte, verlor ich das Gleichgewicht, und zwei starke Hände hielten mich fest.

Noch bevor ich die Augen öffnete, wusste ich, wer mich hielt. Da gab es keinen Zweifel.

»Also, welcher von beiden bist du heute?«, fragte ich beiläufig.

Ian lockerte seinen Griff, ließ aber nicht los. »Was meinst du damit?«

Das Tanzen hatte mich in eine seltsame Stimmung versetzt. Das Leben war ohnehin schon kompliziert genug. Ich wollte keine Spielchen mehr spielen. »In dem einen Moment rettest du mich, im nächsten ignorierst du mich völlig. Wähl einfach eine Persönlichkeit aus, denn ich bin es müde zu raten.«

Ian schaute stirnrunzelnd auf mich herab und beugte sich näher vor, sodass er trotz der lauten Musik nicht schreien musste, damit ich ihn hörte. »Ich ignoriere dich nicht.«

Verdammt noch mal! Ich strengte mich so sehr an, nicht wütend zu werden, und er log mir einfach frech ins Gesicht! Ich wollte ihm gerade sagen, wo genau er sich seinen Unfug hinstecken könne, aber bevor ich auch nur ein Wort herausbrachte, stoppte abrupt die Musik. In Ians Züge trat ein Ausdruck der Überraschung. Mit einem Gefühl des Grauens drehte ich den Kopf und schaute direkt in den Scheinwerfer.

Genau wie zuvor begannen alle Partygäste im Sprechchor zu rufen, und bald hallte das Wort »Küssen« aus allen Richtungen.

»Ian!«, protestierte ich leise, als er einen Schritt näher trat. Sein Gesicht war ausdruckslos.

»Gib ihnen einfach, was sie wollen, und sie geben Ruhe.« Er streckte die Hand aus und hielt mein Kinn zwischen den Fingern.

Mein Magen krampfte sich bei der Berührung zusammen. In Panik blickte ich über seine Schulter und sah Melissa mit allen anderen lachen und singen.

Da blieb keine Zeit zum Nachdenken, und vielleicht hatte ich ohnehin keine Wahl. Ian beugte sich vor, zog mich an sich, und dann war er da, nur einem Atemzug entfernt, und er war so warm. Ich schloss die Augen, und mein Herz hämmerte in meinen Ohren, als unsere Lippen sich berührten. Er war sanft, sein Mund legte sich zu einem hauchzarten Kuss auf meinen, und dann ging sein Mund wieder von mir weg, aber nur ein ganz klein wenig.

»Sieh mich an«, flüsterte er.

Ich tat wie geheißen. Seine Augen waren dunkler geworden, und sie sahen mich fragend an. Ich wusste nicht, was er fragte, nahm die Pfiffe und Rufe um uns herum gar nicht wahr. Und dann küsste er mich wieder, und diesmal war es anders. Er grub die Finger in mein Haar, sein Mund öffnete sich über meinem, und ich klammerte mich an ihn, beugte mich vor und verlor mich selbst, während unser Atem sich vereinte und er sanft an meiner Unterlippe knabberte. *Was passierte da mit mir?*

Die Musik drang wieder in mein umnebeltes Hirn, und ich löste mich von ihm. Sofort spürte ich die fehlende Wärme. Der Scheinwerfer bewegte sich weiter. Ich hatte ein seltsames Gefühl auf den Lippen, mein ganzer Körper schien geschwächt. Wann hatten meine Arme ihren Weg um seinen Körper gefunden? Ich sah Ian verstohlen an, voller Angst, dass er wieder wütend sein würde, und war beunruhigt, dass vielleicht nur ich es empfand – diese *Gefühle* … Aber er zeigte nicht seine gewohnte Maske der Selbstbeherrschung. Eine ganze Zeit lang wirkte er unsicher, dann setzte er wieder jenen leeren Gesichtsausdruck auf, den ich allmählich zu verabscheuen begann.

»Das war ein Fehler«, sagte er langsam. Er nahm die Hände aus meinem Haar.

Ein Fehler? Ja, natürlich, er hatte recht. Es war ein Fehler. War das der Grund, warum ich mich irgendwie betrogen fühlte?

»Ich habe mir ja immer so sehr gewünscht, dass mein erster Kuss ein Fehler sein würde.«

»Celine …« In seiner Stimme war Bedauern zu hören.

Oh Gott, warum hatte ich das gesagt? Bitte, mach, dass er mich nicht bemitleidet! »Nein, schon okay. Das war eine dumme Bemerkung von mir, vergiss es einfach. Alles in Ordnung.« Ich zwang ein Lächeln auf meine Lippen, dann ging ich ohne jeden weiteren Blick in seine Richtung davon. Irgendwo im Gedränge der Tänzer hinter mir rief Melissa meinen Namen, aber ich konnte nicht stehen bleiben.

Ich wollte einfach weg. Mich verstecken. Was zum Teufel stimmte nicht mit mir?

Draußen im Flur war die Musik nicht ganz so ohrenbetäubend, aber auch hier war es gerammelt voll. Ich ging auf die Haupttreppe zu, nahm immer zwei Stufen auf einmal und bahnte mir einen Weg um die Paare herum, die die relative Stille hier draußen zum Plaudern nutzten. Der erste Stock des Hauses war genauso hell erleuchtet wie das Stockwerk darunter. Es gab sechs Türen, und sie alle waren mit weißen und goldenen »Bitte nicht stören«-Schildern versehen, die an den Klinken herabhingen. Ich ging den Gang hinunter und fand am anderen Ende eine Wendeltreppe, die in den Turm hinaufführte. Ich stieg nach oben. Mit jedem Schritt wurde der Lärm von unten leiser.

Die Stufen führten bis hinauf zu einer Tür. Sie war nicht verschlossen. Im Moment des Eintretens wusste ich, dass ich Ians Zimmer gefunden hatte. Es war der seltsamste Raum, den ich je gesehen hatte. In der Mitte war eine riesige runde Säule, die von oben bis unten von gebogenen Regalen mit Büchern umgeben war. Auf der rechten Seite befand sich ein niedriges Bett, und die Außenwände des runden Raumes waren rundum von Fenstern durchsetzt. Glas und Bücher, das war alles.

Die Neugier überwog nun mein Gekränktsein; ich ging zu dem ungemachten Bett hinüber und griff nach dem Buch, das Ian auf dem Boden daneben liegen gelassen hatte. Es hatte einen roten Ledereinband, aber ohne Titel, und war überraschend schwer. Seltsam. Ich war gespannt, ob ich eine Widmung oder einen sonstigen Eintrag finden würde, und öffnete den Buchdeckel. Erschrocken sperrte ich die Augen auf.

Die Seiten des Buches waren ausgeschnitten worden, um

Platz für eine silberne Pistole und fünf Patronen mit grauen Spitzen zu schaffen.

Plötzlich war mir übel, und meine Hände zitterten. Ich legte das Buch wieder auf den Boden. Was zum Teufel hatte das zu bedeuten?

Der Hierophant

Es ist ganz schön nervig, wenn dein Leben von Visionen beherrscht wird. Vor allem wenn diese Visionen dich nicht vor den wirklich unangenehmen Überraschungen warnen, die auf dich warten. Kein visionäres Bild, das den Autounfall prophezeit hätte. Keine Vorwarnung in Bezug auf Sandras Kriegserklärung. Auch nicht der leiseste Hinweis auf Ians Waffenfetisch. Nichts.

Und was sollte ich jetzt tun? Die Vorstellung, dass womöglich Ian die Bedrohung für Josh darstellen könnte, erschien mir so … falsch, und doch blieb die Tatsache, dass er eine Schusswaffe besaß! Sicher, es gab jede Menge Gegenden in den Vereinigten Staaten, wo es nichts Besonderes war, ein Schießeisen zu besitzen … Und seine Eltern waren im Ölgeschäft tätig und lebten in Texas, also bestand die Wahrscheinlichkeit, dass die Knarre ihnen gehörte. Aber warum sie dann in einem Buch verstecken? Und warum sollte er in einer Kleinstadt in Massachusetts überhaupt eine Pistole besitzen?

Robert Beaumont erschien mir immer noch als ein viel wahrscheinlicheres Opfer von Besessenheit. Ganz abgesehen von seiner obsessiven Beschäftigung mit dem Übernatürlichen stand er im Ruf, ein großer Trinker zu sein, was es dem mir vorausgesagten Dschinn viel leichter machen würde, die Kontrolle zu übernehmen. Ian war einfach viel zu selbstbeherrscht, viel zu sehr Held, um besessen zu sein. Dennoch konnte ich nicht einfach über das hinwegsehen, was ich in seinem Zimmer gefunden hatte…

»Alles in Ordnung mit dir?«, fragte Josh plötzlich neben mir.

Aus meinen Gedanken aufgeschreckt schaute ich ihn an. Er saß am Lenkrad, ein Lächeln auf seinem hübschen Gesicht.

Nicht so recht, ich tu mich sehr schwer damit herauszufinden, vor wem ich dich beschützen soll! »Ja, natürlich. Sag mir, wie kommt es, dass du so wach wirkst, während ich mich fühle, als würde ich in Englisch gleich wegnicken?«

Mit einem Lachen steuerte er den BMW auf den Schulparkplatz. »Tut mir leid, hättest du es denn lieber, dass ich leide?«

»Wenigstens ein bisschen Müdigkeit wäre ganz nett«, murmelte ich. Tatsächlich wäre es einfach ideal gewesen, wenn er sich zu Hause erholt hätte, bis ich herausgefunden hatte, was Ian im Schilde führte.

Er schaltete die Zündung ab, dann griff er hinter sich, um seine Jacke von der Rückbank zu ziehen. »Ich ergänze den Eintrag ›quengelig‹ in meinem Notizheft.«

»Nur zu. Ich werde dieses Notizheft verbrennen.«

»Meinetwegen, aber ich werde trotzdem immer die Wahrheit wissen«, versicherte er und stieg aus dem Wagen.

Ich unterdrückte meine Gewissensbisse und rief mir ins Gedächtnis, dass ich ihn aus gutem Grund belog. Die kühle, trockene Luft, die uns entgegenströmte, war beruhigend. Ich schloss die Beifahrertür hinter mir und hörte das Klicken der Zentralverriegelung, dann machten wir uns auf den Weg zum Schuleingang. Josh hob die Hand, um den Gruß zweier Jungen zu erwidern, die vor uns her die Treppe hinaufhetzten.

»Weißt du, ich glaube wirklich, dass ›Wahrheit‹ überschätzt wird.«

»Oh, jetzt hör aber auf.« Josh verdrehte die Augen und öffnete die Tür.

Als wir das Gebäude betraten, wusste ich, dass irgendetwas nicht in Ordnung war. Ich meine, es war sogar noch weniger in Ordnung als für gewöhnlich. Die Schüler auf den Fluren hörten alle plötzlich auf zu reden, als sie uns bemerkten. Binnen Sekunden herrschte eisiges Schweigen.

Josh wurde neben mir ganz still, und dann hörte ich ihn wütend nach Luft schnappen.

»Was zum Teufel soll das?«

Ich beobachtete mit wachsendem Erschrecken, wie er ein einzelnes Flugblatt vom Boden aufhob. Er überflog es schnell, dann sah er sich mit einem zornigen Ausdruck im Gesicht um.

»Was glotzt ihr so, geht weiter!« Plötzlich wurden alle wieder lebendig. Der Geräuschpegel war wieder normal, aber noch immer richteten sich von überallher Blicke auf uns. Auf mich.

Ich stand reglos, bemüht, meiner Fantasie nicht wild die Zügel schießen zu lassen, und wartete darauf, dass Josh mir sagte, was los war. Bestimmt noch mehr von diesem Kram von wegen Teufelsanbetung. Nachdem alle bei der Party so nett gewesen waren, hatte ich Sandras boshaften Klatsch beinahe vergessen, aber jetzt kam alles wieder zurück, und zwar schnell.

»Komm, gehen wir in den Unterricht.« Josh hatte nur ein angespanntes Lächeln für mich übrig.

»Lass es mich sehen«, sagte ich und weigerte mich standhaft, mich von der Stelle zu rühren.

»Celine, es ist nichts …«

Ich riss ihm das Blatt aus der Hand, und meine Augen weiteten sich, als ich mich selbst erkannte. Da waren zwei Fotos, eins von mir und Josh, wie wir auf Sandras Party tanzten, und eins von Ian und mir, wie wir uns küssten. Über die Bilder hatte irgendjemand die Worte getippt: SO VERZWEIFELT? SMITH, DIE SCHULSCHLAMPE, WIRFT SICH SCHARFEN KERLS AN DEN HALS.

»Das kümmert mich nicht.« Ich drückte Josh das Flugblatt wieder in die Hand und setzte mich in Bewegung. Nur eine Person kam als Urheberin dieses Blattes in Frage. Wie war sie an die Fotos herangekommen? Ich konnte mich nicht daran erinnern, dass irgendjemand fotografiert hatte! Vor Übelkeit drehte sich mir der Magen um, aber ich durfte meinem Zorn nicht freien Lauf lassen. Es gab wichtigere Dinge, um die ich mich zu sorgen hatte. Erheblich wichtigere Dinge.

»Ich werde mich darum kümmern«, sagte Josh und beeilte sich, mit mir Schritt zu halten.

Sich darum kümmern. Na klar. Jeder, der nicht geglaubt hatte, dass ich dem Teufel huldigte, hielt mich jetzt für eine Schlampe! Und dieses Bild mit Ian … Ich hatte mich bemüht, nicht an diesen Kuss zu denken, und es war mir fast gelungen. Schließlich war es nicht nur mein erster gewesen und er hatte nicht nur einem möglicherweise gefährlichen Waffenbesitzer gegolten, der ihn obendrein auch noch als Fehler bezeichnet hatte, sondern er war auch noch so … schön gewesen. Und was zum Teufel verriet das über mich!?

»Sieh mal, irgendwer ist offensichtlich darauf aus, dich bloßzustellen. Du darfst ihm diese Genugtuung nicht geben«, betonte Josh und griff nach meiner Hand, damit ich mein Tempo verlangsamte. Ich blieb stehen und zog meine Hand weg. Das Letzte, was ich brauchte, waren weitere Gerüchte über mich. Was war aus meinem Plan geworden, möglichst unauffällig zu bleiben, bis ich herausgefunden hatte, wie ich Josh helfen konnte? Wann war alles nur so verdammt kompliziert geworden!?

»Mir macht das nichts aus, Josh, wirklich. Im großen Ganzen der Welt ist dieses Flugblatt völlig unbedeutend.« Ich glaube nicht, dass ich jemals wahrere Worte gesprochen habe. Wenn ich diese Wahrheit doch nur auch hätte fühlen können.

Josh wirkte unsicher, dann schob er die Hände in die Taschen und seufzte. »Hör mal, vertraust du mir?«

Ob ich ihm vertraute? Ja. Was die Frage aufwarf: Warum sagte ich ihm dann nicht die Wahrheit darüber, warum ich in der Stadt war? »Ja«, antwortete ich dennoch.

»Gut. Dann vertrau mir, wenn ich sage, dass ich dafür sorgen werde, dass diese Sache aus der Welt geschafft wird, okay?« Er lächelte, wahrscheinlich, um mich zu beruhigen. Es klappte nicht.

»Von mir aus, aber im Ernst, mach dir keine Sorgen deshalb. Es ist wirklich keine große Sache.«

Josh schüttelte ungläubig den Kopf. »Du brauchst mir nichts vorzumachen, Celine. Ich weiß, wie sehr dich das belastet.«

Ich versuchte zu lächeln, aber mein Gesicht war wie erstarrt, daher nickte ich nur.

»Kopf hoch. Bis bald.« Josh lächelte. Dann war er weg, und mit einem Mal hatte ich mich der gesamten Schülerschaft plus Ian McAlpine ganz allein zu stellen.

Mit hoch erhobenem Kopf holte ich meine Bücher aus

dem Schließfach und machte mich auf den Weg zur ersten Stunde. Niemand sagte etwas, aber ich stieß jetzt auf immer mehr Schüler, die sich bei meinem Anblick bekreuzigten, und alle verfolgten jeden meiner Schritte. Als ich die Treppe zum ersten Stock hinaufgestiegen war, sah ich Ian an der Tür des Nietzsche-Zimmers lehnen. Er richtete sich auf, als er mich entdeckte.

Freude, Angst, Zorn, Kränkung, Sorge … Ich begrub all diese Gefühle unter einem zurückhaltenden Lächeln. Über lange Jahre hinweg hatte ich gelernt, die Wahrheit zu verdrehen, und jetzt war die Zeit gekommen, mir das zunutze zu machen. Ich musste herausfinden, was er vorhatte.

»Alles in Ordnung mit dir?« Er sah mir forschend ins Gesicht.

Nein, es ist gar nichts in Ordnung. Warum zum Teufel versteckst du eine Waffe in einem Buch? »Ich nehme an, du hast das Flugblatt gesehen?«

»Mach dir deshalb keinen Kopf. Ich werde dafür sorgen, dass diese Sache aus der Welt geschafft wird«, sagte Ian grimmig.

»Genau das hat Josh auch gesagt.« Ich musterte ihn forschend, um festzustellen, ob Joshs Name eine Reaktion hervorrief, aber er ließ sich nichts anmerken. Sein Verhalten passte wie gewöhnlich nicht so recht zusammen. Nach diesem Kuss gestern Abend war Ian sehr still gewesen und hatte mit kaum irgendjemandem gesprochen und insbesondere nicht mit mir. Ich hatte angenommen, dass er mich nun wieder ignorieren würde, aber nun stand er vor mir und wirkte besorgt.

»Beaumont ist ein anständiger Kerl.«

Warum willst du ihm dann etwas antun!? »Ja, das ist er. Wie auch immer, gleich fängt der Unterricht an.«

Ich ging vor Ian her in den Raum und sah, dass seine Bücher bereits auf dem Pult neben meinem lagen. Saß er wieder neben mir? Ich wünschte mir, nicht mehr ständig das Gefühl haben zu müssen, mich auf unsicherem Boden zu bewegen, als ich nun die schweigenden Schülerreihen entlangging und dabei so tat, als würde ich nicht bemerken, wie sie uns beim Einnehmen unserer Plätze beobachteten. Sie dachten wahrscheinlich an das Bild von unserem Kuss. Obwohl ich mich nach Kräften bemühte, so zu tun, als sei alles ganz normal, begannen meine Wangen zu glühen.

»He, hör zu, ich wollte mit dir über gestern Abend reden«, sagte Ian plötzlich, und das viel lauter als nötig. Ich funkelte ihn an.

»Was redest du da?« Ich bemerkte, dass Rebecca sich auf ihrem Stuhl halb umgedreht hatte, um besser hören zu können. Sie wirkte heute weniger blass und auch gefasster als bei unserer letzten Begegnung. Der Rest der Klasse war eigentümlich still.

»Hör mal, ich weiß, dass Nick mit seinem Scheinwerferspiel schuld ist… Aber ich will, dass du es weißt.« Alle Augen waren auf Ian gerichtet. Er lehnte sich in seinem Stuhl zurück und seufzte theatralisch.

Ich beugte mich vor, in dem Wissen, dass jeder im Raum unser Gespräch belauschte. Ich senkte die Stimme und zischte: »Im Ernst, was redest du da?«

»Verdammt, ich weiß ja, dass es dir nichts bedeutet hat«, sagte Ian plötzlich. »Ich weiß, dass du mich nur wegen dieses blöden Spiels geküsst hast. Aber das war nicht der Grund, warum *ich* dich geküsst habe.«

»Ach nein?« Blinzelnd kämpfte ich gegen meine aufsteigende Verwirrung an.

»Nein.« Ian sah mir direkt in die Augen, und seine Miene

wurde weicher, als er nun fortfuhr: »Ich habe dich geküsst, weil ich an nichts anderes mehr denken kann, seit ich dich zum ersten Mal gesehen habe.«

Der Lärm, der dieser lächerlichen Äußerung folgte, war ohrenbetäubend. Die Pfiffe und die Ohhh!-Rufe brandeten über mich hinweg, während ich versuchte, den Blick von Ian loszureißen. Mit dunklen Augen und einem trägen Lächeln lauschte er auf das Getöse ringsum. Genau das hatte er gewollt – aber warum?

Das Mädchen direkt vor mir drehte sich um und zwinkerte mir verschwörerisch zu. »Du wickelst die Jungs um den Finger, Celine! Du siehst auf diesen Fotos übrigens echt umwerfend aus.«

Ich ließ mir meine Überraschung nicht anmerken. »Ähm … danke.«

»Ruhe jetzt!« Peterson kam ins Klassenzimmer und machte dem Lärmen augenblicklich ein Ende. Ich klappte mein Englischbuch auf und warf einen raschen Blick in Ians Richtung. Es war ihm gelungen, jeden in der Klasse davon zu überzeugen, dass er an mir interessiert war, ich aber seine Gefühle nicht erwiderte. Er hatte einen Narren aus sich gemacht, damit die anderen der Lüge auf den Flugblättern keinen Glauben schenkten. Aber warum? Worauf wollte er hinaus?

Nach Ende der Stunde begab sich Ian in den Computerraum. Dieser Raum lag dem Zimmer, wo Josh seinen nächsten Kurs hatte, genau entgegengesetzt. Das bedeutete eine kleine Erleichterung für mich, aber die zweieinhalb Stunden bis zur Mittagspause waren dennoch quälend. Zu versuchen, Ian von Josh fernzuhalten, bis ich mir Klarheit über seine Pläne verschafft hatte, war schon schwierig genug, auch ohne auf den Unterricht aufpassen zu müssen. Außerdem gab es da noch eine weitere Kleinigkeit: Es galt, Sandra und ihren Hexen keine Beachtung zu schenken.

»Vielleicht solltest du sie einfach mit einem Fluch belegen oder so was«, murmelte Melissa, während sie mit ihrem Essenstablett hinter mir stand. Zwei kleine Mädchen kamen vorbei, machten einen großen Bogen um mich und bekreuzigten sich.

»Klar, wenn du mir verraten kannst, wie das genau geht?«

Ich griff mir ein Sandwich mit Roastbeef und warf einen Blick auf Melissas Müslischüssel. »Ist das dein ganzes Essen?«

»Natürlich nicht!« Sie verdrehte die Augen. »Die Hauptzutat fehlt noch.«

»Du weißt aber, dass das ungesund ist?« Lachend sah ich ihr zu, wie sie die Schüssel unter den Spender der Speiseeismaschine hielt.

»Fang mir nicht damit an«, mahnte Melissa, als wir zu unserem gewohnten Tisch hinübergingen. »Im Müsli ist ballaststoffreicher Weizen, und der gefrorene Joghurt versorgt mich mit Kohlehydraten, Eiweiß und Kalzium. Also enthält diese kleine Schüssel im Grunde eine durch und durch ausgewogene Mahlzeit.«

Es hatte nicht den geringsten Sinn, mit ihr zu streiten, daher setzte ich mein Tablett ab und sah mich um. So viele Augen, die jede meiner Bewegungen beobachteten, und alle redeten über die *Schulschlampe*. Oder war es die *Schulsatanistin*? Verdammt, es sollte mir eigentlich völlig egal sein. Das Einzige von Belang war, Josh zu beschützen, aber der war nirgendwo zu sehen. Genauso wenig wie Ian.

Keine Panik. Der Unterricht hat erst vor ein paar Minuten aufgehört. Sie sind sicher bald hier.

»Also, zurück zu Ian«, begann Melissa, den Mund voller

gefrorenem Joghurt. »Ich schätze mal, dein ganzer Englischkurs muss nach dieser Nummer vorhin eine wüste Klatsch-Offensive gestartet haben … Also im Ernst, könnten sie sich überhaupt noch auffälliger aufführen?«

Ich folgte Melissas Blick hin zu Sandra und ihren Kumpaninnen, die gerade voller Schwung und Elan die Mensa betraten. Dabei lachten und winkten sie, um auch ja sicherzustellen, dass ihre Anwesenheit bemerkt wurde. Und das wurde sie. Die Schüler an den Tischen um uns herum schauten jetzt von den drei beliebten Mädchen zu uns herüber und hofften wahrscheinlich, dass es irgendeine Art von Szene geben würde.

»Vergiss sie.« Ich zuckte die Achseln.

»Ja, ein reifer Mensch würde sich so verhalten. Aber mir hat bisher noch nie jemand unterstellt, ein reifer Mensch zu sein.« Melissa grinste, und Aufregung glitzerte in ihren Augen. »Also, ich kann immer noch nicht glauben, dass er allen erzählt hat, dass er dich küssen wollte, seit er dir zum ersten Mal begegnet ist. Und er ist so ein scharfer Typ!«

Ich schloss die Augen und stellte mir Ian vor. Mit seinem schwarzen Haar, das ihm über die dunkelblauen Augen fiel. Wie sich sein Kiefermuskel anspannte, bevor er sich vorbeugte und … Warum zum Teufel hatte er diese Knarre?

»Erde an Celine – Erde an Celine …« Melissa warf einen ihrer so hochgeschätzten Müslikrümel nach mir, um meine Aufmerksamkeit zu erregen.

»Tut mir leid, was hast du gesagt?«

»Ich habe gefragt, ob du ihn magst!«, wiederholte sie und musterte mich forschend.

Ob ich ihn mochte? Nein! Nein, das tat ich nicht. Konnte ich nicht. Ich kannte ihn ja nicht einmal. Das hatte mir nicht zuletzt diese Pistole vor Augen geführt. »Er ist ein ganz netter Kerl.«

Melissa zog die Stirn kraus. »Du weißt, dass ich das nicht meine.«

Ich strich mir mit den Händen durchs Haar und versuchte, nicht über ihre Frage nachzudenken. »Ist dir schon mal aufgefallen, dass er etwas zu verbergen scheint?«

»Was?« Melissa richtete sich kerzengerade auf.

»Ich meine, was weißt du schon über ihn? Möglicherweise ist er ja ein Serienmörder.«

»Ein was?« Melissa lachte. »Wow, das soll wohl ein Scherz sein, oder?«

»Na ja, ist doch wahr. Was weißt du denn über ihn?«, fragte ich ernst.

»Was ich über ihn weiß? Celine, das kann nicht dein Ernst sein! Ich meine, der Junge ist wirklich nett, er ist höflich, und er hält ständig nach dir Ausschau. Du wirst dich erinnern, dass ich nach dem Debakel bei Sandras Party mit dabei war. Er hatte Blut auf seinen Händen, weil er einen Jungen verprügelt hat, der versucht hat, dir etwas anzutun, er war erschöpft, er war zornig, und er hat mir trotzdem die Autotür aufgehalten!« Melissas Worte sprudelten immer schneller, je erregter sie wurde. »Wenn dich all das nicht davon überzeugt hat, dass er so ziemlich der perfekte Traumtyp ist, könnten wir zum Beispiel noch ergänzen, dass er sich gerade zum Narren gemacht hat, um dem neuesten von Sandra verbreiteten Unfug den Boden zu entziehen!«

»Okay, hab schon verstanden. Du hältst ihn für einen Gott!«, erwiderte ich, verärgert darüber, dass sie zwar recht hatte, dass aber alles, was sie vorbrachte, nicht zu dem passte, was sie *nicht* wusste.

Melissa ließ sich von meinem Sarkasmus nicht im Mindesten aus dem Konzept bringen. »Nenn mir einen einzigen Grund, warum du glaubst, dass er keiner ist.«

»Er hat gesagt, es sei ein Fehler gewesen.« Es war das Erste, was mir in den Sinn kam.

»Was?« Melissas Unterkiefer klappte förmlich herunter.

Selbst jetzt noch zuckte ich innerlich zusammen, wenn ich an diesen Moment dachte. »Er hat gesagt, es sei ein Fehler gewesen, mich zu küssen.«

»Ein was?« Melissa lachte. »Wow, er muss ja wirklich total auf dich stehen!«

»Ich weiß, dass … warte, was?« Ich sah sie an, überzeugt, mich verhört zu haben.

»Überleg doch mal! Wenn der Kuss nur so eine zufällige Sache nach dem Motto ›Ups, der Scheinwerfer hat uns erwischt‹ gewesen ist, warum sollte er dann sagen, dass er ein Fehler war?«, argumentierte Melissa schlüssig. »Ich meine, wenn er den Kuss nicht genossen hätte, hätte er ihn einfach mit einem Lachen abgetan. Und wenn er ihm gefallen hat, du aber für ihn bloß irgendein x-beliebiges Mädchen gewesen wärst, dann hätte er getan, was jeder andere Junge auf der Welt auch tun würde, und versucht, dich abzuschleppen.«

»Melissa!«, protestierte ich, und ihre Direktheit ließ mich erröten. Aber sie achtete nicht darauf. Ihr mathematisches Gehirn genoss diese logischen Schlussfolgerungen viel zu sehr.

»Er hat weder das eine noch das andere getan. Stattdessen hat er dich losgelassen und dir gesagt, es sei ein Fehler gewesen. Aber *was* war ein Fehler? Nicks Spiel mitzuspielen? Ein schönes Mädchen zu küssen? Nein, ich glaube, was ihm zugesetzt hat, war, ganz speziell *dich* zu küssen.«

»Womit wir wieder bei derselben alten Schlussfolgerung

gelandet wären«, unterstrich ich. »*Mich* zu küssen war ein Fehler.«

Melissa versetzte mir einen spielerischen Knuff. »Das ist ganz und gar nicht dieselbe Schlussfolgerung! Wir haben bereits zwei mögliche Variablen ausgeschlossen.«

Variablen? Oh, verdammt. »Du weißt doch, dass Mathe mein schwächstes Fach ist, oder?«

»Ach komm, du verstehst schon, was ich sage! Wir wissen jetzt, dass es einen konkreten Grund gibt, warum Ian denkt, es sei ein Fehler, dich zu küssen. Es liegt jedenfalls nicht einfach daran, dass er nicht an dir interessiert wäre.«

»In Ordnung, nehmen wir einmal an, dass du recht hast«, antwortete ich im Bemühen, das Gespräch zu einem Ende zu bringen. Ich wollte wirklich nicht mehr über den Kuss reden. »Der Grund ändert gar nichts. Es ist, wie es ist.«

»Du bist so eine Zynikerin!«, schimpfte Melissa. »Die Bestandteile einer Gleichung machen allen Unterschied der Welt! Was, wenn er es zum Beispiel deshalb für einen Fehler gehalten hat, weil er einen Schnupfen hatte und er sich Sorgen gemacht hat, dass er dich anstecken könnte?«

»Ja genau, bestimmt war das der Grund.« Ich verdrehte die Augen und sah zu, wie Melissa, den Löffel voller Joghurteis, grübelnd nach weiteren Möglichkeiten suchte.

»Oder vielleicht hat er ein Keuschheitsgelübde abgelegt, und dich zu küssen erscheint ihm da einfach zu gefährlich für ihn?«

Oder vielleicht plant er, dem Jungen ein Leid anzutun, bei dem du wohnst. Meine Stimmung verschlechterte sich zusehends. Ich nahm das Roastbeefsandwich von meinem Teller und biss hinein. »Könnten wir bitte einfach das Thema wechseln?«

»Na schön, aber ich sage dir, Ian steht auf dich«, fuhr Melissa fort. »Warum fragst du nicht Beaumont, was er denkt, er wird mir bestimmt recht geben.«

Beaumont? Ich folgte ihrem Blick zur Mensatür, und eine Welle der Erleichterung durchströmte mich. Josh, Nick und Matt kamen hereinspaziert und steuerten die Theke mit den Nudelgerichten an.

»Jungs verstehen, wie Jungs ticken, weißt du? Er wird dir sicher sagen können, was Ian denkt.«

Nein, Josh wusste definitiv nicht, was Ian dachte. Aber vielleicht gab es eine Möglichkeit für *mich* herauszufinden, was Ian dachte! Ich brauchte ihn doch nur dazu zu bewegen, ihm die Karten legen zu dürfen, um sehen zu können, was er im Schilde führte! Warum war mir das nicht schon früher eingefallen?

»Ich bezweifle, dass das funktionieren würde, Melissa. Josh und Ian sind praktisch das genaue Gegenteil voneinander.«

Melissa lachte. »Jetzt bist du einfach nur noch halsstarrig, aber was soll's. Hab schon kapiert. Themenwechsel, stimmt's? Ach, da fällt mir auch gleich was ein. Hast du schon von dieser merkwürdigen Krankheit gehört, die sich in der Schule ausbreitet?«

»Eine Krankheit?« Ich hatte nichts dergleichen gehört. Aber andererseits unterhielt ich mich an der Schule auch nur mit einer Handvoll Leute, und Melissa war meine Hauptinformationsquelle für alles, was die Thornton Academy betraf.

»Ja, es ist irgendetwas Sonderbares. Anscheinend macht es einen erst einmal richtig müde, wenn man es kriegt, als könne man nicht mal mehr einen Finger heben. Nach ein paar Tagen ist es am schlimmsten. Man wird noch schwächer, hat das Gefühl, nicht mehr atmen zu können, und schwitzt viel.

Und dann geht es einem ganz plötzlich wieder gut, ohne alle Medikamente. Ist das nicht eigenartig?«

Ein Bild von Rebecca kam mir in den Sinn. Bleiches Gesicht, schweißnasse Stirn, dunkle Ringe unter den Augen, und sie hatte darüber geklagt, nicht atmen zu können.

»Melissa, glaubst du an Dämonen?« Ein Satz aus Roberts Buch raste mir durch den Sinn. *Ein Dschinn, der von einem Leichnam Besitz ergreift, muss sich von der Lebenskraft der Menschen nähren, um den Leichnam frisch zu halten.*

»Dämonen? Heiliger Bimbam! Wie kommst du denn da drauf?« Melissa runzelte die Stirn. Sie drehte ihren Bleistift zwischen den Fingern und fügte hinzu: »Ich meine, versteh mich nicht falsch. Ich glaube an Gott und den Teufel; aber Dämonen, die in der Gegend herumlaufen und Chaos anrichten? Die gibt es nur in *Supernatural*, wo Sam und Dean Winchester sie töten können.«

»Wer?«

»Moment mal, erzähl mir jetzt nicht, dass du noch nie *Supernatural* gesehen hast, die beste Serie, die je auf die Bildschirme gekommen ist?« Melissa klang entsetzt.

»Nein«, gestand ich widerstrebend und bereitete mich innerlich auf den Sturm der Entrüstung vor, der mir nun offenbar bevorstand. Aber der blieb aus, denn plötzlich wurde Melissa ganz still, und dann schlug sie eilig ihr Heft auf und kritzelte senkrecht untereinander Zahlenreihen über die Seiten.

Sah ganz nach Inspiration aus.

Ich wandte mich wieder meinem Sandwich zu und grübelte über die Dinge nach, die Rebecca gesagt hatte. Ein Schauder überlief mich, als ich mich an ihre Worte erinnerte: *Es quält mich*. Hatte sich wirklich ein Dschinn von ihr genährt? Nein. Es konnte nicht sein. Nur weil es in einem

Buch stand, bedeutete das noch nicht, dass die »wandelnden Toten« auch wirklich existierten. Ich hatte noch nie zuvor von ihnen gehört, und die Wahrscheinlichkeit, dass es sie nicht nur tatsächlich gab, sondern dass einer von ihnen darüber hinaus auch noch die Thornton Academy terrorisierte, war verschwindend gering.

»Entschuldige bitte, wo waren wir stehen geblieben?«, fragte Melissa und klappte ihr Heft zu. Dann warf sie einen Blick über meine Schulter. »Und was haben die denn vor!?«

Ich versuchte, alle Gedanken an wandelnde Tote beiseitezuschieben, als ich nun Josh und seine Jungs auf unseren Tisch zukommen sah, ihre Tabletts in den Händen.

»Hi«, lächelte Josh und suchte meinen Blick. »Was dagegen, wenn wir uns zu euch setzen?«

»Wollt ihr das wirklich?« Um uns herum wurde es hörbar stiller. Die ganze Mensa sah zu, wie Josh neben mir Platz nahm.

Melissa rutschte ein Stück, damit Nick sich setzen konnte, dann warf sie einen schnellen Blick in Matts Richtung und beugte sich vor. »Was dagegen, mir zu erklären, was hier vorgeht?«

»Ist das nicht offensichtlich? Wir beehren euch mit unserer Anwesenheit«, lachte Nick.

»Josh, jetzt sag mal ehrlich, was soll das?« Ich flüsterte fast, war ich mir doch all der lauschenden Ohren ringsum bewusst.

Lächelnd blickte er den Umsitzenden an den Nebentischen in die Augen. »Wir wollen nur ein paar Dinge klarstellen.«

Sie wollten also öffentlich ihre Unterstützung demonstrieren.

Ich wusste, dass mir das eigentlich ganz gleich sein sollte, aber es war einfach … schön.

»Sandra wirkt nicht allzu glücklich«, bemerkte Melissa, die nun schon wieder etwas munterer klang als noch vor einigen Sekunden.

»Dieses Mädchen ist niemals glücklich«, schnaubte Nick und machte sich über seine Spaghetti her. Alle drei Jungen hatten einen Berg von Spaghetti auf ihren Tellern, was ein wenig seltsam war. Joshs Mittagessen bestand für gewöhnlich aus Salat oder Gemüse mit irgendeinem Fleischgericht.

»Gibt es heute irgendwelche besonderen Nudeln?«, fragte ich.

»Am Tag vor einem Spiel versorgen sie sich immer mit reichlich Kohlehydraten«, sagte Melissa beiläufig. Alle vier schauten wir sie überrascht an, was sie erröten ließ. »Was? Ich … mein Freund ist auch Sportler.«

Freund? Wovon redete sie da?

»Mir war gar nicht bewusst, dass du einen Lebensabschnittspartner hast, Appleton. Wer ist denn der Glückliche?«, fragte Josh, während er Spaghetti auf seine Gabel drehte.

»Wer er ist? Du dürftest ihn nicht kennen …« Mir fiel auf, dass Matt die stammelnde Melissa neugierig anblickte. Ihr Blick streifte ihre Schulbücher, und dann platzte sie heraus: »Er heißt Marcus.«

Eines ihrer Mathebücher auf dem Tisch war *Eine mathematische Mystery-Tour durch unser Leben* von Marcus du Sautoy. Anfängerfehler! Wenn sie den Titel sehen konnte, konnten andere das auch.

»Marcus? Ich kenne einen Marcus Taylor im Läuferteam, meinst du den?«, wollte Nick wissen.

In Sorge, dass sie als Nächstes »du Sautoy« sagen würde,

sprang ich ihr bei: »Marcus studiert Teilchenphysik an der Boston University. Oder war es sein Freund, der Teilchenphysik studiert – und er ist der mit der Atomphysik?«

Für einen Moment sah Melissa mich an, als seien mir zwei Köpfe gewachsen, dann lächelte sie angespannt. »Nein, stimmt schon.«

»Teilchenphysik? Dann muss er aber fürchterlich schlau sein.« Josh lächelte.

»Fürchterlich schlau, aber auch verdammt langweilig!«, mischte sich Nick ein. »Bist du dir sicher, dass ein langweiliger Intelligenzbolzen das Richtige für dich ist, Appleton?«

»Ich bin selbst ein langweiliger Intelligenzbolzen«, gab Melissa trocken zurück.

Nick schüttelte den Kopf. »Auf keinen Fall. Du hast gestern Abend auf der Party die Tanzfläche zum Kochen gebracht. Außerdem habe ich gesehen, wie du in genau dieser Mensa auf Sandra Witherspoon losgegangen bist. Du magst also ein Intelligenzbolzen sein, aber langweilig bist du nicht. Du solltest mit jemand Spannenderem zusammen sein.«

»Spannend?« Ich konnte an Melissas Tonfall hören, dass sie allmählich in Rage geriet, und so versuchte ich dazwischenzugehen.

»Marcus ist nicht langweilig, eigentlich ist er sogar …«

»Spannend, wie wer?«, knurrte Melissa, ohne mich ausreden zu lassen. »So spannend wie du? Wie ein Typ, der mit mir seinen Spaß haben will und dann verschwindet, wenn ich nicht mehr spannend genug bin?«

»Nein, du solltest auf jeden Fall bei deinem Teilchenphysiker bleiben.« Matt, der die ganze Zeit still gewesen war, mischte sich plötzlich ins Gespräch, und er klang wütend. »Denn du scheinst mir die Art Mädchen zu sein, die einen

Jungen verlässt, bloß weil er die letzten zehn Abel-Preisträger nicht kennt.«

»Quatsch mit Soße! Nie würde ich so etwas tun. Im Gegensatz zu so manch anderem Menschen weiß ich, was Treue ist.«

Matt biss die Zähne zusammen und stand unvermittelt auf. »Dann mal bis später, Leute.«

Wir sahen ihm nach, wie er durch die Mensatür ging, dann wandten wir uns wieder Melissa zu, die ungerührt in ihrem Mathebuch blätterte.

»Was sollte das denn?«, fragte Josh verwirrt. Eine gute Frage.

Melissa blätterte einfach weiter in ihrem Buch und würdigte uns alle keines Blickes.

Es war Nick, der das Schweigen brach. »Keine Ahnung, was los ist, aber die Mittagspause ist soeben erheblich spaßiger geworden.«

Gerechtigkeit

Ich hatte mich immer gefragt, wie es wohl sein würde, in einer Küche zu arbeiten, in der es von Menschen wimmelte. Ich konnte es mir gut ausmalen: Der Chefkoch brüllt Befehle, der Souschef wirft zwei Steaks auf einmal in eine Edelstahlpfanne, und irgendwo an der Seite sind wunderschön gestaltete Teller voller Essen unter Wärmelampen aufgereiht und warten darauf, von gut aussehenden Kellnern und Kellnerinnen davongetragen zu werden.

Die Küche der Appletons war nicht gerade die Wirkstätte eines Meisterkochs, aber sie war genauso voll. Und diese Geschäftigkeit tat mir gut. Sie hielt mich davon ab, mich um Josh zu sorgen, der seit dem frühen Morgen mit dem Rugbyteam in der Versenkung verschwunden war.

»Ich glaube, sie dürften jetzt fertig sein! Soll ich sie rausholen, Celine?«, rief Melissa, die Nase gegen den Ofen gepresst. Ich schaute von der Schüssel mit Brownieteig auf und bemerkte, dass gleich vier Bleistifte aus dem Knoten auf ihrem Kopf ragten. Das musste ein Rekord sein.

»Sie hat dir vor gerade mal zwei Minuten gesagt, dass sie noch zehn Minuten im Ofen bleiben müssen!«, gab Mr. Appleton von seinem Platz am Küchentisch her zurück. Er musterte stirnrunzelnd die rosa glasierten Cupcakes, die sich vor ihm auf der Tischplatte verteilten, und hielt dabei ein kleines Gefäß mit essbarem Deko-Glitter in der Hand. »Wie viel davon soll ich auf diese Dinger geben?«

Penelope und Mrs. Appleton warfen ihm jeweils frustrierte Blicke zu. Ich stellte das Teigrühren ein und ging zu ihm hinüber, wobei ich mit Wohlwollen bemerkte, dass die Damen schon fast damit fertig waren, die Erdbeeren auf die mit Sahne gefüllten Törtchenböden zu legen.

»Sie brauchen nur eine kleine Prise zu nehmen, Mr. Appleton«, sagte ich und zeigte es ihm. »Und dann streuen sie es über die Glasur, so wie ich jetzt.«

Penelope schnaubte, als sie sah, wie ihr Dad viel zu viel Glitter über einen Cupcake kippte. »Melissa, ich glaube du solltest die Cupcakes von deiner Liste streichen. Niemand wird sie mehr kaufen wollen, wenn Dad sie alle in Glitter ertränkt hat.«

»Dad!«, schimpfte Melissa vom Ofen aus.

Ich versuchte verzweifelt, ein Lachen zu unterdrücken, als mir Mr. Appleton nun einen jämmerlichen Blick zuwarf: »Ich glaube, das überlasse ich lieber Ihnen.«

»Kein Problem, ich bin ohnehin mit dem Teig für die Brownies fertig.« Ich übernahm seinen Platz und fasste Melissa ins Auge. »Am besten wir frieren den Teig über Nacht ein. Dann haben die Brownies mehr Biss und sind noch warm, wenn die Frühaufsteher unter den Kunden kommen.«

»Sie können wirklich sehr gut backen, Celine«, meldete sich Mrs. Appleton von der anderen Seite des Tisches her. »Ich meine, man muss sich nur all diese Sachen anschauen! Sie sehen einfach traumhaft aus.«

»Danke.« Ich lächelte und freute mich ungeheuer. Der Freitag hatte völlig anders angefangen als erwartet. Heute war schulfrei, um jedermann Zeit zu geben, alles für das morgige Ahornfest herzurichten, doch vermutete ich, dass der Rektor vor allem auch der Rugbymannschaft die Zeit zur Vorbereitung auf das Spiel heute Abend hatte geben wollen. Als Josh mich heute Morgen vor seinem Training zu Melissa gefahren hatte, war mir aufgefallen, dass die Nachbarn der Appletons die Veranden vor ihren Häusern mit großen braun-blauen Fahnen geschmückt hatten. Die Fahne der Thornton Knights – die Stadt war absolut verrückt nach ihrem Team.

»Und alles riecht so wunderbar«, fuhr Mrs. Appleton fort, während sie die letzten Erdbeerscheiben auf die Törtchen legte. »Bestimmt schmecken sie auch genauso gut, wie sie riechen …«

Penelope streckte die Hand aus, um mir auf die Schulter zu klopfen. »Fall nicht darauf rein, sie will dich nur einwickeln.«

»Wie meinst du das, junge Dame?«, fragte Mrs. Appleton mit gespielter Bestürzung.

»Mom, wenn du auch nur eines dieser Törtchen isst, knöpfe ich dir das Dreifache des Verkaufspreises dafür ab«, warnte Melissa.

Ich bestreute den letzten der Cupcakes mit Glitter, dann ging ich zu Melissa hinüber und blickte zur Uhr auf dem Ofen hinter ihr.

»Du kannst sie jetzt rausholen.«

»Endlich! Ich bin ja so gespannt, wie sie geworden sind«, sagte Melissa, streifte sich die weiß-rosa gestreiften Ofenhandschuhe über und zog das Blech mit den fertig gebackenen Liebesknochen heraus. Ich nahm einen in die Hand und lauschte. Wenn es hohl klang, waren sie fertig.

»Sie sind perfekt, wir können sie jetzt abkühlen lassen.«

»Abkühlen?« Penelope schaute mir über die Schulter. »Wie lange wird das dauern? Wir sind immer noch nicht für das Spiel umgezogen!«

Wir mussten uns für das Spiel umziehen? Ich schaute auf meine Jeans und das langärmelige graue Oberteil hinunter. Gut, ich hatte einige Mehlflecken auf dem Pullover, aber die waren schnell abgeschüttelt. »Kann ich nicht so gehen?«

Penelope sah mich an, als hätte ich etwas völlig Lächerliches gesagt, und selbst Melissa schüttelte den Kopf.

»Nein, das kannst du nicht. Es sei denn, es kommt mir nur so vor, als würdest du Grau tragen, und du hast in Wirklichkeit etwas Braunes und Blaues an.«

»Penelope Janell Appleton, bitte benimm dich!« Mrs. Appleton runzelte die Stirn. Dann lächelte sie mich an. »Bestimmt haben die Mädchen einen Pulli von den Thornton Knights, den du dir borgen kannst, Celine.«

Es hatte ganz den Anschein, als sei Mrs. Appleton das Rugby genauso wichtig wie dem Rest der Stadt. Sobald die Liebesknochen abgekühlt, mit Sahne gefüllt und mit Schokolade glasiert waren, verkündete Mrs. Appleton, dass sie den Abwasch übernehmen würde, und so ging ich mit Melissa und Penelope nach oben.

Wir hatten noch zwei Stunden Zeit, bis wir aufbrechen mussten, um rechtzeitig zum Spielbeginn um sieben da zu sein. Penelope meinte, das würde ihr gerade genug Zeit geben, um uns alle fertig zu machen. Ich hatte keine große Wahl, und als Melissa und ich sahen, wie viel Zeit Penelope darauf verwandt hatte, Gänseblümchengirlanden mit blauen und braunen Bändern zu machen, verzichteten wir ohnehin darauf, weiteren Widerstand zu leisten.

Ich musste dreimal den Pullover wechseln, bevor die Appleton-Schwestern übereinkamen, dass mir der eng anliegende blaue Fleecepullover mit dem hohen Kragen und dem kleinen, dunklen Ritterwappen am besten stand. Dann galt es, blauen und braunen Nagellack aufgetragen zu bekommen und geschminkt zu werden, und schließlich machte mir Penelope noch mit dem Lockenstab Ringellöckchen ins Haar.

»Es passt total gut zu der Blumengirlande. Du siehst aus wie eine holde Maid, die darauf wartet, von einem der stattlichen Ritter unserer Thornton Knights gerettet zu werden«, versicherte sie mir beim Hinausgehen. Auf der normalerweise ruhigen Wohnstraße wimmelte es von Rugbyfans, die in Richtung Schule zogen. Wir folgten Mr. und Mrs. Appleton ins Gedränge und trotteten ein paar Schritte hinter ihnen her.

»Ich könnte mir sehr gut vorstellen, dass Celine lieber von jemand anderem gerettet werden würde«, neckte Melissa.

»Wovon redest du da?« Ich runzelte die Stirn, aber es war zu spät. Penelopes Augen wurden riesengroß vor Ungläubigkeit.

»Warte, versuchst du da zu sagen, dass du das Glück, ja, die absolute Ehre hast, mit Josh Beaumont in einem Haus zu leben – und du stehst auf jemand anderen!?«

»Nein, das sage ich nicht«, versicherte ich ihr. »Ich stehe auf niemanden.«

»Das glaube ich dir nicht«, sagte Penelope schlicht. »Niemand kann Josh in die Augen schauen und ihn nicht lieben.«

Er hatte tatsächlich schöne Augen. Liebe Augen. Aber das bedeutete noch lange nichts.

»Du hast ihn noch nie persönlich getroffen«, lachte Melissa.

Penelope wirkte gekränkt. »Du solltest wissen, dass ich viele Fotos gesehen habe. Und die Mädchen beim Friseur haben sein Bild aus dem diesjährigen Thornton-Knights-Kalender hinter der Kasse aufgehängt.«

Warum überraschte es mich nicht, dass das Rugbyteam seinen eigenen Kalender hatte? Wir bogen auf die nächste Straße ein und reihten uns in einen immer breiteren Strom von Fans auf ihrem Weg zum Spiel ein. Auch hier waren die Häuser mit Thornton-Knights-Fahnen geschmückt und ebenso die Straßenlaternen, die nun eine nach der anderen aufstrahlten. Langsam brach die Abenddämmerung an.

Die Titelmelodie aus *Twilight Zone* ertönte aus Melissas Tasche.

»Ist das dein Klingelton?« Ich lachte.

Melissa blickte mich verärgert an und zog ihr Handy heraus. »Wenn man vom Teufel spricht.«

Penelopes Augen begannen zu leuchten, und sie kreischte auf: »Ist es Josh?«

»Hallo?« Melissa nahm den Anruf an, ohne ihre Schwester zu beachten. »Ja, wir sind unterwegs. Ja, klar, das klingt super. Ach, und viel Glück!«

Ich sah sie leicht enttäuscht an, als sie auflegte. Josh wollte also wohl nicht mit mir sprechen.

»Und?« Penelope hüpfte wild herum und boxte Melissa auf die Schultern. »Was hat er gesagt?«

»Lass das, Nel!«, schimpfte Melissa, aber sie lachte nur, als Penelope ihr Gehüpfe fortsetzte. »Okay, okay. Josh wollte sich nur davon überzeugen, dass wir unterwegs sind, und uns wissen lassen, dass er für uns Plätze direkt hinter der Spielerbank reserviert hat.«

»Ich … fass … es … nicht!«, schrie Penelope, und dann rannte sie los, um es ihren Eltern zu erzählen.

»Sie ist ein wenig aufgekratzt«, stellte ich fest.

Melissa zuckte die Achseln. »Für sie ist das ein riesiges,

unerwartetes Glück. Nur Familienmitglieder dürfen hinter der Spielerbank sitzen.«

Nur Familienmitglieder. Aber wie hatte er es dann geschafft, uns Plätze zu reservieren?

»Wahrscheinlich haben sie ihm bei der Vergabe seiner Plätze einfach freie Hand gelassen, da er im Grunde keine Familie hat …«, sagte Melissa, als hätte sie meine Gedanken gelesen.

Ich fragte mich, ob Josh wohl jemals einsam war, und meine fröhliche Stimmung wurde etwas getrübt. Vielleicht war er ja daran gewöhnt, so wie ich.

Der vom Rugbystadion herüberdringende Lärm wurde lauter und die Menschenmenge immer größer, als wir uns nun dem Schulgelände näherten. Jetzt mischten sich auch die roten Trikots der Gastmannschaft unter die Blau und Braun tragenden Besucher.

Als wir schließlich die Grünfläche erreichten, die den Rugbyplatz umgab, wurde der Lärm ohrenbetäubend. Junge Kerle, die als Ritter ohne Furcht und Tadel verkleidet waren, verteilten blaue und braune Fähnchen, und Gartenleuchten aus Bambus erhellten die Verkaufsstände, wo alles von Hotdogs und Hamburgern bis hin zu Rugbybällen und Fanartikeln der Thornton Knights verkauft wurde.

Ich entdeckte einen Jungen, der ein Rugbytrikot trug, auf dessen Rücken *Beaumont* geschrieben stand, und wollte gerade rufen, da bemerkte ich, dass es nicht Josh war. Ein weiterer schneller Blick in die Runde, und ich sah, dass es Unmengen von Leuten gab – Männer, Frauen, Kinder –, die Beaumont-Trikots trugen, und andere trugen Aufschriften wie Chase, Roberts, Mathews …

»He, Celine, komm schon! Du gehst uns sonst noch verloren«, lachte Melissa und zog mich am Arm vorwärts.

Penelope und Mr. und Mrs. Appleton waren weit vor uns und bogen bereits ins Stadion ein.

»Das ist verrückt!«, hauchte ich, verblüfft über die gewaltige Menschenmenge, die sich auf dem Gelände versammelt hatte. Die Flutlichter über dem Platz waren eingeschaltet und beleuchteten den perfekt gemähten Rasen, die Torpfosten an beiden Seiten des Spielfelds und die vielen Hundert jubelnden Fans. »Großer Gott, hier sind so viele Leute!«

Melissa nickte, als wir vor die Tribünen traten. Da war kein einziger freier Sitz! »Das Stadion bietet Platz für etwa 7500 Menschen, aber heute Abend werden sich die Leute auf den Bänken ganz schön zusammenquetschen müssen.«

Ich sah, dass die Cheerleader ihre Positionen in der Mitte des Spielfelds einnahmen, und erkannte Sandra an ihrer Spitze. Sie hob den rechten Arm und schwenkte einen Pompon-Tanzwedel durch die Luft, und die Fans der Knights brüllten beifällig.

»Da ist Josh.« Melissa deutete vor uns, wo Josh gerade mit ihren Eltern sprach. Penelope stand mit großen Augen ein wenig abseits.

»Deine Schwester sieht aus, als würde sie gleich in Ohnmacht fallen«, lachte ich.

Melissa legte die Stirn in Falten. »Heute Abend kann ich ihr echt keine Vorwürfe machen. Seine Montur sitzt ihm wirklich wie angegossen.«

Joshs Shorts und Trikot waren ganz schwarz, und über seine Brust stand in Blau das Wort *Knights* geschrieben. Das Rugbytrikot saß einfach perfekt, besonders mit den kurz geschnittenen Ärmeln, sodass bei jeder Bewegung das Spiel seiner Muskeln sichtbar war. Mr. Appleton schlug ihm zum Abschied auf die Schulter, und dann ging das Trio davon, um seine Plätze einzunehmen.

Eine alberne Schüchternheit überkam mich, als ich Josh nun näher kommen sah.

»Hi.« Er lächelte, dann wandte er sich Melissa zu. »Ich muss jetzt los, aber ich habe deinem Dad eure Plätze gezeigt.«

»Super. Danke, Josh, und viel Glück!« Melissa winkte ihm nach und rief dann Penelope zu, doch bitte auf uns zu warten.

Ich machte einen Schritt hinterher, doch Josh hielt meine Hand fest. Ich schnappte nach Luft, und mein Magen krampfte sich bei der Berührung zusammen. *Reiß dich am Riemen!*

»He, bei dir alles klar?«

»Sicher, warum auch nicht?« Ich zog langsam die Hand zurück und versuchte, mir darüber klar zu werden, warum ich plötzlich weiche Knie hatte.

Er zuckte die Achseln. »Ich meine ... diese blöden Flugblätter gestern. Ich weiß, die Nummer, die Ian da abgezogen hat, hat funktioniert, aber ich war mir nicht sicher, ob du dir nicht vielleicht immer noch Sorgen machst, und es sind hier heute Abend so viele Leute versammelt ...«

Ich ließ meinen Blick über die gewaltige Menschenmenge schweifen und merkte mit einer gewissen Überraschung, dass sie mir nicht das Mindeste ausmachte.

»Es ist wirklich alles bestens. Hör auf, dir um mich Sorgen zu machen.«

Seine hellblauen Augen wirkten in diesem Licht dunkler. Ein wenig mehr wie Ians, dessen Augen dazu neigten, fast schon schwarz zu werden, wenn er wütend war. Wo steckte er überhaupt?

»Ich bezweifle, dass das möglich ist.«

»Josh, Mann, beweg deinen Hintern!« Plötzlich tauchte

Nick auf. Er trug die gleiche Kleidung wie Josh und grinste, als er mich bemerkte. »He, Aschenputtel, dein Elfenlook gefällt mir.«

Oh Mist, ich hatte vollkommen die Blumengirlande auf meinem Kopf vergessen. Ich sah wahrscheinlich wie eine Vollidiotin aus.

»Danke.« Ich errötete.

»Komm schon.« Nick schlug Josh auf den Arm, dann lief er dorthin zurück, wo sich nun alle Spieler versammelten.

»Er hat recht, dieser Look steht dir wirklich«, sagte Josh mit einem strahlenden Lächeln. Dann begann er mit schnellen Schritten rückwärtszugehen. »Bis nach dem Spiel.«

»Viel Glück!«, rief ich ihm hinterher. Jetzt, da ich vor Tausenden von Leuten allein dastand, kam ich mir nun doch allzu auffällig vor. Ich ging schnell weiter und ließ meinen Blick über die Tribünen gleiten, bis ich eine wie wahnsinnig winkende Penelope hinter der Reihe von Männern in dunklen Jacketts entdeckte, die Kopfhörer mit Mikrofonen trugen. Waren sie Trainer oder vielleicht die Schiedsrichter? Oh, zum Kuckuck, ich wusste so gar nichts über dieses Spiel!

Ich stieg die Stufen zwischen zwei Blöcken hinauf, schob mich in die erste Reihe und setzte mich zwischen Melissa und Penelope.

Melissa reichte mir eine Thornton-Knights-Thermoskanne. »Von Mom«, erklärte sie und hielt ihre eigene Kanne hoch. Alle Mitglieder der Familie Appleton hatten die gleiche Thermoskanne, und mir hatten sie auch eine mitgebracht. Gerührt nahm ich einen Schluck und verschluckte mich beinahe. Noch mehr Zaubertee? Bereits bevor ich heute Morgen aus dem Haus gegangen war, hatte Marie mir zwei Tassen aufgedrängt. Allmählich hatte ich das Gefühl, als würde ich überhaupt nichts anderes mehr trinken als dieses abscheuliche grüne Zeug!

»Oh mein Gott, Celine. Hast du irgendeine Vorstellung davon, wie sehr ich dich jetzt gerade liebe!?« Penelope lachte aufgekratzt.

Melissa riss weit die Augen auf und ahmte spottend ihre Schwester nach: »Oh mein Gott. Erzähl es uns, bitte, bitte!«

»Wie auch immer, Melissa.« Penelope hielt die geöffnete Hand hoch. »Das hier ist total umwerfend, und das weißt du auch!«

Die Cheerleader schlugen Räder, machten Saltos und brachten die Menge in Stimmung. Ich sah mit einer Mischung aus Bewunderung und Neid, wie Sandra von einem Hochsprung direkt in die Rolle ging und dann einen Spagat machte.

»Habe ich dir nicht gesagt, dass dieses Kunststückchen ihr Erkennungszeichen ist?«, schnaubte Melissa neben mir. »Sandra ist so berechenbar.«

»Ja, aber was spielt das schon für eine Rolle, wenn alle Jungs auf sie abfahren?«, bemerkte Penelope, dann drehte sie sich zu mir um. »Glaubst du, dass Josh und sie wieder ein Paar werden?«

Die Vorstellung, dass Josh zu Sandra zurückkehren könnte, beunruhigte mich. Sogar sehr. Und das nicht nur, weil sie versucht hatte, ihn unter Drogen zu setzen.

»Ich glaube es eigentlich nicht, aber man kann natürlich nie wissen«, räumte ich ein. Wollte er immer noch mit ihr zusammen sein? Möglich war es schon, wo es doch, wie Penelope betont hatte, auch alle anderen Jungs wollten.

Melissa schien noch etwas sagen zu wollen, aber von irgendwoher im Publikum dröhnte eine Stimme über die Lautsprecher, und die Menge wurde still.

»Herzlich willkommen im Stadion der Knights und willkommen zum ersten Spiel der Saison!«

Tausende bejubelten die Ansage.

»Und jetzt möchte ich einen kräftigen Applaus für die Mannschaft unserer Gäste hören, die den ganzen Weg von New York hierhergekommen sind: die St. Andrews Dragons!«

Es überraschte mich, dass alle im Stadion jubelten, als nun die Dragons auf das Feld gelaufen kamen und sich auf ihrer Seite der Mittellinie verteilten. Nicht, dass ich viel über Sport gewusst hätte, aber ich hatte immer den Eindruck gehabt, dass Anhänger von gegnerischen Mannschaften sich nicht gegenseitig bejubelten.

»Und jetzt steht auf für unsere Thornton Knights, heute Abend angeführt von Teamkapitän Josh Beaumont!«

Alle waren wir auf den Beinen, jubelten, klatschten und wedelten Fähnchen, als nun Josh seine Mannschaft aufs Spielfeld führte. Als sie die Mitte des Feldes erreichten, explodierte im Himmel über uns ein Feuerwerk, und der Jubel wurde nur noch lauter.

Während ich so inmitten des ohrenbetäubenden Lärms unter dem funkelnden Himmel stand, hatte ich für einen Moment das Gefühl, als sei die ganze Welt wieder in Ordnung. Dann fasste mich Penelope aufgeregt am Arm, und von allen Seiten stürzten Farben auf mich ein.

Melissa, die lächelt. »Dein Tipp, wie's ausgeht?« Menschen, die auf den Tribünen jubeln. »Komm schon, Nel, dann rate halt einfach. Wer verliert, macht die ganze Woche den Abwasch.« Das Wedeln von Fähnchen. Ein schriller Pfiff. Josh steht mitten auf dem Platz. Nummer zehn. Der Ball fliegt.

Penelope ließ meinen Arm los und hüpfte auf und ab. Heftig keuchend setzte ich mich auf die Bank, während der Jubel um mich herum andauerte. Die Vision war intensiver gewesen als jede andere zuvor. Zitternd schaute ich auf meine Hände hinab. Was löste die Visionen aus? Sie hatten begonnen, als ich nach East Wendell gekommen war, und sie schienen überhaupt keinem Muster zu folgen.

»Dein Tipp, wie's ausgeht?«, fragte Melissa über mir.

Mein Blick wanderte zu der Thermoskanne mit dem Zaubertee. Mrs. Appletons Worte hallten in meinen Ohren wider. *Dieser Tee wirkt Wunder. Er wird nicht nur Ihre Kopfschmerzen vertreiben, sondern Ihnen auch geistige Klarheit schenken.* Ich dachte an jene erste zufällige Vision zurück, die von dem Dieb. Marie hatte mir an jenem Morgen magischen Tee vorgesetzt.

»Komm schon, Nel, dann rate halt einfach. Wer verliert, macht die ganze Woche den Abwasch.«

Am Morgen des Gaslecks hatte ich wieder Tee getrunken und dann noch mal vor Sandras Party. Es war der Tee. Der Tee verursachte die Visionen!

Der Stern

Es gibt Momente im Leben, die einem völlig unwirklich vorkommen. Wenn der Körper irgendwie schwebt, deine Lippen sich bewegen und ganze Sätze formen, du gedanklich aber ganz woanders bist. Dieser Augenblick gehörte definitiv zu diesen Momenten.

Ich stand auf dem Marktplatz, hörte all den Jubel, sah Hunderte lächelnder Gesichter, die sich alle um den roten Teppich scharten, der zum Musikpavillon hinaufführte. Ich tat es sogar Josh gleich und winkte, wie es von einer guten Ahornkönigin erwartet wurde. Aber es erschien mir alles etwa so wirklich wie ein Traum.

»He, entspann dich! Du wirkst schon etwas blass«, sagte Josh leise. Die Orden an seiner roten Uniformjacke klimperten, als er nun einem kleinen Jungen zuwinkte, der auf den Schultern seines Vaters saß.

»Und wie genau soll ich das machen?«, fragte ich mit zusammengebissenen Zähnen. Schließlich wurde ich gerade in einem völlig aberwitzigen roten Ballkleid und mit einem Diadem auf dem Kopf der ganzen Stadt vorgeführt.

Josh lächelte mir schnell zu. »Einfach atmen.«

Richtig. Atmen. Manchmal hatte ich das Gefühl, als täte ich nichts anderes mehr. Ian hatte ich vor zwei Tagen in der Schule das letzte Mal gesehen, seitdem hatte er sich nirgends mehr blicken lassen, aber er war wahrscheinlich irgendwo dort draußen und übte mit seiner Pistole. Sandra dürstete es nach meinem Blut. Die Leute hier in der Stadt tranken gern einen dubiosen Kräutertee, der bei mir höchstwahrscheinlich bewirkte, dass ich in die Zukunft sah. Und was war mit mir? Ich bin eine Waise, die vorgibt, ein Mädchen mit einer Fugue-Amnesie zu sein, das wiederum so tut, als sei sie eine Königin. Ja. Atmen war keine schlechte Idee.

Wir hatten fast das Ende der Straße erreicht, als ich Melissa und Penelope entdeckte, die schrien und Fähnchen schwenkten. »Bravo, Königin Celine!« Unwillkürlich erheitert zuckten meine Mundwinkel.

»So ist es schon besser!«, kicherte Josh und fuhr fort zu nicken und zu lächeln. »Jetzt pass auf die erste Stufe auf, sie ist ein wenig höher als die übrigen.«

Ich hob das Kleid über meine Knöchel, während wir die Stufen zum Musikpavillon hinaufstiegen. Die Musiker hatten sich alle zu beiden Seiten der Treppe verteilt, sodass die Bühnenfläche oben für den ersten Tanz leer war.

»Josh, ich bin keine besonders gute Tänzerin …«

Er führte mich in die Mitte der Bühne, dann verbeugte er sich tief und hielt mir ein Ahornblatt hin. Unser Publikum verstummte, als ich nun das symbolische Blatt entgegennahm. Dann richtete sich Josh gerade auf und streckte die Hand aus.

»Du wirst es gut hinkriegen.«

Ich verschluckte ein nervöses Lachen und legte meine Hand in seine. Die Musiker der Kapelle mussten uns beobachtet und auf dieses Signal gewartet haben, denn nun stimmten sie einen langsamen Walzer an.

»Keine Panik«, lachte Josh, als er das Entsetzen auf

meinem Gesicht sah. »Lass mich einfach führen. Vertrau mir.«

Ich vertraute ihm tatsächlich, und er war im Walzertanzen genauso gut wie in allem anderen auch. Es war zum Verrücktwerden.

»Gibt es denn irgendetwas, was du nicht kannst?«, fragte ich leise.

Josh wirbelte mit eleganten Schritten durch den Pavillon. Überall um uns herum wurden rote Luftballons losgelassen und schwebten zum Himmel empor. Es war so schön!

»Das eine oder andere«, flüsterte er. »Natürlich alles Sachen ohne Belang.«

Ich musste über seine Großspurigkeit lächeln, und die Spannung in meinen Schultern löste sich allmählich. Er drehte uns abermals, und ich sah meine Röcke im Kreis über den Boden wirbeln, vergaß für einen Moment der Seligkeit die Menschen, die uns zusahen, und fühlte mich einfach … rauschhaft glücklich und leicht. Als die letzten Töne verklungen waren, holte ich tief Luft. Selbst in diesem unglaublich engen Korsett, selbst in meinen unbequemen hohen Schuhen, selbst unter den wachsamen Augen der ganzen Stadt East Wendell fühlte ich mich ruhig und gelassen.

Als der Applaus ausbrach, verbeugte sich Josh vor mir, und mit blitzenden Augen richtete er sich wieder auf. »Habe ich dir nicht gesagt, dass wir es gut hinkriegen würden?«

Dann zog er mich vor zur obersten Treppenstufe und hob Schweigen gebietend die Hand.

»Meine Königin hat es verfügt, und so soll es auch sein: Lasst das Ahornfest beginnen!«

Die nächsten paar Stunden rauschten nur so an mir vorbei. Josh und ich riefen in einem Wettbewerb nach dem anderen die Sieger aus. Das Kuchenwettessen artete ziemlich aus, der Buchstabierwettbewerb sorgte für jede Menge Gelächter, aber am meisten genoss ich die Preisverleihung im Dreibeinrennen, da die Gewinner Marie und ihre Tochter Lilly waren. Erst spät am Nachmittag, als auch der Schönheitswettbewerb endlich vorüber war, hatten wir alle unsere Pflichten erfüllt, und ich konnte endlich zum Kuchenstand gehen.

Nach der langen Schlange vor dem Stand zu urteilen lief der Verkauf gut.

»Mein Gott, Celine, ich bin so froh, dass du hier bist! Ich muss wirklich dringend aufs Klo, aber die Schlange wird nicht kürzer. Meinst du, du kannst für ein paar Minuten für mich übernehmen?«, fragte Penelope, als sie mich entdeckte.

»Na klar.« Ich nickte und duckte mich in das rote Zelt hinein. Melissa winkte mir rasch von der anderen Standseite zu, wo sie gerade einen Verkauf abwickelte. »Wo ist die Preisliste?«

»Dort oben.« Penelope deutete auf die Innenseite der Zeltplane, wo die Zettel mit den Preisen klebten, dann warf sie mir ihre Schürze hin und eilte aus dem Stand.

Ich hängte die Schürze über mein Kleid und griff nach der weggelegten Zange auf dem Tisch. Eine alte Frau mit rosigen Wangen und gelbem Pullover war die Nächste in der Schlange.

»Gütiger Gott, werde ich heute von Ihrer Hoheit persönlich bedient?«, lachte sie, als sie mich sah.

»Wenn Sie mir das Vergnügen machen, Mrs. …?«

»Mrs. Marley Johnson, aber Sie können mich einfach Marley nennen, meine Liebe.«

»Natürlich, Marley. Was darf's denn heute sein?«

Ich steckte zwei Brownies, einen Cupcake und den letzten Liebesknochen in eine braune Papiertüte, dann reichte ich das Ganze Melissa, die die Bezahlung entgegennahm.

»Danke für Ihren Einkauf, die Kinder werden sich bestimmt freuen«, sagte ich zu der älteren Dame, dann wandte ich mich mit einer Entschuldigung auf den Lippen dem nächsten Kunden zu.

»Du scheinst das ja ziemlich gut zu können.«

Bei Ians Anblick weiteten sich meine Augen. Er trug wie üblich schwarze Jeans, T-Shirt und Lederjacke und musterte mich mit in die Taschen gestopften Händen. Ich hatte ihn seit der ersten Schulstunde zwei Tage zuvor nicht gesehen, aber es kam mir so vor, als seien seither Wochen vergangen.

»Hi«, sagte ich schnell und versuchte, mir meine Nervosität nicht anmerken zu lassen. Josh war weit weg, und ich wusste immer noch nicht sicher, ob Ian ihm etwas antun wollte. Nach einem weiteren Moment des Schweigens fiel mir auf, dass ich auf seine Bemerkung nicht reagiert hatte. »Ja, danke, ich springe nur kurz für Penelope ein.«

Ians Lippen verzogen sich zu seinem vertrauten boshaften Lächeln. »Du wirkst ziemlich nervös, ist alles in Ordnung, meine Königin?«

»Sehr witzig.« Ich verdrehte die Augen, dann deutete ich mit dem Kopf auf die lange Schlange. »Ich muss weitermachen. Wolltest du etwas kaufen oder einfach nur Hallo sagen?«

»Hast du irgendetwas von diesen Sachen selbst gebacken?«, fragte er und ließ den Blick über den Tisch wandern.

»Sie hat alles gebacken«, antwortete Melissa für mich und schob sich an meiner Schulter vorbei, um sich eine Papiertüte für ihre Kundin zu holen. »Und lass dir ruhig Zeit, Celine! Ich übernehme den nächsten Kunden hier drüben!«

Mit gerunzelter Stirn sah ich, wie sie mir den Rücken zudrehte. Was führte sie im Schilde?

»Die Königin kann tanzen *und* backen«, bemerkte Ian und klang beeindruckt.

Also hatte er mich und Josh tanzen sehen. Natürlich. Alle hatten es. Es bedeutete noch nicht, dass er Josh beobachtete. Nicht zwangsläufig.

»Ich kann nicht tanzen, ich habe mich einfach von Josh führen lassen.« Schnell holte ich Luft. Ich konnte ihn genauso gut jetzt wegen der Sache mit dem Kartenlegen ansprechen. »Weißt du, ich wollte dich etwas fragen …«

»Ach ja?«

Wie schaffte ich es, dass es nicht absolut idiotisch klang? »Nun ja, ich wollte mal dieses neue Legemuster ausprobieren, mit den Karten, meine ich. Und ich wollte dich fragen, ob es dir vielleicht etwas ausmachen würde, mir dabei zu helfen?«

Ians Augen verengten sich für eine Sekunde zu Schlitzen, dann zuckte er die Achseln. »Sicher, warum nicht. Aber jetzt nehme ich erst einmal je zwei Stück von allem.«

»Wunderbar!« Ich versuchte, mir meine Aufregung nicht anmerken zu lassen, als ich mich nun daranmachte, die gewünschten Gebäckstücke in getrennte Tüten zu packen. Jetzt, da er sich bereiterklärt hatte, sich von mir die Karten legen zu lassen, bestand für mich die Möglichkeit herauszufinden, was er plante … jetzt oder nie. Ich öffnete einen weiteren kleinen Papierbeutel, dann zögerte ich. »Das ist eine ganze Menge Zeug, bist du dir wirklich sicher, dass du das alles willst?«

»Es ist doch für einen guten Zweck, nicht wahr?«, fragte er beiläufig.

»Ja. Ja, das stimmt.« Welcher Verrückte, der anderen nachstellt, interessiert sich denn für Wohltätigkeit? »Gut, hier, das sind alles deine Sachen. Ich bin in ein paar Minuten hier fertig, wollen wir uns dort drüben auf der Wiese treffen?«

Ian nahm die Tüten und reichte mir einen Fünfzigdollarschein. »Ich hole dich heute Abend um acht ab.«

»Aber…« Ehe ich protestieren konnte, war er auch schon wieder weg, ohne sich um sein Wechselgeld zu kümmern.

»Ähm, wer war denn *das*?!«, fragte Penelope, die gerade ins Zelt zurückkam.

»Ein Schulkamerad«, sagte ich. Ich wollte keine weiteren Fragen über Ian beantworten müssen, und so nahm ich die Schürze ab und drückte sie Penelope wieder in die Hand. »Die Kundschaft wartet!«

Penelope brummelte irgendetwas vor sich hin; inzwischen ging ich zu Melissa hinüber, um ihr das Geld zu geben.

»Fünfzig Dollar?« Mit einem Grinsen nahm Melissa den Schein entgegen. »Ich wusste ja, dass ich den Kerl mag. Habe ich dir nicht gesagt, dass ich ihn mag?«

»Ja, hast du. Aber weißt du, manche Leute sind nicht wirklich das, was sie zu sein scheinen.« Sicher, Ian machte den Eindruck, ein guter Kerl zu sein, sogar ein wirklich guter Kerl, aber was war mit der Pistole?

»Ja, du hast ja so recht! Schau nur, was er jetzt gerade anstellt!«, sagte Melissa und zeigte ein paar Verkaufszelte weiter. Ich folgte ihrem Blick und fand Ian umringt von einem Schwarm Kinder. »Er ist offensichtlich der Teufel; ich meine, wer sonst würde wohl süßes Gebäck für die Kinder kaufen?«

»Du brauchst gar nicht so sarkastisch zu sein«, murmelte ich, während ich mitverfolgte, wie ein Kind nach dem anderen mit einem breiten Lächeln auf dem Gesicht davonlief, bis Ian auch die letzten Cupcakes verteilt hatte.

»Ganz im Ernst, wer ist das?«, fragte Penelope erneut. »Und wichtiger noch, ist er Single?«

»Penelope, mach dich wieder an die Arbeit!« Melissa runzelte die Stirn, aber dann drehte sie sich wieder zu mir um. »Bist du dir auch absolut sicher, dass du ihn nicht magst? Ich finde nämlich wirklich, du solltest ihn mögen.«

Sie verstand einfach nicht! Ich konnte ihn nicht mögen. Ich konnte niemanden mögen. Schon bald würde ich zurückkehren und all das hinter mir lassen.

Eine plötzliche Bewegung unter den Festbesuchern erregte meine Aufmerksamkeit. Dutzende von Menschen versammelten sich unter dem Musikpavillon.

»Was ist dort los?«, wechselte ich das Thema.

Melissa folgte meinem Finger in die angegebene Richtung und lachte. »Das ist nun das Ereignis unseres Festes, das das meiste Geld einbringt. *Abendessen mit dem Kapitän*. Ich fände es ja widerlich, aber der Erlös dient zur Finanzierung des freien Gemeinschaftsunterrichts in der Bibliothek.«

Kapitän wie in Rugbykapitän? Ich entdeckte Josh neben dem Musikpavillon. Die Hände in den Taschen und ein breites Lächeln auf dem Gesicht lauschte er Nick, der über irgendetwas schwafelte. Ich nestelte am Spitzenbesatz meiner Handgelenke herum, da bemerkte ich das kleine Grübchen, das in Joshs Wangen erschien, wenn er lachte, und warme Glut durchströmte mich.

»Er hält den Rekord, weißt du?«, sagte Melissa und drückte einer Kundin ihr Wechselgeld in die Hand.

Ich blinzelte, verlegen darüber, beim Anstarren von Josh ertappt worden zu sein. »Welchen Rekord?«

»Den Rekord dafür, dem Fest das meiste Geld eingebracht zu haben. Er ist das dritte Jahr in Folge Kapitän und bekommt nie weniger als ein Angebot über zweihundertfünfzig Dollar.« Melissa zeigte auf die Kasse. »Wir haben an unserem Stand noch nie so viel Geld eingenommen, aber bei einem Dollar pro Brownie ist das auch eine mühselige Angelegenheit!«

Zweihundertfünfzig Dollar für ein Abendessen?

»Braucht ihr noch meine Hilfe?«, fragte ich und ließ meinen Blick über die wenigen Gebäckstücke wandern, die noch übrig waren.

»Nein, du hast mehr als genug für uns getan, und ich sehe schon, dass du lieber bei der Versteigerung zuschauen willst«, sagte Melissa und grinste.

Ich konnte es nicht leugnen. Wer bezahlte schon zweihundertfünfzig Dollar für ein Abendessen!? »Ich komme gleich danach zurück. Ich will die Endsumme wissen!«

Die Nachmittagssonne schien durch die Zweige der leuchtend roten Ahornbäume, ließ die bunten Blätter aufglühen und warf orangefarbenes Licht über den Marktplatz. Gerade als ich die Menge erreicht hatte, trat nun oben im Musikpavillon Josh nach vorn.

»Kommen Sie näher, meine Damen«, sagte Nick ins Mikrofon, »nutzen Sie diese einmalige Gelegenheit, ein Abendessen mit Josh Beaumont zu gewinnen, dem Teamkapitän der Thornton Knights!«

Die Frauen von East Wendell verfielen in beifällige Pfiffe, und Josh lächelte.

»Kommen wir zur Sache, meine Damen, Sie alle kennen den Ablauf der Veranstaltung. Es handelt sich um eine einfache, offene Versteigerung! Heben Sie einfach Ihre Hände hoch, erheben Sie Ihre Stimmen noch höher, und am höchsten sollen Ihre Gebote sein!« Nick machte die Sache gut, mit seiner Marktschreier-Masche, die die Menge erneut zum Johlen brachte.

Die Gebote begannen bei fünfzig Dollar von einem Mädchen, das ich aus der Schule kannte. Nachdem sie ihr Gebot abgegeben hatte, kicherte sie mit ihren Freundinnen herum, was irgendwie süß wirkte. Aber schon bald wurde die Konkurrenz immer härter, und die Hände wurden schneller und höher gehoben, bis schließlich eine Frau irgendwo weit vorn in der Menge zweihundertdreißig Dollar bot.

»Gut, gut, meine Damen, langsam fängt es an, interessant zu werden, aber das kriegen wir bestimmt noch viel besser hin«, sagte Nick. Dann ging er zu Josh hinüber und hielt das Mikrofon zu.

Es kam mir so vor, als würde Josh erröten. Dann nickte er kurz und machte sich daran, seine Uniformjacke aufzuknöpfen. Er wollte sie ja wohl nicht ausziehen, oder etwa doch?!

»Hören Sie, meine Damen, Josh ist nicht nur ein Rugbyspieler, der jeden anderen Kerl umnietet. Er kann Ihnen auch Shakespeare-Sonette aufsagen, romantisch auf Französisch mit Ihnen plaudern und Sie natürlich mit seinem hübschen Gesicht betören – höre ich also zweihundertfünfzig Dollar?«

Eine Rothaarige in den Dreißigern hob von ihrem Platz in der hinteren Reihe die Hand. »Zweihundertfünfzig Dollar!«

Die Menge tobte, und genau in dem Moment ließ Josh die Jacke fallen. Ich versuchte, nicht hinzuschauen, trotzdem sah ich, dass er darunter kein T-Shirt trug. Und seine Brust war so breit! Selbst aus dieser Entfernung konnte ich vage die Konturen seines Waschbrettbauchs ausmachen.

»Okay!«, lachte Nick ins Mikrofon. »Höre ich zweihundertsechzig?«

»Dreihundert Dollar!«

Ich erkannte die Stimme sofort, und auch Josh erkannte sie – jedenfalls nach seinem Stirnrunzeln zu urteilen.

»Verkauft an Miss Witherspoon für dreihundert Dollar!«, krähte Nick und übertönte den Applaus der Menge. »Komm hoch und hol dir deinen Gewinn ab, Sandra!«

Josh hob seine Jacke auf, sein altes Lächeln umspielte seine Lippen. Ich sah ihm noch nach, wie er an Nick vorbei und die Stufen hinunter ging, um Sandra zu begrüßen, dann wandte ich mich ab. Es gab keinen Grund zur Beunruhigung, nicht den geringsten.

»Celine?«

Ich fuhr herum, überrascht, Rebecca neben mir zu sehen. Sie trug ein langes grünes Kleid, und eine violette Kristallkette baumelte an ihrem Hals. Sie wirkte etwas zögerlich und unschlüssig.

»Hi, Rebecca.« Ich lächelte, um ihr die Befangenheit zu nehmen. »Schon länger nicht mehr gesehen. Wie geht's denn so?«

Sie lächelte angespannt zurück. »Gut. Na ja, nicht wirklich gut, aber besser. Ich wollte nur … ich wollte nur sagen, dass es mir wegen neulich wirklich leidtut. Ich wollte diese schrecklichen Dinge eigentlich nicht sagen. Ich hatte an diesem Tag Fieber, und wahrscheinlich habe ich deshalb solch wirres Zeug gefaselt.«

»Ist schon gut«, antwortete ich beruhigend. »Wirklich, das ist alles vergessen. Melissa hat mir von der merkwürdigen Grippe erzählt, die hier die Runde macht. Ich hoffe, du fühlst dich jetzt besser?«

»Grippe?«, fragte sie, um dann ein schwaches Lachen von sich zu geben. »Ja, natürlich. Ich fühle mich besser. Viel besser.« Sie legte die Hand an ihre Halskette und blickte sich unsicher um. »Celine?«

»Ja?«

»Sei bitte vorsichtig, ja? Da ist etwas … Dunkles in dieser Stadt.«

Sie eilte davon, und ich blickte ihr mit einem unguten Gefühl im Bauch nach.

Der Teufel

»Du bist so eine Idiotin!«

Meine Stimme hallte von den Wänden der leeren Küche wider. Mit einer Tasse von Maries Zaubertee in den Händen ging ich auf und ab. Ich hatte keine Ahnung, ob der Tee überhaupt wirken würde, trotzdem war ich bereits bei meiner vierten Tasse – sicherheitshalber. Meine Nervosität hatte aber nicht vorrangig etwas damit zu tun, ob der Tee nun seinen Zweck erfüllte oder nicht. Es war vielmehr der ganze Abend, der mich so nervös machte.

Ganz ruhig, sagte ich mir. Ian würde kommen, um mich abzuholen, ja, aber es war kein Date. Es war sogar alles andere als ein Date! Ich versuchte einfach nur, dahinterzukommen, was er im Schilde führte, nichts weiter. Warum zum Teufel kam es mir dann trotzdem wie ein Date vor!?

»Warum gehst du immerzu auf und ab?«, fragte Josh, als er in die Küche trat. Er trug wie üblich Designerjeans und einen Pullover und warf mir einen seltsamen Blick zu, als er bemerkte, dass ich mich in Schale geworfen hatte. »Bist du nicht ein wenig zu schick fürs *Fred's*?«

Ich strich mir über den Rock meines bernsteinfarbenen Strickkleides. Ich trug es zum allerersten Mal. Das Gleiche galt für die kniehohen braunen Stiefel und die große braune Handtasche. Drei weitere Posten, für die ich Josh das Geld würde zurückzahlen müssen. Ich verbrauchte die Ersparnisse meines Arbeitslebens ziemlich schnell.

»Ich bin mir nicht sicher, ob wir ins *Fred's* gehen«, bekannte ich. Ian hatte nichts dazu gesagt.

»Doch, das tun wir. Ich muss mich dort mit Sandra treffen, wie du dich vielleicht erinnerst.« Josh öffnete den Kühlschrank.

»Ach, nein, nein. Ich meinte doch: Ian und ich. Er holt mich zum Abendessen ab, und ich weiß nicht, wo wir hingehen.«

Josh lugte um die Kühlschranktür herum zu mir herüber. »Du hast ein Date mit McAlpine?«

»Es ist kein Date. Es ist nur ein Essen.« Das klang, als sei es nicht wahr, nicht mal in meinen eigenen Ohren. Mir wurde allmählich übel. Seitdem ich mich davon überzeugt hatte, dass Marie nicht wieder in die Küche zurückkommen würde, hatte ich ein paar Tassen zu viel getrunken.

Josh schloss die Kühlschranktür mit ein wenig mehr Nachdruck als notwendig. »Ich will nicht, dass er mit dir weit wegfährt.«

»Wir fahren bestimmt nicht weit…«

»Und ich will, dass du bis Mitternacht zurück bist«, fügte er hinzu und öffnete die Coladose in seinen Händen.

Das ging jetzt aber doch zu weit. Ich verschränkte die Arme vor der Brust und versuchte, mich zusammenzunehmen. »Was soll das?«

»Was das soll? Was meinst du damit? Ich trage die Verantwortung für dich. Es ist meine Aufgabe, auf dich aufzupassen!« Josh zuckte die Achseln.

»Vertrau mir, ich kann selbst auf mich aufpassen.«

Josh nahm einen Schluck von seiner Cola, dann stellte er die Dose mit einem leisen Knall auf den Tisch. »Ich bin mir da nicht so sicher. Ich meine, war da denn kein längeres Kleid in deinem Schrank?«

Was zum Teufel wollte er damit andeuten? Ich blickte auf den Rock, der nur ein paar Zentimeter über meinen Knien endete. »Was stört dich an dem Kleid?«

»Gar nichts. Vorausgesetzt, du willst, dass McAlpine dir den ganzen Abend auf die Beine starrt«, knurrte Josh.

»*Du* hast mir dieses Kleid gekauft!« Was um alles in der Welt hatte er daran herumzumäkeln?

Die Türglocke machte mich auf Ians Eintreffen aufmerksam und setzte dem Gespräch ein Ende.

»Du, ich gehe jetzt besser.« Ich griff nach der Handtasche, in der ich etwas Geld und meine Dokumente verstaut hatte.

»Ich begleite dich noch zur Tür«, sagte Josh schroff.

Ich ging ihm hinterher auf den Flur hinaus und überlegte mir, was wohl in ihn gefahren war. Unsere Schritte klapperten über den Marmorboden und hallten in der Diele wider. Wir waren schon fast an der Tür, als Josh stehen blieb und sich umdrehte. Und dann zog er mich an sich!

»Josh?«

Er antwortete nicht, und dann waren seine Lippen auf meinen. Oh Gott! Ich hob instinktiv die Hände, um ihn wegzuschieben, aber seine Arme waren um meine Taille und drückten mich an sich, und mein Verstand setzte aus. Und dann war da nur noch Josh. Sein Duft. Seine Brust unter meinen Fingern. Seine Lippen.

»Celine«, sagte er leise.

Ich öffnete die Augen. Wann hatten sie sich geschlossen? Im Licht, das aus der Küche drang, konnte ich erkennen, wie er mich eindringlich ansah.

»Du gehst jetzt besser.«

Gehen? Oh mein Gott – Ian!

»Ich … ach.« Ich konnte nicht mehr denken, verdammt noch mal! Ich strich mir das Kleid glatt und räusperte mich. »Ist gut.«

Josh nickte und öffnete die Tür für mich.

Meine Finger verkrampften sich, als ich nun Ian unten an der Treppe neben seinem Wagen warten sah. Er schaute zu dem gerade aufgehenden Vollmond hinüber, und von seinen Fingern baumelte eine einzelne weiße Rose. Der Anblick der Blume jagte eine Welle der Verwirrung durch mich hindurch.

»Hi«, sagte Ian, als er mich bemerkte. Er stieß sich vom Wagen ab und trat an die unterste Treppenstufe.

»Hi«, antwortete ich. Warum fühlte ich mich so schuldig? Ich verstand es nicht.

»Und? Wohin führst du sie aus?«, fragte Josh hinter mir.

»Es ist eine Überraschung«, erwiderte Ian sanft. Dann hielt er mir die Rose hin. »Komm, Königin Celine. Wir sind schon spät dran.«

»Eine Überraschung?« Ich nahm die Rose entgegen und versuchte, das dumpf in mir bohrende Gefühl, dass die Welt aus dem Gleichgewicht geraten war, mit einem Lächeln beiseitezuwischen.

»Bring sie bis Mitternacht zurück«, rief Josh. Er klang nicht gerade erfreut. Ich drehte mich zu ihm um und sah ihn am Türpfosten lehnen.

»Viel Spaß mit Sandra«, rief Ian zurück. Dann öffnete er die Beifahrertür seines Sportwagens und half mir hinein.

Das Innere von Ians Wagen passte perfekt zu ihm: weiche schwarze Ledersitze, ein glänzendes schwarzes Armaturenbrett und ein Hauch von seinem würzigen Duft. Ich strich mit dem Finger über den Stiel der Rose, während er auf dem Fahrersitz Platz nahm und den Motor startete. Laute

Rockmusik dröhnte aus den Lautsprechern, dann drehte er ein wenig leiser.

»Also ist Beaumont endlich zur Besinnung gekommen«, sagte Ian beiläufig. Im blauen Licht des CD-Displays wirkten seine Augen beinahe schwarz.

»Was meinst du damit?«

Ian warf mir einen kurzen Blick zu, dann konzentrierte er sich ganz auf die Straße.

»Er hat dich geküsst, nicht wahr?«

Ich schlug mir die Finger an die Lippen. Wie konnte er das bloß wissen?

»Der Idiot kapiert es immer noch nicht, aber er war schon die ganze Zeit über dabei, sich in dich zu verknallen«, fuhr Ian fort, während ich mich unbehaglich in meinem Sitz wand.

Sich in mich zu verknallen? Na, klar doch! Ich hatte keine Ahnung, warum Josh mich geküsst hatte, aber ich war klug genug, um davon auszugehen, dass es nichts bedeutete. Als ich das letzte Mal geglaubt hatte, dass ein Kuss etwas bedeutete, hatte der Junge hier direkt neben mir das Missverständnis schnell genug aufgeklärt. »So denkt er nicht über mich.«

»Doch, tut er wohl.«

Es war sein Tonfall der Gewissheit, der mich am meisten beunruhigte. Warum musste er so tun, als wisse er alles? »Meinetwegen, und woher weißt du das?«

»Weil ich es eben weiß.«

»Natürlich«, lachte ich, obwohl es mir nicht witzig erschien. Überhaupt nicht witzig. Tatsächlich erschien mir plötzlich alles falsch. So ganz und gar falsch. Im Bemühen, dieses Gefühl abzuschütteln, schaute ich mich um. Im gleichen Moment bemerkte ich den Korb auf dem Rücksitz.

»Ist das ein Picknickkorb?« Ich war hocherfreut, aber meine Stimme klang hölzern. Dann war die Freude wie weggeblasen. Ich konnte das Besteck, die Messer, unter dem rot-weiß karierten Tuch auf dem Korb sehen. Oh Gott, mein Kopf schmerzte plötzlich.

»Celine?« Da war Sorge in Ians Stimme, als merke er, dass etwas nicht stimmte.

Ich versuchte zu verstehen, was da geschah. Da war ein seltsames Schwirren in meinen Ohren und ein ganz merkwürdiges Gefühl auf meiner Kopfhaut. Als klopfe mir jemand auf den Kopf. Und klopfte und klopfte.

Ian schaltete die Musik aus. Die arrogante Großspurigkeit von eben war verschwunden, und er warf mir einen beunruhigten Blick zu.

»Was ist los?«

Hörte er das Schwirren nicht? »Ich weiß nicht.« Das Klopfen wurde stärker.

Ich wurde nervös. »Irgendetwas stimmt nicht.«

Er fuhr schnell an den Straßenrand, dann drehte er sich zu mir um und griff nach meinen Armen. »Du gerätst in Panik. Sag mir, was los ist.«

»Ich weiß nicht!« Licht fiel mir in die Augen, und ich duckte mich, bis uns der entgegenkommende Wagen passiert hatte. Das Schwirren riss nicht ab. Schwarze Punkte breiteten sich vor meinen Augen aus. Dann stockte mir der Atem, und plötzlich war da eine große, lähmende Angst. Ich presste mich in den Sitz, und Schweißperlen traten mir auf die Stirn.

»Ist schon gut, ich bin hier. Atme, hol tief Luft.« Ians Finger strichen mir übers Haar. »Konzentrier dich. Sag mir, was los ist.«

Nichts, nichts war los. Nicht mit mir. Das war nicht meine

Furcht. Die Angst war die eines anderen! Josh? Oh mein Gott, nein!

»Wir müssen umkehren!« Meine Stimme zitterte und war viel lauter, als ich beabsichtigt hatte. Das Innere meines Schädels kribbelte, als kröchen Hunderte von Ameisen unter meiner Haut. »Bring mich zurück!«

»Celine, hörst du mich?«, rief Ian. Er wendete den Wagen, um zurück in die Stadt zu fahren.

»Ja«, antwortete ich, aber ich war mir nicht sicher. Sagte er etwas? Der Nebel legte sich jetzt über meine Ohren, zog sich um meinen Körper herum, machte mich taub und benommen. Zumindest war es besser als die Angst.

»Wir sind fast da!«

»Ja.« Seine Stimme war laut und klar. Wo war der Nebel? Was zum Teufel ging vor? Orangegelbes Licht raste über meinen Schoß, während wir unter den Straßenlaternen hindurchfuhren. Panik sprengte meine Brust, und ich drehte mich zu dem Korb um, riss eines der Messer unter dem Tuch hervor und schob es, ohne nachzudenken, in meinen Stiefel.

»Celine?« Ich hörte Ian meinen Namen sagen. Er legte den nächsten Gang ein, und der Wagen schoss durch die Straßen. Wir waren fast da, nur noch ein paar Sekunden.

Ich versuchte zu antworten, aber alles wurde weiß.

Eine Wolke schiebt sich über den Vollmond. Schatten im Flur. Die Standuhr kippt vornüber um. Josh liegt auf der Couch, Blut tropft von seiner Stirn. Ian steht am Wohnzimmerfenster, und seine Augen glühen gelb.

Tief verstört holte ich Luft. Ian fuhr den Fahrweg zum Haus hinauf. Oh Gott. Ich wusste, was er war! Ich wusste es, und er würde versuchen, uns zu töten! Ich warf einen schnellen Blick in seine Richtung, während meine Finger den Hausschlüssel in meiner Tasche fanden. *Er kann deine Gedanken nicht lesen. Bleib einfach ruhig, er kann deine Gedanken nicht lesen!*

»Siehst du irgendetwas?«, fragte Ian und drosselte das Tempo.

»Nein«, sagte ich viel zu schnell.

Er runzelte die Stirn und musterte mein Gesicht. Dann zeigte sich plötzlich Überraschung auf seinen Zügen, und seine Augen glühten auf. Oh verdammt!

Die Räder waren noch nicht zum Stillstand gekommen, da hatte ich schon die Tür aufgedrückt, war hinausgesprungen und rannte auf die Haustür zu.

»Celine!« Ian lief um den Wagen herum.

Mit dem Schlüssel in meinen zitternden Händen erreichte ich die Tür. Geh auf. Geh auf. Geh auf!

»Celine, warte!«

Ich stürzte ins Haus und schlug die Tür gerade in dem Moment hinter mir zu, als Ian die oberste Treppenstufe erreicht hatte. Er würde die Tür nicht berühren können, sie war mit dem Talisman versehen. Aber was war mit den Fenstern?!

»Josh!«, schrie ich und rannte ins Wohnzimmer. Ich zog das Messer aus meinem Stiefel, schnitt mir in die Hand und malte das Symbol Salomos an das erste Fenster. Mein Herz hämmerte mir in den Ohren, während ich die gleiche Prozedur an den beiden nächsten Fenstern vornahm. Es fehlte immer noch das Fenster am anderen Ende des Raums. Wie viele verdammte Fenster kann ein Haus haben!?

»Josh!«, brüllte ich wieder. Wo zum Teufel war er? Er sollte das Haus eigentlich frühestens in einer Stunde verlassen. Ich ließ noch mehr Blut fließen und streckte die Hand nach dem Glas aus. Da erschien Ians Gesicht davor.

»Nein! Bleib weg!« Ich trat instinktiv einen Schritt zurück, und mein Herz hämmerte vor Angst.

»Celine, verdammt noch mal! Du musst mich reinlassen!« Er schlug gegen die Fenster, und seine gelben Augen waren voller Kummer. »Du verstehst das nicht! Du bist in Gefahr!«

Er blickte immer wieder über seine Schulter zurück, als sei da noch jemand. Tricks, sie benutzten Tricks, um ihre menschlichen Opfer hinters Licht zu führen.

»Lass uns in Ruhe!« Ich kämpfte gegen die Angst an, presste die Augen zu, legte die Hand auf das kalte Glas und malte schnell das Symbol. Als ich wieder hinschaute, war Ian weg. Wahrscheinlich am nächsten Fenster!

Ich rannte, so schnell ich konnte, und malte den Talisman auf alle Fenster an der Vorderseite des Hauses, dann schaute ich auf meine Hände hinab. Ich hatte mir mehrmals in beide Handflächen geschnitten, aber das Blut war nun vollkommen eingetrocknet. Jetzt würde die Außenseite meines Arms dran glauben müssen. Als ich an der Standuhr vorbeirannte, hörte ich von oben her Musik dröhnen.

»Josh!«, brüllte ich, obwohl ich wusste, dass er mich bei dem Lärm nicht hören konnte. Solange er oben blieb, während ich den Rest des Hauses sicherte, wäre alles in Ordnung. Ich brauchte nur noch ein paar Sekunden. Die Küche war dunkel, bis auf das Licht, das durch die Fenster fiel. Warum war das Gartenlicht eingeschaltet?

Draußen war der Abend ruhig und fast windstill, die Zweige der Bäume wiegten sich kaum, und in der Ferne über dem Wald war der Vollmond aufgegangen. Die Hände zu Fäusten geballt hielt ich Ausschau nach Ian. Da sah ich sie.

»Sandra?«

Sie saß auf der Bank, blickte in den Himmel hinauf, und

ihr langes blondes Haar fiel ihr über den Rücken. Joshs Verabredung! Sie musste hergekommen sein, um sich hier mit ihm zu treffen!

Mein Warnschrei blieb mir in der Kehle stecken. Wenn Ian nicht hier war, suchte er entweder immer noch auf der Vorderseite nach einem Weg ins Haus oder er war gegangen. In beiden Fällen konnte ich es nicht riskieren, seine Aufmerksamkeit zu erregen, indem ich aus der Hintertür hinausbrüllte. Oh verdammt!

Ich schob das Messer in meinen Stiefel zurück, durchstöberte den Schrank unter der Spüle und fand den Extrabeutel Salz, den Marie hinter den anderen Sachen aufbewahrte. Ich musste einfach nur schnell sein. Rasch hinausspringen, mir Sandra schnappen und sie hineinbringen. Es würde nur wenige Sekunden dauern, und wenn der Dschinn auftauchte, würde das Salz ihn bremsen.

Nachdem ich kurz gelauscht und mich vergewissert hatte, dass Joshs Musik noch an war, drehte ich langsam den Schlüssel der Hintertür. Das Herz schlug mir bis zum Hals, mein Atem ging schnell, und dann machte es »klick«. Auf jetzt, mach einfach schnell. Schaff sie ins Haus, und alles ist gut. Alles wird gut werden.

Ich atmete tief durch, öffnete die Tür und rannte los. Kühle Luft strich mir übers Gesicht, die Steine unter meinen Stiefeln lärmten wie die Trommeln eines großen Orchesters.

»Sandra!«, rief ich, beinahe neben ihr. Sie reagierte nicht.

Jetzt war aber überhaupt nicht die Zeit, um herumzuzicken!

»Sandra, rühr dich! Wir müssen sofort weg von hier!« Ich erreichte sie und packte sie am Arm. Da bemerkte ich, dass ihre Augen geschlossen waren und seitlich an ihrem Kopf ein langes Rinnsal Blut auf ihr cremefarbenes Kleid herabgesickert war. Oh Gott!

Ich machte schnell einen Schritt rückwärts.

Dann zerbarst die Welt und versank in Schmerz und Finsternis.

Tod

Schmerz. Er war in meinem Kopf. Nein, er war in meiner linken Schulter. Meine ganze Seite schmerzte. Und mein Kopf hämmerte. Ich versuchte, die Augen zu öffnen, mich ein wenig zu bewegen, aber ich konnte mich nicht rühren.

Da war ein Wimmern.

War das ich? Ich versuchte, die Lippen zu öffnen, aber sie schienen zusammenzukleben, rührten sich nicht. Warum war ich förmlich gelähmt?

»Ah, sie ist wach.« Dieser höhnische Tonfall klang vertraut.

Ich versuchte, die Augen zu öffnen. Warum konnte ich die Augen nicht öffnen?! Panik überkam mich, als ich versuchte, mich zu bewegen. Mein Körper war immer noch da, ich konnte alles spüren, aber kein Glied ließ sich rühren. Was ging hier vor!?

»Weißt du, ich hatte eigentlich keinerlei Absicht zu teilen. Aber es macht mir nichts aus, dir Sandra zu geben. Sie ist sowieso nur so etwas wie ein Appetithäppchen!« Er lachte, und plötzlich war die Welt von gleißendem Licht erfüllt.

Heftig blinzelnd versuchte ich, alles gleichzeitig wahrzunehmen. Meine Beine waren unter mir eingeschlafen, meine Arme waren nach hinten gedreht, meine Handgelenke hinter mir gefesselt. Ich hob langsam den Kopf und versuchte, mich in eine sitzende Position aufzurichten, ohne dass die Kopfschmerzen noch schlimmer wurden.

Ich befand mich auf dem Wohnzimmerboden, unweit vom Sofa. Zwei Körper lehnten leblos am Sofa. Josh war bleich, und Sandras Kleid war blutverkrustet. Bitte, Gott, mach, dass sie am Leben sind! Der Schrei blieb mir in der Kehle stecken, kein Laut drang durch das Klebeband über meinem Mund. Jetzt waren die Trommeln in meinem Kopf. Große Steel Drums, die mir von innen gegen die Schläfen hämmerten. Mein Gesichtsfeld verschwamm.

»Oh, beruhig dich! Die beiden sind nicht tot!« Professor Jenkins trat in mein Gesichtsfeld, und sein langer blauer Mantel flog hin und her, als er nun lächelte. »Noch nicht.«

Professor Jenkins? Aber wieso? Und wie war ich hier gelandet? Ich konnte mich an nichts erinnern.

»Zurück zum Thema, Samuel.« Als ich Ians Stimme hörte, drehte ich den Kopf nach links. Er lehnte an einem Sessel und musterte mich mit unbeweglicher Miene. Übelkeit drohte mich zu überwältigen, und ich begriff, dass ich es noch immer nicht geglaubt hatte. Tief in mir drinnen hatte ich bis zu genau diesem Moment nicht geglaubt, dass Ian zu etwas derart Entsetzlichem fähig wäre.

»Oh, wie süß. Kannst du es spüren? All dieses Leid, diese Verletztheit?« Samuel klatschte in die Hände und schaute zwischen mir und Ian hin und her. »Das ist wirklich nur zu schön. Du hast sie doch tatsächlich dazu gebracht, etwas für dich zu empfinden!«

Blinzelnd versuchte ich, meine Gefühle zu verbergen. Aber es fiel mir schwer, mich zu konzentrieren. In meinem Kopf donnerte es immer noch, und das beeinträchtigte mein Gehör.

»Du wolltest mir gerade erzählen, was dich hierhergeführt hat …«, bemerkte Ian wie nebenbei.

»Nun, der da natürlich.« Samuel zeigte auf Josh. »Ich weiß, er sieht nicht nach viel aus, aber er ist eine wahre Kostbarkeit, mein Freund.« Er kam näher, lächelte mich an. »Ich hätte ihn schon vor einer ganzen Weile getötet, wäre dieses Mädchen hier nicht gewesen. Sag schon, wer hat dich beauftragt, den Feuerzähmer zu bewachen?«

Feuerzähmer? Mir war speiübel, als er nun versuchte, mich an der Wange zu berühren, und ich zog den Kopf weg. Das konnte nicht sein Ernst sein. Ich kannte den Begriff aus Roberts Buch … Er hatte etwas mit einem Menschen zu tun, der Dschinn kontrollieren kann. Aber das konnte doch nicht sein!

»Ein Feuerzähmer?«, fragte Ian und klang amüsiert. »Sie sind vor langer Zeit ausgestorben.«

Samuel schien es nicht zu gefallen, wenn man sich über ihn lustig machte. »Du glaubst mir nicht? Warum schaust du dir nicht sein Mal an?«

Ian trat neben Samuel, und sie beide versperrten mir die Sicht. Was zum Teufel machten sie da? Ich versuchte, mich freizukämpfen, mich strampelnd vorwärtszubewegen, aber es war umsonst.

»Mmmbbb hmm mmbb!« Mein Schrei blieb erstickt. Tränen der Frustration füllten meine Augen, während ich weiter darum kämpfte, mich zu befreien.

Samuel schaute wieder zu mir herüber, und seine Augen leuchteten in einem drohenden Gelb. »Du hast etwas zu sagen? Also schön, du kannst mir gerne erzählen, wer dich beauftragt hat, damit ich weiß, wen ich als Nächstes töten muss.« Mit einer einzigen schnellen Bewegung riss er mir das Klebeband vom Mund.

»Lass die Finger von ihm!«, knurrte ich und versuchte, dem Brennen in meinem Gesicht keine Beachtung zu schenken.

Samuel klatschte in die Hände. »Bravo. Sehr leidenschaftlich. Also, wer hat dich beauftragt?«

»Wen kümmert das?«, fragte Ian und warf mir einen Blick zu. »Mich interessiert mehr, warum du den Feuerzähmer nicht längst getötet hast. Du bist schließlich schon lange genug in der Stadt.«

Mein Blut gefror bei seinen mitleidslosen Worten, und Wut stieg in mir auf. Ich klammerte mich daran, ließ meinen Zorn den letzten Rest Nebel in meinem Kopf wegfegen. Endlich arbeitete mein Verstand wieder. Ich musste mich befreien, musste sie aufhalten, bevor sie uns alle töteten, aber wie? *Denk nach, verdammt! Denk nach!*

»Sieh es mir nach, dass ich die Sache eben genüsslich ausgekostet habe!«, höhnte Samuel, und kleine Speicheltröpfchen flogen von seinen Mundwinkeln. »Du verstehst offensichtlich nichts davon, wie man die Menschen mürbe macht. Man muss es langsam angehen, sie leiden lassen. Und, Teufel auch, wenn ein Vollmond vor der Tür steht, dann wartet man natürlich so lange! Mein persönliches kleines Vollmondfestmahl!«

Sie würden uns töten. Wenn ich nicht sofort etwas unternahm, waren wir alle tot! Das Messer! Indem ich mich möglichst langsam bewegte, lehnte ich mich zurück zu meinen angewinkelten Beinen hin, bis meine Finger meine Stiefel berührten.

Samuels Gelächter erstarb plötzlich. Mit barscher Stimme zeigte er auf Josh. »Du kannst ihn nicht haben, das weißt du doch, oder?«

»Ich bin nicht hier, um dir deinen Fang zu stehlen«, versicherte Ian. Ich hielt den Atem an, als er sich nun vorbeugte und ein Büschel von Sandras Haar anhob, um ihr Gesicht zu begutachten. »Auch wenn ich die da vielleicht ganz gerne mal probieren würde.«

»Sie? Schau dir ihre Aura an, die ist ja kaum ein Snack. Aber tu dir keinen Zwang an.« Während ich die beiden dabei beobachtete, wie sie sich über Sandra beugten, fand ich den Griff des Messers und zog es langsam heraus.

Samuel wechselte in eine unverständliche Sprache über und gab seltsame zischende Laute von sich. Ich drehte das Messer in der Hand, ließ es unter den Knoten zwischen meinen Handgelenken gleiten und begann es auf und ab zu bewegen, ohne den Blick von den beiden neben dem Sofa abzuwenden. Nur noch ein paar Sekunden, und dann? Wie sollte ich sie beide überwältigen?

Sie beugten sich immer noch über Sandra, ohne zu merken, was ich vorhatte. Die Fessel lockerte sich. Dann schnitt das Messer durch die letzte Faser Schnur. Ich hielt die Hände weiter zusammen, voller Angst, sie könnten bemerken, dass ich frei war, ehe ich Zeit gehabt hatte, über meinen nächsten Schritt zu entscheiden.

Samuel legte den Kopf schräg, und er sah mich mit schmalen Augen quer über den Raum hinweg an. »Mit der da stimmt etwas nicht. Sie fühlt sich erleichtert.«

Wie konnte er das erkennen? Ich hielt den Atem an; mit wild pochendem Herzen versuchte ich nachzudenken. Ich konnte auf ihn zurennen, ihn verwunden und versuchen, Josh und Sandra zu wecken; aber wenn sie nicht aufstanden, konnte ich sie unmöglich tragen. Und was war mit Ian? Er hätte mich in Sekundenschnelle erwischt. Weglaufen kam nicht in Frage. Gottverdammt noch mal, es gab keinen Ausweg! Keinen Ausweg!

»Vergiss es, das war keine Erleichterung. Die kleine Promenadenmischung ist vielmehr hoffnungslos verzweifelt.« Samuels Gelächter brachte das Fass zum Überlaufen. Wenn wir heute Nacht sterben mussten, so würde es zumindest nicht kampflos geschehen. Ich stand auf und streckte das Messer vor mir aus.

»Lass die Finger von ihnen!«

»Eine versteckte Waffe, tatsächlich? Richtig clever!« Lachend kam Samuel auf mich zu. »Sie ist recht spaßig, nicht wahr?«

Meine Finger schlossen sich noch fester um das Messer. »Wenn es dir Spaß macht, ein Messer im Bauch stecken zu haben?«

»Celine!«, knurrte Ian.

»Sprich mich nicht an!« Ich konnte meine Verbitterung unmöglich verbergen, aber welche Rolle spielte das jetzt schließlich noch?

»Bravo, meine Liebe, welch eine Leidenschaft!« Samuel lachte und machte noch einen Schritt vorwärts. Er war jetzt fast in Reichweite, und es fiel mir immer schwerer, die Hand ruhig zu halten. Ich konnte niemanden erstechen. Oder? Ein schneller Blick auf Josh, der reglos auf dem Sofa lag, und ich wusste, dass ich keine Wahl hatte. »Aber lass dir etwas sagen, bevor du versuchst, mich mit diesem … Ding zu töten.«

»Zurück!«, befahl ich und schwang drohend das Messer. Das ließ ihn nur lauter lachen, und dann war er nur noch ein paar Zentimeter entfernt, und das Messer … das Messer steckte tief in seiner Brust!

»Oh Gott!« Ich stolperte zurück, und meine Augen rasten zwischen dem Messer und Samuels lächelndem Gesicht hin und her.

Er griff mit seinen langen Fingern nach dem Messer und zog eine blutlose Klinge heraus. Ich blinzelte, und im nächsten Moment färbten sich seine Augen flammend gelb.

»Wandelnde Tote.« Meine Lippen zitterten. *Afarit bewohnen die Körper der Toten. Sie fühlen keinen Schmerz, und sie bluten nicht. Nur eine Waffe aus einer speziellen Eisenmischung ist in der Lage, ihr körperliches Gefäß zu zerstören.*

»Einmal mehr überraschst du mich mit deinem Wissen«, sagte Samuel, und seine Augen nahmen wieder ihre bleiche Blauschattierung an. »Wirklich sehr clever. Auch wenn ich es dir ja schließlich *buchstabiert* habe, nicht wahr? Und jetzt verbeug dich vor mir, du kleines Biest!«

Das Hexenbrett! Es war Samuel. Er war es die ganze Zeit gewesen.

»Ich sagte, verbeug dich!«, brüllte Samuel.

Der Klang seiner Stimme hatte keine Wirkung auf mich. Alles, was ich über die wandelnden Toten gelesen hatte, kam nun in mein Gedächtnis zurückgeflutet, und ich fühlte mich benommen. Er würde das Leben aus uns heraussaugen. Es war wirklich und wahrhaftig vorbei. Ich konnte weder Josh noch Sandra retten, nicht vor einem Dschinn, der nicht sterben würde. Nicht vor Samuel. Und Ian? War auch er in einem toten Körper?

Ich sah in sein ausdrucksloses Gesicht. »Warum hast du mir geholfen? Bei der Sache mit dem Dieb und bei Sandra und den Gerüchten, die sie in die Welt gesetzt hatte? Hast du es getan, um mich auf die falsche Spur zu bringen? Warum?«

Plötzlich war ich schwerelos, der Raum verschwamm vor meinen Augen, meine Arme wurden hin und her geschleudert, und ich krachte gegen Tische und Stühle. Noch ehe ich überhaupt atmen konnte, jagte mir stechender Schmerz durch den Rücken, und ich rutschte an einer Wand herunter.

»Ich hab dir gesagt, dass du dich verbeugen sollst!« Samuels Stimme kam von oben. Schnell atmend hob ich meinen hämmernden Kopf und starrte in seine gelben Augen.

»Nein!« Ich schüttelte den Kopf, ohne auf den Schmerz zu achten, der mir durch den Schädel schoss.

»Muss ich dich dazu zwingen, kleines Mädchen? Soll ich dich steuern wie eine Marionette?«, zischte er.

»Du kannst nicht Besitz von mir ergreifen, Dschinn.« Meine Lippen verzogen sich zu einem Lächeln. Ich schmeckte Blut, aber es war mir egal. Es war ein gutes Gefühl, ihm Widerstand zu leisten.

Finger quetschten meine Kehle zusammen und raubten mir die Luft. Samuel hob mich vom Boden hoch. Seine Stimme hatte sich verändert, war tiefer und viel drohender geworden, als er sich nun vorbeugte, um mir ins Ohr zu flüstern. »Du machst mich allmählich wirklich wütend, du Mensch, du!«

»Geh mal zur Seite, Samuel. Das reicht jetzt langsam.« Ian schob ihn weg. Er hielt eine silberne Pistole in der Hand und richtete sie direkt auf meinen Kopf.

Samuel machte Platz, ein Lächeln glänzte auf seinem Gesicht. »Warum nicht?«

Jetzt war alles vorbei. Ich würde sterben, und ich hatte Josh gegenüber versagt. Alles, was ich getan hatte, war umsonst! Wenn ich nicht gewesen wäre, wäre Sandra nicht einmal hier … Beide Tode gingen auf mein Konto. Alles war meine Schuld. »Warte, bitte. Hör mich einfach an.«

»Ah, sieh mal an. Sie fängt an zu betteln«, lachte Samuel, aber Ian schwieg. Sein Blick war auf mein Gesicht gerichtet, und seine Augen waren so dunkel wie eh und je.

»Bitte.« Tatsächlich, ich bettelte. Es blieb mir nichts anderes mehr übrig. Vielleicht, wenn Ian auch nur einen Anflug von Gewissen hatte ... Tränen trübten mir die Sicht. »Nimm mir das Leben, tu, was immer du willst, aber lass die beiden anderen gehen. Ich geb schon allein genug ab, um euch beide satt zu machen, das verspreche ich!«

Ians Gesichtsausdruck blieb unverändert. Eiskalt entsicherte er die Waffe. »Ich fürchte, das kann ich nicht tun.«

Ich schloss die Augen. Samuel kicherte. Die Zeit schien stehen zu bleiben, während ich darauf wartete, dass Ian abdrückte. Der Tod. Irgendwie war ich sogar neugierig. Würde ich drüben meine Eltern treffen? Warteten sie auf mich? Bei dem Gedanken musste ich lächeln. All mein Bedauern galt nur den anderen. Der Tatsache, nicht in der Lage gewesen zu sein, sie zu retten.

»Tut mir leid.«

Der Boden erzitterte unter dem Knall eines Pistolenschusses. Ich hielt den Atem an, aber da war kein Schmerz. Wie konnte da kein Schmerz sein? Dann hörte ich einen dumpfen Aufprall. Ich riss die Augen auf und sah Ian auf den Körper auf dem Boden starren. Mitten auf Samuels Stirn prangte ein schwarzes Loch.

Immer noch zu keiner Regung fähig, sah ich zu, wie Ian den Körper herumrollte und einen scharfen Gegenstand in Samuels Nacken stieß. Dann kam er zu mir geeilt und half mir auf.

»Alles in Ordnung mit dir?«

Ich ließ mich von ihm zum nächsten Stuhl führen. Selbst wenn ich es gewollt hätte, hätte ich ihn nicht daran hindern können, so heftig zitterte ich. *Du lebst. Samuel ist tot. Du lebst!*

»Du hast mich nicht umgebracht.« Meine Lippen zitterten, sodass ich die Worte nur mit Mühe herausbrachte.

»Ich würde dir niemals wehtun. Du musst mir glauben.« Er hockte sich neben mich.

»Dir glauben«, wiederholte ich dumpf. Ihm glauben. Wer zum Teufel war er? Er war ein Dschinn, verdammt!

»Nein, nicht in Panik geraten«, sagte er schnell. »Hör mal, ich weiß, es ist ziemlich viel auf einmal, aber ich verspreche, ich kann alles erklären.«

»Erklären? Pah, erklären!« Ärger wallte in mir auf, und ich sprang auf die Beine, auch wenn mir immer noch schwindelig war. »Fahr zur Hölle! Du hast ihm gestattet, mich wie eine Marionette durch den Raum zu schleudern! Er wollte mich töten!«

»Das hätte ich niemals zugelassen«, stieß Ian zwischen zusammengebissenen Zähnen hervor. »Celine, bitte. Setz dich einfach hin. Du bist verletzt, hast eine klaffende Wunde am Kopf. Wir müssen sie reinigen.«

Die Wunde war mir so was von egal! »Geh mir aus dem Weg, ich muss nach Josh und Sandra sehen.«

»Mit denen ist alles in Ordnung.«

Quatsch. Ich glaubte kein Wort von dem, was er sagte. Ich musste hier raus. Musste sie alle hier rausschaffen. Meine Augen weiteten sich, als ich Joshs Hand baumelnd vom Sofa rutschen sah. Ich lief zu ihm hin, prüfte seinen Puls und schüttelte ihn. »Josh. Bitte, wach auf, bitte.«

»Das wird ihn nicht wecken«, bemerkte Ian hinter mir. »Samuel hat sie mit einem Zauber belegt.«

»Was zum Teufel meinst du damit? Was für ein Zauber?!« Ich fuhr mir mit der Hand durchs Haar und fühlte etwas Warmes, Klebriges.

Ian hielt meine Hand fest. »Dein Kopf blutet.«

»Das tut Sandras Kopf auch!« Ich riss meine Finger von ihm los. Sie waren rot verschmiert. »Sag mir einfach, wie wir sie wecken können.«

Ian holte tief Luft, dann sagte er langsam: »*Wir* werden gar nichts tun. Sobald du mir erlaubt hast, deine Wunde zu versorgen, werde ich sie wecken.«

Ich warf einen Blick auf Sandras reglosen Körper. Was hatte Samuel mit ihr gemacht?

»Keine Sorge«, sagte Ian leise. »Ihre Schnittwunde hat schon vor einer ganzen Weile zu bluten aufgehört. Sie wird bald wieder auf den Beinen sein. Beide sind bald wieder auf den Beinen. Vorausgesetzt, ich darf einen Blick auf deinen Kopf werfen.«

Er war ein Lügner. Alle Dschinn waren Lügner. »Na schön, dann schau dir meinen Kopf an. Aber beeil dich.« Ich machte einen Schritt auf Ian zu, dann tat ich so, als würde ich ohnmächtig. Eine Sekunde später hatte er seine Arme um mich gelegt. Noch eine Sekunde, und seine Waffe war in meiner Hand.

»Weck sie. Jetzt!« Meine Hände blieben ruhig, als ich mit der Pistole auf Ians Brust zielte.

Ich hatte ihn überrumpelt, und die Überraschung war ihm deutlich anzusehen. »Das kann ich nicht tun.«

»Doch, das kannst du, es sei denn, du hast mich gerade eben angelogen!«, knurrte ich.

»Ich habe dich nicht angelogen«, sagte Ian in einem ruhigen und sachlichen Tonfall. »Aber ich muss erst einen Trank bereiten, um sie aus diesem Zustand befreien zu können. Ich brauche Zeit und die richtigen Zutaten. Hör mal, es gibt da eine Menge, was du nicht verstehst.«

»Wirklich? Ich glaube nämlich, dass ich ziemlich gut verstehe! Ein Dschinn hat soeben versucht, aus Josh sein

Vollmondfestmahl zu machen, und du wolltest Sandra als Appetithäppchen!«

Ian streckte die Hände weit von sich. »Wie kannst du nur so etwas von mir glauben? Sieh mich an, Celine! Ich habe gerade Samuel getötet, und jetzt will ich mich einfach nur davon überzeugen, dass deine Verletzung nichts Ernstes ist. Klingt das nach jemandem, der darauf aus ist, dir wehzutun?«

»Ich weiß nicht!« Er hatte recht. Er hatte Samuel getötet, aber was, wenn das nur ein Trick war? Eine warme, klebrige Flüssigkeit tropfte über meinen Haaransatz und rann seitlich an meiner Wange herunter. Ich wagte einen Blick auf den Leichnam am Boden. Doch das war ein Fehler.

Ein plötzlicher Schmerz durchfuhr meinen Arm und war genauso schnell wieder verschwunden, ersetzt durch einen leichten Druck an meine Kehle.

»Du könntest die Geduld eines Heiligen auf eine ernste Probe stellen, weißt du das?«, knurrte mir Ian ins Ohr. Er stand hinter mir, den Arm um meinen Hals gelegt und die Pistole wieder in seinem Besitz.

Ich versuchte, mich aus seiner Umklammerung zu winden, aber er hielt mich fest. »Du hast gesagt, du würdest mir nicht wehtun.«

»Ich tu dir nicht weh!« Entnervt ließ er mich los. Ich fuhr rasch herum und sah, wie er die Waffe in seinen Gürtel schob.

Ich verstand nichts von all dem, was hier vorging, aber eines war mir mittlerweile deutlich geworden: Wenn Ian McAlpine mich hätte töten wollen, hätte er das inzwischen zwanzigmal tun können. »Du bist nicht hier, um uns etwas anzutun.«

»So viel hast du endlich begriffen, ja?« Ian seufzte.

Er war nicht der Feind. Das war mir jetzt klar. Nicht nur, dass er mich jedes Mal gerettet hatte, wenn ich in Schwierigkeiten war. Es war auch die Art, wie er niemals irgendetwas hinterfragt hatte: das Gasleck, die Karten … oder als ich ihm das mit den Visionen erzählt hatte. Als sei das ganz natürlich. Als wüsste er es bereits.

»Du hast auch nicht von einem Leichnam Besitz ergriffen, oder?«

»Nein, ich bin ein Dschann, Celine. Dieser Körper ist mein eigener.«

Der Körper eines Dschann ist aus echtem Fleisch und Blut.

»Warum bist du hier?«

Zum ersten Mal an diesem Abend lächelte Ian. »Du bist clever, Celine. Wahrscheinlich sogar ein wenig cleverer, als es eigentlich gut für dich wäre. Bestimmt kennst du die Antwort inzwischen selbst.«

Ich schüttelte stumm den Kopf und fühlte, wie es mir warm übers Gesicht rann. Es war die falsche Bewegung. Der Raum begann sich zu drehen, und ich verlor jedes Gefühl in den Beinen. Die dunklen Flecken vor meinen Augen wurden immer größer und verschlangen alles andere. Aber bevor ich das Bewusstsein verlor, spürte ich, wie ich aufgefangen und an eine starke Brust gedrückt wurde.

Er hatte recht. Ich wusste, warum er hier war.

Er war hier, um mich zu retten.

Kraft

Als ich aufwachte, begrüßten mich fernes Vogelgezwitscher und strahlender Sonnenschein. Jede Menge heller, warmer, wohliger Sonnenstrahlen – ich wäre am liebsten gleich wieder in entspannten Schlaf gesunken. Nur, dass die Glücksgefühle mehr und mehr von dem quälenden Gefühl überlagert wurden, dass es da etwas gab, was ich vergessen hatte. Und dass ich unbedingt aufwachen musste.

»Klopf, klopf, Schlafmütze, wir kommen sonst zu spät zur Schule!«

Josh? Ich riss die Augen auf, und die Erinnerungen an die vergangene Nacht stürmten auf mich ein. Ich schaute zur Tür. Josh hatte den Kopf hereingesteckt, ein breites Lächeln auf dem Gesicht. Er trug Jogginghosen und ein T-Shirt der Thornton Knights und sah aus, als wäre er gerade vom Laufen hereingekommen.

»Du bist heil und gesund!« Ich warf die Decken zur Seite und rannte zu ihm hin, um die Arme um ihn zu schlingen.

Ich konnte sein Herz unter meinem Ohr schlagen hören, als er nun die Arme um mich legte. »Natürlich bin ich gesund. Hattest du einen Alptraum oder so was?«

Er erinnerte sich nicht. Ich schaute zu ihm auf und versuchte, die Wahrheit in seinen Augen zu lesen.

Wie konnte das sein? »Ja, ich hatte ein paar seltsame Träume.«

»Nun, da wären wir schon zwei. Ich muss, direkt nachdem wir vom Fest zurückgekehrt sind, eingeschlafen sein. Ich habe nicht einmal mehr daran gedacht, Sandra anzurufen, um das Abendessen abzusagen, das ich ihr schulde!« Mit einem belämmerten Blick schob er die Hände in die Taschen. »Nicht, dass ich wirklich mit ihr hätte ausgehen wollen, aber so hätte ich die Million SMS vermeiden können, die sie mir heute Morgen geschickt hat, um mich zu fragen, warum zum Teufel ich mich gestern Abend nicht gemeldet habe.«

Wenn sie wütende Nachrichten schrieb, bedeutete das, dass sich auch Sandra an nichts erinnerte?

»Hör dir das an.« Josh zog sein Handy heraus und las schnell und mit hoher, schriller Stimme vor: »Habe zwei Stunden auf dich gewartet, bis ich nach Hause gegangen bin. Niemand versetzt Sandra Witherspoon. Nicht einmal du, Josh Beaumont.«

Sie erinnerte sich wirklich nicht. Aber der Leichnam …

»Ist Marie da?«, fragte ich, in Angst, dass sie gleich den toten Mann im Wohnzimmer sehen und den Schock ihres Lebens bekommen würde.

»Ich bin ihr eben in der Küche begegnet. Aber an deiner Stelle wäre ich auf der Hut, ich bin mir ziemlich sicher, dass sie gerade ihren magischen Tee braut«, warnte Josh. Dann trat er von der Tür weg. »Ich geh mich jetzt besser umziehen. Bis gleich!«

»Alles klar.«

»Ach, und – Celine?« Josh musterte mich von Kopf bis Fuß. »Wieso trägst du dieses Kleid?«

Ich schaute auf das bernsteinfarbene Kleid herab, das ich am vergangenen Abend angezogen hatte. Er war bei unserer

Begegnung in der Küche wütend auf mich gewesen, weil ich dieses Kleid anhatte… Hatte er auch das vergessen? Dann erinnerte er sich wahrscheinlich auch nicht an den Kuss…

»Ich habe es nur so mal anprobiert«, antwortete ich und versteckte meine Überraschung hinter einem breiten Lächeln. »Du bist also nach dem Fest einfach eingeschlafen?«

»Ja, komisch, nicht wahr? Und was hast du gemacht?«

»Ach, nichts. Nur ein bisschen gelesen«, log ich.

Josh nickte, dann warf er einen Blick in Richtung Bett, und ich konnte sehen, dass er sich fragte, warum ich mit dem Kleid *in* meinem Bett gelegen hatte. Aber schon im nächsten Moment zuckte er die Achseln. »Bin duschen.«

Sobald ich hörte, wie sich Joshs Tür hinter ihm schloss, rannte ich die Treppe hinunter und ins Wohnzimmer.

Die Sonne fiel durch die großen Fenster und tauchte den säuberlich aufgeräumten Raum in weißes Licht. Das Sofa, auf dem Josh und Sandra gelegen hatten, der Tisch, den ich umgeworfen hatte, der Teppich, auf den Samuels lebloser Körper gefallen war… Keine Spur mehr von alledem, was passiert war. Es war, als sei das alles nie geschehen.

Ich legte mir die Hand an den Kopf und begann mich zu sorgen, dass ich mir das alles nur eingebildet hatte. Und da spürte ich sie. Winzig kleine Stiche hoch oben über meinem rechten Ohr.

Ian.

Er musste hinter alledem stecken, aber wie hatte er das bloß hinbekommen? Benommen ging ich in die Küche.

»Bonjour, Mademoiselle Celine!« Marie drehte sich um, eine Tasse dampfenden Tees in Händen. *Der Tee.* War er die Ursache, warum ich in Ians Wagen diese Vision gehabt hatte?

»Guten Morgen«, antwortete ich und versuchte zu lächeln. Marie wirkte heiter wie eh und je, ihre Wangen waren rosig vor guter Laune. Mir kam plötzlich der Gedanke, dass es das letzte Mal sein könnte, dass mich die Haushälterin aus Haiti begrüßte. Der Dschinn war tot. Meine Mission war erfüllt. »Haben Sie und Ihre Kinder sich gestern gut amüsiert?«

Marie nahm einen Schluck aus ihrer Tasse und wippte nachdrücklich mit dem Kopf. »Meine Kinder hatten wirklich den allergrößten Spaß auf dem Fest, Mademoiselle Celine, und wir waren ja alle so stolz auf Sie. Sie haben eine wunderschöne Ahornkönigin abgegeben.«

»Vielen Dank«, erwiderte ich, aber da waren so viele Fragen, die mich beschäftigten. Ich starrte aus dem Fenster der Hintertür. Es war nur ein paar Stunden her, und da hatte Sandra dort draußen gesessen, und Blut war auf ihr cremefarbenes Kleid getropft. »Ich geh nur mal eben auf ein paar Schritte nach draußen, Marie.«

»Natürlich.« Marie strahlte. »Und dann müssen Sie meine Pfannkuchen probieren! Ich habe mich nach dem Rezept gerichtet, das Sie mir gegeben haben, und ich glaube, sie könnten so *comme ci, comme ça* geworden sein. Nicht völlig missraten jedenfalls.«

»Bestimmt sind sie ganz wunderbar«, versicherte ich, dann tat ich so, als bemerke ich die zweite Teetasse auf der Küchentheke nicht, und ging zur Tür hinaus.

Draußen schien die Sonne hell auf die Bank hinab. Dort saß eine großgewachsene Gestalt. Es war fast, als hätte ich gewusst, dass er hier sein würde. Vielleicht hatte ich einfach gehofft, dass …

Als er das Knirschen der Kieselsteine unter meinen Füßen hörte, schaute Ian auf. Er trug dunkle Jeans und ein schwarzes T-Shirt und wirkte völlig entspannt. Als sei nichts geschehen. Als hätte er nicht jemanden getötet. Als sei er kein Dschinn.

»Du hast gar keine Angst.« Es lag ein wenig Überraschung in seiner Stimme, obwohl sein Gesichtsausdruck nicht verriet, was er dachte. Er war so gut darin – so gut darin, Dinge zu verbergen.

»Sollte ich denn welche haben?«, fragte ich und sah in seine Augen.

Er rutschte ein Stück und machte mir auf der Bank Platz. Ich setzte mich neben ihn, zog die Füße hoch und schlang die Arme um die Knie. »Josh und Sandra … Sie erinnern sich nicht. Das warst du, nicht?«

»Ja.«

»Und der Leichnam?«

»Niemand wird ihn je finden.«

»Verstehe.« Ich blickte über den gepflegten Rasen hinweg. Morgen, wenn Josh zur Schule gegangen war, würden die Gärtner kommen. Er würde sie nicht zu Gesicht bekommen, nur den Geruch würde er wahrnehmen. Diesen Geruch nach frisch gemähtem Gras, den ich während meiner Zeit hier so liebgewonnen hatte.

»Warum bist du traurig?« Wieder einmal konnte er meine Gefühle lesen.

»Weißt du, das irritiert mich ziemlich.«

Er lehnte sich zurück und schob die Hände in seine Taschen. »Ich kann es abstellen, wenn du willst.«

»Das kannst du?« Ich erinnerte mich nicht daran, etwas darüber gelesen zu haben, dass Dschinn Gefühle lesen konnten. Ian war ein Dschann … »Können alle Dschinn fühlen, was wir empfinden, und unsere Erinnerungen auslöschen, einfach so?«

»So ziemlich. Ein paar von uns sind darin besser als andere. Es ist eine angeborene Fähigkeit.« Ian rutschte etwas hin und her, den Blick auf die sich in der Ferne wiegenden Bäume gerichtet. Zu dieser morgendlichen Stunde war der Garten wunderschön. So friedlich und hell, und er leuchtete in allen Farben des Herbstes. »Ich bin eigentlich ziemlich gut darin. Bis letzte Nacht ist mir noch nie jemand begegnet, den ich nicht das Geschehene vergessen lassen konnte.«

»Was meinst du damit?«

Er sah mich an, und seine Augen hatten die vertraute tiefdunkle Blautönung. »Ich habe versucht, mir Zutritt zu deinen Erinnerungen zu verschaffen, aber ich konnte es nicht. Aus irgendeinem Grund, den ich mir nicht erklären kann, funktioniert es bei dir nicht.«

Er hatte versucht, auch mich vergessen zu lassen. Ich schaute auf meine Hände hinab, sah die dünnen Narben, die das Messer auf den Innenflächen hinterlassen hatte, und fühlte mich auf eigentümliche Weise von ihm betrogen. »Das hättest du nicht versuchen sollen. Letzte Nacht hat alles verändert.«

»Was meinst du damit?«, fragte nun Ian.

Ich zuckte die Achseln und dachte an den widerwärtigen Ausdruck in Samuels Gesicht, als er Josh über die Wange gestreichelt hatte. Es war vorüber. Josh war endlich in Sicherheit. »Ich verlasse East Wendell.«

Ian wirkte kurz überrascht, aber dann nickte er zustimmend. »Das ist eine gute Idee. Afarit wie Samuel bilden ganze Rudel. Früher oder später werden die anderen bemerken, dass er verschwunden ist, und nach ihm suchen. Es wird das Beste sein, wenn du bis dahin die Stadt verlassen hast.«

»Was?« An so etwas hatte ich noch überhaupt nicht gedacht. »Du meinst, sie werden hierher zurückkommen? Zurück nach East Wendell und zu diesem Haus?«

»Nun ja, wahrscheinlich nicht zu diesem Haus«, antwortete Ian unbekümmert. »Afarit haben ein ausgeprägtes Revierdenken. Samuel hat den anderen wahrscheinlich nichts von Beaumont erzählt, damit sie nicht versuchen, ihn ihm vorher wegzuschnappen.«

»Nein, nein, nein! Das ist schlimm!« Ich rieb mir die Augen und strengte mich an, alles zu durchdenken. Wenn sie Samuel suchen kamen, bestand die Möglichkeit, dass sie Josh über den Weg laufen würden. Was, wenn er darauf nicht vorbereitet war? Wenn er bis dahin noch immer nicht im Vollbesitz seiner besonderen Kräfte war? »Was weißt du über Feuerzähmer?«

Ian zuckte zusammen. »Du meinst, abgesehen von der Tatsache, dass sie Mistkerle sind?«

Offensichtlich war Ian nicht gerade ein Fan … »Lassen wir das mal außer Betracht. Könntest du einen aus der Ferne erkennen?«

»Normalerweise nicht, nein.« Er zuckte die Achseln. »Es gibt eine kleine Gruppe Dschinn, man nennt sie die Sucher, die sie erkennen können, aber sie verlassen kaum jemals das Kaf. Das letzte Mal, dass sie in dieser Dimension waren, war während der großen Zähmersäuberung.«

Das klang schon ein wenig besser, aber die Vorstellung, dass eine Horde von Dschinn über East Wendell herfiel … Sie konnten ihm immer noch Schaden zufügen. Und Melissa und Penelope und allen anderen … Es sei denn, ich bewaffnete sie zuvor. In diesem Haus hier gab es zu viele Schutzsymbole, als dass ein Dschinn versuchen würde, von Josh Besitz zu ergreifen, aber ich würde das Gleiche auch für das Haus der Appletons erledigen müssen. Und ich würde Melissa davon überzeugen müssen, das Symbol Salomos zu tragen. Vielleicht konnte ich ab und zu von

Boston heraufkommen, um nach ihnen allen zu sehen. Es sei denn …

»Wenn du sagst, Samuel hat ein ganzes Rudel, dann meinst du doch kein Rudel von wandelnden Toten, oder?«

»Doch. Warum?«

»Oh verdammt, wie kannst du das fragen? Ein Haufen lebenaussaugender Dschinn könnte in die Stadt kommen und alle in Gefahr bringen, die hier leben, und du willst wissen, warum ich mir Sorgen mache?«

»Das hier ist wahrscheinlich die einzige Stadt auf der ganzen Welt, die einen Feuerzähmer hat. Ich sehe das Problem nicht«, brummte er.

»Josh könnte sie bekämpfen?«, fragte ich ermutigt.

»Er könnte noch viel Schlimmeres tun.« Mit zusammengekniffenen Augen blickte Ian zum Haus zurück. »Sobald er über seine volle Macht verfügt, kann er sie zu seinen Sklaven machen.«

Es war unmöglich, die Bitterkeit in Ians Stimme zu überhören, doch ich hatte im Moment größere Sorgen.

»Wie lange wird es dauern, ich meine, bis Josh diese Macht erlangt hat?«

»Das weiß ich nicht, ich bin kein Experte für Feuerzähmer.« Ians Augen wurden noch schmäler. »Wieso all diese Fragen, Celine?«

Mist. Seufzend schloss ich die Augen. Samuel war tot. Meine Mission war erledigt. Und doch, wie konnte ich denn fortgehen, wenn ich wusste, dass die wandelnden Toten vielleicht in die Stadt kommen würden? Ich konnte aber auch nicht hierbleiben … Joshs Schuldgefühle ausnützen, Melissa täuschen …

»Ich hatte die Aufgabe, Josh zu helfen, und jetzt … jetzt ist es nicht nur *ein* wandelnder Toter, sondern ein ganzes

Rudel von ihnen, die nach East Wendell kommen. Ich habe alles vollkommen vermasselt.«

»Das kann nicht dein Ernst sein, oder?« Ian stand auf und warf einen Schatten über mich. »Du hast niemals etwas anderes getan, als Beaumont zu beschützen, wobei der Idiot noch nicht mal davon weiß. Verdammt, er hat dich überfahren! Und es war seine verflixte Irre von Freundin, die dich auf ihrer Party unter Drogen gesetzt hat! Ich würde sagen, der Feuerzähmer verdient deine Hilfe gar nicht.«

»Nichts von alledem tut etwas zur Sache. Er könnte immer noch in Gefahr sein, Ian. Alle in der Stadt könnten in Gefahr sein. Ich kann jetzt nicht fortgehen.«

Ian fuhr sich frustriert durchs Haar. »Na schön. Wenn du meinst, bleiben zu müssen, dann pack deine Sachen zusammen. Du kannst bei mir im Haus wohnen, bis dieses kleine Abenteuer vorüber ist.«

Kleines Abenteuer? In seinem Haus wohnen? »Wovon zum Teufel redest du?«

»Nun, du kannst schließlich nicht hier wohnen bleiben!« Wieso musste er plötzlich so verdammt wütend werden?

»Ach ja, und warum nicht?«

»Erstens kann ich dieses blöde Haus nicht betreten, ohne Kopfschmerzen zu bekommen! Überall diese verflixten Kristalle, und von den Türen möchte ich gar nicht erst anfangen!« Ian begann unruhig auf und ab zu gehen und starrte wütend das Haus an, als wolle er es treten.

»Vielleicht ist das gar nicht so schlecht«, bemerkte ich ruhig.

Er schnaubte. »Klar. Und wie hätte irgendwer von euch dreien gestern Nacht überleben sollen, wenn ich es nicht geschafft hätte, durch ein Fenster im ersten Stock zu kriechen, um euch zu retten?«

Er hatte nicht ganz unrecht, aber er brauchte deshalb doch nicht so eingebildet zu tun! »Ich verspreche dir, dass ich dich persönlich hereinlassen werde, wenn wir jemals wieder gerettet werden müssen.«

Ian hielt in seinem Auf und Ab inne. »Du kannst nicht bei dem Feuerzähmer bleiben.«

»Warum nicht!?«

»Weil der Idiot zu denken scheint, dich unter seinem Dach zu haben gäbe ihm das Recht, dich grob zu behandeln.«

Mich grob zu behandeln? Mein Gesicht glühte, als ich an den Kuss zurückdachte. »Er erinnert sich doch nicht … *daran*, nicht wahr?«

»Nein.«

»Gut«, sagte ich erleichtert. »Wo ist dann das Problem? Bestimmt war es nur so eine spontane Augenblickssache, die nicht wieder vorkommen wird.«

»Klar.« Ian verschränkte die Arme vor der Brust und wirkte wenig überzeugt.

Seine Haltung ging mir allmählich wirklich auf die Nerven. Ich wollte nicht hierbleiben und weiterhin Joshs Schuldgefühle ausnützen, aber es war die beste Möglichkeit, ihn zu beschützen. Außerdem hatte dieser Kuss nichts zu bedeuten gehabt. Josh konnte sich gar nichts dabei gedacht haben, das war schlichtweg unmöglich. Es war nur irgendein unerklärlicher Ausrutscher gewesen. Ein zufälliges Missgeschick, so wie das, was auf Nicks Party passiert war. »Es ist wirklich nicht nötig, dich so aufzuführen. Es war bloß ein Versehen. Jungs machen solche *Fehler* ständig, vor allem mit mir.«

Das wischte ihm diesen nervigen Ausdruck der Überlegenheit vom Gesicht. »Celine …«, fing er an, aber ich hob abwehrend die Hände.

»Bitte, vergiss es einfach. Alles.« Ich schaute zum Haus zurück und holte tief Luft. »Ich muss hierbleiben, nur solange, bis Josh seine volle Macht erlangt und sich selbst schützen kann. Dann kann ich in mein altes Leben zurückkehren und vergessen, dass das alles je passiert ist.«

Ian erhob keinerlei Einwände, aber wir wussten beide, dass ich log.

Auf keinen Fall würde ich jemals irgendetwas von alledem vergessen können.

»Ian, warum hattest du diese Pistole bei dir?«

Er gab keine Antwort.

Mit gerunzelter Stirn sah ich zu, wie der leise Wind ihm Strähnen seines Haares über die Stirn wehte, während er reglos wie eine Statue dastand. »Du hast nicht etwa vor, es mir zu erklären, nicht wahr?«

»Nein.« Er blinzelte kaum, als er über meine Schulter hinüber zum Haus schaute, wo uns Josh von seinem Schlafzimmerfenster aus entdeckt hatte. »Du brauchst nichts weiter zu wissen, als dass du mir vertrauen kannst. Ich werde nicht zulassen, dass dir irgendetwas zustößt.«

Mina Hepsen
ist das Pseudonym einer jungen Autorin. Geboren 1983 in Istanbul, verbrachte sie ihre ersten zehn Lebensjahre in Deutschland und ist seitdem süchtig nach Brezeln. Dann kehrte sie mit ihren Eltern zurück in die Türkei, studierte später Politikwissenschaften und Philosophie in Boston, zog nach Miami, dann nach Edinburgh, wo sie eine Reihe von Kinderbüchern schrieb und einen Abschluss in »Creative Writing« machte. Zurzeit lebt sie in Edinburgh, Schottland.

Außerdem von Mina Hepsen bei Goldmann erschienen:

Unsterblich wie die Nacht
Unsterblich wie ein Kuss
Unsterblich wie die Liebe
Unsterblich wie der Morgen

(Alle Romane sind auch als E-Book erhältlich.)

GOLDMANN
Lesen erleben

Alyson Noël
Vom Schicksal bestimmt

448 Seiten
ISBN 978-3-442-48036-4
auch als E-Book erhältlich

Plötzlich ist im Leben der 16-jährigen Daire Santos nichts mehr so, wie es war. Schlagartig hat sie schreckliche Visionen, Krähen und Geister verfolgen sie, während die Zeit still zu stehen scheint. In ihren Träumen wird sie heimgesucht von einem Jungen mit wunderschönen blauen Augen. Dann erfährt sie, dass sie eine Seelensucherin ist, die zwischen den Welten der Lebenden und der Toten wandeln kann. Als sie dem Jungen mit den blauen Augen in der Wirklichkeit trifft, wird ihr plötzlich klar, in welcher Gefahr sie sich befindet …

Neue Horizonte erfahren
Erfolgreiche Einsteiger-Sets
Der Dalai Lama befragt vor wichtigen Entscheidungen seine Orakel. Viele Menschen in aller Welt halten es ebenso. Diese Einsteiger-Sets haben sich dabei bereits zehntausendfach bewährt. Hier tun sich neue Wege auf. Sie erleben neue Horizonte.
LENORMAND
Für Einsteiger
Erna Droesbeke von Enge
Erfolgsausgabe
Erna Droesbeke
LENORMAND für Einsteiger
Set mit Buch + Original-Karten
Lenormand »Blaue Eule«
ISBN 978-3-86826-752-5
€ [D] 17,99
RIDER WAITE
Für Einsteiger
Luft
Wasser
Erde
Feuer
Der NARR
Erfolgsausgabe
Lilo Schwarz
RIDER WAITE für Einsteiger
Set mit Buch + Original-Karten
Rider-Waite Standardgröße
ISBN 978-3-86826-541-5
€ [D] 19,99
CROWLEY TAROT
Für Einsteiger
Miki Krefting
Erfolgsausgabe
Miki Krefting
CROWLEY TAROT für Einsteiger
Set mit Buch + Original-Karten
Crowley Tarot Pocketgröße
ISBN 978-3-86826-542-2
€ [D] 19,99
KÖNIGSFURT
URANIA
www.koenigsfurt-urania.com
www.facebook.com/koenigsfurt.urania.verlag